NARRATIVA

855

Juhea Kim

COME TIGRI NELLA NEVE

TRADUZIONE DI
EMANUELA DAMIANI

EDITRICE NORD

Titolo originale
Beasts of a Little Land

ISBN 978-88-429-3457-8

Per essere informato sulle novità
del Gruppo editoriale Mauri Spagnol visita:
www.illibraio.it

In copertina: illustrazione di Riccardo Gola
Grafica: pepe *nymi*

COME TIGRI NELLA NEVE

Per mia madre, Inja Kim, e mio padre, Hackmoo Kim

어머니와 아버지께 드립니다

PROLOGO

IL CACCIATORE

1917

Il cielo era bianco e la terra era nera, come all'inizio dei tempi, prima della prima alba. Le nuvole avevano lasciato il loro regno ed erano così basse che parevano toccare il suolo. Pini giganti si stagliavano a intermittenza fino all'orizzonte. Nulla si muoveva né faceva rumore.

A malapena visibile in questo mondo oscuro, un uomo, poco più di un puntino, camminava in solitudine. Un cacciatore. Accucciandosi sopra un'impronta fresca, ancora morbida, che quasi conservava il calore dell'animale che l'aveva lasciata, annusò l'aria nella direzione della sua preda. L'odore pungente della neve gli riempì i polmoni, e lui sorrise. Di lì a poco, una nevicata leggera gli avrebbe reso più facile seguire le tracce dell'animale; dalla dimensione dell'orma, doveva essere un grosso leopardo.

Il cacciatore si rialzò in silenzio, un'ombra tra gli alberi. Gli animali si muovevano senza fare rumore, lì nel loro mondo, ma le montagne appartenevano anche a lui, o meglio, lui, come gli animali, apparteneva alle montagne. Non perché esse fossero generose o rassicuranti, giacché nessun luogo in quelle foreste era sicuro per un uomo o una bestia. Ma perché lui sapeva come *essere* quand'era lassù: come respirare, camminare, pensare e uccidere, proprio come un leopardo sapeva come essere un leopardo.

Il terreno era in gran parte coperto da aghi di pino di un marrone rossiccio, e le impronte erano distanziate e sporadiche. Lui, invece, cercava segni di graffi sui tronchi, o punti in cui nella vegetazione ci fosse qualcosa fuori posto, anche solo in modo appena visibile, come un ciuffetto di peli all'estremità di un ramo spezzato. Stava accorciando le distanze, ma in due giorni ancora non aveva avvistato la sua preda. Da un bel po' aveva finito le provviste, semplici polpette d'orzo insaporite soltanto da un po' di sale. Aveva trascorso la notte precedente nel tronco aperto in due di un pino rosso, guardando la bianca falce di luna per non addormentarsi. Tuttavia, la fame e la spossatezza rendevano i suoi piedi più leggeri e la sua mente più chiara, e decise che si sarebbe fermato solo da morto, non prima.

Di prede, non ce n'erano più. In inverno conigli, caprioli e altri piccoli animali diventavano introvabili, e per un leopardo era dura quanto lo era per le persone. A un certo punto l'animale si sarebbe dovuto fermare, è così che il cacciatore l'avrebbe ucciso. Entrambi avevano bisogno di cibo e di riposo, ma lui era determinato ad andare avanti più a lungo della sua preda, per tutto il tempo necessario.

Il cacciatore arrivò a una radura, un cerchio di giovani pini a poca distanza da una cresta rocciosa. Si spinse fino al bordo del crepaccio e osservò le montagne circostanti nella loro veste invernale color carbone e verde grigiastro. I banchi di nuvole, sospinti dal vento, rimanevano intrappolati nelle gole tra le colline e fluttuavano come stracci di seta lacerata. Sotto di lui, il vuoto dell'abisso bianco e selvaggio. Era felice di essere stato condotto lì. I leopardi amavano i luoghi rocciosi, ed era assai probabile che laggiù ci fosse una tana.

Qualcosa di morbido e leggero gli sfiorò il viso. L'uomo alzò gli occhi verso il cielo e vide i primi minuscoli fiocchi di neve. Avrebbe avuto più orme da seguire, ma avrebbe anche dovuto trovare l'animale in fretta e ridiscendere dalla montagna prima che la neve diventasse troppa. Strinse più forte l'arco che teneva in mano.

Se il suo istinto aveva ragione, e il leopardo era proprio sotto di lui, in una tana tra le rocce, non avrebbe dovuto più lottare per trovarlo. Avrebbe solo dovuto aspettare in quel punto finché non fosse uscito di nuovo, il che poteva avvenire dopo un'ora o dopo tre giorni. La neve l'avrebbe completamente ricoperto. Sarebbe diventato neve e roccia e vento, le sue viscere avrebbero sfamato il leopardo e il suo sangue avrebbe nutrito i giovani pini, e sarebbe stato come se lui, giù da quelle montagne, non avesse mai avuto una vita, come se non fosse mai stato un umano tra altri umani.

In quella vita, era stato un militare dell'esercito imperiale, scelto tra i migliori arcieri in tutto il Paese. Nessuno poteva batterlo con un fucile o con un arco. Lo chiamavano la « Tigre del Pyongan ». Ovviamente, c'erano bestie feroci in ogni foresta di ogni montagna di quel piccolo Paese che gli antichi cinesi chiamavano « Paese delle tigri », ma il nome gli si addiceva di più che ai contadini del Sud. Lui apparteneva a un popolo di cacciatori nati, gente che sopravviveva dove la terra era troppo ripida e inclemente per l'agricoltura.

Anche suo padre era stato un soldato sotto il prefetto di Pyongyang. Ogni volta che i soldati non venivano pagati, lui andava in montagna. Il più delle volte tornava con piccole prede - cerbiatti, lepri, volpi e fagiani - ma talvolta anche con cinghiali, orsi bruni, leopardi e lupi.

Quando il cacciatore non era che un bambino, suo padre aveva ucciso una tigre da solo, e sei degli uomini più forti del villaggio erano andati ad aiutarlo a portare a valle la bestia. Gli altri abitanti li circondavano, pronti a dare una mano, mentre i bambini correvano davanti al gruppo, con grida di giubilo. Una pelle di tigre valeva più della paga di un anno di un soldato. Il suo corpo enorme era stato messo a riposare nella piazza del villaggio, sotto l'albero di ginkgo, le donne avevano preparato un banchetto con poco o niente - era la loro specialità - e tutti si erano fatti grandi bevute di lattiginoso vino di riso.

Ma più tardi, quella stessa sera, seduto a gambe incrociate sul pavimento di pietra riscaldato, suo padre si era fatto serio. Non uccidere mai una tigre a meno che tu non vi sia costretto, aveva detto in tono severo.

Ma, Padre, adesso siamo ricchi. Potremo comprare tutto il riso che ci serve, aveva risposto lui. Il moccolo di candela tremolava appena, senza sfidare l'oscurità che li avvolgeva come una spessa coperta invernale. Sua madre e le sue sorelle più piccole erano a letto o impegnate a cucire nell'altra stanza, e si udiva solo il suono attutito dei gufi a caccia.

Il padre si era limitato a guardarlo e aveva detto: Cacci lepri e fagiani da quand'eri piccolo.

Sì, Padre.

Sai abbattere un fagiano in volo a cento iarde di distanza.

Sì, Padre, aveva risposto, orgoglioso. Non vi era un arciere migliore di lui in tutto il villaggio, a eccezione di suo padre.

Puoi conficcare una freccia in un albero da centoventi iarde, e infilzarcene un'altra sopra.

Sì, Padre.

Quindi pensi di poter uccidere una tigre? gli aveva chiesto. Lui avrebbe voluto dire di sì, e pensava davvero di poterlo fare. Ma la voce del padre gli aveva fatto capire che la sola risposta giusta era il silenzio.

Mostrami il tuo arco.

Lui si era alzato, aveva preso l'arco e l'aveva posato a terra tra loro.

Non puoi uccidere una tigre con quest'arco, per quanto tu possa essere un ottimo tiratore, aveva detto suo padre. Non è abbastanza potente a lunga distanza, e una tigre non è un fagiano. Quest'arco ha solo la forza di ferire una tigre da una distanza di venti iarde o anche meno. Per una ferita mortale, quindici iarde o meno. Lo sai quanto ci mette una tigre a percorrere quindici iarde?

Lui aveva ammesso la propria ignoranza col silenzio.

Una tigre è lunga tre iarde dal naso alla punta della coda, e può balzare in cima all'albero più alto del villaggio, se vuole. Per una tigre, saltare questa capanna è come per te e per me saltare una pozzanghera. Se scagli la freccia contro la tigre troppo presto la ferisci soltanto in modo lieve e la rendi ancora più feroce. Se lo fai troppo tardi, o la manchi, la tigre ti balza addosso in meno di un battito di ciglia. Una tigre può fare quindici iarde in un secondo.

Ma, Padre, aveva protestato. Tu hai ucciso una tigre oggi.

Te l'ho detto, uccidi una tigre solo se non hai altra scelta.

Cioè solo se lei vuole uccidere te. Altrimenti non inseguire mai una tigre, hai capito?

I ricordi del cacciatore si ammucchiavano leggeri come la neve che gli cadeva attorno. Si nascose dietro una roccia, col viso rivolto verso lo strapiombo. I suoi sensi erano annebbiati dalla neve, che gli entrava negli occhi e nel naso e si rapprendeva sulle sue mani nude. Veniva giù più forte di quanto avesse previsto, e a quell'altezza, con la vista libera sulle nuvole che arrivavano da est, comprese che non avrebbe smesso. Si rese conto che sarebbe dovuto scendere nel momento in cui aveva fiutato la neve in arrivo, quando si era fermato a osservare la prima impronta.

Detestava vedere i suoi figli così quieti e silenziosi nella casupola, senza neanche più la forza di chiacchierare. Aveva promesso loro che sarebbe tornato con qualcosa da mangiare. Se solo avesse preso un capriolo o un coniglio, sarebbe tornato e avrebbe visto i loro visetti felici risplendere come lanterne. E invece aveva trovato l'orma del leopardo ed era stato allettato dalla possibilità di venderne la pelle, che valeva più del raccolto di sei mesi.

È questo il giorno della mia morte? si chiese. Di colpo, si sentì stanchissimo; la tensione che l'aveva tenuto in piedi se n'era andata. Immaginò la neve come una scodella fumante di riso bianco, una prelibatezza che aveva mangiato meno di cinque volte in tutta la sua vita. Non si arrabbiò; scoppiò a ridere, come se la risata fosse solo una brezza che gli attraversava il corpo magro. Voleva pensare ancora un po' ai cibi che gli sarebbe piaciuto mangiare prima di morire, come le costine stufate con salsa di soia e scalogno, e il brodo di coda di bue, così ricco di midollo sciolto da diventare appiccicaticcio in bocca. Ma quelle fantasie non erano tanto forti né seducenti quanto gli altri ricordi che ora lo travolgevano.

La prima volta che aveva visto Sooni, a braccetto con la sorella mentre andavano a raccogliere assenzio e germogli di felce nella vallata. Lei aveva tredici anni, lui quindici.

Sooni, con una giacca di seta verde e una gonna di seta rossa, entrambe con fiori ricamati, e un copricapo decorato con gioielli: l'abito di corte delle principesse reali, che la gente comune poteva indossare solo una volta nella vita, il giorno del matrimonio. Le nozze erano così sacre agli occhi delle divinità e degli uomini che persino alla figlia di un umile mezzadro, che dall'inizio alla fine della sua vita poteva indossare soltanto panni di canapa bianca non tinta, era concesso interpretare per un giorno il ruolo della più nobile tra le donne. Anche lui indossava l'uniforme ufficiale di corte di un ministro, una tunica blu con una cintura e un cappello nero di crine di cavallo. Gli abitanti del villaggio lo prendevano in giro a gran voce: Che occhiate lancia alla sposa! Mi sa che non chiuderà occhio, stanotte. Sooni camminava tenendo i suoi begli occhi bassi. Due donne adulte la scortavano, così che lei potesse scivolare lentamente e con grazia sotto i pesanti abiti. All'altare, l'uno di fronte all'altra, si erano offerti a vicenda una coppa di vino chiaro dalla quale avevano bevuto, ed erano stati uniti per sempre.

Quand'era arrivata la notte ed erano stati lasciati soli nella camera matrimoniale, lui le aveva tolto con cura tutti gli strati di seta dell'abito da principessa che per generazioni era stato indossato da tutte le spose nel loro villaggio. Sooni, solitamente allegra, era timida, e lui stesso era molto nervoso. Ma, dopo che aveva spento la candela, e le aveva accarezzato le spalle e baciato la pelle di luna, lei gli aveva cinto la vita con le gambe e aveva sollevato i fianchi. Era sconvolto, e grato che pure Sooni lo desiderasse. La gioia di essere tutt'uno con sua moglie era inimmaginabile. Era l'opposto dell'essere in alta montagna, che fino ad allora era stata la gioia più grande che avesse mai provato. Se quella era un'estasi di altezza, freddo e solitudine, questa era un'estasi di profondità, calore e unione. L'aveva presa tra le braccia e lei gli aveva posato la testa nell'incavo tra la spalla e il petto. Sei felice? le aveva domandato. Vorrei che restassimo così per sempre, aveva sussurrato lei. Ma sono anche così felice che non m'importerebbe se morissi adesso. Non mi arrabbierei nemmeno.

Anch'io, aveva risposto lui. È esattamente quello che provo io.

Il cacciatore si sentì affondare in un soffice e nebuloso cumulo di ricordi. Era dolce lasciar andare la presa sul presente e soffermarsi tra le ombre del passato. Scivolare nella morte non era poi così male, era come varcare la soglia di un mondo di sogni. Chiuse gli occhi. Gli sembrava quasi di vedere Sooni che lo chiamava dolcemente. Marito mio, amore mio, ti aspettavo. Vieni a casa.

Perché mi hai lasciato? le chiese. Lo sai quanto è stata dura per me?

Sono sempre stata accanto a te. A te e ai bambini.

Voglio venire con te, disse lui, e aspettò che lei lo portasse via con sé.

Non ancora, ma presto, rispose Sooni.

Il cacciatore spalancò gli occhi mentre si rendeva conto di sentire davvero un rumore. Il suono leggero di un respiro che veniva dal bordo della cresta rocciosa, dove una nebbia gelata si diffondeva come incenso. D'istinto preparò l'arco, sapendo bene che, se pure avesse ucciso la preda, con ogni probabilità non sarebbe riuscito a scendere dalla montagna. Semplicemente, non voleva finire per essere il pasto di un leopardo.

Sentì, più che vederlo, il leopardo che si arrampicava fino al bordo, una sagoma che si muoveva a zig-zag nella foschia. Quando l'animale infine si mostrò, a poche iarde di distanza, lui sussultò e abbassò l'arco.

Non era affatto un leopardo, ma una giovane tigre.

Dal naso alla punta della coda era lunga quanto le sue braccia aperte, la dimensione di un leopardo adulto. Era troppo grande per essere definita un cucciolo, ma ancora troppo giovane per cacciare da sola. La tigrotta guardò il cacciatore con occhi curiosi, agitando le orecchie tonde dal folto pelo bianco. I suoi placidi occhi gialli non erano minacciosi né intimoriti. Di sicuro non aveva mai visto un essere umano, e pareva vagamente perplessa davanti a quella strana apparizione. Il cacciatore strinse più forte l'arco. Si rese conto che era la prima volta che vedeva una tigre così da vicino, a portata di tiro.

Ovunque vittime della caccia dei giapponesi, le tigri erano state spinte nelle fitte foreste dei monti più selvaggi. I prezzi delle loro pelli e delle ossa erano saliti di conseguenza, e anche la carne, che non era mai stata il motivo per cui venivano abbattute, era diventata una leccornia alla moda sulle tavole dei giapponesi benestanti. Credevano che mangiare carne di tigre conferisse il suo coraggio, e organizzavano banchetti in cui ufficiali con l'uniforme carica di mostrine e medaglie e signore dell'alta società in abiti occidentali si sedevano a tavola per gustare pietanze preparate interamente con carne di tigre.

Con quella preda, lui avrebbe potuto comprare cibo a sufficienza per tre anni. Forse anche un pezzo di terra. I suoi figli sarebbero stati salvi.

Ma il vento gli ululò nelle orecchie, e il cacciatore abbassò arco e freccia. *Non uccidere mai una tigre a meno che lei non voglia uccidere te.*

Si alzò in piedi, e la tigrotta arretrò di corsa, come un cagnolino. Prima ancora che l'animale scomparisse nella nebbia, il cacciatore si voltò e iniziò la discesa attraverso la neve sempre più fitta. Nel giro di poche ore si era accumulata fino ad arrivargli a metà polpaccio. Il vuoto che prima aveva reso la sua marcia più leggera e spedita ora, a ogni passo, lo trascinava sempre più verso il suolo. Sugli alberi tremanti scendeva un crepuscolo grigio, incolore. Il cacciatore cominciò a pregare il dio della montagna: *Ho lasciato andare la tua creatura, per favore fammi arrivare giù sano e salvo.*

La bufera di neve si placò all'imbrunire. Lui era a metà della discesa, poi le gambe gli si afflosciarono e cadde in ginocchio. Era a quattro zampe, come un animale; quando anche i gomiti cedettero, si raggomitolò nella polvere bianca che scintillava alla luce della luna. Si disse che avrebbe dovuto guardare verso il cielo, e allora si tirò su e si girò sulla schiena. La luna gli sorrideva dolcemente: in natura, era la cosa più simile alla pietà.

«Stiamo girando in tondo», si rese conto il capitano Yamada.

Gli altri, attorno a lui, sembravano spaventati, non solo perché quello che diceva era vero, ma anche perché osava annunciare quella sventura in presenza del suo superiore.

«Gli alberi crescono più fitti da questa parte, quindi di là dev'esserci il sud. Non vedete che, nell'ultima ora, siamo andati nella direzione opposta?! » esclamò, nascondendo a malapena il proprio disprezzo. A ventun anni, il capitano Yamada aveva già le maniere di uno abituato a dare ordini e pareri senza mai essere contraddetto, atteggiamento che veniva dalla sua molto influente famiglia. Gli Yamada erano un ramo cadetto di un antico clan di samurai, e suo padre, il barone Yamada, era intimo amico del governatore generale Hasegawa. Gli Hasegawa e gli Yamada assumevano precettori inglesi per istruire i loro figli, e Genzo, prima di tornare per prendere i gradi, aveva girato Europa e America con un cugino Hasegawa. Era così che era diventato capitano in giovane età, ed era per quello che persino il suo superiore, il maggiore Hayashi, stava ben attento a non offenderlo.

« Non possiamo continuare così, signore. » Alla fine il capitano si rivolse direttamente al maggiore, e il gruppo si fermò. C'erano quattro sergenti, il capo della polizia locale Fukuda con due suoi uomini, e una guida coreana.

« Secondo lei, allora, che cosa dovremmo fare, capitano? » Il maggiore Hayashi parlò lentamente e in modo ponderato, come se fossero in caserma e non nella neve delle montagne e con la notte che stava per calare.

« Sta facendo buio in fretta e, se ci siamo persi di giorno, non troveremo certo la via di notte. Dovremmo accamparci. Se riusciamo a evitare di morire congelati, potremo scendere domani alle prime luci dell'alba. »

Il gruppo ammutolì del tutto, attendendo con una certa ansia la reazione del maggiore Hayashi. Non si era mai spazientito dinanzi all'impertinenza del capitano Yamada, ma stavolta, in quelle condizioni così tese, il conflitto aveva l'aria di un ammutinamento. Il maggiore Hayashi guardò il volto del suo subordinato con fredda indifferenza, come se stesse esaminando un nuovo paio di stivali o riflettendo sul modo migliore per scotennare un coniglio. Nonostante la sua pura e profonda brutalità, Hayashi non era un uomo incline agli scoppi improvvisi. Alla fine, si voltò verso un sergente e iniziò a dare ordini per allestire l'accampamento. I membri del gruppo, visibilmente sollevati, si dispersero per raccogliere legna per il fuoco, o quello che avrebbero potuto trovare, visto che era tutto bagnato e ricoperto di neve.

« Tu no; tu rimani qui con me », disse il maggiore Hayashi quando la guida coreana, una creatura timida di nome Baek, cercò di sgattaiolare via. « Credi che ti perderei di vista? » Baek gemette e strinse le mani, guardandosi i piedi avvolti in stracci, che calzavano scarpe di pelle fradicie.

Poco dopo essere stato assegnato alla prefettura, il maggiore Hayashi aveva chiesto al capo della polizia Fukuda dove potesse trovare selvaggina in quelle zone. Fukuda, che aveva stilato un dettagliato rapporto e un censimento di ogni coreano nel raggio di cinquanta miglia, aveva raccomandato tre persone del posto per il compito di guidare la loro battuta di caccia. I primi due erano coltivatori di patate che gli altri coreani consideravano praticamente dei selvaggi che si isolavano in cima ai monti, si accoppiavano tra loro e vivevano di quanto ricavavano dalla terra, e che raggiungevano il resto del mondo solo qualche volta l'anno, nei giorni di mercato. Conoscevano ogni sasso e ogni ramoscello di quelle montagne, ma Baek, commerciante itinerante di seta, era l'unico a parlare giapponese. Il maggiore Hayashi aveva ritenuto che quella fosse una qualifica assai più importante, con grande dispiacere di tutti, non ultimo dello stesso Baek.

Sarebbe diventata una delle ultime immagini a presentarsi davanti agli occhi del capitano Yamada qualche istante prima della sua morte. L'uomo barbuto sdraiato sotto la luce della luna. Il capitano si era addentrato per circa venti piedi nel bosco per raccogliere legna e aveva quasi inciampato nel corpo steso nella neve. Dopo un primo momento di shock, Yamada era rimasto colpito dal modo in cui l'uomo giaceva placidamente sulla schiena, le mani incrociate sul petto, quasi che non fosse morto congelato ma si fosse addormentato in un momento di beatitudine. La seconda cosa che l'aveva colpito era il suo misero abbigliamento. La giacca trapuntata che l'omino minuto indossava era così sottile che si vedevano chiaramente gli spigoli aguzzi delle sue scapole.

Il capitano Yamada girò attorno al corpo. Poi, per ragioni che lui stesso, ripensandoci in seguito, avrebbe faticato a comprendere, avvicinò l'orecchio al volto bluastro. « Ehi, ehi! Svegliati! » gridò, accorgendosi che dalle narici dell'uomo usciva un respiro debolissimo. Non ricevendo risposta, il capitano Yamada gli prese il volto tra le mani e gli diede qualche buffetto. Lo sconosciuto emise gemiti a malapena udibili.

Yamada posò di nuovo la testa dell'uomo nella neve. Non c'era nessun bisogno di aiutare quel *Josenjing* mezzo morto, era solo un lurido coreano, un insetto nocivo più che una persona. Il capitano fece per tornare all'accampamento ma, dopo pochi passi, si voltò e tornò indietro, senza sapere il perché. A volte il cuore umano è come una foresta oscura, e persino un uomo razionale come Yamada celava dei misteri. Prese il *Josenjing* tra le braccia e senza fatica lo tirò su, come se fosse un bambino.

« E questo che diavolo è? » latrò il maggiore Hayashi quando lo vide.

« L'ho trovato nel bosco », spiegò il capitano, posando l'uomo a terra.

« E che pensi di fartene di un *Josenjing* morto? A meno che tu non lo voglia usare come combustibile – e farebbe un pessimo fuoco –, avresti dovuto lasciarlo dove l'hai trovato. »

« È ancora vivo. Stava cacciando da solo da queste parti, il che significa che conosce molto bene le montagne. Potrebbe riuscire a trovare la strada per scendere », spiegò freddamente il capitano, per nulla turbato dalla velata accusa di avere il cuore tenero; dopotutto, entrambi sapevano bene che la compassione non era mai stata tra le emozioni e le motivazioni di Yamada.

Anche il resto del gruppo fece ritorno, e il capitano ordinò a Baek di mettere l'uomo privo di sensi vicino al fuoco e gridargli qualcosa in coreano. Quando questi iniziò a riprendersi, Baek lo richiamò, sorridendo come un folle: « Signore! Signore! Si sta svegliando! »

Il capitano Yamada disse alla guida di dare all'uomo un po' di gallette e cachi essiccati prendendoli dalle sue provviste.

«Metti le gallette nella neve per bagnarle un po', altrimenti potrebbe soffocare.»

Baek obbedì prontamente, tenendo la testa dell'uomo in grembo e sussurrandogli dolcemente qualcosa in coreano.

«Si conoscono?» domandò il maggiore Hayashi. Stava mangiando la sua cena fatta di *onigiri* gelati e prugne in salamoia. C'era persino una bottiglia di sakè che i sergenti stavano facendo girare, improvvisamente allegri e confortati.

«Non credo. Baek non sembra averlo riconosciuto», rispose il capitano Yamada. Neanche il capo della polizia Fukuda conosceva quell'uomo ma, secondo uno dei suoi agenti, poteva essere un certo fittavolo Nam, la cui unica particolarità rispetto a tutti gli altri miseri contadini della zona era aver fatto parte un tempo dell'esercito imperiale coreano, motivo per cui era divenuto noto alla polizia.

«Un uomo pericoloso, quindi. Una serpe», commentò il maggiore Hayashi.

«Potrebbe rivelarsi utile. Credo che valga la pena tenerlo vivo per una notte se all'alba sarà in grado di portarci giù da questa maledetta montagna», replicò il capitano Yamada, imperturbabile come sempre. Mangiò anche lui qualche galletta e un caco essiccato e si preparò per fare il primo turno di guardia.

L'alba arrivò senza il levare del sole, e sotto quella luce cinerea i boschi si materializzarono nuovamente attorno a loro. L'assenza di sole e di ombre faceva apparire tutto senza peso, come se gli alberi, le rocce e la neve fossero fatti d'impalpabile aria argentea. Sembrava un mondo di mezzo, un mondo fra altri mondi.

Svegliandosi così, il capitano Yamada si chiese se stesse ancora sognando, e sperò di aprire gli occhi e trovarsi nel suo letto caldo. Subito dopo si rese conto di dove si trovava in realtà e gli venne quasi la nausea per la delusione. Per carattere e educazione, era portato a dare valore alla razionalità e a diffidare delle emozioni. Disprezzava l'amore, e persino l'amicizia, che riteneva illusioni tipiche delle classi inferiori, donne e uomini inadeguati. Il problema principale delle emozioni era che si trattava di reazioni a eventi esterni più che frutto della volontà innata e della consapevolezza. Di conseguenza, biasimò se stesso per aver ceduto all'autocommiserazione e scostò la coperta senza altri indugi.

Yamada si alzò e si allontanò per svuotare la vescica; fu proprio lì, a poche iarde da dove aveva dormito, che scoprì grosse impronte fare più volte il giro dell'accampamento. Svegliò Baek e il cacciatore, che si erano addormentati abbracciati per tenersi al caldo. Baek balzò in piedi non appena il capitano accennò alle impronte e iniziò a spiegare febbrilmente il tutto al cacciatore in coreano. Quest'ultimo sembrava debole e malato, sebbene i suoi occhi fossero sorprendentemente acuti per uno che solo la sera prima era quasi morto. Bisbigliò qualcosa, poi Baek lo aiutò ad alzarsi.

« Che cosa sta dicendo? » chiese Yamada, mentre il cacciatore osservava le impronte borbottando qualcosa nella sua lingua.

« Dice che dev'essere una tigre. Nessun altro animale lascia impronte grandi come il coperchio di una pentola. Lo sanno tutti », rispose Baek. « Adesso dice che dobbiamo scendere subito. La tigre è stata qui tutta la notte a osservarci, e non è contenta. »

« Perché nessuno ha visto questa tigre mentre era di guardia? » domandò il capitano Yamada, irritato verso quelli che avevano montato la guardia dopo di lui.

Baek riferì le sue parole al cacciatore, poi tradusse la risposta. « Dice che la tigre non vuole farsi vedere. Le tigri si vedono quando loro vogliono essere viste, non un attimo prima. Siamo a casa loro, nel loro territorio, quindi è meglio lasciarla stare e andar via in silenzio. »

« Sciocchezze. Se vedo la tigre prima che siamo arrivati giù, l'ammazzo. Ne offrirò la pelle e la carne al governatore generale », replicò il capitano Yamada. « Voi codardi schiavi *Josenjing* non sapete niente del coraggio. »

Baek chinò il capo, deferente. Però era chiaro a tutti, specie al capitano Yamada, che prima trovavano il modo per scendere dalle montagne e meglio era. Il cacciatore faceva loro strada con un'agilità sorprendente, considerato che aveva spezzato il digiuno soltanto con qualche galletta di riso e con un po' di alghe e di sottaceti; sembrava abituato a sopravvivere mangiando pochissimo. Yamada gli aveva confiscato arco e frecce, ma lui pareva aver preso la cosa come un'ovvietà e scivolava scattante tra gli alberi, né risentito né implorante.

«Sparagli se prova a scappare», si raccomandò il maggiore Hayashi.

«Sissignore», replicò il capitano.

In quel giorno grigio il sole rimaneva nascosto, ma a poco a poco il mondo divenne comunque più luminoso. Il vento pizzicava i loro volti come una miriade di aghi ghiacciati, più freddo e meno clemente del giorno prima. Ogni loro passo lasciava chiare e profonde impronte nella neve, e di tanto in tanto il cacciatore si voltava indietro, come se fosse preoccupato. Sussurrò qualcosa a Baek, che riferì il messaggio al capitano Yamada. «Dice che dobbiamo muoverci in fretta. È sicuro che la tigre ci stia seguendo, e quasi di certo l'abbiamo alle calcagna.»

«Voi *Josenjing* siete davvero patetici vermi codardi», commentò Yamada, sprezzante. «Digli che abbiamo armi da fuoco, non arco e frecce. Gli ufficiali dell'esercito imperiale giapponese non fuggono davanti agli animali selvaggi, li cacciano.»

Baek tacque e tornò al suo posto nella fila, dietro il cacciatore. Gli altri sorrisero, approvando con cenni del capo il discorso del capitano, e iniziarono a vantarsi di questa o quella battuta di caccia cui avevano preso parte e degli animali che avevano ucciso da quand'erano arrivati in Corea, o Joseon: cuccioli di leopardo dagli occhi azzurro ghiaccio, orsi bruni con una macchia chiara a forma di mezzaluna sul petto, cervi adulti, lupi. Ma nessuno disse di aver ucciso una tigre, che, sebbene onnipresente, era la creatura più intelligente, astuta ed elusiva di tutte.

Col passare del tempo, anche le loro vanterie si spensero. Poiché il sole si muoveva nel cielo senza che potessero vederlo, non avevano modo di capire che ora fosse; l'unico metro di giudizio era la fame, accompagnata da una strisciante frustrazione. Non avevano messo in conto di perdersi per quasi un'intera giornata e, dopo una cena assai frugale, la maggior parte di loro aveva finito le provviste a colazione. Marciarono in silenzio fino a quando il cacciatore non si bloccò e tese una mano per far fermare gli altri. Indicò un albero che stava ancora oscillando leggermente, spargendo neve fine e bianca come spuma di mare.

« Cosa c'è? » chiese il capitano Yamada a Baek. Prima che questi potesse rispondere, però, si udì un suono profondo e minaccioso, come il tuono durante la stagione delle lunghe piogge. Tutti avvertirono lo sguardo incredibile di una potenza sconosciuta; veniva da un lampo nero e arancione tra gli alberi poco più avanti, a meno di venti iarde. La tigre li stava guardando fiera, immobile tranne che per il tremolio della criniera arruffata e ghiacciata. Gli occhi di un giallo brillante erano l'unica cosa viva e intensa in quel mondo fatto solo di bianco.

In un secondo, tutti i soldati spianarono i fucili e mirarono alla tigre, che rimase ferma come una statua. Il capitano Yamada fece un cenno del capo ai suoi uomini, poi sparò il primo dei molti proiettili che la squadra fece partire quasi simultaneamente. Provocata dall'attacco, la tigre balzò in piedi e prese a correre verso di loro come se volasse. Coprì la distanza che li separava in un batter d'occhio, mentre i soldati restavano impietriti sul posto. Il capitano Yamada sentì il cuore farsi gelido, poi qualcuno si mosse nel suo campo visivo. Il cacciatore stava correndo in avanti, con le mani alzate. « Fermi! » Il suo grido rimbombò nella radura e gli alberi tremarono. « No! »

Senza rallentare, la tigre si voltò e puntò verso di lui.

« No! No! » ripeté il cacciatore, fino a quando, ad appena una iarda di distanza, la tigre non si fermò. Lo fissò per un momento coi suoi occhi gialli, poi fece un mezzo giro e si allontanò, veloce come era arrivata. Quando i soldati ripresero a sparare, era già sparita nella vegetazione, lasciandosi dietro tracce di sangue rosso vivo: era stata ferita alla zampa posteriore sinistra.

« Che fate lì impalati? » urlò il maggiore Hayashi. « Dobbiamo inseguirla, non può correre tanto velocemente. La uccideremo prima di sera.»

Il cacciatore disse qualcosa a Baek in tono concitato. Il vecchio mercante tradusse: «Lui dice che dobbiamo lasciar andare la tigre. Una tigre ferita è molto più pericolosa di una sana. Dice che le tigri sono creature vendicative. Ricordano i torti e, se è ferita, attaccherà per uccidere. Per noi sarebbe finita se restassimo intrappolati sulla montagna per un'altra notte, visto che fa più freddo di ieri... Lui dice così, signore».

Il maggiore Hayashi guardò i suoi uomini, che avevano l'aria sconfitta e per nulla impaziente d'inoltrarsi ulteriormente tra le montagne per inseguire quella bestia enorme. Non aveva accennato a rallentare nemmeno da ferita.

Hayashi non aveva guidato solo battute di caccia, ma anche combattimenti sul campo, gli ultimi in Manciuria contro i russi, e poi naturalmente operazioni per controllare disordini e ribellioni in Corea. Non si era mai tirato indietro in battaglia. Non per coraggio, che riteneva pari alla stupidità. Lui credeva solo nel successo, e nella scala del suo piacere persino la sete di sangue era secondaria; al primo posto c'erano l'affermazione della propria superiorità sui suoi pari e l'intimidazione dei suoi subordinati. Il successo, per Hayashi, era di natura pratica più che virtuosa, quindi decise per la soluzione che gli sarebbe stata più utile. Ordinò al cacciatore *Josenjing* di guidare la discesa.

Anche mentre camminavano verso valle e si allontanavano dall'animale, ebbero l'impressione che un paio di occhi gialli puntasse sempre sulla loro nuca. Finalmente, però, si ritrovarono su un sentiero, riconoscibile pure sotto uno spesso strato di neve. Qualche ora dopo, uscirono dal folto della vegetazione e raggiunsero un cornicione da cui potevano vedere il villaggio dall'alto. I tetti di paglia erano di un brillante color ambra sotto un inatteso raggio di sole, che si era aperto un varco tra le nubi poco sopra l'orizzonte.

Se non fossero stati ufficiali dell'esercito, si sarebbero lanciati di corsa lungo il pendio scivoloso, come bambini travolti dalla gioia davanti a quella vista. Invece, trattenuti dalla presenza dei loro superiori, si limitarono a marciare un po' più in fretta. Ci volle un'altra mezz'ora prima che gli uomini raggiungessero finalmente i piedi della collina, dove le fattorie sfioravano il limitare della foresta. Sui campi a riposo sotto la coltre di neve spiccavano le orme dei bambini e degli uccelli.

Il maggiore Hayashi ordinò l'alt e parlottò col capo della polizia, un uomo viscido e avido al quale pochi giorni di avversità avevano temporaneamente conferito un aspetto emaciato. Gli altri ufficiali posarono a terra gli zaini e si misero a fumare, chiacchierando allegramente. Avevano già dimenticato il terrore, ed erano esaltati all'idea di potersi riscaldare col cibo e con un bel fuoco, ridendo della loro disavventura.

« Tu! » Il capitano Yamada richiamò l'attenzione del cacciatore, che con cautela mosse un passo verso Baek. « Il tuo nome. »

« Mi chiamo Nam Kyung-soo », rispose l'uomo, in un giapponese stentato.

« Eri nell'esercito imperiale coreano? »

Baek tradusse per Nam, che annuì.

« Lo sai che è illegale per i *Josenjing* possedere armi di qualsiasi tipo? Potrei farti arrestare subito. »

Baek aveva un'aria mortificata mentre sussurrava in coreano a Nam, che si limitò a ricambiare l'occhiata del capitano Yamada. L'ufficiale guardò Nam, accigliato. I due non avrebbero potuto essere più diversi: uno vestito con una calda uniforme da ufficiale e con un cappello di pelliccia, bello, atletico e che sprizzava energia anche dopo tre giorni duri nella foresta; l'altro, più basso, con gli zigomi pronunciati che gettavano ombre scure sul suo volto, coi capelli più grigi che neri, e con l'aspetto antico, consumato e scarno di una roccia.

Per un attimo, tuttavia, Yamada scorse qualcosa negli occhi dell'uomo. I soldati su fronti opposti sono molto più simili di quanto si pensi, spesso si somigliano più di quanto somiglino ai civili dei rispettivi Paesi. Nonostante il suo aspetto malandato, Nam aveva l'aria di uno disposto a uccidere i nemici e proteggere gli amici, e Yamada lo rispettava.

« Ti confisco le armi. Se vengo a sapere che sei andato ancora a caccia, ti arresto di persona. Consideralala la tua ricompensa per averci portati giù. »

Baek riferì il messaggio, profondendosi in ossequiosi inchini al giovane ufficiale. Yamada fece un rigido cenno del capo in risposta, ma Nam si limitò a ricambiare lo sguardo per qualche istante prima di voltarsi.

« Ehi, Baek! » gridò il maggiore.

Il vecchio mercante avanzò a piccoli passi. « Sì, signore. »

« Ci hai portati fuori strada, stupido verme », disse Hayashi, in tono quasi pigro.

Baek si strinse nelle spalle e tenne il capo chino. « Mi dispiace, signore; la neve ha coperto i sentieri e reso impossibile ritrovarli. Sono andato su e giù per quelle montagne centinaia di volte, ma... »

« Hai rovinato la nostra battuta di caccia e ci hai fatto quasi ammazzare. Vattene. Fossi in te, correrei velocemente. »

Baek tremò, chinò la testa più volte e poi si girò per correre via più in fretta che poteva col suo vecchio corpo. Quando aveva ormai quasi attraversato tutto il campo di riso, il maggiore Hayashi si sistemò il fucile sulla spalla. E sparò.

Baek cadde in avanti come se avesse inciampato in un sasso, con le braccia aperte. Non fece nessun rumore, o forse era troppo lontano perché il suono arrivasse fino agli ufficiali, attutito nell'aria gelida. Il sangue si allargò lentamente dal centro della sua schiena e inzuppò il suo fagotto pieno di seta.

« Questo compensa la mancanza di una caccia vera, non crede, capo Fukuda? » chiese il maggiore Hayashi.

Fukuda concordò rispettosamente.

« Quanto a quel Nam, lo lascio a lei, visto che siamo nella sua giurisdizione. »

« Ah, certo, naturalmente. Lo useremo come esempio, ci tornerà utile. Quando avremo finito con lui, nessuno, da queste parti, oserà prendere ancora in mano un'arma », rispose Fukuda.

« Non mi sembra il caso, capo », intervenne Yamada. « Quel *Josenjing* ci ha portati giù dalla montagna. Non ce l'avremmo fatta da soli. »

« Lei, però, gli ha salvato la vita, il che per me mette le cose in pari. Ma, considerato che era a caccia di frodo, la bilancia non pende a suo favore», replicò Fukuda, sorridendo come se fosse soddisfatto della propria sagacia.

«Ci ha salvati da quella tigre», ribatté freddamente Yamada. «A me sembra che così siamo di nuovo pari.» Guardò Fukuda, poi Hayashi e poi di nuovo Fukuda. «Non amo per niente quegli sporchi *Josenjing*, e senza dubbio ne ho uccisi molti in battaglia. Ma, se lei fa del male a quell'uomo, sarà in debito con lui della vita, e nulla è più disonorevole che dovere qualcosa a un sottoposto. Poiché ha salvato anche la mia, di vita, non posso permettere che ciò accada e vivere nella vergogna. Lo lasci andare.»

«Lei parla proprio a sproposito, capitano», disse Fukuda, col volto paonazzo. Guardò il maggiore Hayashi sperando nel suo sostegno.

Hayashi era quasi inespressivo, e in quei casi era molto pericoloso. Si umettò le labbra, facendo saettare la lingua in un gesto da rettile. «In fin dei conti, non mi sembra necessario uccidere ogni *Josenjing* pratico di queste zone. Ci è servito, a differenza di quel vecchio inutile di Baek», si pronunciò infine.

A quel punto, Fukuda si arrese e decisero di dirigersi verso la stazione di polizia.

Quando fu sicuro di non essere visto, Yamada sospirò con sincero sollievo. Non aveva mai voluto nulla per o dagli altri, il che lo rendeva sempre segretamente soddisfatto di sé. Si sentiva completo nella sua indipendenza, e non aveva mai desiderato calore e amore nemmeno dalla madre – una donna silenziosa ed elegante dalle fredde mani bianche – né da una qualsiasi altra donna. Ma la possibilità di perdere la faccia a causa della brutalità di Fukuda aveva provocato Yamada più di quanto lui stesso si aspettasse. Era irritato da quel senso di attaccamento al destino di un altro. Meno avesse potuto essere certo del futuro di Nam, più l'attaccamento sarebbe durato. Prese da parte il cacciatore, che era rimasto in silenzio a fissare impietrito il corpo di Baek. I corvi ci si erano già fiondati sopra e gracchiavano eccitati.

«Se mai ti dovessi trovare nei guai, vieni a cercarmi. Il mio nome è Yamada Genzo», gli disse piano Yamada, fuori dalla portata d'orecchio degli altri.

Nam lo fissò. Il capitano non era sicuro che avesse capito, così estrasse dalla tasca interna del cappotto un portasigarette d'argento e lo mise in mano all'uomo. Yamada fece scorrere il dito lungo il lato, dov'era inciso il suo nome, poi si allontanò col resto degli ufficiali. Quanto a Nam, ora che il suo destino era deciso, almeno per il momento, nessuno badò a lui mentre se ne andava via zoppicando.

PARTE PRIMA

1918-1919

1

LETTERE SEGRETE

1918

In un giorno che fluttuava sul confine tra l'inverno e la primavera, quando sul ghiaccio scintillante si vedeva appena il primo alito di caldo, una donna e una ragazzina percorsero dieci miglia a piedi lungo una strada di campagna dove i nuovi, teneri germogli spuntavano dal terreno come lunghe ciglia verdi. Si erano messe in viaggio prima dell'alba e non si fermarono fino a quando non giunsero davanti a una villa cinta da mura, a Pyongyang.

La donna sospirò e lisciò le ciocche ribelli che le si appiccicavano ai lati del volto. Sembrava più trasandata rispetto alla figlia, i cui capelli neri e lucidi erano intrecciati dietro le orecchie per poi unirsi in un'unica, lunga treccia che le scendeva esattamente al centro della schiena. Jade aveva dovuto cominciare a fare i lavori di casa e a occuparsi dei fratelli praticamente poco dopo aver imparato a camminare, ma la madre le aveva sempre pettinato e intrecciato i capelli ogni sera. La madre dava più cibo ai suoi fratelli perché erano maschi, ma serviva lei per prima perché era la più grande. Erano i soli gesti d'amore che Jade avesse ricevuto nei suoi primi dieci anni di vita. Ora capiva che anche quelli erano arrivati alla fine.

Jade tirò la manica della madre. « Posso tornare a casa con te? » chiese, la voce incrinata dalle lacrime.

« Smettila di piangere come una bambinetta », la rimproverò la donna. « Ascoltami: potrai venire a trovarci per mezza giornata a ogni luna nuova. Non vuoi aiutare tua madre e tuo padre? »

Jade annuì, asciugandosi il viso con le manine rosse come

foglie d'acero. Il peso di essere la primogenita le gravava già sulle spalle.

Una cameriera le accolse all'ingresso laterale e le fece aspettare nel cortile. Su tre lati erano allineate diverse villette dai tetti in tegole e dall'aria antica. Sebbene non ci fosse vento, Jade fu avvolta da una brezza fresca che pareva il respiro della casa stessa. Nei punti in cui il pavimento in legno del portico era consumato e lievemente infossato, le sembrava di vedere gli innumerevoli ospiti che si toglievano le scarpe prima di entrare: uomini in cerca di piacere, conforto, qualche sussulto della loro antica virilità o forse la loro prima passione. Jade era giovane, ma non per questo non capiva che cosa avvenisse lì. Le motivazioni di quegli uomini erano semplici: sentirsi vivi. Erano le donne che lei non riusciva a capire. Si sentivano mai vive come facevano sentire gli uomini?

Una delle porte della villa si aprì e comparve una donna. Prima ancora che si voltasse, Jade ebbe la certezza che fosse incredibilmente bella solo vedendo la forma della sua schiena e la linea particolarmente aggraziata tra la nuca e le spalle. Quando infine la donna mostrò il volto e accennò persino a un sorriso, Jade sentì le viscere contrarsi per il desiderio. A differenza della più comune bellezza femminile che suscita gelosia, questa sconosciuta possedeva la bellezza più rara, quella che attira le altre donne con la promessa di qualcosa che potrebbe ricadere anche un po' su di loro, come polvere magica. Nonostante un'aria piuttosto benevola, però, la sconosciuta non era affatto una persona alla mano. Sembrava giocare con l'attrazione che esercitava sugli altri, alimentando le loro speranze per poi guardarle sgonfiarsi.

La madre di Jade fece un rigido inchino, insensibile a quel fascino. Sebbene fossero fittavoli che si spaccavano la schiena su un piccolo appezzamento di terra, tecnicamente appartenevano a una classe sociale superiore rispetto alle *gisaeng*, le cortigiane, relegate allo stesso, infimo livello di macellai e conciatori. Quelli che guadagnavano nel sudiciume e nelle sconcezze, insomma.

«Quindi è questa, la ragazza?» chiese la cortigiana in tono gentile, e la madre di Jade borbottò qualcosa in risposta. L'amica di una cugina faceva la cameriera lì, e così era stato concordato che la ragazzina fosse assunta come addetta al bucato per due won al mese più vitto e alloggio.

« Avete fatto molta strada a piedi nel fango e nella neve », disse la cortigiana all'altra donna, ma tenendo gli occhi fissi su Jade. Poi sospirò, come se avesse visto qualcosa di spiacevole cui non c'era rimedio. Jade immaginò che quegli occhi allungati fossero abituati a giudicare il valore delle belle cose e che il suo viso secco e screpolato fosse così brutto da suscitare pietà, come un cane con tre zampe.

« Zietta, mi dispiace doverlo dire. C'è stato un errore. Non ho avuto vostre notizie per due settimane, così ho trovato un'altra ragazza per dare una mano in casa. Visto che avete fatto tutta questa strada, però, accomodatevi in cucina a mangiare qualcosa. Riposate un poco prima di tornare indietro », continuò, scuotendo la testa incorniciata da uno chignon intrecciato.

« No, non può essere, Madame Silver. Noi abbiamo mandato un messaggio. » La madre di Jade si strinse le mani davanti al petto. Il gesto parve alla ragazzina rozzo e sgradevole, soprattutto in confronto all'algida eleganza di Silver. « Non vi serve un'altra aiutante in una casa così grande? La mia Jade si occupa delle faccende domestiche da quando aveva quattro anni. È fatta per rendersi utile. »

« Ho già abbastanza aiutanti », replicò spazientita Silver. Tuttavia, Jade sentiva che la cortigiana continuava a osservarla con un'espressione curiosa sul pacato volto ovale. Era lo sguardo di qualcuno che non sempre si degnava di rispondere agli altri e parlava solo quando aveva piacere di dire qualcosa.

« Se vuole, posso prendere Jade come apprendista. » Silver si voltò verso la madre con l'aria di chi sta chiudendo la questione. « Pagamento unico di cinquanta won, è quello che avrebbe guadagnato in due anni come cameriera. Vitto, alloggio, istruzione e vestiti. Una volta che avrà iniziato a lavorare, in qualche anno mi ripagherà il debito più gli interessi, e allora sarà libera di mandarvi ciò che vorrà. »

La madre di Jade serrò le labbra in una linea sottile. « Non sono venuta fin qui per vendere mia figlia e farla diventare una *cortigiana*», sbottò, sottolineando l'ultima parola. «Che razza di madre crede che sia?»

«Come vuole.» Silver non parve turbata, ma Jade notò l'ombra di un sorriso sprezzante incresparle per un attimo l'angolo delle labbra. «In ogni caso, servitevi pure un po' di zuppa in cucina», concluse, voltandosi.

«Aspetti, Madame.» Jade fu sorpresa di sentirsi parlare. Sua madre le diede una pacca sulla spalla per zittirla, ma lei proseguì: «Rimarrò qui come apprendista... Per me va bene, mamma. Lo farò».

«Taci. Non sai per niente di cosa si tratta», ribatté sua madre. Se fossero state da sole, avrebbe cominciato una stizzita tirata sulle donne che si guadagnavano da vivere con quello che avevano tra le gambe. Davanti a Silver, si limitò a dare alla figlia uno scappellotto tra le scapole, aguzze, simili alle ali ripiegate di un uccellino implume.

Silver sorrise, come se avesse udito i pensieri non detti. «È vero, non è una carriera adatta a tutti. Tu lo sai, che cosa facciamo?»

Jade avvampò e annuì. Le sue amiche con sorelle che si erano sposate a quattordici o quindici anni le avevano detto che cosa succedeva la prima notte di nozze. Sembrava qualcosa di spiacevole, ma il pensiero le faceva anche provare un fremito tra le cosce. Tutto considerato, che succedesse gratuitamente con un uomo o a pagamento con molti non sembrava troppo importante, dal punto di vista fisico. Nel giro di qualche anno, Jade sarebbe stata data in matrimonio a chi avesse offerto la cifra più alta, come il dottore del villaggio, che cercava instancabilmente una moglie per il suo figlio malaticcio. Nonostante la pietà, Jade sentiva che qualsiasi cosa sarebbe stata meglio che sposare quel ragazzo dalle mani ad artiglio. Non sarebbe stata davvero sua moglie, ma sua sorella e poi, più avanti, sua madre.

Cinquanta won erano più del doppio di quanto persino il dottore avrebbe potuto offrire, e i soldi potevano servire a molte cose: avrebbero potuto acquistare un pezzo di terra dal loro proprietario terriero, un giovane gallo e galline sane per un pollaio. Non sarebbero mai più andati a letto senza cena.

Avrebbero potuto mandare a scuola i ragazzi, e la bambina più piccola sarebbe potuta andare in sposa a un giovane di una rispettabile famiglia di proprietari terrieri. Ma solo se nessuno nel villaggio avesse saputo che Jade era stata venduta alla casa di una cortigiana.

Jade poteva quasi vedere le stesse immagini negli occhi scuri della madre, troppo stanchi persino per le lacrime. Silver tese il braccio e strinse la mano della donna, che non si tirò indietro. « Per quella che è la mia esperienza, persino una ragazza cresciuta in convento può diventare una cortigiana, se è il suo destino. Può accadere anche il contrario, e anche più spesso. Se Jade non è destinata a questo, troverà un'altra strada, benché sia cresciuta in un *gyobang*. » Silver sorrise, gentile. « Nemmeno io posso controllare certe cose. »

Prima di arrivare a casa di Silver, Jade non si era mai vista in uno specchio. I riflessi sfocati che intravedeva nelle tinozze da bucato non erano mai stati fonte di particolare vanità. La sua pelle era opaca e liscia, con un colorito giallino come la cera delle candele, e gli occhi erano piccoli ma molto vivaci sotto un paio di sopracciglia folte come piume nere. Guardandoli da molto vicino, si notava che l'iride sinistra era leggermente fuori centro, rivolta verso l'esterno, un po' come quelle dei pesci. Le labbra erano tonde e rosse, anche senza rossetto. Il sorriso, brillante e un po' birichino, sarebbe stato considerato affascinante se non fosse stato per qualche dente decisamente accavallato. C'erano altre particolarità del suo fisico che una ragazza più bella certo non avrebbe posseduto. Tutto sommato, Jade era il tipo che sta proprio sul confine tra insignificante e grazioso. Non se n'era mai crucciata, poiché sua madre diffidava della bellezza in generale.

Anche la troppa istruzione era vista dalla madre come perniciosa per le ragazzine. A Jade era stato consentito frequentare solo un anno di lezioni alla scuola del villaggio, un'unica classe per tutti gli studenti, dai cinque ai vent'anni. Anche in quel caos, lei aveva imparato più di quello che sua madre avrebbe preferito, ovvero scrivere e far di conto, giusto le basi.

Grazie alla scuola, Jade aveva smesso di sentirsi solo una parte utile e funzionale della casa, alla stregua del forno o della zappa. Con la conoscenza era come se la sua interiorità diventasse più piccola e più grande allo stesso tempo, e lei era rimasta sorpresa dal confuso malcontento che provava. Naturalmente, era questo il motivo per cui lo studio era considerato così pericoloso. Se lei avesse espresso a parole ciò che le mulinava in testa, la madre l'avrebbe pizzicata e schiaffeggiata più spesso. Questa paura finì addirittura per soffocare le sue lacrime al momento dell'addio, poiché non sapeva se piangere avrebbe irritato o fatto piacere alla madre.

Mentre seguiva Silver lungo il portico del pianterreno, Jade rimase muta e docile. La casa, però, la chiamava in segreto, e lei moriva dalla voglia di toccare quelle colonne fatte con legno di pini vecchi cinquant'anni e dipinte di rosso col cinabro. Al suo passaggio, le lanterne di seta oscillavano sotto le grondaie, evocando al contempo quiete e movimento, artificialità e naturalezza. Quell'atmosfera inebriante si percepiva in tutta la casa, pensò Jade mentre Silver la guidava attraverso l'atrio; però era più intensa nella stessa Silver. Jade non aveva mai visto nessuno camminare scivolando leggero come lei: sembrava quasi impossibile che possedesse parti del corpo umili come i piedi. Eppure, secondo Jade, nessuno meglio di quella cortigiana rappresentava la genuina essenza di una donna. Silver sorrideva e parlava con la piena disinvoltura di chi è nata per essere donna e lo sa.

« Questa è l'aula di musica », disse Silver, aprendo una porta scorrevole con pannelli in carta di riso. Le quattro pareti della grande stanza erano decorate con paraventi riccamente dipinti. Su un lato della classe, una dozzina di bambine imparava una canzone tradizionale, ripetendo un verso dopo l'altro guidate da una cortigiana più adulta; sul lato opposto, ragazze di undici o dodici anni si esercitavano col *gayageum*, la cetra tradizionale.

« Le ragazze che cantano sono al primo anno. Al secondo anno, si comincia a imparare a suonare il *gayageum*, il *daegeum*, cioè il flauto, e diversi tipi di tamburo. Queste sono due delle cinque arti che una cortigiana deve padroneggiare: canto e strumenti musicali », spiegò Silver. Mentre parlava, una delle bambine impegnate nel canto saltò su dalla sedia e corse verso di loro. A Jade parve quasi di sentire Silver che aggrottava le sopracciglia in segno di disapprovazione.

« Mamma, chi è questa? » chiese la bambina, e Jade cercò di nascondere la propria sorpresa. Col suo viso tondo e coi tratti piuttosto anonimi, la piccola non somigliava affatto all'elegante madre.

« Non dovresti mai abbandonare la classe senza il permesso dell'insegnante », la rimproverò Silver, severa, e a Jade venne in mente la sua, di madre. Si chiedeva se nel mondo esistessero madri che non si rivolgevano alle figlie con rabbia.

« La lezione finisce tra pochi minuti », protestò la bambina. « È una nuova? Posso farle fare un giro? »

Silver esitò per un istante, come se si fosse ricordata di questioni più importanti che richiedevano il suo tempo, poi le liquidò con un rapido gesto della mano. La bambina prese Jade per il gomito e la guidò lungo il corridoio. « Io sono Lotus. Grazie per avermi tirata fuori dalla classe », ridacchiò. « Come ti chiami? »

« Jade. »

« È un bel nome. Probabilmente non avrai bisogno di cambiarlo », disse Lotus, aprendo un'altra porta scorrevole. In quella stanza, un poco più piccola della prima, alcune studentesse si esercitavano nella pittura ad acquerello e, dal lato opposto, nella calligrafia.

« La mamma ti ha detto delle cinque arti delle cortigiane? Queste sono la numero tre e la numero quattro: pittura e poesia... Qui studiamo anche coreano, giapponese e aritmetica. Ogni mese c'è una verifica in ogni materia e, se non la superi, devi ripetere il mese. »

« Anche giapponese e aritmetica? » domandò Jade, a disagio.

Lotus annuì seria. « Già, soprattutto quelle materie. È da un po' che non riesco ad arrivare al secondo anno. Questo però significa che saremo nella stessa classe! » Fece una risatina e salì di corsa la rampa di scale che portava al primo piano.

Jade la seguì, col fiato corto per le risate. Lotus trascinò la nuova compagna nell'aula più grande che avesse mai visto. La stanza era vuota, e il pavimento di legno era diventato lucido per l'usura. Appesi alle pareti c'erano maschere e abiti colorati; in un angolo, erano impilati tamburi in pelle e altri strumenti.

« Questa stanza è per la quinta arte di una cortigiana: la danza. S'inizia al secondo anno », spiegò Lotus. « Per quanto riguarda l'edificio della scuola è tutto. Ora ti mostro dove dormirai. »

Il dormitorio delle ragazze era una villetta a un solo piano dietro la scuola. Stavano attraversando il cortile dirette verso la camerata del primo anno quando una ragazza di una bellezza straordinaria uscì dall'ala delle cucine. Dal suo abbigliamento costoso e dal modo altero in cui sbocconcellava un pezzo di dolce di riso, tuttavia, Jade capì che non era una cameriera. La ragazza le vide e puntò verso di loro.

« Mia sorella più grande, Luna », sussurrò Lotus.

Luna era senza alcun dubbio figlia di sua madre. Somigliava a Silver come il riflesso della luna sull'acqua somiglia all'astro nel cielo.

« Tu sei la nuova ragazza. » Luna giocherellò con la punta della treccia, spessa e folta come la coda di un leopardo.

Il suo viso era così luminoso che Jade poteva lanciare furtive occhiate solo a qualche dettaglio, un naso qui, una bocca là. « Sì, mi chiamo Jade », rispose, con un sorriso timido, e Luna scoppiò in una risata bellissima.

« Saresti carina se i tuoi denti non fossero così orrendi. Sembrano lapidi », la schernì.

« E tu hai un cervello che sembra una lapide », ribatté Lotus, pronta. Ma neppure il rossore della rabbia poté rovinare il volto di Luna, anzi, riuscì solo a farla somigliare ancora di più a una giovane imperatrice. Nonostante la somiglianza fisica con Silver, Luna era più vivace e crudele, senza la minima traccia della gentilezza statuaria della madre verso i meno fortunati.

« Ragazzina cattiva. Ecco perché nessuno ti vuole bene, neanche la mamma », disse Luna. La sorella minore si limitò a sostenere il suo sguardo finché lei non si allontanò, sprezzante.

Quella notte, Jade rimase sveglia nel suo lettino, chiedendosi come avrebbe fatto a durare un mese in quella scuola, figurarsi arrivare al diploma e diventare una cortigiana. Se non avesse passato gli esami, magari Silver avrebbe fatto di lei una cameriera, alla fine. Già adesso, nella gerarchia della casa, era poco più di una cameriera, e inimicarsi Luna non era certo un inizio favorevole. La totale obbedienza alle studentesse più grandi e alle cortigiane era sicuramente la regola basilare della scuola. Jade intuiva che c'erano molte altre regole e aspettative non dette, e che Silver era il giudice indiscusso che decideva tutto.

Ciononostante, Jade si rese presto conto che la signora non dava per scontata la propria posizione. E che non era nemmeno una creatura mistica che non parlava mai se non per dire frasi fatte. Era inflessibile nel punire sia le apprendiste che mancavano di rispetto alle cortigiane più grandi sia le cortigiane più grandi che spargevano dicerie o nascondevano i loro guadagni. Lenzuola macchiate di sangue mestruale, il furto di una forcina per capelli, persino un vaso di miele da cui spariva qualche cucchiaiata: nulla le sfuggiva. Anche quand'era impegnata nelle faccende più banali e umili, il suo volto conservava un'aria di severo distacco, l'atteggiamento impassibile di una bellezza pallida in un dipinto del XVII secolo. Jade notò che Silver coltivava in tutti gli aspetti un'aura antica, sia per disposizione naturale sia per decisione consapevole. Il grosso chignon intrecciato che le coronava il capo, un misto tra i suoi capelli naturali e una parrucca, su molte donne sarebbe apparso antiquato e le avrebbe fatte sembrare più grasse. Su di lei, parlava di un attaccamento romantico al passato, di una sensibilità poetica.

Per i primi mesi, la direttrice della casa raramente notò Jade o si complimentò con lei. L'unica a mostrare qualche interesse nei suoi confronti era Lotus, anche lei non certo tra le preferite. Ogni volta che questa litigava con la sorella maggiore, Silver prendeva le parti di Luna. Agli occhi della madre, Lotus era pigra, furba e irruente, e Luna non sbagliava mai. Saperlo non impediva a Lotus di cercare di vendicarsi sulla sorella con tenacia e astuzia, come un gatto che si nasconde dietro l'angolo per poi balzare fuori e attaccare a sorpresa. Con Jade, però, ritrasse subito gli artigli. Parlava per ore di cose di cui lei non aveva la minima idea: le ultime novità della moda, i pettegolezzi che giravano per Pyongyang e Seul, tipi di uomini, tipi di donne, e quello che succedeva dietro certe porte della casa che a loro era proibito oltrepassare. Jade trovò sconvolgente il suo palese interesse per la compagnia maschile, non perché fosse giovane, ma perché non era carina. Lotus aveva un anonimo volto a luna piena che era molto più diffuso nel Sud, e non l'ovale delicato di sua madre, la classica bellezza di Pyongyang. Fino a quel momento, Jade aveva immaginato che le donne e le ragazze attraenti avessero maggiori appetiti sessuali, invece ora capiva che ciò non era necessariamente vero.

Una volta diventate amiche, Jade iniziò a vedere quell'eccesso di desiderio non come qualcosa di strano, ma solo come una caratteristica. Ai suoi occhi, il volto dell'amica non era più insignificante, ma intrigante. Imparò ad apprezzare il dono della parlantina di Lotus, il modo in cui riusciva a far apparire tutto come stelle cadenti: fenomeni inattesi e meravigliosi di cui loro due erano le sole testimoni. Si completavano alla perfezione, perché Jade amava pensare all'infinito e a Lotus piaceva parlare senza sosta, e tra le due si trovava il giusto equilibrio. Lotus aveva anche un grande talento per le trasgressioni: un pomeriggio impilò vari cuscini, si arrampicò in cima al guardaroba e con estrema nonchalance tirò giù il vaso in cui Silver teneva la sua scorta personale di miele. Jade rimase a guardare, stupita, finché Silver non entrò e colse Lotus sul fatto. Persino mentre scontava la punizione, in piedi su una gamba sola o in ginocchio con le braccia alzate sopra la testa, Lotus incrociava gli occhi e tirava fuori la lingua dietro le spalle della madre, facendo ridere Jade.

Poco dopo il loro esame mensile - che Jade aveva superato nonostante i suoi timori, persino quello di giapponese - Lotus rispose alla domanda che Jade era stata troppo discreta per fare: perché lei e sua sorella fossero così diverse.

«Il solo uomo che la mamma abbia mai amato è il padre di Luna. Si sono conosciuti quando lei aveva diciannove anni. Porta ancora l'anello che le ha regalato. Anche se nel tempo ha avuto altri protettori non si è mai tolta il suo anello d'argento», spiegò Lotus. Jade aveva visto quella fascetta luccicante, non costosa ed elaborata come gli altri gioielli di Silver ma elegantissima, così tonda e piena.

Mentre Luna era nata da un amore tragico, Lotus era semplicemente un errore che un protettore disattento si era lasciato dietro. Dentro di sé, Jade credeva che fosse per questo che Silver trattava la figlia minore con una tale indifferenza; Lotus era l'unica cosa della sua vita che era accaduta contro ogni suo desiderio. Se una donna come Silver non poteva essere felice, secondo Jade, era assai improbabile che a lei potesse andare meglio. Le cortigiane erano considerate attempate a venticinque anni e anziane a trenta. Se entro quell'età non riuscivano a diventare una concubina o una Madame, cioè la direttrice di una casa di cortigiane, finivano per non essere molto diverse da una prostituta comune. Naturalmente, le cortigiane più adulte nella casa di Silver eccellevano nell'arte d'innamorarsi di rinsecchiti possidenti e decrepiti banchieri. Era un gioco cui gli uomini e le donne partecipavano in armoniosa complicità.

Jade, cui mancavano diversi anni per diventare una cortigiana di provincia dall'aspetto comune, ancora non riusciva a immaginare di andare a letto con qualche proprietario terriero coi denti d'oro e con l'alito terribile. Sognava invece di bei giovani aristocratici con un debole per la poesia. Secondo Silver, le migliori e più ammirate cortigiane della Storia riuscivano a turbare i gentiluomini più nobili anche solo con corrispondenze poetiche. Spesso s'innamoravano profondamente senza mai neanche vederle, tanto erano eccelse le loro abilità epistolari. A volte quelle passioni venivano consumate; altre volte, invece, andavano avanti tragicamente per tutta la vita ardendo di desiderio. Spesso Jade sognava a occhi aperti di queste storie, e i suoi sospiri erano come offerte per quegli amori infelici. Forse era per questo che sua madre l'aveva messa in guardia contro il potere corruttivo dell'istruzione: anche senza un uomo in vista, il linguaggio stesso poteva sedurre. La ragazzina era eccitata dalla consapevolezza che determinate parole in una determinata sequenza potevano rimettere ordine dentro di lei, un po' come spostare i mobili. Le parole la cambiavano e la ricostruivano costantemente, e nessun altro sarebbe stato in grado di percepire la differenza. Così, dopo le lezioni, mentre le altre ragazze passeggiavano in giardino o si facevano suffumigi alla pelle con acqua di riso, Jade si esercitava da sola a scrivere lettere.

Quando arrivò la primavera, Silver spostò la lezione pomeridiana di letteratura nel capriccio in giardino. Ogni giorno chiedeva a una ragazza di recitare una poesia classica a memoria. Quando toccò a lei, Jade scelse un poema di Hwang Jin-yi, una cortigiana del XVI secolo che annoverò tra le sue conquiste membri di famiglie reali, monaci, eruditi, artisti squattrinati e ricchi libertini. Di lei si diceva che non avesse eguali in poesia, calligrafia, letteratura, pittura, danza e musica, e la fama della sua bellezza si diffuse in tutto il regno e raggiunse addirittura la Cina. Ciò che Jade ammirava di più in lei, però, era il fatto che scegliesse liberamente i propri amanti e li lasciasse senza versare lacrime.

Silver chiamò Jade davanti alle compagne e lei iniziò: «*'Quella barchetta di pino che galleggia sul fiume / Da quanti anni è ormeggiata sulla riva? / Se chi verrà chiederà chi ha attraversato il fiume per primo / Dirò che era un uomo istruito e galante'* ».

Quando l'aveva letta per la prima volta, la poesia l'aveva scossa, facendole provare dolore e piacere allo stesso tempo. Le altre ragazze, però, parevano del tutto indifferenti. Solo il volto di Lotus era contorto nel tentativo di soffocare uno sbadiglio.

«Molto bene, è una delle mie preferite», approvò Silver. «Chi sa dirmi che cosa significa questa poesia?»

Le ragazze si guardarono di sottecchi, agitandosi sulle sedie. Lotus cinguettò: «Parla di andare in barca, mamma?»

Le compagne risero.

Silver scosse il capo, seria. «No, certo che no. Sto perdendo davvero la speranza di riuscire a insegnarvi un po' di poesia.»

Jade era in procinto di alzare la mano quando comparve Stoney, che fece un inchino alla sua padrona e picchiettò sul pavimento di legno con le nocche.

«Il mercante di seta è qui? È uno nuovo, quindi?» chiese

Silver. Riusciva sempre a decifrare i messaggi picchiettati di Stoney, non importava quanto fossero complicati; nessun altro capiva il servitore sordomuto. Silver sospirò e si alzò in piedi con un movimento fluido e aggraziato. « Devo vedere delle stoffe. Potete andare a giocare », comunicò; le ragazze si congedarono con un lieve inchino.

« Avrei giurato che parlasse di andare in barca. Secondo te cosa vuol dire? » domandò Lotus a Jade mentre s'infilavano le scarpe. Jade sapeva che cosa voleva dire la poesia e anche il motivo per cui a Silver piaceva tanto. Era soprattutto per quello che l'aveva scelta.

« Parla di una donna che ricorda il suo primo amore », rispose.

Tra tutte le cortigiane e le allieve, Jade si sentiva la sola persona in grado di comprendere il linguaggio segreto che la signora insegnava. Jade, al contrario di Lotus, parlava coi libri. Si chiedeva se un giorno avrebbe incontrato qualcuno che le rispondesse.

Nella sua camera, Silver sedette sul lettino di seta e, sovrappensiero, prese a girare e rigirare l'anello che portava al dito. Attraverso le porte a graticcio decorate con gemme, sentiva i gridolini e le risate delle ragazze che giocavano.

« Madame Silver, sono il mercante Chun, al suo servizio », si annunciò il venditore di seta oltre la porta.

« Prego, avanti. »

Il mercante entrò, col suo fagotto zeppo di stoffe e ninnoli. Fece un profondo inchino a Silver, che indicò il fardello sulle sue spalle.

« Lo posi e si sieda. Si metta comodo. Ho già chiesto ai domestici di portare qualcosa da mangiare e da bere. »

« La ringrazio, Madame, troppo gentile, non doveva. » Chun si sfilò il bagaglio dalle spalle e lo posò sul pavimento, poi si sedette a gambe incrociate sul cuscino di seta che lei gli aveva preparato. Stoney entrò reggendo un vassoio con vino chiaro e frittelle di zucca, leccornie che solo una cortigiana benestante poteva permettersi di quei tempi.

« Venire a sapere del vecchio Baek mi ha profondamente addolorata. Lei è un membro della sua corporazione, quindi saprà sicuramente che riforniva questa casa da prima che ci fossi io », disse Silver.

Per tutta risposta, Chun si limitò a chinare il capo.

« Eravate amici, mastro Chun? »

« Era mio parente, Madame. Il fratello di mia madre. »

« Quindi lei ha ereditato tutte le zone che Baek serviva? » domandò Silver, improvvisamente interessata.

Chun le osservò attentamente il viso per qualche istante prima di rispondere a bassa voce. « Sì, Madame. Aveva perso i suoi figli molto tempo fa e io ero il suo parente più stretto, erede e confidente. »

« Mi mostri la merce, allora. »

Chun aprì il telo bianco che avvolgeva il bagaglio. Dentro c'era una rastrelliera di legno cui erano fissate pezze di seta in colori estivi: azzurro chiaro, grigio celadon, rosa azalea, giallo forsizia, verde salice, un elegante blue navy per le signore più adulte come Silver, e un vivace rosso camelia per le ragazze in fiore. Il mercante tirò fuori anche gioielli e accessori: le nappe di seta con giada e corallo che pendevano provocanti dalle giacche femminili, corte e lisce; i *garakji*, i doppi anelli che s'indossavano a coppie, fatti d'argento e smalto, ambra e giada grigia o verde; un *binyeo* dorato per fissare lo chignon. C'erano pure vasi di talco fragrante dall'Inghilterra, crema detergente dal Giappone, belletto per labbra e guance, olio di camelia per avere capelli lisci e lucenti, e un sacchettino di seta contenente vero muschio, che si diceva avesse virtù afrodisiache.

Silver scelse alcune pezze di seta e vari articoli di bellezza, alleggerendo di molto il fardello del venditore. Alla fine si voltò verso di lui e gli domandò, con sguardo penetrante: « È tutto bellissimo, ma per caso ha qualcos'altro? »

Sebbene, a quanto pareva, Chun e Baek fossero parenti stretti, la somiglianza tra i due uomini era scarsa. Silver conosceva Baek da anni; il suo fisico gracile e i suoi modi deferenti celavano un'incredibile forza fisica che gli consentiva di viaggiare dal mar Orientale a Pyongyang e di spingersi fino a Uiju, ogni anno fino a un'età avanzata. Da giovane aveva viaggiato fino a Shanghai e Vladivostok, poi aveva ceduto gran parte delle sue responsabilità a membri più giovani della corporazione. Chun, invece, col suo volto scuro e coriaceo e con gli occhi scaltri, quasi da rettile, non suscitava in Silver immediata fiducia.

Il mercante estrasse un foglio di carta ripiegato dall'interno della manica e glielo porse con due mani. Silver trattenne il fiato e aprì il sigillo.

Come sempre, alla vista della grafia del generale, le mani che tenevano il foglio lungo i bordi tremarono leggermente. Lesse velocemente la lettera, bevendo le parole con gli occhi. Lui la ringraziava per il denaro che gli aveva inviato l'estate precedente e le raccontava di vittorie e sconfitte sulle colline siberiane. I suoi uomini lo seguivano in ogni battaglia, seppur malvestiti e male equipaggiati rispetto al nemico. Alcuni avevano portato moglie e figli a Vladivostok, e la gioia di quei ricongiungimenti gli aveva fatto venire un gran desiderio di rivedere lei e Luna. *Dev'essere bellissima se ha preso da te. Temo, però, che non rivedrò più nostra figlia prima di morire*, scriveva.

Silver piegò con cura la lettera e la nascose in un libro che teneva su un tavolino. Quando fosse stata sola e libera di soffermarsi su ogni parola, l'avrebbe riletta lentamente.

«Grazie, mastro Chun. Appena ho saputo che mastro Baek era stato ucciso, ho temuto che questa lettera sarebbe stata trovata e tutto sarebbe stato perduto... le nostre vite e quelle dei nostri uomini a Vladivostok. Sono rimasta in attesa per tutto l'inverno, aspettandomi il peggio... Dormivo con un coltello accanto al letto, pronta a porre fine alla mia vita se fossero arrivati, eppure non è accaduto.»

«Quei bastardi hanno abbandonato il suo corpo senza perquisirlo. Se l'avessero fatto, sicuramente le cose sarebbero andate così. Mio zio stava progettando di attirarli verso le nostre truppe in montagna, e uccidere un capo della polizia e ufficiali d'alto grado sarebbe stata una vittoria immensa... Ma o ha davvero perso la strada nella neve o i nostri uomini non erano nel luogo stabilito.»

Né Chun né Silver diedero voce a ciò che entrambi sapevano: se i combattenti per l'indipendenza avevano fallito nell'intento di far finire in trappola un gruppo di soldati giapponesi che aveva perso la strada ed eliminarlo, molto probabilmente erano stati uccisi nell'ennesima battaglia non registrata.

« E il corpo di suo zio è stato lasciato lì dov'è morto fino a quando non è arrivato lei? »

« No, Madame. Non sapevo niente di quanto era successo, perché in quel momento ero in viaggio verso sud. Ma un abitante del villaggio ha recuperato il suo corpo e l'ha preparato per la sepoltura. Un povero vedovo con tre figli, sul punto di morire di fame ma, ciononostante, onesto. Ha tenuto da parte tutte le cose di mio zio per me fino a quando non sono arrivato per il funerale, e non mancava niente, neanche le monete. »

« È stata una grande fortuna », sussurrò Silver. Aprì una piccola cassettiera e prese due sacchetti con chiusura a cordoncino, uno bianco e uno rosso, entrambi pieni di lingotti d'oro. Li porse a Chun. « Quello bianco è per il suo disturbo. Quello rosso è per la causa. Si fida dell'uomo che lo porterà oltre il confine? »

« Madame, nulla sarà diverso rispetto a quand'era vivo mio zio. Noi umili mercanti amiamo l'oro come chiunque altro, ma anche noi abbiamo un onore. »

« Lo so bene, mastro Chun. Voglio che sappia che ciò che le sto dando non viene solo da me, ma da quasi tutte le cortigiane di Pyongyang. È il denaro che abbiamo guadagnato versando da bere agli uomini e giacendo con loro, e i gioielli che avevamo messo da parte per quando saremmo state anziane. »

Mastro Chun rispose con un secco cenno del capo.

« Quanto si ferma in città? E quando tornerà? » chiese Silver.

« Partirò domani all'alba. Se sono fortunato, potrei essere di ritorno per l'autunno. »

« Dovrebbe trascorrere la notte qui, è molto più confortevole di una locanda. »

« Grazie, Madame, ma attirerei attenzioni indesiderate. E poi i miei compagni della corporazione mi aspettano alla locanda... » Chun si alzò. « Sarà meglio che mi avvii. »

« Aspetti, quasi dimenticavo. Quel pover'uomo che ha recuperato il corpo di mastro Baek... Se lasciando la città passa dal suo villaggio, gli consegnerebbe una cosa da parte mia? » Silver aprì di nuovo la cassettiera e frugò tra i ninnoli. Aveva venduto i suoi gioielli migliori per ricavarne l'oro che il mercante aveva già messo al sicuro nel bagaglio. Alla fine, si sfilò l'anello d'argento e lo porse a Chun con un sorriso triste. «Gli dica che non vale molto, ma era il mio preferito.» La sua voce ebbe una piccola esitazione. Mastro Chun la salutò chinando di nuovo il capo, poi se ne andò.

Le era costato di più rinunciare a quell'anello che a tutti i suoi gioielli più preziosi messi assieme. Ma la bilancia doveva essere mantenuta in equilibrio, e lei doveva fare quello che sentiva davvero come un sacrificio. Avrebbe dato la propria vita senza pensarci un istante per salvare le persone che amava: il generale, Luna e Lotus. Se fossero stati imprigionati in una casa in fiamme, si sarebbe rovesciata un secchio d'acqua in testa e si sarebbe lanciata nel fuoco per portarli fuori. *È questo il significato dell'amore,* si disse. Ma la sua mano piangeva per quella perdita, anche quando Chun uscì dalle porte della città, la mattina seguente, per consegnare l'anello alla casa del cacciatore.

2

LUNA

1918

La più eclatante svolta negli eventi ebbe inizio con un nonnulla, un'anomalia che transitò quasi inosservata, come un cane randagio. Una mattina, Jade si svegliò e scoprì che tutte le lezioni erano state annullate. Corse fuori per salutare l'aria, come una giovane ape appena uscita dal suo bozzolo nella bella stagione. Il giorno era pieno della vitalità d'inizio giugno. Gli alberi cantavano le loro sinfonie verdi, e la loro freschezza si poteva sentire con gli occhi. Le ragazze erano state lasciate libere in giardino, e persino a Jade non dispiaceva prendersi una pausa dai libri. Quando si lasciò cadere a terra per giocare a ripiglino con Lotus, il motivo di quell'indulgenza divenne chiaro: Silver e Luna, entrambe vestite coi loro abiti più belli, sarebbero uscite. Mentre attraversavano il cortile, le ragazzine si raggrupparono coi loro visetti tondi che esprimevano invidia, bramando un'uscita tutta per loro. Solo Jade si tirò indietro, non le andava d'irritare Silver mostrandosi implorante. Lotus, invece, avanzò e, con la voce e il tono di una bambina decisa a fare i capricci, frignò: « Mamma, voglio venire anch'io ».

Silver guardò la figlia più piccola come se, riordinando lo scrigno dei gioielli, avesse trovato un ricordo di un passato indefinito, ossia un po' divertita e un po' imbarazzata, ma fondamentalmente indifferente. Dopo un momento le disse: « Persino Luna va a farsi fotografare solo adesso, a quindici anni. Quando sarai più grande, porterò anche te ». Con la sua consueta alterigia ignorò il viso desolato di Lotus e salì sul risciò dopo Luna, con la gonna di seta che svolazzava oltre il sedile.

Un'uscita era un evento raro anche per Luna, che sporgeva

pericolosamente la testa dal risciò e stava a malapena seduta sul bordo del sedile. Via via che si allontanavano dalla casa, la ragazza perdeva di vista le cose che le erano familiari, finché tutto attorno a lei non fu nuovo e strano. Di tanto in tanto la madre le indicava qualche luogo o monumento: « Quella è la nuova fabbrica di scarpe di gomma che il signor Hong ha aperto quest'anno. Ha già venduto merce per duemila won ». Oppure: « Quella è la scuola secondaria; più tardi vedrai i ragazzi, adesso devono essere tutti in classe ». E ancora: « Quella cosa appuntita laggiù è il posto in cui i cristiani pregano. Cantano anche, ma non come noi ».

« Mamma, conosci qualche cristiano? Ho sentito dire che erano tutti segretamente leali agli Yankee », chiese Luna.

Silver si accigliò. « Non conosco cristiani che diventerebbero protettori o amici di noi cortigiane. Ma come si fa a non diventare servi degli Yankee quando si crede nel loro Dio? Non è naturale. »

Il risciò si fermò davanti allo studio del fotografo e le due donne scesero, usando i ventagli per proteggersi il volto pallido dal sole. Quando entrarono, la porta dello studio scampanellò allegramente. Il fotografo le salutò e le condusse nella zona dove venivano scattate le fotografie, con poltrone imbottite di velluto rosso contro uno sfondo grigio neutro.

Seguendo le indicazioni, Silver sedette su una poltrona e Luna si mise in piedi accanto a lei, con le mani sulla spalla della madre. Il fotografo accese una lampada a fianco della macchina fotografica e raccomandò loro di non chiudere gli occhi. Contò fino a tre e ci fu un lampo luminosissimo, che accecò Luna per qualche istante, ma subito dopo le poltrone sbiadite in stile occidentale e gli altri arredi di scena tornarono a ripopolare il suo mondo. Provava una sensazione stranissima, come quando si svegliava da un lungo pisolino e non capiva se fosse mattina o pomeriggio. Era una piccola deviazione nella sua lunga, ininterrotta vita priva di eventi, il cuore che mancava un colpo per un motivo che ancora non le era chiaro.

Mentre si accingevano a uscire, il campanello della porta tintinnò di nuovo ed entrarono due ufficiali giapponesi.

« Bentornati, signori. Le vostre foto sono pronte », li accolse il fotografo, parlando in giapponese e a voce alta. Silver, intanto, sgattaiolò via rapida, tirandosi dietro Luna per mano. Gli ufficiali lanciarono un'occhiata alle due donne che uscivano in tutta fretta e ripartivano a bordo del risciò.

« Ecco qui. Le fotografie sono venute molto bene. Spero sarà soddisfatto, maggiore Hayashi », disse il fotografo, porgendo una busta contenente le foto degli ufficiali, scattate dopo che, l'anno prima, il fotografo giapponese della città era morto improvvisamente di tubercolosi.

Il maggiore Hayashi non si curò delle foto, e chiese invece: « Chi erano quelle due donne? »

« Una mia vecchia amica con la figlia », rispose nervosamente il fotografo, lanciando un'occhiata al collega di Hayashi che, sebbene indossasse l'uniforme di un ufficiale giapponese, era senza dubbio coreano.

« Signore, quella era una famosa cortigiana di nome Silver; è ritenuta la più bella di Pyongyang », spiegò il coreano in un giapponese perfetto. Poi, con l'entusiasmo che questi incontri inattesi suscitano anche nelle persone più fredde, aggiunse: « Non la vedevo da molti anni, ma l'ho riconosciuta subito ».

Quando Silver mandò Stoney a ritirare le stampe dal fotografo, Luna rimase delusa: sperava sarebbero uscite ancora. La passeggiata era stata davvero elettrizzante, e a lei piaceva vedere cose nuove. Soprattutto, aveva provato un'eccitazione segreta per l'occhiata che i due ufficiali le avevano lanciato. Le aveva fatto venire voglia di vestirsi con gli abiti più belli e girare per la città tutto il giorno; ridacchiò, pensando a quanto sarebbe stato sfiancante per il povero conduttore del risciò. Poi pensò che non voleva più dormire in camera con sua madre, e si sentì in colpa per questo, perché sapeva quanto sua madre la amasse.

Ben presto iniziò a fare così caldo che le donne presero l'abitudine di dormire fuori, sul fresco pavimento di legno del portico coperto. Luna usò la scusa del caldo e si unì alle altre. Le donne stendevano i loro materassi vicini, così da formare un unico grande letto sul pavimento. Per tenere lontane le zanzare, bruciavano incenso di assenzio, dall'aroma dolce, il cui fumo si levava in volute azzurrine contro il cielo, nero come la pece. Le ragazze più giovani, eccitate da questo cambiamento, parlottavano tutta la notte, stese in fila come una collana di perle chiacchierine.

Una sera, quand'erano già a letto, Luna disse: « Ehi, Lotus. Muoio dalla voglia di un po' d'anguria fresca. Vai a tagliare quella che c'è in cucina ».

« Perché io? Mica sono la tua serva », ribatté Lotus, accoccolata al suo posto, lontano dalla sorella.

« Perché io sono tua sorella maggiore, mocciosa. Vai, subito, o lo dico alla mamma. »

Sentendo che Lotus stava per imbarcarsi nell'ennesima e vana lite con la sorella, Jade si alzò in fretta. « Vado a prenderla io. » S'infilò le pantofole e fece il giro dal cortile sul retro, diretta in cucina. All'interno, in un grosso secchio di legno pieno d'acqua fredda c'era l'anguria, messa lì dalla cameriera per tenerla al fresco. Jade la posò sul tagliere e rimase a fissarla per qualche istante, col coltello in mano, come un boia. Un senso di strisciante malessere la invase.

Jade posizionò la lama del coltello contro la buccia verde scuro dell'anguria, poi premette con forza. Con un rumore secco, il coltello la aprì, rivelando la polpa rosa intenso coi semini neri. Stava tagliando le due metà in quarti quando sentì qualcosa pungerle la mano. Si guardò il palmo sinistro e vide un taglio profondo da cui iniziavano a sgorgare gocce scure di sangue, simili a semi di melagrana. Allontanò la mano dall'anguria e lasciò che il sangue gocciolasse sul pavimento. Non avendo stracci a portata di mano per fasciare la ferita, serrò la mano sinistra a pugno e si arrabattò per pulire il disastro a terra e lavare il tagliere con una sola mano.

Jade tornò barcollando al portico, portando le fette di anguria in una cesta appesa al braccio destro. Li sentì prima ancora di vederli: le voci profonde e sconosciute parlavano in un misto di coreano e giapponese, e le ragazze in sottoveste erano in piedi in fila accanto ai loro lettini. Davanti al gruppo, misurando a grandi passi il cortile, c'erano quattro uomini, e accanto a loro, nel suo bell'abito di seta, Silver. Con la coda dell'occhio, Jade vide Stoney e tirò un sospiro di sollievo.

«Sono tutte qui, le ragazze di questa scuola?» chiese un coreano in abiti civili occidentali.

«Sì», rispose Silver, piano. Anche con la luce della luna si vedevano i suoi occhi iniettati di sangue.

Jade pensò al coltello in cucina e indietreggiò cercando di non fare rumore, ma il suo piede fece scricchiolare la sabbia e il coreano girò la testa di scatto, come un segugio. «Non stavi cercando di nascondere questa?» Afferrò Jade per le spalle, tenendola in piedi davanti a sé.

«No, certo che no. Non mi ero nemmeno accorta che non fosse a letto», rispose Silver.

Gli altri tre uomini indossavano l'uniforme. Uno di loro disse qualcosa in giapponese a quello vestito in borghese, salendo sul portico senza togliersi gli stivali.

«Lo sai che tutte le case di cortigiane, i bordelli e simili devono avere la licenza e l'autorizzazione del governo?» chiese il coreano.

«Questa casa è in attività da oltre un secolo, ed è passata di madre in figlia. Abbiamo sempre pagato le tasse. Non abbiamo infranto in nulla la tradizione», protestò Silver.

«Non fare la finta tonta, puttana. Starei più attenta alle parole, se fossi in te... So benissimo cosa combinavi qui», scattò lui, e Silver tacque. «Dovresti ringraziare il maggiore Hayashi per non aver già fatto chiudere questo posto», aggiunse, con un'occhiata all'ufficiale in uniforme nel portico.

Con la sua testa quadrata e col collo muscoloso che gli stava a malapena nel colletto, a Jade l'uomo di nome Hayashi sembrava un toro vestito in color kaki. Il giapponese camminò lentamente su e giù per il portico, guardando le ragazze con grande interesse. Loro tenevano il volto chino. Si fermò davanti a una ragazza, le prese il mento tra le mani e le girò il viso a sinistra e a destra, prima di passare a un'altra. Si fermò quando arrivò a Luna e sorrise, poi gridò qualcosa in tono allegro ai suoi ufficiali, che risero.

Il maggiore Hayashi sollevò il mento di Luna e le osservò il viso da vicino. Lei teneva gli occhi bassi, le braccia incrociate sul petto. Il maggiore le lasciò andare il mento e la costrinse ad aprire le braccia, che caddero inerti lungo i fianchi. Poi le fece scorrere un dito lungo la clavicola e giù fino al petto, stretto nella sottoveste. Chiuse la mano su un seno e strinse, finché lei non emise un gemito sofferente.

« La prego. » Silver, di colpo più deferente, si rivolse all'ufficiale coreano. « Quella, l'ho cresciuta con più cura che se fosse di famiglia nobile. Da quand'è nata è sempre stata trattata come una signorina. Quella ragazza non è una cortigiana. Non è neanche registrata alla corporazione. » Tacque per un istante e poi aggiunse: « Può avere chiunque, ma non lei ».

« Tra quelle giovani è chiaramente la migliore. E tu sei troppo vecchia. Faresti meglio a tacere e a non mettere vite in pericolo. Se non vuoi che la prenda qui davanti a tutti, ti conviene dargli una stanza », le disse l'ufficiale coreano.

« No, non lo farò », rispose Silver, in tono di sfida. Bastò una sua occhiata e Stoney balzò fuori da dietro l'angolo, lanciandosi tra Luna e il maggiore per spingerlo via. Gli uomini del maggiore imbracciarono i fucili e mirarono a Stoney, facendo urlare le ragazze. Hayashi barcollò per un attimo, poi si ricompose con un sorriso. Fece per sferrare un pugno in faccia al servitore, ma lui lo bloccò. Subito dopo, però, due uomini afferrarono Stoney per le braccia, gliele torsero dietro la schiena e lo spinsero a terra, mentre questi scalciava e si divincolava in silenzio. Quando infine Stoney fu immobilizzato a pancia in giù, il maggiore si accese una sigaretta e fece un lungo tiro, piazzandogli uno stivale sul collo.

Jade non avrebbe saputo dire se lo strillo acuto venisse da lei o da una delle altre. Udendo il trambusto, Hayashi rise e affondò ancora di più il piede, con tutto il suo peso sopra; Stoney, incapace di urlare, ansimava come un cane. Alcune delle ragazze più giovani piangevano senza ritegno e le più grandi si mordevano le labbra, paralizzate dal terrore. Jade sentì che le ginocchia le cedevano e che la sua lucidità si sfilacciava.

Hayashi borbottò qualcosa in giapponese, ma Jade comprese solo le parole che indicavano la feccia Joseon. Il maggiore espirò uno sbuffo di fumo bianco e premette ancora di più col piede sul collo di Stoney, la cui schiena era inzuppata di sudore e il cui volto stava diventando blu.

« Basta, la prego! » Silver si precipitò sul portico e si accovacciò accanto a Stoney. « Non lo uccida, non voleva fare del male. » Anche lei piangeva, cosa che non succedeva mai davanti agli altri. « È solo un poveretto, ed è muto. La prego, abbia pietà. »

Non importava che il maggiore non capisse il coreano. Tolse il piede dal collo del servitore e gli assestò un calcio fortissimo alla testa; si udì un *crac*, come un'anguria che si rompeva. A quel punto gli ufficiali mollarono la presa, ma Stoney ormai non si dibatteva più e rimase afflosciato sul pavimento.

Senza esitare oltre, Hayashi afferrò Luna per un braccio e la gettò a terra. Lei gridò e scalciò per allontanarlo; lui la colpì così forte alla testa che i capelli le sfuggirono dalla treccia e le coprirono il volto. La colpì ancora diverse volte, e alla fine Luna smise di resistergli e rimase immobile e muta. Jade chiuse gli occhi, ma non poté evitare di sentire i grugniti ritmici del maggiore.

Quando ebbe finito, Hayashi si tirò su i pantaloni come se niente fosse e se ne andò, seguito dai suoi uomini. Silver si gettò a terra accanto al corpo abbandonato di Luna, e alcune ragazze corsero a prendere qualche panno per fasciare e tenere assieme la testa spaccata di Stoney. Il loro pianto andava e veniva nelle orecchie di Jade. Lei si rese conto di aver tenuto in mano il cesto di anguria per tutto il tempo; lo mise giù adagio, anche se a quel punto nessuno l'avrebbe mangiata... Nessuno avrebbe mangiato nulla per un po'. Sembrava impossibile che potessero tornare a giocare e a leggere poesie in cortile. La sua vista si offuscò e infine le sue ginocchia cedettero. Jade perse i sensi, senza che nessuno la vedesse; sotto la mano, una pozza di sangue rosso scuro inzuppava il terreno.

3

QUALCOSA DA RICORDARE QUANDO TI SENTI GIÙ

1918

Dopo quella notte, Jade dovette tenere la mano avvolta nelle bende per quasi un mese. Quando la fasciatura venne rimossa, in lei non c'era nulla di diverso, eccetto una lunga linea rossastra sul palmo sinistro, che alla fine divenne bianca. Luna, invece, era cambiata. Non riusciva più a tormentare nessuno, non suscitava più paura, solo pietà. Non usciva dalla sua camera per nessun motivo. Silver le portava personalmente vassoi carichi delle sue pietanze preferite o di melone fresco, e li riportava indietro qualche ora dopo, il più delle volte intatti. Jade si appostava fuori dalla camera e si offriva di vegliare Luna, ma Silver rifiutava qualsiasi aiuto e continuava a occuparsene da sola.

In quel periodo, tutti dicevano che Luna si sarebbe ripresa e che Stoney sarebbe morto. Luna era giovane e, sebbene avesse riportato alcune ferite, queste non l'avrebbero uccisa. Ma la testa di Stoney si era spaccata in due, e lui era caduto in uno stato di torpore. Il vecchio erborista disse che probabilmente non si sarebbe più risvegliato, data l'età e che, se anche per un caso fortunato avesse ripreso conoscenza, sarebbe stato una creatura ancor più inutile, incapace di camminare o persino di fare i propri bisogni senza un aiuto. A quelle parole, Silver gettò una moneta all'erborista e gli disse di non mettere mai più piede in casa sua. Iniziò a occuparsi personalmente di Stoney, a cambiargli lenzuola e vestiti e a lavarlo con delle salviette. Poi, un giorno, quando Silver andò a trovarlo, lui era sveglio e la stava aspettando. Nel giro di una settimana riuscì a mettersi seduto, e la settimana successiva si alzò e andò nel bagno esterno da solo, anche se poi lo trovarono immobile sul pavimento, a metà strada verso la sua stanza. Le donne lo riportarono a letto e lì rimase senza muoversi per giorni.

La storia di quanto era accaduto si diffuse in città, e alcuni dissero che era vergognoso che Stoney non fosse riuscito a proteggere la sua giovane padrona, che tra i due sarebbe stato meglio perdere un servitore sordo che una giovane bellezza che cominciava appena a sbocciare. Ma Stoney, che non poteva sentire le malelingue, alla fine recuperò quasi del tutto le forze.

Stesa a letto per tutto quel tempo, Luna entrava e usciva dal sonno, al punto di non riuscire più a distinguere tra i suoi pensieri e i suoi sogni. Ricordava una storia che la madre le raccontava sempre: c'erano una volta una tigre e un'orsa che vivevano tra le montagne. Entrambe volevano diventare umane, così pregarono e pregarono e venne loro detto che, se fossero rimaste in una caverna per cento giorni, mangiando solo un po' di legno di assenzio e cento spicchi d'aglio, si sarebbero trasformate. Alla fine, la tigre rinunciò e uscì dalla grotta, ancora animale nella forma ma vicinissima agli umani in intelligenza ed emozioni. L'orsa continuò da sola, e al centounesimo giorno si trasformò in una bellissima donna. Ma l'orsa-donna voleva più di tutto avere un bambino, e pregò di nuovo. Questa volta, il figlio del cielo in persona scese in terra e giacque con lei. Il bambino che l'orsa-donna diede alla luce divenne il primo re di Corea.

A quanto poteva ricordare, Luna aveva sempre sentito un sacco di storie simili che parlavano di donne che volevano disperatamente avere figli. Quelle storie non raccontavano mai di donne che non volevano diventare madri, anche se ce n'erano tantissime tra le cortigiane, le serve, le ragazze nubili, le vedove e le signore adulte che avevano già troppe bocche da sfamare. Anche quelle donne dovevano pregare e mandare giù erbe amare per realizzare il loro desiderio.

Poco tempo prima, una ragazza di quattordici anni che si occupava del loro bucato era rimasta incinta e aveva pregato Silver di aiutarla. Non aveva il denaro per andare da un erborista, e in ogni caso non poteva farsi scoprire a comprare qualcosa che avrebbe rovinato irrimediabilmente le sue possibilità di sposarsi. Le cortigiane, com'è ovvio, avevano sempre una scorta della « medicina ». Luna aveva osservato con attenzione mentre la cameriera preparava un intruglio dall'odore amaro. Spesse volute di vapore salivano dalla ciotola, e la ragazza aveva buttato giù il contenuto quasi avidamente, o almeno così era sembrato a Luna.

Una volta presa la decisione di ricreare e assumere la medicina, Luna si alzò dal letto senza fare rumore, così da non svegliare Silver. Le gambe erano troppo deboli e ossute per reggere il suo peso, ma in qualche modo riuscì ad arrivare in cucina. Le erbe erano, come sempre, in un vaso di bronzo nell'angolo. Luna fece scaldare l'acqua in una pentola di coccio e lasciò sobbollire le erbe fino a quando il liquido non divenne marrone scuro e denso. Sapeva di legno e di bile.

Tornò a stendersi nel suo lettino e aspettò che la medicina facesse effetto. Aveva saltato solo una mestruazione, ma nel ventre sentiva già qualcosa di affilato e appuntito che prima non c'era. Che quel seme fosse come un chiodo malefico, non la sorprendeva affatto: c'era da aspettarselo da un uomo come Hayashi. Cominciava a fare un caldo insopportabile. E, invece di far uscire il chiodo, la medicina sembrò farlo diventare più grande, tanto che la lacerava dall'interno. A quel punto sua madre era sveglia, le teneva la mano e le misurava la febbre. Luna voleva sentire il sangue che le scorreva tra le gambe, ma il chiodo era conficcato dentro di lei. Se avesse potuto parlare, avrebbe implorato che qualcuno glielo strappasse fuori, e invece non riusciva a dire una parola, come se fosse intrappolata in un brutto sogno.

Quando Luna si svegliò, era ormai notte. Aveva avuto la febbre per un'intera giornata. Silver le era seduta accanto, e le ombre scure sotto i suoi occhi rivelavano che non aveva dormito per niente.

« Sei troppo giovane per ricordartelo, ma anch'io non volevo Lotus. E l'intruglio non ha funzionato nemmeno con me. Sono stata furiosa per tutta la gravidanza. Anche dopo che era nata quasi non la sopportavo. Ma, quando non aveva ancora due mesi, una volta mi ha guardata dritta negli occhi e mi ha sorriso. Sebbene fossi sicura che nel mio grembo sapeva quanto la odiassi.» Silver tacque per qualche istante e vide che Luna era troppo silenziosa e tesa per essere addormentata. «In quel momento me la sono stretta al petto e ho pianto come se volessi allagare il mondo. Un corpicino così piccolo, ancora rosso per essere stato dentro di me. Continuavo a ripetere come una pazza: 'Ti prego, perdonami'. Avevo cercato di sbarazzarmi di lei, ma la sua anima si era aggrappata a me con un filo. È qualcosa d'inspiegabile: *inyeon*, si chiama. Se non è destino, non puoi attaccarti alle persone, per quanto duramente ci provi. Persone che ami diventeranno estranee in un attimo, se l'*inyeon* si è spezzato. E talvolta le persone rimarranno attaccate a te per sempre, contro ogni probabilità. Lotus e io... Il nostro *inyeon* è profondo e risale a molto tempo prima di questa vita.

«Farei qualsiasi cosa per Lotus, come farei qualsiasi cosa per te. Siete entrambe figlie mie. Quindi ti assicuro, ti prometto: non puoi ancora sapere come ti sentirai più avanti.»

Nonostante il sole cocente e l'aria pesante e attaccaticcia come resina, Silver andò dall'altra parte della città per spedire un telegramma a Seul. La ragione di tale uscita divenne chiara quando alla loro porta si presentò un'ospite, una cortigiana bella quanto Silver, ma vestita con abiti più semplici e più costosi. I suoi capelli neri come l'inchiostro erano sfrangiati attorno alla fronte e raccolti sulla nuca alla moda occidentale. Invece delle pianelle in seta e cuoio ricamate a motivi floreali, portava scarpe a tacco alto con la cinghia e calze di seta finissime che solo le donne bianche indossavano. La cugina di Silver si chiamava Ye-dan, ma gli amici e gli ammiratori la chiamavano Dani. Avrebbe portato Luna a Seul, con la motivazione ufficiale che la ragazza potesse ricominciare una nuova vita. Tutti sapevano, però, che la vera ragione per cui la mandavano via era impedire a Hayashi di scoprire le sue condizioni.

Anche Lotus sarebbe stata mandata a Seul, ma rifiutava di partire se non avesse potuto portare con sé la sua migliore amica. Silver aveva concordato di pagare la pensione per le figlie, così che non dovessero risarcire la padrona di casa come era consuetudine. Jade, invece, era un investimento per cui la cortigiana aveva già sborsato una somma considerevole, quindi il suo trasferimento era una questione più delicata. Dani accettò comunque di dare un'occhiata alla ragazzina, che venne convocata una sera dopo cena.

« Quanti anni hai? » le chiese Dani, scrutandola dalla cima della testa all'orlo della gonna coi suoi occhi acuti e bellissimi.

« Ne ho dieci, Madame », mormorò Jade, fissando lo sguardo sulle labbra dipinte di scarlatto di Dani. Anche Silver e le altre cortigiane mettevano il rossetto, ma Dani era l'unica donna che Jade avesse mai visto per la quale il trucco non era solo un ornamento, ma un effetto: il colore delle sue labbra bastava da solo a farti sentire come se lei ti stesse accarezzando dolcemente o, se voleva, schiaffeggiando sul volto. La donna estrasse una sigaretta da una scatolina smaltata e la tenne tra le labbra lievemente socchiuse mentre l'accendeva con un unico movimento fluido della mano. I suoi modi e la sua dizione erano impeccabili, eppure attorno a lei aleggiava, come se fosse profumo, un'aria di ribellione. Dani sfidava la facile divisione in categorie come nessun altro, e quella era la sua qualità più attraente.

« Fammi vedere gli occhi. » Dani si tolse la sigaretta di bocca. Una nuvoletta di fumo le indugiò attorno alle labbra prima di levarsi nell'aria. Jade alzò lo sguardo e incontrò le sue iridi, quasi nere e screziate di pagliuzze marrone dorato.

« È graziosa, e anche piuttosto brillante », intervenne Silver. « Non sarà pronta per lavorare ancora per un po', ma farà comunque comodo averla attorno. »

Dani si voltò verso la cugina. Persino il modo in cui inclinava la testa da un lato e sollevava il gomito era languidamente elegante, pensò Jade.

« Come dici tu, ha l'aria di una che impara in fretta. I suoi occhi non sono affatto male. È più carina della tua Lotus, se devo essere onesta. » Dani parlò schiettamente, come se Jade non fosse lì in piedi davanti a lei.

« Lotus non ha per niente preso da me », replicò Silver, ferita.

« Non c'è dubbio. Luna, invece, è la tua copia, poverina. Questa ragazza non è eccezionale quanto lei, ma ha dei tratti graziosi, devo ammetterlo. Sopracciglia intelligenti, labbra piene... Però non penso di prenderla, dopotutto. È troppo delicata. Debole, e non intendo solo in senso fisico. È peggio: sembra non avere personalità, e tu sai quanto io non ami le anonime ragazze di campagna. » Dani scosse il capo.

« Jade ha personalità! » protestò Silver, guardando severamente la ragazzina come a dirle: *Forza, fai vedere il tuo lato attraente*. Il suo comando non sortì l'effetto desiderato: sotto lo sguardo indagatore di due donne così fiere, Jade si sentì vivace quanto una pietra da mulino.

« Questi sono tempi duri, sorella. In campagna non c'è grano, lo sai. Ogni settimana arrivano alla mia porta almeno cinque ragazze. I loro genitori mi pregano di prenderle con me per poco più di un sacchetto di riso. Persino nei loro stracci sporchi di fango, alcune sono più carine di questa Jade. Le rimando indietro tutte. » Dani si appoggiò allo schienale e incrociò le braccia, facendo intendere che per lei la discussione era chiusa.

« È la migliore della sua classe in poesia, recita i versi classici come un usignolo. Dovresti vederla quando gioca in cortile con le sue compagne. Davvero affascinante », insistette Silver.

« Perdonami, ma qualche azione 'affascinante' non mi colpisce come una prova di originalità. Questa bambina è graziosissima quando gioca, non ne dubito, ma io non sto cercando solo vivacità. La tua seconda figlia, invece... Lei sì che ha spirito! Ha preso da te, solo non nell'aspetto... » Dani rise, ma il volto di Silver rimase cupo.

« Credo che tu sia troppo rigida, Dani. Jade ha soltanto dieci anni, dopotutto. I bambini cambiano completamente una dozzina di volte l'anno quando stanno crescendo. Io posso solo dire che è valida. Ho visto anch'io un bel po' di ragazze, e so di cosa sto parlando. »

Dani inclinò il suo bel viso ed emise un suono leggero. Jade tentò di mostrare quella qualità speciale che Dani stava cercando, magari l'aria di gioia spontanea che Lotus emanava con tanta facilità. Ma non riusciva proprio a forzare un sorriso mentre veniva giudicata così. Una lacrima le pungeva invece l'angolo dell'occhio destro e minacciava di sfuggirle, e lei si concentrò per farla rimanere al suo posto.

Dani sospirò. « Be', mia cara sorella. Onestamente, io non so se abbia quello che ci vuole per guadagnarsi da vivere come cortigiana. Non ha sensualità, e che altro vogliono davvero gli uomini? Dall'altra parte, è troppo raffinata per essere una buona lavandaia. Sta in mezzo, per così dire... non credi? Ma sei mia cugina e la mia più cara amica. La prenderò come apprendista, se è ciò che vuoi. » Distolse lo sguardo da Jade e la congedò con gesto indifferente.

Jade indietreggiò fino a uscire dalla stanza e corse a dare la notizia a Lotus. Non capiva perché a Dani non interessasse lei ed elogiasse Lotus e perché Silver facesse il contrario. Era strano pensare che la sua migliore amica avesse una qualità di cui lei era priva, anche se Jade era più graziosa e comprendeva la letteratura. Invece di prendersela, provò sollievo alla conferma che erano perfettamente complementari. L'una attenta, intelligente e gran lavoratrice, e l'altra vivace, spontanea, affascinante e sicura di sé. Non sarebbero mai state in competizione per gli stessi cuori o la stessa felicità, come può succedere a due amiche troppo simili. Jade sentiva che ciascuna delle due avrebbe avuto solo metà di una vita, come una sola ala, e che non sarebbe mai stata completa se non fossero state assieme, fianco a fianco.

Quando salirono sul treno, Dani scelse due sedili l'uno di fronte all'altro all'estremità della carrozza. Nessuna parlava mentre fuori i campi correvano via, indistinti. Uno stormo di uccelli parve volerle seguire per un po', ma poi rimase indietro, come se fosse esausto.

« Andiamo più forte degli uccelli! » disse Lotus, in un'esclamazione soffocata. Dani fece un sorriso indulgente. Era già chiaro a tutti che stravedeva per Lotus per via della sua personalità e del suo temperamento, e per Luna per via del suo aspetto e della sua tragedia. Jade si sentiva imbarazzata più che ferita nel ritrovarsi in fondo alla lista di quelle preferenze.

« Non siete mai state in treno, vero? Aspettate di arrivare a Seul: vedrete un sacco di cose che non avete mai immaginato neanche nei sogni », disse Dani. « Ehi, guardate fuori! »

Le ragazze si voltarono di scatto verso il finestrino, oltre il quale il sole perlaceo era già a metà della sua discesa nel cielo estivo, opaco e umido. Dani riprese: « Questa ferrovia non va solo da Pyongyang a Seul. A sud si allunga fino all'estremità della penisola, e a nord arriva fino a Uiju, dove si può prendere la rotta occidentale verso Pechino e poi Shanghai, oppure andare verso nord fino in Manciuria, Siberia e addirittura in Europa! Non sarebbe bellissimo? »

« Che senso avrebbe andare così lontano? Sono luoghi non civilizzati », commentò Lotus con un tono di voce che ricordava sorprendentemente quello di sua madre. Jade, tuttavia, notò che il volto di Luna si era illuminato per un attimo all'accenno all'Occidente e all'oceano. Accanto a lei, Dani fissava ostinatamente l'orizzonte, come se bastasse la determinazione dei suoi bellissimi occhi per farle spiccare il volo oltre il finestrino.

Per quanto la riguardava, Jade non sapeva se le sarebbe piaciuto andare da qualche parte. Non aveva mai avuto occasione di pensarci, e la sua mente annaspava quando era alle prese con le cose non certe. Peggio ancora, non era neanche naturalmente curiosa: i libri che amava di più non erano quelli che le insegnavano qualcosa di nuovo, ma quelli che parlavano di cose che lei sapeva già, solo in un modo più bello. La sua immaginazione correva in cerchio tra ciò che le era familiare, simile a una fontana più che a un fiume, soprattutto quando si trattava di pensare alla sua vita. Che altro poteva diventare, oltre a quello che gli altri volevano che fosse? L'immaginazione della cugina di Silver, invece, doveva sicuramente essere un mare aperto quand'era giovane. Jade supponeva che da grande non sarebbe stata splendida nemmeno la metà di quanto lo era Dani e, peggio ancora, che lo pensasse anche Dani.

Al tramonto, il treno entrò lentamente nella stazione di Seul come un cavallo stanco che torna nella scuderia. Quando uscirono, l'aria si fece ancora più densa, e sfumature di arancio e violetto si allungarono sul vasto ignoto. Jade fu colpita soprattutto dalla stranezza della gente che vedeva attorno a sé. Certo, anche a Pyongyang erano tutti sconosciuti, per lei, ma in quanto parte di quel gruppo ne riconosceva l'aspetto, il suono, le espressioni sui loro volti; con loro si era sentita al sicuro. L'insieme di estranei a Seul aveva un'aura diversa, erano più controllati, decisi, indifferenti, non molto diversi da Dani. Evitavano impazienti le ragazze e fluivano nella grande piazza di fronte alla stazione, dove venditori ambulanti e conduttori di risciò richiamavano l'attenzione dei passanti. Oltre la piazza, si ergeva, solitario, un enorme arco di pietra con un tetto di tegole blu scuro. Ai suoi lati, negozietti e strani edifici si raggruppavano come cuccioli.

« Quella è la Grande porta meridionale », spiegò Dani quando furono a bordo del risciò. « È stata costruita più di cinquecento anni fa nelle mura del castello, che, quando sono venuta a Seul la prima volta, erano ancora in piedi. Era uno spettacolo notevole. I giapponesi le hanno buttate giù da un pezzo. E all'epoca non c'erano nemmeno quegli orrendi pali della luce. »

Il conduttore del risciò iniziò a correre e il caos della stazione rimase sempre più indietro.

« Attraverseremo la porta? » chiese Jade, parlando per la prima volta da quand'erano partite da casa.

« Ma certo! » rispose Dani. « Una porta non cessa di essere una porta solo perché non ha più delle mura di fianco. Altrimenti come si farebbe a sapere di essere arrivati a Seul? E poi non c'è nulla di meglio che passare sotto un arco per tirare su il morale. Ricordatevelo quando sarete tristi », concluse, in tono allegro. La capacità di trovare cose stranamente confortanti era un altro dei suoi talenti particolari. « Eccoci. Ora capirete cosa intendo! »

Mentre il risciò passava sotto l'arco e sbucava dall'altra parte, Jade avvertì davvero un fremito di gioia inspiegabile.

4

L'ORFANO

1918

Lo stesso giorno in cui le ragazze arrivarono in città, ma qualche ora prima, anche un ragazzo attraversò la Grande porta meridionale. La sera precedente si era separato da alcuni mercanti in viaggio che l'avevano portato con loro per qualche settimana in cambio del trasporto di un pacchetto e di qualche piccola commissione. Gli avevano dato due penny, abbastanza per dormire nella camerata comune in una locanda e per una scodella di brodo. Lui, invece, si era messo in un fossato a lato della strada, appena fuori dalla Grande porta, e aveva deciso di mangiare solo quando fosse stato senza forze. Trovato un solco tondeggiante nel fossato, vi si era acciambellato su un fianco, con le ginocchia strette al petto. Come se lo stessero aspettando, morbidi e lunghi ciuffi d'erba si erano piegati dolcemente su di lui. Il ragazzo aveva guardato di sbieco verso il cielo, di un nero profondo e trapunto di stelle luminose.

Suo padre era stato un uomo di poche parole, ma prima di morire gli aveva detto che guardare il cielo ti poteva rendere coraggioso davanti a tutto e non farti aver paura di niente. Era stato un cacciatore formidabile ma, verso la fine della sua vita, non riusciva neanche più ad alzarsi dal letto. «Qualsiasi cosa accada, prenditi cura delle tue sorelle», gli aveva chiesto, steso impotente nel lettino. Dal suo corpo sottile come un'ombra sporgeva solo il ciuffo grigio di capelli. «Ora sei il capofamiglia. Se hai bisogno di coraggio, guarda il cielo.»

Quando le stelle andarono a dormire, il ragazzo si svegliò al profumo del sole che scaldava la terra. Si strofinò gli occhi e strisciò fuori dal fossato per dare la sua prima, vera occhiata alla città, a quell'ora soffusa di liquida luce aranciata. L'alba estiva a Seul era elettrizzante ma brevissima, quasi inesistente. Il sole cocente si lanciava sopra l'orizzonte, asciugando le gocce di rugiada in un istante, e la città si alzava, come obbedendo al suo comando. C'era già una fila di carretti, viaggiatori e operai che entravano e uscivano dalla Grande porta. Il ragazzo si unì circospetto alla folla che entrava in città. Nessuno gli chiese che ci facesse lì, non lo guardarono neanche. Lui sgattaiolò senza problemi all'ombra fresca dell'arco e uscì dall'altra parte, su un'ampia strada affollata di tram e fiancheggiata da alti e imponenti edifici in stile occidentale. Sebbene si sentisse debole per la fame, non poté fare a meno di sorridere. Toccò la borsa chiusa da un cordoncino che teneva in tasca e le diede una strizzatina allegra, sentendo sotto le dita i due penny, l'anello d'argento e il portasigarette che conteneva.

Sui due lati del viale c'erano molte ville che pensava fossero case cristiane, e che in realtà erano di proprietà di uffici governativi, consolati e compagnie commerciali. Nelle vie, i coreani vestiti di bianco si mescolavano ai giapponesi vestiti di nero. C'erano poi gli ufficiali in uniforme a cavallo, che tutti gli altri aggiravano e oltrepassavano in fretta con discreta fiducia, come banchi di pesci attorno agli squali. Il ragazzo intravide persino un paio di uomini bianchi con le lunghe e vigorose gambe che sporgevano da un risciò trainato da un uomo più anziano e magro. Dalla sciarpa avvolta attorno alla testa, grosse gocce di sudore gli scendevano lungo il viso umile color terra e cadevano con uno schizzo sulla strada giallo sporco o sui suoi piedi. Mentre il risciò si allontanava in fretta e spariva tra la folla, nella mente del ragazzo affiorò l'immagine del padre.

Il sole picchiava già forte, e la sua gola era secca al punto di chiudersi. Deglutì due o tre volte, ma lungo la gola gli scese a malapena una goccia di saliva. Prima di fare qualsiasi altra cosa, doveva trovare un po' d'acqua. In ogni villaggio di campagna, vicino all'albero più grande, c'era un pozzo dove le donne andavano a raccogliere acqua per la giornata. Uno doveva solo cercare l'albero più alto, o seguire le ragazze con le anfore sopra la testa. Qui, invece, non c'erano alberi, solo strade interminabili piene di esseri umani di ogni genere tranne che di ragazze che portavano l'acqua. Poco lontano vide una donna che reggeva una cesta e la raggiunse.

«Scusa, Zietta, dove posso trovare un po' d'acqua?» Le parole gli uscirono roche e dure come chiodi, e la donna continuò per la sua strada senza nemmeno rallentare per un momento. Anche le due persone che lui avvicinò poco dopo continuarono a camminare come se non l'avessero sentito. Aveva pensato che l'ultimo, che sembrava uno studente universitario, si sarebbe certamente fermato e gli avrebbe detto qualcosa. Quando pure il giovane lo superò freddamente, il ragazzo sentì che il sangue gli defluiva dalla testa, rendendogli difficile reggersi in piedi. Trovò un poco di ombra sotto le grondaie di un palazzo e si lasciò cadere seduto a terra, senza fare il minimo sforzo per attutire il colpo tanto era prosciugato di ogni energia. Si premette le mani sugli occhi. Uno dei mercanti con cui aveva viaggiato faceva così quando era particolarmente stanco, e al ragazzo era sembrato che il gesto desse sollievo senza essere infantile o un segno di debolezza.

«Vieni dalla campagna?»

Lui abbassò le mani e guardò in su; vide un altro ragazzo più o meno della sua età. «No», mentì istintivamente.

«Come ti chiami?»

«Nam Jung-ho.»

«Visto? Sei un bifolco fatto e finito. Chi dice il suo nome così a un estraneo se non i campagnoli che hanno appena attraversato la Grande porta?»

«Quanti anni hai, stronzetto? Parli come se avessi voglia di prenderle.» Jung-ho aveva appena dodici anni, ma a casa si era già guadagnato la reputazione di miglior lottatore tra i monelli del villaggio. Sebbene di costituzione minuta, era atletico e veloce. Inoltre, non aveva affatto paura del dolore, si preoccupava solo di quanto poteva far male all'avversario, ed era così che batteva ragazzi più grandi e più grossi.

«Mi fai ridere. Sembri uno che non mangia da giorni. Sei così debole che non ti reggi in piedi», lo schernì il ragazzo di città.

In un batter d'occhio, Jung-ho balzò in piedi coi pugni serrati all'altezza del mento, pronto a colpire. Il ragazzo di città era più alto di lui, ma appena di pochi pollici.

«Stavo solo scherzando», si difese l'altro, cambiando immediatamente tono. «Non c'è bisogno di scaldarsi tanto.»

«Lasciami in pace, cane merdoso», disse piano Jung-ho, ancora coi pugni alzati. «Lasciami in pace!»

«Ehi, va bene, ti lascio in pace. Solo che sembra che ti farebbe bene un po' d'acqua, o qualcosa da mangiare. Vieni con me e ti faccio vedere dove trovare l'acqua.»

«Scommetto che stai mentendo.»

«Se ti avrò mentito, allora mi potrai menare, d'accordo?» ribatté con un sorriso il ragazzo di città.

«Come ti chiami?»

«Mi chiamano Loach.»

«Che nome stupido», commentò secco Jung-ho. I due si avviarono comunque assieme. Loach era bravo a destreggiarsi tra la folla che si muoveva in tutte le direzioni, senza mai fermarsi né perdersi, proprio come il cobite, il piccolo pesce da cui prendeva il nome.

«Quanto manca ancora?» non poté fare a meno di chiedere Jung-ho.

«Ci siamo quasi», fu la risposta di Loach.

All'inizio, Jung-ho cercò di ricordare il tragitto e le svolte, così da essere in grado di fare il cammino a ritroso verso la Grande porta meridionale, ma alla fine rinunciò, poiché sapere dove si trovava rispetto a quel singolo punto di riferimento era inutile. Che sapesse ripercorrere la strada o no, non sapeva dove fosse tutto il resto, quindi in ogni caso era perso. Le vetrine dei negozi con le insegne in caratteri cinesi, il fruscio dei risciò, le grida dei venditori, gli artisti di strada e persino un tram guidato da un cavo elettrico sul tetto e pieno zeppo di persone lo circondavano da ogni parte e lo stordivano. Per non vacillare, tenne gli occhi incollati sulla schiena magra di Loach e sulla chiazza di sudore a forma di punta di freccia che vi si allungava al centro.

«Eccoci, siamo arrivati.» Loach si voltò e fece un sorrisetto, indicando un punto più avanti.

«Eh?»

Erano arrivati sulla riva di un canale, che tuttavia non aveva niente in comune coi freschi e vivaci corsi d'acqua che attraversavano il villaggio di Jung-ho, ai piedi delle montagne. Quel rigagnolo poco profondo e paludoso scorreva a circa cinque iarde sotto il livello della strada, e le sue sponde di ciottoli erano fiancheggiate sui due lati da un argine di roccia e cemento. Loach indicava un ponte di pietra poco più avanti, che pareva sul punto di crollare sotto una miriade di carretti e pedoni.

« Cos'è questa roba, idiota? Avevi detto che avremmo trovato l'acqua », protestò Jung-ho, senza preoccuparsi di nascondere la propria frustrazione.

« È sotto il ponte », replicò Loach senza batter ciglio.

« Quell'acqua fangosa? Mi hai preso per un cane? »

« Non essere sempre così rabbioso, che già fa un caldo fottuto. Io vivo sotto il ponte », spiegò Loach. Poi, senza dargli il tempo di replicare, proseguì: « O mi segui o torni da dove sei venuto, bifolco ». Si accucciò, mise le mani sul bordo dell'argine, poi sporse le gambe e saltò giù. Jung-ho corse a guardare di sotto; Loach si stava già rialzando, spolverandosi le mani.

« Figlio di puttana », mormorò Jung-ho, prima di saltare a sua volta.

« Perché ci hai messo tanto? Non siamo poi così coraggiosi, eh? » lo prese in giro Loach. « Ci siamo quasi. »

Contrariamente alle speranze di Jung-ho, la presenza dell'acqua non rinfrescava affatto l'aria mentre camminavano verso il ponte. Via via che si avvicinavano, Jung-ho notò un cumulo di rifiuti, che si rivelò essere un gruppetto di tende rudimentali. Diversi ragazzi della loro età erano seduti su grosse pietre poco lontano e chiacchieravano; quando videro Loach si alzarono in piedi per andargli incontro. Erano così sporchi che veniva voglia di grattarsi solo a vederli.

Mentre si avvicinavano alle tende, Jung-ho tentò di tutto per nascondere il proprio disagio. La cosa peggiore che poteva fare a quel punto era correre via. Non sarebbe riuscito a risalire sull'argine, e loro gli sarebbero stati addosso in un attimo. Se pensavano che non fosse intimidito, invece, poteva ancora cavarsela.

« Lui chi è, Loach? » chiese uno dei ragazzi. Era il più alto di tutti, ed era l'unico a vantare un'ombra di peluria grigia sopra il labbro superiore.

« È uno nuovo, appena arrivato dalla campagna. Ehi, sta morendo di sete, dategli un po' d'acqua », ordinò Loach. Ci fu un breve bisticcio su chi dovesse andare a prendere l'acqua, ma alla fine uno di loro recuperò una ciotola da una tenda e la porse a Jung-ho.

« Bevi, zoticone. È acqua di pozzo », disse Loach.

Rassicurato, Jung-ho portò rapidamente la ciotola alle labbra e trangugiò l'acqua, sentendosi addosso gli occhi di tutti gli altri.

« Va meglio? » sogghignò Loach quando Jung-ho abbassò la ciotola. Lui annuì.

« Come ti chiami? » gli chiese lo spilungone coi baffetti.

« Nam Jung-ho. E tu? » ribatté Jung-ho, rivolgendosi a lui come se avessero avuto la stessa età.

« Comportati bene, hai appena bevuto la nostra acqua... Il mio nome è Young-gu. Ma tu mi chiamerai Fratello. »

Jung-ho non disse niente e Young-gu proseguì: « Da quale provincia vieni? E perché sei a Seul? »

« Vengo dalla provincia del Pyongan. E sono venuto qui per la stessa ragione per cui ci vengono tutti. Non c'è più niente da mangiare in campagna. »

« E la tua famiglia? »

Jung-ho rifletté per un momento. Dopo la morte del padre, un vedovo si era fatto avanti per chiedere di sposare la sorella più grande. L'uomo si era offerto di prendersi in casa anche la più piccola, ma non lui. Nutrire una cognata di cinque anni era un conto, un ragazzo quasi adulto era un altro paio di maniche. Poiché la sorella più grande avrebbe rifiutato l'offerta e sarebbe morta di fame con loro piuttosto che abbandonarlo, lui era fuggito in silenzio nel cuore della notte. « Tutti morti », rispose poi.

« Allora oggi è il tuo giorno fortunato. Se diventi uno di noi, non dovrai più aver paura di morire di fame. Mangiamo poco, ma dividiamo tutto », disse Young-gu.

« Siamo orfani come te », intervenne Loach.

« Come vi procurate da mangiare? » chiese Jung-ho.

« Mendichiamo, rubiamo... Tranquillo, rubiamo solo ai cattivi. Ci prenderai la mano », rispose Young-gu. « Ma, prima di tutto, devi fare un giuramento di fedeltà e consegnare i soldi che hai. »

« Non ne ho... » iniziò Jung-ho, cercando istintivamente il sacchettino nella tasca; non lo trovò.

« Ce l'ho io, bifolco. » Loach mostrò il sacchetto. « Sai, avrei potuto fregarti questo e mollarti in mezzo alla folla. Invece ti ho portato qui, dove viviamo noi. Quindi non fare quella faccia triste e offesa, imbecille. » Lanciò il sacchetto a Young-gu, che lo prese al volo con una mano sola.

Jung-ho tremava di rabbia mentre il ragazzo più grande apriva il sacchettino e ne estraeva il contenuto. Young-gu s'infilò subito in tasca i due penny, ma rimase a soppesare l'anello e il portasigarette.

« Puoi tenerti i soldi. Ma quelli no », disse Jung-ho. Il cuore gli martellava. « Ridammeli. »

« Mi prendi per scemo? Perché te li dovrei ridare? Sono roba da ricchi. Li hai rubati, vero? »

« Me li ha dati mio padre prima di morire. » Per la verità, Jung-ho li aveva trovati sotto il cuscino del padre dopo che era morto, ma si disse che era lo stesso, visto che lui ne era il solo figlio maschio ed erede. Erano suoi non perché valevano un bel po' di soldi, ma perché erano la sua eredità.

« Mi sa che non hai capito », ribatté Young-gu con un sogghigno. « Forse non hai ancora provato la vera fame, o forse sei solo stupido, ma questi oggetti non ti terranno in vita quando sarai steso in un fosso da qualche parte, aspettando di morire. Invece, se li vendiamo, potremo mangiare tutti quanti a sazietà. » Nonostante la sua aria spavalda, Young-gu pronunciò le ultime parole con un tono di autentico desiderio.

« Non me ne frega niente se morite di fame, non voglio essere uno di voi. Adesso ridammeli! » esclamò Jung-ho.

Young-gu rise di cuore, e il gruppo gli fece eco. « Puoi andartene, nessuno ti trattiene. Ma non riavrai indietro questi. Sei stupido anche solo a chiederlo. Facciamo che questa è la prima lezione che impari a Seul. »

In un lampo, Jung-ho alzò il pugno verso il mento, pronto a

combattere. Gli altri smisero di ridere e il sorriso si spense anche sul volto di Young-gu. Rimise i ninnoli nel sacchettino e lo lanciò a Loach perché lo tenesse al sicuro.

Come se si fossero messi d'accordo, gli orfani fecero un paio di passi indietro e allargarono il cerchio, mentre Young-gu e Jung-ho si avvicinavano l'uno all'altro. L'aria ribolliva dell'energia famelica e inquieta dei maschi adolescenti. In quella tensione, ci fu un momento fugace in cui entrambi dimenticarono il canale fangoso pieno di rifiuti, l'ombra umida del ponte e la città spietata sopra di loro. Young-gu tornò alla capanna di fango in cui era cresciuto, a meno di mezzo miglio da lì. Ricordi frammentati della mano di sua madre e del pelo morbido del suo cane gli attraversarono la mente senza una spiegazione, e lui si sentì colmare da un senso di consolazione. Jung-ho escluse tutto ciò che aveva attorno, anche Young-gu, e persino il suo stesso corpo ormai esausto. In quel mezzo secondo prima che i pugni venissero assestati, guardò in su verso il cielo, acceso del giallo vivido del tramonto. Non gli diede conforto né coraggio, come invece gli aveva assicurato il padre. Ma pensò che lui e sua madre erano lassù da qualche parte, che non era venuto al mondo da solo, e quindi, mentre si lanciava in avanti per colpire con un pugno la testa di Young-gu, si ricordò perché doveva sopravvivere meglio che poteva.

Young-gu evitò facilmente il colpo e contrattaccò, però il più giovane schivò a sua volta. Per qualche minuto si studiarono a vicenda, colpendo e bloccando, ma a distanza di sicurezza. Poi Jung-ho mirò allo stomaco di Young-gu. Poiché si era piegato leggermente, il capo era all'altezza perfetta per un colpo. Ma, proprio mentre il ragazzo più grande faceva partire il pugno, fiducioso, Jung-ho gli sgattaiolò sotto il braccio e gli piantò la testa nello stomaco più forte che poteva, abbattendolo come un albero. Jung-ho sapeva bene che il vantaggio di uno più alto viene annullato quand'è a terra, e che chiunque riesca a inchiodare l'avversario al suolo vince quasi sempre, indipendentemente dalla stazza. Nel momento in cui Young-gu finì lungo disteso, più per la sorpresa che per altro, Jung-ho gli si gettò sul petto e prese a colpirlo selvaggiamente e ripetutamente. Young-gu riuscì quasi subito ad afferrare i polsi ossuti di Jung-ho, urlando, stavolta con rabbia vera: « Tu, piccola merda! Stronzetto! »

A quel punto, Jung-ho tirò indietro la testa, poi colpì Young-gu in fronte con tutta la sua forza. Quest'ultimo gridò di dolore, ma Jung-ho, senza batter ciglio, gli diede un'altra testata, ancora più forte. Il ragazzo più grande gli lasciò andare i polsi e rimase steso in silenzio, a sanguinare. Solo a quel punto Jung-ho si rialzò, pulendosi a sua volta il sangue dalla fronte col dorso della mano. « Ridammi le mie cose », intimò a Loach, che gli lanciò subito il sacchettino.

Jung-ho frugò nella tasca di Young-gu per riprendersi i due penny e li rimise nel sacchetto, mentre gli altri lo osservavano in silenzio. Iniziò ad allontanarsi da sotto il ponte con l'intenzione di trovare una fessura nell'argine che gli rendesse più facile arrampicarsi. Poco dopo, però, sentì dei passi di corsa alle sue spalle, e un grido.

« Ehi! Fermo dove sei! » Era la voce di Loach.

« Che c'è? Vuoi prenderle anche tu? » ringhiò Jung-ho.

« Non andartene. Ma ti rendi conto di quello che è successo? » Loach tacque per un momento, riprendendo fiato, poi disse, in fretta: « Hai appena sconfitto il nostro capo. Il che vuol dire che adesso il capo sei tu ».

Jung-ho sbuffò. « Io non voglio essere il vostro capo. Young-gu può continuare a spadroneggiare su di te e tutti i suoi sottoposti. Io non voglio averci niente a che fare. »

« Non è così che funziona! » insistette Loach. « Va bene, non vuoi unirti a noi? Come pensi di sopravvivere da solo là fuori? Credi che siamo l'unica squadra di mendicanti a Seul? Ce ne sono molte, anche solo in questo quartiere, e poi ci sono le vere bande di criminali. Pensi che ti lascerebbero vivere? »

« E a te che importa? » gridò Jung-ho. « Se muoio, muoio. »

« Che testone che sei. Sto solo cercando di aiutarti. Se vuoi vivere, devi unirti a un gruppo. E, se sei il capo, puoi fare quello che vuoi. Puoi ordinare agli altri di darti la parte più grossa senza neanche bisogno di andare a mendicare per le strade tu stesso. »

« Ma come puoi dire questo quando fino a pochi minuti fa eri il braccio destro di Young-gu? » chiese Jung-ho, sprezzante.

« Io non sono il braccio destro di nessuno. Faccio quello che posso per sopravvivere. Se tu non fossi un idiota cocciuto, faresti la stessa cosa. »

I due ragazzi si fissarono negli occhi per qualche istante. Loach aveva sorriso mentre lo accompagnava al loro rifugio, e aveva sorriso mentre gli rubava i soldi. Era uno di quei ragazzi con gli occhietti piccoli e allungati che avevano il sorriso facile per chiunque, cosa che li rendeva imperscrutabili e odiosi. Mentre arrivava a quella conclusione, Jung-ho soffocò una voglia travolgente di fargli un occhio nero. Tuttavia, era innegabile che il ragazzo non gli aveva mentito né aveva voluto fargli del male, e che diceva la verità sulla necessità di restare in gruppo.

Un attimo dopo, Loach tese la mano. Jung-ho la prese senza neanche sapere bene perché, poi si sorprese a stringerla e dondolarla su e giù varie volte prima che entrambi si tirassero indietro, come imbarazzati.

« Dai, andiamo », lo esortò Loach. « Tra poco torneranno i ragazzi che sono andati in giro. Abbiamo acrobati, borseggiatori, semplici mendicanti. Se ci è andata bene, oggi abbiamo messo assieme abbastanza per un po' di zuppa. »

« Di solito che cosa mangiate? » non poté fare a meno di chiedere Jung-ho, pieno di curiosità e speranza.

« Stufato, o patate se siamo fortunati. Pesce di scarto, cose così. »

« Un po' di stufato mi ci vorrebbe proprio. Non mangio niente da più di un giorno », rivelò Jung-ho, vergognandosi un po'.

« Io pure. Ma non si ha davvero bisogno di mangiare tutti i giorni. Mia madre me lo diceva sempre. » Loach fece un altro dei suoi sorrisi. Stavolta, agli occhi di Jung-ho non sembrò così spregevole.

5

L'AMICO DA SHANGHAI

1918

Ogni essere umano fondamentalmente crede nel proprio valore unico e intrinseco, senza il quale la vita sarebbe insopportabile; nella psiche di Kim Sung-soo, tuttavia, quella convinzione non era soltanto una base, ma il vero e proprio pilastro. Lui non ne era consapevole, naturalmente, poiché queste persone sono proprio le meno inclini ad ammettere l'egoismo. Essendo un uomo moderno e colto, aveva un suo codice di comportamento, ed era sufficientemente soddisfatto di sé da attenervisi senza troppe difficoltà. In altre parole, era a favore dell'indipendenza ma contro ogni forma di attivismo autoctono (il cambiamento, secondo lui, poteva avvenire soltanto dall'alto al basso, ossia implorando gli Stati Uniti di liberare la Corea). Quand'era tra amici, elargiva qualche appropriato commento al vetriolo sull'oppressione, godendosi l'eloquenza del suo stesso discorso e il gusto morbido delle sue sigarette giapponesi. Poteva portare avanti relazioni amorose fisicamente, finanziariamente e talvolta anche emotivamente coinvolgenti, ma non sarebbe mai stato così vile da sbandierarle davanti alla moglie, sottoponendola a un'inutile umiliazione. Per farla breve, la sua morale non era peggiore di quella di qualsiasi altro maschio coreano, nato figlio unico in un'importante famiglia di proprietari terrieri con un reddito annuale di quasi duecentomila won.

Quando Kim Sung-soo era giovane, suo padre era conosciuto in tutta la provincia semplicemente come « Kim Riccone », e lui veniva chiamato « Padroncino », non solo dalla servitù, ma anche dai contadini nel giro di molte miglia e nei villaggi confinanti. Come tutti i figli maschi dei facoltosi possidenti, era stato mandato a Seul per frequentare le scuole superiori e poi l'università. Si era fidanzato e sposato a vent'anni con la figlia di un ufficiale che si era appena diplomata in una scuola cristiana femminile. Avevano vissuto per quasi tre anni nella dépendance di cinque stanze della villa di suo zio, dall'altra parte del giardino rispetto all'edificio principale. Sung-soo aveva trascorso quei giorni a fare baldoria con gli amici, tutti giovani uomini colti e benestanti, e a divertirsi con le cortigiane in ristoranti costosi. La sera, ubriaco fradicio, tornava a casa dalla moglie, lasciando che lei lo spogliasse e lo rimproverasse dolcemente. A scuola era stata educata da missionari americani, ma a casa le era stato insegnato che la moglie ideale abbraccia i difetti del marito con pazienza e abnegazione. Tuttavia, lo zio di Kim Sung-soo, un ufficiale governativo divenuto conte dopo l'Annessione del 1910, aveva deciso che il nipote non poteva continuare a sperperare così la fortuna di famiglia e il suo talento, e l'aveva mandato in Giappone per ulteriori studi.

Sung-soo aveva lasciato la moglie a casa ed era arrivato a Tokyo da solo, e per i successivi tre anni aveva studiato senza entusiasmo letteratura francese, tedesca e russa. Quando non leggeva Puškin e Goethe, passava il tempo con altri studenti stranieri, molti dei quali spensierati quanto lui. Quelli seri, che si occupavano di teorie politiche, sovranità ed equità, li evitava senza neanche esserne consapevole; uno era troppo noioso, l'altro troppo aggressivo, e un altro ancora era troppo poco sofisticato e non apprezzava la cultura. Ciononostante, Sung-soo aveva inaspettatamente fatto amicizia con uno studente del circolo politico; trovando, come per caso e come capita a volte, la sola persona interessante in un gruppo che per il resto disprezzava. Quello studente aveva colpito Sung-soo per la sua intelligenza fuori del comune, l'illustre contesto familiare e – un fattore che contribuiva alla stabilità del loro rapporto – una spontanea umiltà. Ecco com'era andata tra Kim Sung-soo e il suo vecchio amico Lee Myung-bo.

Quando Sung-soo era tornato a Seul, Myung-bo era rimasto a Tokyo per un altro anno. In seguito si era spostato a Vladivostok, aveva proseguito a ovest verso la Manciuria e si era trasferito quasi permanentemente a Shanghai. Sung-soo aveva perso i contatti con l'amico sei o sette anni prima e non ci aveva pensato, neanche lontanamente, per così tanto tempo che per lui era stato quasi uno shock ricevere, all'improvviso, una lettera in cui Myung-bo gli chiedeva un incontro. Dopo la sorpresa iniziale, tuttavia, Sung-soo aveva riguadagnato l'abituale compostezza, e si era scoperto felice, addirittura eccitato, all'idea di rivedere il suo amico.

Il giorno stabilito, Sung-soo si alzò e si lavò il viso con l'acqua calda, preparata dall'anziana donna al servizio della famiglia come governante. Si rasò con cura, poi indossò la camicia bianca pulita che la moglie gli aveva stirato e preparato. Le maniche elegantemente piegate si aprirono frusciando quando lui vi infilò le braccia, una sensazione particolare che gli piaceva molto. Una volta che fu completamente vestito, sua moglie comparve col vassoio della colazione: una ciotola di riso bianco, pesce fritto, zuppa di germogli di soia, *kimchi*, e uova al vapore con gamberi fermentati.

«Hai dormito bene?» gli chiese, cordiale, posando il vassoio. Lui rispose con un verso simile a un grugnito. Lei iniziò a chiacchierare del figlio, che si era di nuovo cacciato in qualche guaio a scuola, e della figlioletta, che si sospettava avesse preso la varicella. Sung-soo prestava pochissima attenzione a tutte le questioni domestiche. A volte sentiva che i figli appartenevano più a sua moglie che a lui; era deluso dal poco affetto che provava verso di loro, e sospettava che il proprio atteggiamento verso i figli fosse un'estensione di ciò che provava per sua moglie, la loro madre. Quei tre non andavano sempre d'accordo, ma li univa un attaccamento perfettamente naturale, caldo, addirittura appassionato. Era come se Sung-soo fosse piombato nella fotografia di una famiglia vera, reale, cui mancava solo una figura paterna. Spesso si sentiva come se stesse recitando una parte con la moglie e i figli di qualcun altro.

«Fantastico», replicò Sung-soo, a malapena consapevole che la moglie stava parlando della varicella della figlia. «Sarà meglio che vada.»

Era una di quelle mattine di ottobre in cui il cielo è di un blu brillante e l'aria meravigliosamente fresca. Dai tetti delle case ai giardini cinti da mura e alle strade, tutto era pulito e avvolto dalla fredda brezza dorata dell'autunno. Quando fu solo, Sung-soo prese consapevolezza del proprio corpo sano e vigoroso, vestito a puntino con un completo nero carbone che era stato confezionato esattamente per quel clima e consegnato a casa dal suo sarto personale la settimana prima. La cravatta, e il colletto inamidato cui era fissata, il panciotto con la parte posteriore in seta, il cappello di lana a tesa larga, le scarpe lucide, tutto era delizioso. Anche le strade di Jongno erano particolarmente belle e, dove durante l'estate avrebbe visto solo contadini e operai, privi di qualsiasi bellezza ed estremamente sgradevoli, ora notava che gli alberi con le foglie accese dai caldi colori autunnali gettavano ombre annacquate sul viale.

Raggiunse l'ufficio e si mise al lavoro con un umore brillante. Il suo segretario, un giovanotto che veniva dalla campagna, ansioso di darsi da fare ma con un viso untuoso e scuro e un atteggiamento troppo rustico per renderlo un vero uomo di lettere, gli portò una pila di quotidiani del mattino e li posò in modo deferente sulla scrivania. Sung-soo li sfogliò rapido, iniziando dalle notizie più importanti così da sentire la coscienza a posto, ma perdendo interesse e passando oltre prima di aver raggiunto la fine dell'articolo. In seconda pagina c'era un editoriale sui disordini scoppiati a causa dell'aumento incontrollato del prezzo del riso, che era schizzato dai quindici won per ottanta chili del gennaio dell'anno precedente ai trentotto won dell'agosto di quell'anno. Si diceva che mai, nei cinquemila anni di storia della Corea, il riso era stato così caro, e contadini e operai morivano di fame. Il giorno della protesta, un migliaio di persone, tra uomini, donne, giovani e vecchi, aveva lanciato fango e pietre contro la polizia armata di spade e fucili, nel centro di Jongno, proprio dove quella mattina Sung-soo aveva fatto una così piacevole passeggiata. Alla fine, le truppe militari avevano disperso la folla e centinaia di persone erano state arrestate, e l'articolo chiedeva la scarcerazione di quei ribelli.

Dopo aver coscienziosamente preso nota dei punti principali dell'articolo, Sung-soo passò a un romanzo pubblicato a puntate, che lesse con un interesse di gran lunga maggiore. Il protagonista della storia era un uomo colto di classe agiata, sui trent'anni, proprio come Sung-soo e l'autore del romanzo. A quel punto della storia, il protagonista si stava innamorando della vedova del suo migliore amico, nonostante le numerose complicazioni dovute alla fedeltà cui entrambi erano tenuti verso altri. Sung-soo buttò là il giornale borbottando: «Spazzatura! Immonda spazzatura!» Ma segretamente era molto preso dalla storia e non vedeva l'ora della puntata successiva, e gli sarebbe piaciuto parecchio scrivere qualcosa di quel genere.

Per qualche ora, lavorò alla revisione di un manoscritto per il suo giornale letterario trimestrale, di cui era il direttore. Poi ci fu una breve riunione con l'editore, che portò notizie poco piacevoli sulla pressa da stampa nel seminterrato dell'edificio, dove producevano la rivista, oltre a lavori di altri editori e persino opuscoli. Kim Sung-soo aveva avuto appena il tempo di congedare l'editore che il segretario bussò alla sua porta e fece entrare il suo amico Lee Myung-bo.

«Quanto tempo! Una vita!»

I due amici si strinsero la mano ed esternarono a gran voce la loro gioia, parlandosi sopra a vicenda. Conclusi i convenevoli, Sung-soo urlò al segretario di portare subito del caffè, dopo di che si accomodarono entrambi con volti radiosi.

«Perché non mi hai detto che saresti venuto a Seul? Ti credevo ancora a Shanghai», disse Sung-soo, in tono di rimprovero.

«Sono appena arrivato. E ripartirò nel giro di un mese o due», rispose Myung-bo, sorridendo.

«Ti trovo in gran forma. Quel Paese ti fa bene!» rise Sung-soo, bonario. In realtà, quando i suoi occhi si abituarono alla differenza tra il ricordo e la figura che aveva davanti, notò che Myung-bo era invecchiato più in fretta di lui, che un'ombra di barba gli scuriva le guance e il mento sebbene non fosse ancora sera, e che il cappotto gli penzolava largo sulle spalle. Tutto ciò fece sentire Sung-soo sinceramente dispiaciuto per il suo amico, ma ebbe anche l'effetto bizzarro di risollevargli l'umore e farlo sentire più sano e forte che mai.

Il segretario entrò a passo rapido per portare due tazze di caffè, e per qualche minuto i due si dedicarono alla bevanda.

«Non dovresti farmi i complimenti, sei tu quello in splendida forma. Credo sia ciò che succede quando uno sposa una brava donna. A proposito, come sta mia cognata?» chiese Myung-bo, e Sung-soo sorrise all'uso di quel termine - cognata - per indicare sua moglie, dal momento che Myung-bo non l'aveva mai conosciuta.

«Bene; lei sta sempre bene», rispose.

«E i bambini? Quanti anni hanno adesso?»

«Il maschio dodici, la femmina ha appena compiuto un anno.»

Trascorsero così la mezz'ora successiva, raccontandosi delle loro vite, delle loro famiglie, di amici in comune e conoscenti, parlando della casa editrice di Sung-soo e dell'attività collaterale che aveva appena avviato.

«Un negozio di biciclette! Come ti è venuto in mente?» esclamò Myung-bo.

«Mi è sempre piaciuto andare in bici, è uno dei miei hobby preferiti. Ma basta parlare di me. Che cosa ti porta qui? No, parliamone mentre pranziamo. Non hai fame? Voglio portarti in un nuovo ristorante, ha appena aperto, si chiama MyungWol. Fanno cucina raffinata, sette o nove portate; è molto chic.»

Per la prima volta, il volto di Myung-bo si rabbuiò leggermente, come a nascondere un dispiacere. «No, ti ringrazio, non ho molta fame, e poi si sta così bene qui», disse.

«Sicuro? Mi farebbe piacere invitarti», quasi lo implorò Sung-soo. «Dopo tutti questi anni mi metti in imbarazzo impedendomi di offrirti il pranzo.»

A quelle parole, Myung-bo sorrise e la freddezza scomparve dal suo volto. «Sei generoso come ricordavo. A scuola, quando qualcuno degli altri parlava male di te e diceva che eri un ragazzino ricco e viziato, io ti difendevo, perché sapevo che sei molto più gentile di come ti dipingono.»

«Oh, Myung-bo... non lo so», commentò Sung-soo, improvvisamente avvilito. «Non sono così. Non faccio nulla per meritare questi elogi.»

«Ma se ne avessi l'opportunità? Se avessi la possibilità di dimostrare la tua bontà, non l'afferreresti?» domandò Myung-bo, eccitato.

« Che intendi dire? Non capisco... »

« Ma certo che lo sai. Non vedi? La gente sta morendo, Sung-soo. I poveri contadini che lavorano duro, che non hanno mai fatto niente di male nella loro vita perché ogni minuto è speso cercando di mettere in tavola qualcosa da mangiare...

« Appena fuori da questo ufficio, qui a Jongno, il cuore pulsante di Seul, migliaia di persone protestano contro l'oppressione, combattono a mani nude e tu non te ne sei accorto? » Gli occhi di Myung-bo ebbero uno strano bagliore. « Perché non c'è riso per loro? Dimmelo. »

« Perché i prezzi salgono », rispose Sung-soo, riluttante.

« No, o almeno questa non è la risposta completa. I prezzi salgono perché i giapponesi hanno fatto un censimento e misurato ogni pollice della Corea, e tutti i poveri contadini analfabeti, che possono dimostrare di possedere la terra solo tramite diritti ancestrali trasmessi oralmente, si sono svegliati una mattina e hanno scoperto che le loro terre non erano più loro. Le terre cosiddette non reclamate, il governo le prende per sé, o le vende ai grandi proprietari e alle compagnie commerciali giapponesi. Così i piccoli proprietari diventano fittavoli sotto grandi proprietari e, dopo che hanno pagato le tasse al governo, l'affitto ai proprietari, gli attrezzi, l'acqua per l'irrigazione eccetera eccetera, non hanno più soldi neanche per comprare da mangiare, e devono ricorrere a prestiti dai loro proprietari, da scontare sul raccolto dell'anno successivo, giusto per assicurarsi i semi. È un circolo vizioso che peggiora ogni anno, ormai sono prosciugati fino all'osso. Naturalmente, il proprietario terriero li obbliga a firmare un contratto comune, così che, se un fittavolo scappa, gli altri devono pagare il resto del suo debito, e in questo modo li obbliga a non fuggire e a tirare a campare lì dove sono fino alla morte. Nel frattempo, i grandi proprietari terrieri, che controllano la maggior parte del riso, vedono che più perseverano e più i prezzi salgono; e, più i prezzi salgono, più loro si arricchiscono, e così tengono i loro magazzini pieni zeppi di sacchi di grano, mentre tutti gli altri muoiono di fame. Ora, non dirmi che non capisci cosa c'è di sbagliato in questa situazione! »

« Non è il massimo, ma cosa posso fare? Inoltre, tu stesso sei figlio di un proprietario terriero. Hai beneficiato della tua nascita quanto me. Che cosa proponi? » replicò Sung-soo, non del tutto in buona fede.

« Ottimo. Sono felice che tu me lo chieda », disse Myung-bo, con un sorriso soddisfatto. « In buona coscienza, non posso continuare a beneficiare di un sistema che con ogni fibra del mio corpo e della mia anima so essere immorale. Quando mio padre morirà e la proprietà passerà a me, ne darò la metà ai contadini che se ne sono sempre occupati, e venderò l'altra metà per la causa. Già adesso, comunque, non prendo soldi dalla mia famiglia, ed è stato terribilmente difficile cercare di sostenere il movimento a Shanghai con così poche risorse... »

« Accidenti! È per questo che sei venuto a trovarmi? D'accordo, quanto ti serve? » chiese Sung-soo.

« Devi capire che non è per me. È per il movimento, per nutrire, vestire e addestrare i nostri bravi giovani in Manciuria, che darebbero volentieri la vita per il nostro Paese. » Myung-bo arrossì e i suoi occhi divennero lucidi. « Pensavo che un contributo di ventimila won sarebbe appropriato per un uomo della tua levatura. »

« Ventimila won? Amico, ti rendi conto che basterebbero per comprare venti ville? » esclamò Sung-soo. « So che tutti credono che io sia ricco, ma quelli sono molti soldi persino per me. Ci devo pensare », disse, anche se sapeva già che non avrebbe mai dato tutto quel denaro a Myung-bo, e nemmeno una cifra che ci si avvicinasse; l'aveva deciso all'istante, e il tempo gli serviva solo per formulare una motivazione ragionevole.

« Sei un artista, Sung-soo... Come puoi chiudere il tuo cuore al resto del mondo? » mormorò amaramente Myung-bo.

« Al contrario, è proprio *perché* sono un artista che devo occuparmi di arte. La politica lasciamola ai politici, come te », replicò Sung-soo. Cosa doveva succedere ancora? Ci si aspettava forse che gli dispiacesse per le mucche che faticavano nei campi? Ogni essere aveva il suo posto nell'universo.

« Bene, allora... non posso costringerti a fare nulla. Pensa solo a quanto hai speso per mettere su casa per quella geisha a Tokyo, e a ciò che quel denaro avrebbe potuto fare per i giovani combattenti che chiedono soltanto fucili e munizioni per servire il nostro Paese. »

« Davvero, Myung-bo, devo riflettere su tutto questo. » Sung-soo represse meglio che poté la propria irritazione. « Mi dispiace davvero molto che tu non abbia voluto accettare l'invito a pranzo, e che abbiamo dovuto fare questi discorsi senza neanche una goccia di liquore. Ma adesso che abbiamo detto tutto possiamo parlare d'altro. »

« No, vedo che ti ho messo a disagio. Meglio che vada. Ma ti prego, in nome di tutti i ricordi in comune, se provi anche solo un po' di affetto per me, ci penserai? »

« Promesso, promesso », rispose Sung-soo, e provò un gran sollievo quando Myung-bo si rimise il cappello e uscì dal suo ufficio.

La casa di Dani era a Yeongeon-dong, vicino allo zoo del palazzo di Changgyeong, dove molte antiche famiglie nobili avevano le loro case. C'era fin troppo spazio: Dani occupava da sola l'intero pianterreno dell'edificio a due piani, e c'era persino un grazioso padiglione dall'altra parte del giardino. Ciascuna delle ragazze aveva la propria stanza al primo piano, dove alloggiavano anche la cameriera e la governante. Era la casa più bella che Jade avesse mai visto, con divani in pelle, tende di velluto e addirittura un pianoforte Steinway; nascoste nel giardino, inoltre, c'erano piante strane e bellissime provenienti da posti lontani. Con la sua tipica stravaganza poetica, Dani assegnò un fiore a ciascuna delle ragazze, a seconda delle loro qualità. A Lotus toccarono i girasoli, perché erano vivaci, sani e allegri. A Luna venne assegnato il fiore preferito di Dani, l'autunnale cosmea, che, sosteneva, non era granché vista da sola ma stupenda quando formava un bouquet.

Jade venne abbinata alla camelia invernale, un albero da fiore tipico del Sud, che lei non aveva mai visto nel freddo Nord. Dani le assicurò, in tono in un certo senso più affettuoso del solito, che la camelia era un fiore molto fortunato per una donna. Il suo compagno era un graziosissimo uccellino dalle piume verde chiaro, che sorbiva solo il suo nettare e non visitava altri fiori. A fine stagione, poi, la camelia non diventava scura né appassiva perdendo un petalo alla volta, come altri fiori, ma cadeva intatta, rossa e vellutata come un cuore, ed era bellissima a terra quanto lo era il giorno in cui era sbocciata. « È quello che tutte le donne vogliono, un amore immutabile. È ciò che vedo per te », aveva detto Dani con un sorriso curioso. Secondo Jade, la zia adottiva aveva l'intuito tipico di una creativa nata, a metà strada fra l'artista e la chiaroveggente. A volte la sua immaginazione estetica si lasciava trasportare e assumeva tratti profetici. Che Dani avesse o no il dono di vedere nel futuro, l'entusiasmo della sua oratoria faceva sembrare tutto vero.

« Zia Dani, e *tu* che fiore saresti? » chiese Lotus.

« Io lo so », disse Jade, prima ancora che Dani potesse rispondere. « Può essere solo la superba e regale rosa. »

Come se si fossero messe d'accordo, le due ragazzine si presero per mano e cominciarono a fare un girotondo attorno a Dani gridando « Regina Rosa! Regina Rosa! » finché lei non scoppiò a ridere. Tuttavia, anche mentre si divertivano come pazze, Jade si sentiva in colpa nel vedere Luna che rimaneva in silenzio. Niente sembrava più in grado di farla parlare, sorridere o persino sgridare le due ragazze più piccole.

In una grigia giornata d'inizio autunno, Luna ruppe finalmente il suo lungo silenzio. La pioggia cadeva leggera, dando a ogni cosa una sfumatura indaco. Dopo pranzo, le ragazze si rimisero a letto e rimasero ad ascoltare la pioggia con umore malinconico. Jade pregò Hesoon, la cameriera, di raccontare storie della sua infanzia a Jejudo, la magica isola meridionale dove c'erano alberi senza rami e cavalli selvaggi che correvano liberi ai piedi di una montagna innevata. Hesoon disse che sua madre e le sue quattro sorelle erano tutte donne del mare che s'immergevano in acqua per pescare abaloni, trattenendo il fiato anche per due minuti.

« È impossibile, te lo stai inventando! » ridacchiò Lotus.

« È tutto vero. Le donne di Jejudo s'immergono pure quando sono incinte. Mia madre mi ha quasi partorita in acqua, è uscita appena in tempo e sono nata sulla spiaggia. Mi ha presa in braccio e mi ha ripulita con le alghe », disse Hesoon. Raccontava sempre storie incredibili di montagne che sputavano fuoco e ghiaccio e uccelli dalle ali lunghissime che facevano il nido tra le onde. Se chiudeva gli occhi, Jade vedeva donne che in mare si trasformavano in pesci e bambini cullati da ceste di alghe nell'acqua bassa.

Le ragazzine stavano per ricominciare a tempestare Hesoon di domande quando Dani comparve sulla soglia e si finse sconvolta dalla loro pigrizia.

« So che oggi è una giornata grigia e piovosa, ma non potete stare a letto tutto il pomeriggio. Quando avevo la vostra età, ero la più brava della scuola, ho studiato persino l'inglese! Venite giù, v'insegnerò qualcosa di divertente. »

Quando le ragazze arrivarono in soggiorno, il divano era stato spinto contro una parete e Dani stava mettendo un disco, la cui superficie nera e lucida brillava alla luce delle candele. Quando questo iniziò a girare sul giradischi, la stanza si riempì delle calde note di archi e trombe. Jade chiuse gli occhi, desiderando che l'onda musicale la trasportasse fino al mare.

« Non è fantastico? Si chiama foxtrot », spiegò Dani, raggiante. « Vorrei saperlo ballare, ma a scuola non l'ho imparato. Aspettate, metto su un valzer e v'insegno quello. »

Poco dopo, erano tutte in punta di piedi – Dani, Luna, Jade, Lotus e persino Hesoon – e danzavano descrivendo cerchi nel soggiorno e ridendo a crepapelle. Jade notò che per la prima volta dopo mesi il viso di Luna era illuminato da un sorriso.

« Andiamo in camera mia, ragazze. Potete provare i miei vestiti », disse Dani, e le sue parole ebbero l'effetto desiderato. Al colmo della gioia, Jade e Lotus si abbandonarono a gridolini entusiasti, e Luna non seppe resistere alla tentazione d'indossare un preziosissimo abito ricamato e volteggiare per la stanza.

Dopo essersi sfinite nel ballo, si lasciarono cadere a terra tra mucchi di colorati abiti di seta. Solo un rumore di ruote sulla strada infangata le strappò al loro divertimento. Hesoon corse ad aprire il portone, tornò indietro rabbrividendo per la pioggia e annunciò: « Madame, sua eminenza è qui ».

« Aveva avvisato? » chiese Dani, accigliandosi. Si alzò subito in piedi e si lisciò l'abito, mentre Hesoon raccoglieva i vestiti sparsi per la stanza e la governante radunava le ragazze per mandarle di sopra.

Jade rimase un poco indietro rispetto alle altre. Un attimo prima di girare l'angolo del pianerottolo, si voltò e intravide Dani che salutava un uomo dai capelli grigi. Aveva il portamento fiero di una persona avanti con gli anni e in buona salute, ma già si percepiva la fragilità che sarebbe sopraggiunta di lì a cinque o sei anni. Col suo colorito smorto e con la voce bassa, non era la persona che Jade aveva immaginato per la sua graziosa e indomabile zia, che sembrava in grado di far cadere ogni uomo ai propri piedi. E così Dani era scaltra come le altre nel mettere il denaro davanti ai sentimenti. Con una fitta di delusione, Jade sentì che dopotutto Dani non era una creatura tanto fantastica.

Il giorno dopo, la cortigiana iniziò a impartire lezioni di musica e danza alle ragazze. Lotus aveva faticato molto per superare i test sotto la guida della madre; con Dani, invece, acquisì abbastanza fiducia da rivelare, per la prima volta, una voce notevole che pareva emanare da tutto il suo corpo anziché dalla gola. Luna era interessata a imparare l'inglese, che studiavano solo le donne delle famiglie moderne delle classi sociali più elevate. Jade si appassionò alla danza come aveva fatto con la poesia, scoprendo che entrambe avevano origine nello stesso, insondabile luogo. Poteva riprodurre qualsiasi movimento al primo colpo; al secondo o terzo tentativo lo faceva proprio aggiungendo una leggera torsione del busto, un'inclinazione del mento, o un semplice respiro dove non era previsto. Grazie a quelle impercettibili differenze, le altre ragazze rimanevano ragazze, mentre lei diventava una cicogna, un'eroina leggendaria, una stagione, un'idea. Quando ciò avveniva, Dani poggiava il mento su una mano e strizzava gli occhi, ma se fosse per apprezzamento o disapprovazione Jade non avrebbe saputo dirlo.

In ottobre, Dani annunciò alle ragazze che avrebbero fatto un'uscita speciale. MyungWol, il nuovo ristorante in cui era stata invitata quasi ogni sera per due settimane, aveva chiesto a lei e ad altre cortigiane della corporazione di aiutare a pubblicizzare l'apertura del nuovo locale a Jongno. Dani avrebbe portato anche le due ragazze più giovani; Luna, nelle sue condizioni, non sarebbe potuta andare. Vennero ordinati nuovi costumi per Jade e Lotus, che si esercitarono nei passi in camera loro ogni sera prima di andare a dormire. Jade pensava che andare a letto fosse ingiusto dal momento che c'era tanto da fare, tanto cui pensare; solo quando era ormai sfinita dall'eccitazione cadeva in un sonno leggero.

La settimana che portava al grande giorno era grigia e piovigginosa, il che le causò grande preoccupazione. Quella mattina, tuttavia, il sole si levò brillante in un cielo senza nubi. Le ragazze aiutarono Dani a raccogliere le cosmee in giardino, poi andarono a prepararsi, assistite a turno da Hesoon. Prima di fissare il copricapo ricamato sulla sommità della testa di Jade, la cameriera arrotolò la sua lunga treccia in uno chignon basso e lo fissò con un *binyeo* d'argento per la prima volta. Erano ornamenti da sposa. L'acconciatura coi capelli raccolti la indicava come non vergine dal punto di vista sociale più che da quello fisico. Ma era diversa dalle donne sposate: la gonna a portafoglio si apriva sul lato destro, indicando la sua professione. L'ultimo passo era il trucco. Quando fu pronta, Jade vide nello specchio una bella estranea dalle labbra rosse su un viso incipriato, e fu sorpresa nel notare che somigliava molto a Dani.

« Addio, mi mancherai », sussurrò Jade in giardino mentre Hesoon apriva il portone. Sarebbe tornata nel giro di poche ore, ma nulla sarebbe stato come prima. Dopo essersi mostrata in pubblico vestita a quel modo, agli occhi della gente non sarebbe mai più stata una ragazza da marito. Era entrata in quella casa come una ragazzina e ora ne varcava il portone come una cortigiana.

6

LA SFILATA

1918

Dopo aver congedato Myung-bo, Sung-soo aspettò dieci minuti nel proprio ufficio, poi uscì. Si rammaricava davvero che l'incontro col vecchio amico non fosse andato come aveva sperato; che invece di rievocare le loro avventure assieme mentre mangiavano e bevevano, e di scoprire con gioia di ricordarsi a vicenda com'erano un tempo, fossero rimasti entrambi sconvolti da quanto l'altro fosse cambiato. Era molto peggio che incontrare qualcuno per la prima volta e non piacersi. Inoltre, erano anni che nessuno faceva notare a Sung-soo le sue mancanze. Tutti erano ansiosi di compiacerlo, i suoi subordinati con la deferenza, i suoi pari coi complimenti e sua moglie con l'adorazione. E quest'approvazione universale era così incondizionata, e così parte della sua realtà, che il fatto che qualcuno gli dicesse in faccia che sbagliava lo turbava nel profondo.

Ha ragione? Sbaglio a non voler rinunciare al mio diritto di nascita, trasferirmi a Shanghai, o in qualche villaggio di montagna in Siberia, e passare le mie giornate a fare il tiro al bersaglio e a pianificare omicidi? si chiese Sung-soo. Aveva sentito storie di come quei giovani uomini – appartenenti a ogni classe sociale, dalle famiglie nobili e ricche a quelle contadine – si riunissero in rifugi sicuri e giurassero di dare la vita per la causa. Si amputavano la punta dell'anulare e firmavano la promessa col sangue, e indossavano abiti su misura e cappelli elegantissimi per avere un aspetto solenne quando morivano, cosa che poteva accadere in qualsiasi momento. Si diceva pure che le donne s'innamorassero pazzamente di loro.

Ma a che scopo? È una follia, non c'è niente da guadagnare in tutto ciò. E non solo: l'assassinio è un crimine. Questi pensieri iniziavano a placare la sua ansia. *Diciamo che i giapponesi stanno massacrando la nostra gente, ma massacrarli a nostra volta è la risposta giusta? È tutto così barbaro, e non meno sbagliato. No, non contribuirò a questa violenza sconsiderata. Non mi ci lascerò coinvolgere, comunque Myung-bo mi giudichi.*

Dopo aver ragionato in questi termini, si sentì soddisfatto e, mentre usciva per strada, quasi sorrideva sentendo aumentare il rispetto di sé. Il sole era alto nel cielo ceruleo, e soffiava una brezza fresca e rinvigorente. Poco dopo s'imbatté in un amico, un drammaturgo che aveva studiato a sua volta in Giappone. Sung-soo gli strinse la mano e gli parlò di Myung-bo, che l'altro conosceva.

« Bizzarro incontrarvi entrambi lo stesso giorno », disse, poi lo informò discretamente che Myung-bo non se la passava bene, fisicamente ed economicamente, che era venuto a Seul per qualche tempo per chiedere denaro agli amici, e che lui stesso non poteva accontentarlo subito, ma che ci stava pensando su. Sung-soo si assicurò di comunicare tutto questo senza parlare in modo diretto.

« Hai fatto bene a rifiutare », replicò il drammaturgo. « Io non l'ho mai potuto sopportare. Grazie per la dritta; se dovesse chiedermi di vederci, troverò una scusa. »

Mentre chiacchieravano camminando, notarono, poco più avanti, una folla urlante.

« Oh, cielo, un'altra protesta? Faremmo meglio a cambiare strada », osservò Sung-soo.

« Non credo, sembra che stiano ridendo. Che sia qualche spettacolo? » Il drammaturgo, che amava le rappresentazioni, si avviò in quella direzione. Nell'avvicinarsi videro che la gente urlava e applaudiva verso qualcosa in mezzo al viale. Si aprirono un varco e scoprirono che si trattava di una sfilata di una ventina di cortigiane.

Ogni donna indossava uno splendido costume di seta, con una fusciacca che dietro le faceva da strascico. Sulla fascia erano scritti il nome della cortigiana e quello del nuovo ristorante MyungWol. Alcune portavano cesti di fiori, e di tanto in tanto ne lanciavano qualcuno verso la folla in adorazione.

Il drammaturgo scoppiò a ridere. « Incredibile! È fantastico.

MyungWol sarà sulla bocca di tutti! Dobbiamo andarci assieme al più presto. »

Sung-soo aveva sempre apprezzato le belle donne, e guardò le cortigiane con vivo interesse. Poi rimase paralizzato dalla sorpresa. Nella sfilata c'era il volto, familiare eppure diverso, di Dani.

Sulle prime, Sung-soo poté solo esaminare il suo aspetto confrontandolo con quello che ricordava. Il volto tondo si era assottigliato e i tratti erano diventati più marcati. La pelle incipriata pareva marmo levigato, ma un tempo era stata fresca e rosata come un'alba di primavera. Gli occhi sottolineati di nero, gli zigomi pronunciati e le labbra rosse le davano un aspetto incredibile. Certo, non era più giovane, e si vedeva. Solo l'espressione vivace dei suoi occhi, che rivelavano un fugace scorcio del suo giardino interiore ed erano capaci di scrutare l'anima di chiunque, era immutata. No, quella non era cambiata per niente. Nel momento in cui lui arrivò a tale conclusione, la vide come la vedevano gli altri: una donna splendida davanti alla quale tutte le altre impallidivano.

Com'era possibile che non l'avesse mai incontrata nei sette anni da che era tornato a Seul? In realtà, sapeva da molto tempo che era diventata una cortigiana, e una delle più affermate. In effetti, sarebbe stato impossibile non sentir parlare di lei. Nella capitale, intellettuali, artisti, scrittori, diplomatici e via dicendo si muovevano in poche cerchie strettamente connesse, e tutti amavano le belle cortigiane, alcuni in modo più volgare, altri in modo più innocente. Doveva ammettere, però, di aver cercato deliberatamente di evitarla, e aveva partecipato a feste dove sapeva che lei non avrebbe lavorato. Nella sua testa, il loro rapporto era finito molto tempo prima, ed era inutile rivangare i ricordi e cercare di farli rivivere. La cosa migliore del passato è che ormai è dietro le spalle. E così non aveva mai pensato a lei né si era cullato in fantasie sul rivederla. Tuttavia, quando se la trovò sotto gli occhi, si sentì improvvisamente turbato e non seppe come reagire.

« Hai mai incontrato quella lì, Dani? » gli chiese il drammaturgo con un sorrisetto d'intesa, notando che Sung-soo la guardava.

« La conoscevo molto tempo fa. Allora era una studentessa. »

« Una studentessa? » Il drammaturgo sgranò gli occhi.

Sung-soo gli spiegò che la madre di Dani, a sua volta celebre cortigiana, si era ritirata a vita privata quand'era divenuta la seconda moglie di un influente ufficiale.

« Quindi era una figliastra in una casa raffinata. Ma, se l'hanno fatta studiare, perché diventare una cortigiana? » insistette il drammaturgo.

Sung-soo alzò le spalle per non dover proseguire nel discorso. Sapeva che Dani era stata cresciuta come una ragazza normale e che era ingenua quando si erano incontrati per caso davanti alla scuola che frequentava; non era previsto che diventasse una cortigiana. Sung-soo l'aveva sedotta con promesse sottintese e poi, quand'era andato a studiare all'estero, si era defilato. La cosa non l'aveva minimamente turbato, dal momento che non aveva mai detto esplicitamente che l'avrebbe sposata. Per il matrimonio avrebbe potuto scegliere solo una donna di buona famiglia, irreprensibile... Una donna con una certa vena aristocratica, come la sua diligente e appagata moglie. Se Dani non se n'era resa conto, non era colpa sua.

« È la mantenuta di un protettore molto potente, sai? » Il drammaturgo fece il nome di un giudice giapponese nelle altissime sfere della giustizia, che l'aveva sistemata in una casa a due piani e le aveva persino regalato dei diamanti. « Nel caso fossi interessato, quindi, sappi che è un frutto proibito. » Il drammaturgo fece l'occhiolino. « Sai come si dice, guardare e non toccare. Con le migliori è sempre così! »

« Oh, non lo farei comunque », rispose Sung-soo, distogliendo a fatica gli occhi dalle spalle di Dani e dal suo abito rosso.

In quello stesso momento, a diversi isolati di distanza, Yamada Genzo usciva a cavallo dal quartier generale del reggimento assieme a un collega ufficiale di nome Ito. Disgustato dalla brutalità di Hayashi durante la battuta di caccia, non aveva faticato molto a convincere il padre che sarebbe stato meglio se avesse lasciato Pyongyang. Il barone Yamada, da tipico capo di una famiglia potente, appoggiava incondizionatamente le ambizioni del figlio. Si era rivolto alla sua vasta rete di amici e conoscenze utili, e a primavera Genzo era stato nominato maggiore a Seul. La promozione aveva suscitato la non troppo velata ostilità di quasi tutti i compagni di Yamada a Pyongyang, soprattutto quella del maggiore Hayashi; Yamada lo sapeva e loro sapevano che lui sapeva. Ma tutti avevano nascosto i propri sentimenti così bene, e avevano espresso e ricevuto congratulazioni con una tale mancanza di amarezza, che nessuno aveva avuto bisogno di affrontare nessuno.

A Seul, Yamada aveva scoperto che, a differenza di quanto accadeva a Pyongyang, non era un unico superiore a detenere un potere incrollabile, ma diversi capi delle forze armate si bilanciavano l'un l'altro nella loro lotta per ottenere avanzamenti e influenza. Seguendo il consiglio di suo padre, si era schierato con una fazione cui apparteneva anche il maggiore Ito. I due uomini erano quasi coetanei, entrambi belli, aitanti e appartenenti all'alta società. Sebbene non fosse molto alto, Ito aveva una corporatura agile e polpacci muscolosi che lo facevano sembrare pieno di energia. Avrebbe ereditato il titolo di conte, ma indossava in maniera disinvolta le proprie origini illustri ed era piuttosto alla mano. Nei limiti entro cui l'amicizia era un sentimento possibile nell'animo di Yamada, Ito gli piaceva. Uscivano spesso assieme, e in quel momento erano diretti a una riunione fuori sede.

« Vedi, l'assorbimento di una nazione e/o un popolo più debole da parte di una nazione e/o un popolo più forte non è solo inevitabile, ma auspicabile. » Ito si lisciò i baffi impeccabili. « Come si sarebbe potuta modernizzare la Corea, senza il Giappone? Chi ha portato i treni, le strade, le linee elettriche, il progresso? Noi siamo generosi, per quanto sia possibile esserlo quando si governa un Paese così turbolento e ribelle. Eppure questi bastardi non sanno che cosa è bene per loro. »

« Non c'è dubbio che abbiamo portato qui il progresso. E hai ragione quando dici che in questo caso si applica la legge della natura. Ma m'interrogo sulla questione del riso. Perché dissanguarli? Li rende ostili e incontrollabili. Non c'è un altro modo? » replicò Yamada.

« Ma quel riso serve in Giappone, la madrepatria. È come quando il corpo indirizza i nutrienti e il sangue fresco al cuore a scapito di un arto. Il Giappone è il cuore e la Corea è un'estremità. Inoltre, questi *Josenjing* sono fin troppo ben nutriti, energici e vigorosi. Saranno più docili una volta dissanguati. » Ito sorrideva. Il ritmico dondolio del corpo sulla sella gli procurava uno stato d'animo particolarmente spavaldo, in quel bel pomeriggio. « Noi portiamo il progresso, e loro in cambio forniscono il riso e i prodotti esotici: le antiche ceramiche celadon, le pelli di tigre e via dicendo. Va così in tutto il mondo, adesso. Guarda l'Inghilterra, la Francia, la Germania, l'Olanda, il Belgio... come si sono spartiti l'Africa e l'Asia per rafforzarsi. Gli Stati Uniti nelle Filippine e nel Pacifico meridionale. È l'ordine mondiale. » Tacque per un momento, poi, notando la folla che si accalcava lungo il viale, partì al galoppo. Yamada lo seguì tenendo il passo.

« È una sfilata di cortigiane Joseon », esclamò Ito, invitandolo con un gesto ad avvicinarsi. Yamada affiancò il cavallo a quello di Ito e sopra le teste della gente vide una fila di donne in splendidi abiti che cantavano, gridavano e lanciavano fiori. Ito rideva così di cuore che il suo stallone nero marciava sul posto, a disagio sotto il suo peso.

« Ah, ho dimenticato le donne, naturalmente. Riso, tigri e donne: ecco a cosa serve Joseon. » Ito fece un sorrisetto e si unì agli applausi e alle acclamazioni. Voltandosi verso Yamada, aggiunse: « Io per primo apprezzo molto queste ragazze. Hanno un gusto diverso rispetto alle geishe ».

« In che senso? » chiese Yamada.

« Trovo che siano più risolute. Le nostre geishe sono come l'acqua: dolci, rilassanti, danno sollievo. Queste cortigiane Joseon hanno ardore, ti combattono con la passione. Ma il piacere che si ottiene vincendo la loro resistenza è di tutt'altro genere. È come spaccare il guscio di una noce per arrivare alla polpa. » Ito fece l'occhiolino, accompagnandolo con un gesto lascivo delle mani.

Proprio in quel momento, due giovanissime apprendiste passarono davanti a loro tenendosi a braccetto e sorridendo in modo accattivante alla folla, e Ito gridò: « Guarda quelle cortigiane bambine. Adorabili, non trovi? Davvero incantevoli! »

Verso la fine della sfilata, Jade si sentì improvvisamente sopraffatta da tutti quegli sconosciuti che la fissavano. Il lieve peso del braccio destro di Lotus sul suo braccio sinistro la rassicurava, e cercò di reprimere la propria ansia. Con l'altro braccio Jade reggeva una cesta di cosmee e crisantemi, raccolti quel mattino nel giardino di Dani. Di tanto in tanto, Lotus allungava la mano sinistra verso la cesta e gettava fiori alla folla. Ogni volta che i petali ricadevano, la gente urlava e applaudiva.

«Prova, è divertente», sussurrò Lotus, prendendo la cesta dal braccio dell'amica.

«Non credo di riuscire a lanciarli lontano come fai tu!» rispose Jade. Subito dopo, scoppiarono in una risatina furtiva.

«Non essere sciocca, non pesano niente. Basta che non ci pensi troppo su e non li lanci in faccia alla gente.»

Jade prese una manciata di fiori e li lanciò alla propria destra. I petali vennero trasportati da una leggera brezza e galleggiarono sospesi per un momento prima di svolazzare verso il basso, disegnando nell'aria motivi rosa, bianchi e viola. La folla applaudì, ipnotizzata. Le vie della città inondate dalla luce del sole, lo scricchiolio della sabbia pressata sotto le sue scarpe, tutto le riempiva i polmoni con qualcosa di più dell'aria. Era qualcosa che Jade non aveva creduto fosse possibile: la sensazione di essere libera. Aveva quasi voglia di sbattere le braccia come se fossero ali. Represse quella fantasia, limitandosi a ridere e a lanciare spensierata un fiore, che si levò nell'aria e colpì in faccia un ragazzo.

Jung-ho guardava affascinato la sfilata di cortigiane, in piedi tra Loach, Young-gu e il cane. Young-gu e Jung-ho erano diventati molto amici, come spesso avviene tra ragazzi dopo una bella scazzottata. Il cane era un nuovo membro del gruppo: un giorno di settembre Young-gu l'aveva trovato che vagava sotto il ponte, sporco e magrissimo, ma ancora pieno di energia. Jung-ho e Loach avrebbero voluto venderlo al macellaio, ma Young-gu era sembrato pronto a iniziare un'altra rissa. Alla fine Jung-ho aveva ceduto e aveva permesso a Young-gu di tenere il cane, purché lo nutrisse attingendo alla propria parte di cibo. Da quel giorno in poi, il ragazzo spartiva la sua magra razione col cane e gli esaminava teneramente il pelo in cerca di pulci, che poi schiacciava tra le dita. Il cane era sempre a poca distanza da Young-gu e si era dimostrato incredibilmente utile per trovare posti affollati in cui mendicare. Stavano vagando senza meta quando l'animale li aveva condotti verso la sfilata e si era seduto davanti agli spettatori, come se anche lui volesse godersi lo spettacolo.

Fino a quel momento, Jung-ho non si era mai reso conto che le donne potessero essere così belle. Le cortigiane erano quasi persone diverse rispetto a tutte le donne che aveva conosciuto fino ad allora. Quella vista lo sopraffece al punto che quasi gli venne la nausea, ma non riusciva a distogliere lo sguardo. In coda alla fila vide due ragazze più o meno della sua età. Erano quasi della stessa altezza e corporatura, e indossavano costumi identici, lunghe giacche di un verde pallido sopra gonne rosa. Oggettivamente, erano due ragazzine con volti piuttosto ordinari, troppo giovani perché si potesse intravedere la loro futura bellezza. Eppure i suoi occhi vennero immediatamente calamitati da una delle due, come se fosse proprio lei che stava cercando, senza saperlo. La giovane cortigiana aveva un viso tondo, messo in risalto dalla scriminatura centrale dei capelli che andava dalla fronte alla sommità del capo, occhi luminosi e guance come mele, leggermente arrossate dalla frizzante brezza autunnale. Non c'era molto altro, eppure a lui bastava.

Mentre la fissava, lei prese un bocciolo di cosmea dalla cesta e glielo tirò dritto in faccia, con un sorriso radioso. Jung-ho accolse il soffice tocco del fiore con un vago terrore, e al contempo con una certa euforia al pensiero che la ragazzina lo stesse stuzzicando di proposito. Notando il suo stupore, Loach e Young-gu scoppiarono a ridere e iniziarono a prenderlo in giro senza pietà, ma Jung-ho non riusciva nemmeno ad arrabbiarsi. La consapevolezza di qualcosa di meraviglioso gli era scoppiata nel cuore, anche se non sapeva ancora che cosa fosse.

7

L'EVASIONE

1918

È una prerogativa della giovinezza avere l'assoluta convinzione che la vita sia una progressione costante. Jade dava per scontato che un passo seguisse l'altro, e che la sfilata le avesse dato un certo slancio in avanti che l'avrebbe proiettata nell'età adulta. Rimase quindi sorpresa e delusa quando nella sua piccola routine quotidiana nulla cambiò. Dani continuava a non permettere alle ragazze di allontanarsi per più di cinque case in ogni direzione quando uscivano. Jade obbediva come aveva sempre fatto, ma sulla bellezza della loro piccola reggia cominciò a posarsi un po' di polvere. Aveva visto che poco oltre il quartiere c'erano spettacoli, musica, facoltose signore che imitavano lo stile delle cortigiane, liceali dagli occhi brillanti con berretti da strillone, gentiluomini in colletto alto e monocolo, negozi che vendevano ogni genere di prelibatezza. Il mondo l'attirava, irresistibile e reale come il primo giorno caldo d'estate. Ma lei era tagliata fuori da tutto, reclusa nel bel mezzo di Seul. Con l'avvicinarsi dell'inverno, Jade prese l'abitudine di uscire da sola e sedersi all'estremità della loro via, il punto più lontano dalla casa che Dani le consentisse di raggiungere. Fu in uno di quei pomeriggi che notò uno strano ragazzo che si aggirava per il vicinato.

Successivamente, Jade non sarebbe stata in grado di dire che aspetto avesse la prima volta che l'aveva visto. Impiegò diversi giorni a rendersi conto della sua esistenza. Sembrava essere una parte naturale dell'ambiente circostante, come un albero o una siepe, così si abituò a lui prima ancora di notarlo. Aveva più o meno la sua età ed era piccolo e smilzo. La sua pelle era color nocciola, ed era difficile dire se per via del sole o dei pochi lavaggi. Nel momento in cui gli occhi di Jade lo registrarono come qualcosa di diverso, lui sorrise, come se non avesse aspettato altro, e iniziò a camminare verso di lei, tallonato da un cane giallo con la coda arricciata. Fu allora che Jade si rese conto che c'era qualcosa di sbagliato nel suo aspetto. Erano i vestiti, così logori che parevano sul punto di tornare a essere solo fili. Alcuni mendicanti avevano più toppe che stoffa originale sui loro abiti, invece i suoi mostravano semplicemente squarci aperti che svolazzavano gagliardi nel vento pungente. Jade fu colta da pietà e disgusto allo stesso tempo.

« Ti ho vista spesso qui. Vivi da queste parti? » le chiese.

La ragazzina annuì riluttante. Dani non le aveva espressamente proibito di parlare con altri ragazzi, ma lei lo sapeva anche senza che glielo dicesse. Dall'altra parte, la sua noia era più forte della paura di Dani. E, sporco com'era, quel ragazzo non appariva molto diverso dai monelli di campagna con cui era cresciuta.

« È tuo? » gli chiese, indicando il cane che annusava il terreno dietro di lui.

Il ragazzo fischiò e il cane arrivò saltellando e agitando gioiosamente la coda. « È di un mio amico. Puoi accarezzarlo, è buono. »

Jade si accucciò e accarezzò il cane dalla testa alla coda, e poi da dietro le orecchie a sotto il mento. L'animale mostrò di gradire molto.

« Come si chiama? » domandò.

« Non ha un nome. Lo chiamiamo semplicemente 'cane' », spiegò il ragazzo. « A proposito, io mi chiamo Jung-ho. »

Jade rise. « Scusa. Avrei dovuto chiederlo prima a te, il nome. Io sono Jade. Mi sa che tra poco devo tornare a casa. Non mi posso allontanare troppo. »

« E 'lontano' quanto sarebbe? »

« Dall'altra parte della strada. »

Jung-ho scosse la testa, incredulo. « Ma non ti stufi a rimanere rinchiusa? Ho girato tutte le vie di Seul, solo per sapere che cosa c'è in città. Ci sono il fiume, il mercato, una via dove vivono tutti gli Yankee... Non molto lontano da qui c'è uno zoo. Ti ci posso portare, se vuoi. »

«Oh, non saprei.» Jade tacque per un momento, poi aggiunse: «Che cos'è uno zoo?»

Jung-ho spiegò che era il posto dove tenevano tutti gli animali del mondo, che la celebrità era un elefante di nome Giant, e che non avrebbero dovuto pagare per vederlo.

Jade si mordicchiò le labbra, riflettendo. Dani era già uscita, e sarebbe rientrata solo a notte fonda. Se si fosse lasciata sfuggire questa possibilità, la prossima sarebbe potuta arrivare dopo un anno o due, a seconda di come girasse allo spirito libero di Dani.

«Va bene, ma devo tornare il prima possibile», disse, andando verso Jung-ho. Ora che erano vicini, Jade si accorse che lui era alto come lei, forse addirittura leggermente più basso. Ma non aveva un aspetto debole. Di solito i mendicanti trascinavano i piedi, invece Jung-ho camminava a grandi passi, dondolando le braccia, incurante di come lo guardasse la gente. Sembrava quasi che andasse in giro conciato così apposta, per spirito di avventura, simile al principe travestito delle favole. Mentre camminavano affiancati, Jung-ho le indicava i luoghi d'interesse, come se Seul appartenesse a lui.

«Quello è lo zoo. Una volta era un palazzo», annunciò infine. C'erano decine di persone in fila davanti ai cancelli, persino in pieno inverno, e oltre i muri di pietra si udivano musica, grida e risate.

«Vieni, per di qua.» Jung-ho la guidò lontano dall'entrata e girò l'angolo. In quel punto non c'erano molti passanti; una gigantesca zelkova posava i suoi grossi rami sopra il muro dello zoo.

«Sei capace di arrampicarti?» le chiese Jung-ho, e lei scosse il capo. Lui intrecciò le mani vicino al tronco e le disse di metterci sopra il piede. Jade pensava che il ragazzino sarebbe caduto sotto il suo peso, invece rimase fermo finché lei non trovò una cavità nel tronco con l'altro piede e si issò su un ramo. Pochi secondi dopo, lui la seguì e le si appollaiò accanto sui rami spogli. Il cane era seduto e uggiolava sotto di loro.

«Guarda, quello è Giant», annunciò Jung-ho, indicando col dito. Oltre il muro, centinaia di persone erano assiepate attorno a un fossato in secca; dentro il fossato, c'era un'isola rialzata e coperta di sabbia gessosa del colore delle ossa. Giant era in piedi esattamente al centro dell'isolotto, come una barca arenata dalle vele grigie. Era così grande che persino da lontano Jade riusciva a vederlo sbattere gli occhi, grandi quanto il suo palmo. La folla acclamava e lanciava oggetti nel recinto per attirare la sua attenzione. Che fosse per pazienza o per ostinazione, l'elefante non reagiva, e ben presto gli spettatori annoiati si allontanarono per lasciare spazio agli altri in coda. Qualcuno imprecò e sputò nel fossato, altri gli gettarono torsoli di mela, ma Giant restava immobile.

Jade pensò che la sofferenza di quella creatura fosse ingigantita dalla sua forza e dalle sue dimensioni; non c'era nulla di tragico, infatti, in una mosca intrappolata. Non voleva continuare a guardare, ma allo stesso tempo non riusciva a voltarsi e andare via. Aveva tanto desiderato vedere il mondo. Adesso che vedeva com'era fatto, sentiva uno strisciante senso di nausea.

Jung-ho le tirò la manica. Qualcuno stava urlando verso di loro.

A una trentina di iarde, un guardiano in uniforme imprecava e agitava il fucile nella loro direzione. Jade trattenne a stento un urlo; Jung-ho era già balzato a terra. Il cane abbaiava e ringhiava al guardiano, mostrandogli i denti bianchi.

«Salta!» le gridò Jung-ho.

Il guardiano si stava avvicinando, brandendo il calcio del fucile come una mazza.

«Ti prendo io!» insistette il ragazzo, ma Jade scosse la testa.

Quando fu quasi ai piedi dell'albero, il guardiano imbracciò il fucile e mirò al cane. Jung-ho rimase immobile: non voleva scappare senza di lei. Jade inspirò a fondo e saltò, atterrando su mani e ginocchia davanti a Jung-ho. I tre fuggirono senza voltarsi a controllare se il guardiano li stesse inseguendo, e non si fermarono né rallentarono fino a quando non raggiunsero la casa di Dani.

«Stai bene? Fammi vedere le mani», ansimò Jung-ho.

«Sto bene, è solo un graffio», protestò Jade mentre lui le prendeva le mani tra le sue e soffiava via lo sporco. Il cane sbatté la coda, uggiolò sonoramente e si stese a terra, esausto.

«Quell'elefante», iniziò lei. «Sai a che cosa pensa tutto il giorno, mentre sta lì immobile e muto?»

Jung-ho rifletté per qualche istante. «Probabilmente è solo infastidito da tutta la gente che gli gira attorno. O magari pensa al cibo», ipotizzò.

«No, pensa: 'Come faccio a uscire di qui?' Hai visto che non è incatenato. È molto alto, ma ovviamente non può superare quel fossato. Quindi gli elefanti non saltano. Ma secondo te non c'è un modo per farlo uscire?»

Il volto di Jung-ho si fece cupo e serio mentre rimuginava. «Non lo so. Mi dispiace davvero.»

«La prossima volta che ci vediamo troviamo qualche idea», disse Jade. Quando rientrò in casa, annunciò a Lotus: «Il mio nuovo amico mi ha portato allo zoo e abbiamo visto l'animale più grande del mondo! La cosa strana è che pensavo che sarei stata felice, e invece mi ha rattristata».

«Un nuovo amico?» chiese Lotus, chiudendo la scatola del cucito. Aveva appena finito di riattaccare il fiocco della sua giacca.

«Sì, un ragazzo della nostra età con un cane giallo.»

«Oh, sì, l'ho visto girare qui attorno», replicò Lotus, riaprendo di scatto la scatola del cucito. Con ostentazione, iniziò a dare altri punti al fiocco, che era già perfettamente saldo. «È uno sporco borseggiatore di strada. Dovresti starne alla larga se non vuoi prendere i pidocchi.»

Jade ne fu ferita. Non erano mai state in disaccordo su niente, e cercò di levarsi di dosso la sensazione che nella loro amicizia fosse sopraggiunto un cambiamento impercettibile e inevitabile come una spaccatura sottile quanto un capello su un lago ghiacciato. Cercò di rassicurare Lotus che nessuno avrebbe preso il suo posto, che sarebbero sempre state le migliori amiche del mondo. Tuttavia, ogni volta che Jade cercava di convincerla a uscire e a conoscere Jung-ho, lei rifiutava. Lotus rimaneva in casa, accanto a Luna, che stava giungendo quasi al termine della gravidanza nel suo silenzio catatonico.

Da quel giorno in poi, ogni volta che Jade usciva di casa, Jung-ho l'aspettava al portone. A volte portava il cane e lo accarezzavano, facendolo giocare al riporto con un bastone. Altre volte veniva solo e pianificavano l'evasione dell'elefante mentre passeggiavano attorno all'isolato. Quando Jung-ho le rivelò di aver perso tutta la sua famiglia e che dormiva per strada in una tenda, ormai Jade pensava che non ci fosse nulla di sbagliato nel suo nuovo amico.

« Sai, non siamo poi così diversi. Nemmeno io ho i genitori, anche se i miei sono ancora vivi. Mia madre mi ha detto che non sarei mai dovuta tornare a cercarli. Per loro sarebbe la rovina se la gente del villaggio scoprisse che sono diventata un'apprendista cortigiana », gli raccontò.

« Ti mancano? » chiese Jung-ho.

Jade cercò di ricordare la madre che le pettinava e intrecciava i capelli la sera, e come l'aveva abbracciata un'ultima volta mentre le faceva promettere che non sarebbe mai tornata a casa. Quei ricordi stavano già sbiadendo, come le stelle all'approssimarsi dell'alba. « Una volta mi mancavano, ma adesso mi sento come se avessi trovato la mia vera famiglia », rispose infine.

Un giorno in cui faceva particolarmente freddo, Jade portò fuori di soppiatto una delle innumerevoli trapunte di seta che stavano nella cassapanca di legno di paulownia e la diede a Jung-ho. Lui sembrò più sconvolto che contento.

« Non preoccuparti, prendila », insistette Jade, ficcandogliela tra le braccia. « Ne abbiamo tantissime altre in casa. »

Ammutolito, Jung-ho abbassò gli occhi sulla trapunta imbottita di soffici bozzoli di seta, leggeri come l'aria. Qualcosa parve passargli per la testa e lui assunse un'espressione decisa. « Quando sarò più grande, ti regalerò qualcosa cento volte più bella di questa », le assicurò.

Jade sorrise e disse: « Sì, certo », ma senza aspettarsi davvero che lui mantenesse la promessa. Era per questo che Jung-ho l'aveva tanto colpita, per il modo in cui diceva, assolutamente pieno di fiducia, che un giorno le avrebbe regalato qualcosa che forse costava più di quanto avrebbe guadagnato in tutta la vita. Jung-ho non aveva nulla in confronto a Jade, eppure sembrava incapace di lasciarsi intimorire. Non si lamentava mai della sua condizione né rimpiangeva il passato. Era come un vaso vuoto, ma nel senso migliore del termine: era vero che non era molto istruito, ma la sua mente era libera di sfrecciare in qualsiasi direzione, e lui non alimentava il dolore. Jade era sicura che, qualsiasi cosa lui decidesse di conservare, l'avrebbe custodita e protetta sul fondo del suo vaso *jangdok*. Magari non sarebbe mai andato molto lontano, pensò Jade, ma sarebbe comunque stato felice per il semplice motivo che rifiutava di essere chiuso in gabbia.

8

HO INCONTRATO LA PERSONA GIUSTA, FINALMENTE

1919

Il segreto del successo di Dani era che non le piaceva essere semplicemente occupata, ma avere *progetti* cui applicare le sue notevoli capacità mentali e fisiche. La sua fama, la sua casa a due piani con gli arredi squisiti e il raffinato giardino, il suo potente protettore, persino la sua insolita bellezza e il suo fascino, niente di tutto ciò era frutto del caso, ma della sua immaginazione, pianificazione ed esecuzione.

Il suo progetto più recente era crescere le tre giovani che le erano state affidate. Erano arrivate nella sua vita non richieste, Dani aveva solo fatto un favore alla sua più cara cugina. Tuttavia, le aveva accettate, in parte perché ormai aveva raggiunto l'età in cui le cortigiane benestanti e senza figli iniziavano a pensare di adottare figliastre che si occupassero di loro dopo il ritiro dall'attività. Pensava che sarebbe stato divertente insegnare tutto ciò che sapeva a ragazze degne di succederle, esattamente come gli uomini in posizioni altolocate cercavano di lasciare la propria eredità tramite legati, lasciti, scritture ed eredi in generale. Perché lei no?

Questo progetto, però, si stava rivelando più complicato di quanto avesse immaginato. Sebbene le ragazze, persino Jade, cominciassero a piacerle, ancora lei non si sentiva una madre. Probabilmente, pensava, questa mancanza d'istinto materno era dovuta al suo ventre vuoto. Dani non era mai rimasta incinta, e ora si diceva che magari non era proprio tagliata per quel ruolo. Tra i venti e i trent'anni, aveva avuto il terrore di concepire, e si era imbottita di bozzoli di seta prima e dopo il tè che le avrebbero fatto venire il ciclo in anticipo e più abbondante rispetto al solito. Ma non sempre poteva sapere quando avrebbe avuto un incontro, e a volte, nel bel mezzo dell'atto, quando sussurrava al suo cliente che non aveva preso tutte le dovute precauzioni, lui le entrava comunque dentro. In quelle occasioni, lei rimaneva praticamente immobile, sconvolta e inorridita dalla sensazione di appiccicaticcio tra le gambe, mentre l'uomo rotolava via, sospirando appagato e chiudendo gli occhi, come se avesse appena compiuto una grande impresa. Sebbene fosse un'ottima cortigiana, ammirata in ampie cerchie di uomini importanti e colti, in tali occasioni tutto ciò che poteva fare era aspettare che lui si decidesse ad andarsene, lavarsi il più accuratamente possibile con acqua bollente e non rivederlo mai più.

Era accaduto abbastanza spesso nel corso degli anni, tanto che ora, a un'età in cui la maggior parte delle donne sposate aveva almeno tre o quattro figli, Dani pensava di non essere mai stata in grado di concepire. Da una parte, la disorientava vedere che Luna era rimasta incinta dopo un solo sfortunato incidente; dall'altra, era sollevata di non aver mai dovuto soffrire a quel modo.

Nonostante la mancanza di una bussola interiore per il ruolo di genitore, Dani sentiva che finalmente stava spingendo le ragazze nella direzione giusta. Si comportavano ogni giorno di meno da ragazzine scervellate; una volta aveva persino sorpreso Lotus con un libro in mano. Ma, proprio mentre Dani osservava le tre ragazze migliorare nell'aspetto, nel senno e nel comportamento, la sua dedizione al progetto venne turbata da un episodio che la distrasse parecchio. Nello specifico, da una lettera vergata in una grafia familiare, consegnata all'ora di colazione qualche giorno dopo la sfilata.

Lasciando praticamente intatto il porridge, Dani salì in camera sua per leggere la lettera in pace. Sung-soo le spiegava di come avesse ottenuto il suo indirizzo tramite MyungWol, e di quanto fosse stato assorbito dal proprio lavoro e dalla famiglia da quand'era tornato dall'estero. In una vita simile non c'era posto per le romanticherie, e in realtà aveva da tempo abbandonato la speranza di un amore travolgente; da anni non provava quel genere di sentimenti (non aveva scritto « dopo di te », ma era ciò che intendeva). Rivederla alla sfilata, tuttavia, aveva risvegliato il delizioso desiderio che aveva sempre provato per lei. *Eri bellissima, come la prima volta che ti ho incontrata,* scriveva. L'aveva lasciata sola ed era andato in Giappone, pensando che fossero entrambi giovani e sarebbero guariti, alla fine (non accennava al fatto di essere sposato). Solo adesso che era adulto capiva quanto avesse sbagliato a partire senza di lei. Voleva esprimerle il proprio pentimento di persona.

Dani lesse e rilesse la lettera, la gettò sul tavolino, chiese a Hesoon di portarle un po' di caffè e afferrò di nuovo il foglio, reggendo una tazza nell'altra mano. La bevanda calda aveva il solito effetto di placare le sue emozioni e, al contempo, acuirle la mente, riportando a galla immagini sepolte da lungo tempo. Per quanto i ricordi fossero dolorosi, riviverli era agrodolce e delizioso. Si rivedeva come se si stesse osservando nitidamente dall'alto, anche se il suo corpo era rannicchiato sul tavolino da scrittura. La lettera dimostrava che l'amore che un tempo Dani aveva provato non era solo un'illusione, un falso ricordo. Lo aveva vissuto davvero.

Comunque, non provo più nessun sentimento per lui, solo per il suo ricordo. Sovrappensiero, aprì le ante dello specchio da trucco. Quando vide il proprio riflesso, ammise di essere curiosa di sapere come gli fosse apparsa quel giorno; sperava di non essergli sembrata troppo vecchia o cambiata. Soddisfatta del proprio aspetto, richiuse lo specchio e sorrise.

No, non lo incontrerò. E non gli risponderò. Non merita neppure una risposta. Ignorarlo è l'unica opzione dignitosa, si disse.

Sebbene Dani fosse convinta di aver deciso per il meglio, nei giorni seguenti soffrì di un inspiegabile e persistente mal di testa. Fece di tutto per nascondere la propria irritabilità alle feste e aggrediva verbalmente le ragazze, persino Luna, per la minima sciocchezza. La notte, stesa sulle lenzuola di seta, si sentiva più sola di quanto non si sentisse da anni. « Non m'innamorerò mai più », gemeva, asciugandosi le guance col dorso della mano. Aveva trentatré anni, nessun uomo nuovo l'avrebbe corteggiata, e lei aveva ignorato il solo che avesse mai amato con passione. Quando questi pensieri la tenevano sveglia, Dani ingollava qualche bicchiere di *soju* da sola e in camicia da notte, un comportamento che di solito giudicava sconveniente e segno di sciatteria, ma che, date le circostanze, riteneva terapeutico.

Poco dopo la prima nevicata, arrivò un'altra lettera per Dani ma, nonostante il suo cuore impazzito nel vederla tra le mani della cameriera, non veniva da Sung-soo. A spedirla era un attivista recentemente tornato a Seul dopo aver lavorato a Shanghai e, sebbene lei non lo conoscesse, ne aveva sentito parlare. Inoltre, era stato il generale, di stanza a Vladivostok e sostenuto da sua cugina Silver a Pyongyang, a consigliargli di contattarla. Lui non aveva scritto né il nome del generale né quello di sua cugina per paura di eventuali intercettazioni, ma Dani accettò subito d'incontrarlo in una piccola sala da tè senza pretese, che nessuno di una qualche rilevanza sociale avrebbe mai frequentato.

Arrivata al luogo dell'appuntamento, c'era un solo cliente seduto a un tavolino d'angolo lontano dalla porta, immerso nei propri pensieri. Quando lei entrò, lui la guardò subito negli occhi e si alzò con educazione. «Sono Lee Myung-bo. È stata molto gentile a venire», la salutò, con un inchino.

«Non dica così, sono io a essere onorata.» Dani ricambiò l'inchino e prese posto sulla sedia di fronte a lui. Ordinarono un tè e ruppero il ghiaccio con qualche chiacchiera sul tempo.

«Naturalmente qui fa molto più freddo. A Shanghai, al massimo, fa fresco come nel nostro Paese in autunno, e raramente nevica», osservò Myung-bo con un sorriso. Seppur non bello come Sung-soo, Myung-bo aveva un certo fascino silvestre, con gli occhi color terra e la voce baritonale.

«Oh, mi piacerebbe tanto vedere Shanghai», replicò Dani, senza pensare. Le piaceva il modo in cui lui aveva detto «nel nostro Paese», che avesse visitato tutti i posti del vasto mondo che pure lei desiderava vedere e che avesse un modo di fare caloroso, semplice e spontaneo.

«Quanto a quella questione che non ha potuto specificare nella lettera per motivi di discrezione, sono pronta a darle il mio supporto nel modo che posso.» Gli fissò allusiva il volto mite e stanco.

«La ringrazio per la sua promessa. È così faticoso chiedere a uno sconosciuto, una donna per giunta...» balbettò lui, abbassando lo sguardo sul tavolino per evitare i suoi occhi scuri e affascinanti. Le spiegò, a spizzichi e bocconi, che si stavano pianificando diverse «iniziative» simultanee, sia nella penisola sia all'estero. I leader di gruppi separati di attivisti e milizie in Manciuria, a Vladivostok, Primorskij, e persino negli Stati Uniti e alle Hawaii stavano tentando di creare un centro unificato in termini di governo provvisorio a Shanghai. Nel frattempo, in Corea, ci si sforzava di unire le varie fazioni guidate da ceondoisti, cristiani, buddisti, nazionalisti e comunisti in una sola, unica e inequivocabile dichiarazione d'indipendenza.

«Tutti questi sforzi richiedono ingenti risorse, per nutrire e armare i nostri soldati e gli attivisti, per avere uffici e case sicuri, stampare opuscoli e manifesti, trasportare le persone oltre il confine, corrompere ufficiali e far uscire gente di prigione, e per altre cento ragioni. Sono costantemente alla ricerca di nuove fonti di fondi», spiegò Myung-bo in tono di scusa. Le sue guance arrossirono come quelle di un bambino, una reazione inaspettata e commovente in una persona così seria e dignitosa.

«I miei amici mi hanno abbandonato quasi tutti, persino il mio fratello minore rifiuta di vedermi. Della mia famiglia, solo mia moglie e mio figlio sono rimasti al mio fianco.» Fece un sorriso agrodolce, e Dani sentì una fitta di dolore, come se fosse stata punta con qualcosa di aguzzo.

«Non dica altro. Capisco. Ma vede, ha incontrato la persona giusta.» Sorrise, rassicurante. «I ricchi spendono i loro soldi molto più volentieri con le cortigiane che per la causa. Fortunatamente, le cortigiane hanno più cuore di loro. Posso riunire le cinque corporazioni di cortigiane di Seul. Io sono a capo di una, e conosco le leader di tutte le altre. Nessuno è più adatto di me a convincerle.»

«Sono sopraffatto, davvero.» Myung-bo la guardò con espressione felice, e anche lei sentì il morale elevarsi alle stelle. «Sì, ho incontrato la persona giusta, finalmente.»

Tornando a casa, Dani rifletté su quelle parole e sull'espressione di Myung-bo nel pronunciarle. Si chiese turbata se ci fosse un significato nascosto o se fossero state dette in modo del tutto innocente. In fondo al cuore, sentiva che c'era qualcosa che andava al di là del sollievo per aver trovato una sostenitrice convinta. Dopo l'attacco di depressione causato dalla lettera di Sung-soo, quel pensiero fu per lei una nuova e strana delizia. Le venne da pensare che era la rilassatezza morale di Sung-soo a renderlo disponibile e al contempo meno desiderabile; al contrario, con la sua integrità Myung-bo era distante e assai più degno di ammirazione. Mentre rifletteva, contemplava le vie ricoperte di neve, di un grigio bluastro all'ombra e di un oro brillante nel sole del pomeriggio, e pensò che tutto era più bello e vivo del solito. Si sentiva giovane come non le capitava da tempo, forse da anni.

Un pomeriggio, ci fu un lieve bussare alla porta e Jade uscì, aspettandosi di vedere il volto familiare di Jung-ho. Si trovò invece davanti un signore di bell'aspetto che le chiese educatamente se sua zia fosse in casa. Jade tornò dentro per annunciare il visitatore e Dani infilò il cappotto e uscì.

«Non hai risposto alla mia lettera», le disse Sung-soo, senza perdersi in convenevoli superflui. Indossava un cappello alla moda con falda media e un cappotto nuovo della migliore lana inglese. Dal suo corpo vigoroso e ben nutrito emanava un fresco profumo di colonia e buona salute, ma il suo volto aveva un'espressione addolorata.

«Spero che tu sappia quanto mi dispiace. Non avrei mai dovuto lasciarti qui e andare in Giappone...» proseguì, i piedi saldamente piantati al suolo, come a dimostrare la propria fermezza. Sopra la sua testa, minuscoli fiocchi di neve cominciarono a fluttuare come piumini di soffione. Erano così leggeri che sembravano impiegare una vita a cadere.

«Sembri davvero molto dispiaciuto, a giudicare dalla tua espressione. Ma sai che cosa ti tradisce? La voce. Non suona affatto dispiaciuta», replicò lei.

Si voltò e fece per andarsene, ma lui le afferrò una mano. L'attirò con decisione verso di sé, facendola girare e posandole l'altra mano sulle reni. Poi la baciò.

Un attimo prima che la baciasse, nel comprendere quello che stava per accadere, Dani aveva pensato che si sarebbe ritratta, disgustata. Ma, quando le labbra di lui incontrarono le sue, scoprì di non voler smettere di baciarlo. Il fatto che quell'uomo la desiderasse tanto la rendeva follemente felice. Quando si separarono, lei sospirò. «No, non ti odio.»

Sung-soo la guardò negli occhi con espressione sincera, aspettando la sua assoluzione. Era consapevole che in quel momento Dani lo trovava bello e attraente come quando si erano conosciuti. Ed era inebriato da quel piacere chiaro e vittorioso, dalla consapevolezza del proprio potere di seduzione, che nella vita di molte persone è la cosa più vicina all'amore che riescano a provare. Le prese la mano e lei non si tirò indietro.

«Ma è troppo tardi per il perdono, quindi lasciami in pace.» Nel pronunciare quelle parole, a Dani tremò la voce, ed entrambi sentirono che in realtà non era ciò che voleva dire, anzi, che voleva dire l'esatto opposto.

Lui non sapeva che cosa fare. Avrebbe potuto benissimo lasciarla e non cercarla più. Non perché lei lo volesse o perché lui fosse orgoglioso, ma perché era del tutto incapace di perdersi completamente per un'altra persona. Per lui non era solo sgradevole dal punto di vista intellettuale, anche la sua anima ne era incapace. In quel momento, però, vide che Dani tremava e fu toccato dalla sua fragilità. La cinse tra le braccia. Immediatamente, una lacrima sfuggì dagli occhi della cortigiana e lei si sciolse nel suo abbraccio.

Quando si staccarono, Dani lo guidò oltre il portone, senza parlare. Repressero l'impulso di correre nella sua camera da letto, camminando con calma come se non stessero ardendo dal bisogno di strapparsi via gli strati di lana e cingersi a vicenda i fianchi con le gambe. Una volta da soli, fecero l'amore senza curarsi di nient'altro che la sensazione dei loro corpi uniti.

Era quasi mezzanotte quando, appagati, si stesero fianco a fianco a lume di candela. Dani si disse che era il momento più felice di tutta la sua vita. Nulla di quanto sarebbe accaduto dopo poteva essere meglio di quella sera passata da sola con lui, lontani dal resto del mondo. Anche se nella sua memoria sarebbe sembrato un tempo assai più lungo, in realtà si trattava solo di qualche ora. Come tutti i momenti simili, finì prima che lei fosse pronta, con un colpo alla porta della sua camera.

« All'ingresso c'è un signore che chiede di lei. Ho provato a dirgli che non era in casa, ma ha detto che l'avrebbe aspettata, e a quel punto non ho saputo cosa fare », le sussurrò all'orecchio Hesoon.

« Be', chi è? » si stizzì Dani, uscendo in corridoio. « Non è la polizia? O qualcuno mandato dal Giudice? »

« Non credo. Ha detto che è noto come Lee, senza aggiungere il nome proprio, ma ha detto pure che lei avrebbe capito chi è. »

« Oh! » Dani sussultò. « Certo che so chi è. Ma come mai è qui? Comunque, non posso lasciarlo aspettare fuori per ore con questo freddo. Devo riceverlo. Fallo accomodare in soggiorno. » Dani rientrò in camera e cominciò a vestirsi. Poi raccomandò a Sung-soo di restare lì senza fare rumore mentre si occupava di un visitatore.

A quelle parole, Sung-soo lasciò trapelare la propria irritazione: non aveva intenzione di nascondersi da quel misterioso sconosciuto, che Dani assicurava non essere il suo amante ma che le faceva visita a notte fonda. No, se ne sarebbe andato piuttosto che nascondersi come un ladro.

« Va bene, allora, fa' come vuoi », sbottò Dani, esasperata, avvampando in volto. Uscì infuriata dalla camera e si affrettò verso il soggiorno, dove Myung-bo aspettava in piedi, a disagio, con indosso il cappotto e col cappello tra le mani.

« Mi scuso per essere piombato qui così... » esordì, e Dani notò con un piacere nascosto il discreto luccichio nei suoi occhi e un accenno di rossore sulle guance. « So che è inappropriato, ma sono venuto per dirle... »

« Sì? » Dani fece un passetto in avanti, eccitata ma al contempo vergognandosi di sentirsi così. Mentre lui sembrava sul punto di alzare una mano per posarla sul suo braccio, lei sentì la porta della camera che si apriva e Sung-soo che camminava lungo il corridoio per poi entrare nel soggiorno.

Quello che seguì fu il momento di maggior confusione e sconcerto che tutti e tre avessero mai vissuto.

« E tu che ci fai qui? » si chiesero reciprocamente e all'unisono Sung-soo e Myung-bo.

« Come vi siete conosciuti? » esclamò Dani, facendo saettare lo sguardo dall'uno all'altro. Seguì un minuto di silenzio colmo d'imbarazzo.

Sung-soo fu il primo a riprendersi e spiegò a Dani: « Myungbo e io siamo vecchi amici, dai tempi degli studi a Tokyo ».

« Capisco », commentò lei, e la stanza ricadde nel silenzio.

« Sono venuto a dirle una cosa importante », iniziò Myungbo, ma stavolta i suoi occhi non avevano più lo scintillio di prima. « Sua maestà, l'imperatore Gojong, è morto. »

Dani sussultò e si portò una mano al petto. I due uomini si lanciarono istintivamente in avanti, come a volerla sorreggere, ma Myung-bo si trattenne mentre Sung-soo cingeva la vita di Dani con gesto protettivo.

Myung-bo continuò: « È successo qualche ora fa. Uno dei nostri informatori, una cameriera privata, ha mandato un messaggio subito dopo. L'imperatore stava gustando una tazza di latte di riso quando all'improvviso ha cominciato a soffocare e a gridare, sputando sangue. La cameriera ha detto che aveva il corpo ricoperto di orticaria ».

Dani si lasciò sfuggire un gemito inorridito e si accasciò a terra. Sung-soo si sedette accanto a lei e le posò una mano sulla schiena, mentre Myung-bo restava in piedi, immobile.

« Ma perché avvelenarlo? Era stato deposto da molti anni, e suo figlio è solo un burattino », disse Sung-soo.

« Chi lo sa? Credo, con ogni probabilità, per farci sapere che possono uccidere il nostro sovrano senza alcuna conseguenza, proprio come hanno assassinato sua moglie, l'imperatrice... » Myung-bo tacque per un momento, guardando Dani, preoccupato dal suo pallore. « La signora non si sente bene. La notizia è così sconvolgente... »

« Sto bene. Mi sentirò anche meglio dopo aver bevuto qualcosa », replicò lei, e ordinò a Hesoon di portare una bottiglia di *soju* e tre bicchieri. La cameriera tornò poco dopo col liquore, con una ciotola di *kimchi* fresco e con altri stuzzichini, e posò il vassoio di fronte a Dani. Dietro suo invito, anche Myung-bo sedette. La cortigiana versò il *soju* ai due uomini, poi Sungsoo lo versò per lei e tutti e tre alzarono i bicchieri, mormorando: « A sua maestà ».

Quando il *soju* entrò in circolo, iniziarono a sentirsi meno a disagio, non per la morte dell'imperatore ma per la situazione in cui si trovavano. È sempre penoso scoprire che alcune delle proprie conoscenze, che dovrebbero appartenere ad ambiti ben separati della vita, sono in qualche modo legate tra loro, e magari in modo più intimo di quanto si desideri. Ognuno dei tre ne soffriva, anche se Sung-soo in particolare prese la cosa come un insulto e un tradimento. Solo la sua buona educazione e l'effetto calmante del *soju* gli impedirono di soccombere alla gelosia che gli ardeva nel petto.

« Quindi che succede ora? » chiese Dani a Myung-bo, un po' riconfortata dal liquore.

« Sa che ci stavamo preparando per la dimostrazione... » iniziò lui, cauto, chiedendosi quanto potesse essere esplicito in presenza di Sung-soo. Poi, scegliendo di essere diretto, proseguì: « Probabilmente riuniremo le forze prima di quanto avessimo progettato. Tra circa un mese, più o meno quando ci sarà il funerale di sua maestà e la folla si riunirà a Seul per rendergli omaggio ».

« Ma siete pronti? Riuscirete a fare tutto in tempo? » domandò Dani, versando un altro giro per i due uomini. Stavolta, fu Myung-bo a prenderle la bottiglia dalle mani e a versarle il liquore. Il gesto era consuetudine, poiché nessuno versa mai da bere per sé, e tuttavia irritò Sung-soo per l'intimità che esprimeva.

« È anche per questo che sono venuto a trovarla. Mi sono reso conto subito che le cose inizieranno a muoversi molto in fretta, e non sapevo di chi fidarmi. »

Detto ciò, Myung-bo buttò giù il suo *soju* senza incontrare lo sguardo degli altri due.

« La prego, mi dica come posso essere d'aiuto. Di che cosa c'è bisogno? » chiese Dani.

Il volto di Myung-bo avvampò di colpo. Già addolorato per la morte dell'imperatore, si sentì nuovamente turbato dall'aver trovato Sung-soo a casa di Dani, e in un certo senso anche inspiegabilmente ferito. Ora si sentiva umiliato all'idea di dover chiedere di nuovo un favore davanti all'uomo che gliene aveva già rifiutato uno in modo così freddo. Si concentrò sulla fiammella della candela riflessa nel suo bicchiere per non dover guardare gli amanti negli occhi. « Abbiamo in mente di fare una manifestazione pacifica. Per questa avremo bisogno di preparare solo i manifesti e il più alto numero possibile di bandiere coreane. Ma senza dubbio dovremo essere preparati per qualsiasi cosa possa accadere dopo la dimostrazione. Il che significa armi, case sicure, mezzi di trasporto per numerosi attivisti e messaggeri... E poi rimane la preparazione per l'inizio di un combattimento militare vero e proprio. Non solo in Manciuria, dove si trova la maggior parte delle nostre truppe, ma anche in Corea. Se riusciamo a radunare forze a sufficienza, ci sarà sicuramente guerra entro i nostri confini, per la prima volta dopo oltre vent'anni. »

Dani annuì. « Capisco. Non sono stata con le mani in mano dopo che ci siamo visti. Ho incontrato personalmente ciascuna delle leader delle corporazioni. La rincuorerà sapere che, per cominciare, tutte hanno contribuito con un terzo dei loro guadagni di questo mese. » Sorrise, mentre il rossore le colorava deliziosamente le guance. La presenza dei due uomini l'aveva messa in uno stato d'animo febbrile, eppure non del tutto sgradevole. Tanto per cominciare, l'evidente disagio di Myung-bo le confermava che era geloso di Sung-soo. Anche con questioni molto gravi e serie sul tavolo, non poté evitare di sentirsi piuttosto compiaciuta. « Vedrà, quando le cinque corporazioni di cortigiane di Seul mettono assieme il loro denaro, non è una cifra insignificante, anche se stiamo parlando di guerra. Sa, la gente ci guarda dall'alto al basso per come ci guadagniamo da vivere, ma abbiamo il nostro onore. A dire il vero, non sono mai stata così felice di dare il mio piccolo contributo per aiutare... » La voce di Dani si spense e le si inumidirono gli occhi. Era quasi sopraffatta dall'emozione, ma nemmeno lei capiva bene se quella felicità fosse dovuta solo al fatto di contribuire al movimento o ad altri motivi, meno altruistici.

Bevve un sorso di *soju* e spiegò come e quando gli avrebbe fatto avere il denaro nelle settimane a venire. Mentre Myungbo la ringraziava nel modo più caloroso ma al contempo solenne, Dani si voltò verso Sung-soo e chiese, innocentemente: « Non potresti fare qualcosa anche tu? »

« Io? » sbottò Sung-soo, preso alla sprovvista dalla domanda.

«Sicuramente potrai contribuire in qualche modo, tu più di altri», insistette Dani.

«Ma non capisci... È denaro della mia famiglia, io di mio non guadagno molto», si affrettò a protestare lui. «Ora come ora, sto spendendo un patrimonio nella mia casa editrice e nel negozio di biciclette, che non rendono nessun profitto.»

Inaspettatamente, il volto di Dani s'illuminò. «Oh! Ma tu *puoi* aiutare! Come abbiamo fatto a non pensarci?!» Strinse il braccio di Sung-soo. «Non hai sentito quello che ha detto il signor Myung-bo? Avremo bisogno di migliaia di copie di manifesti e bandiere. Tu hai una macchina da stampa, no?»

«Sì, ma...» borbottò Sung-soo, avvilito. Non poteva ribattere che era troppo pericoloso, o tirarsene fuori con qualche scusa. Si rivolse direttamente a Myung-bo. «È questo che ti serve, amico mio?»

«Se ti offri, accetto molto volentieri», replicò Myung-bo, come sempre cortese e sincero. «Ma soltanto se per te non è un peso. Dimmi chiaramente se lo è, e non tirerò mai più fuori l'argomento in tua presenza.»

Con gli occhi di Dani fissi su di lui, Sung-soo non ebbe scelta. «Certo che non è un peso», rispose. E, mentre diceva quelle parole, si sentì un po' meno innamorato di lei.

9

LA MARCIA

1919

Era la seconda volta che Myung-bo si ritrovava nella casa editrice di Sung-soo, dove pensava non sarebbe mai tornato. Al suo arrivo, il segretario – lo stesso giovane dal volto scuro proveniente dalla campagna – gli disse di aspettare fuori dall'ufficio di Sung-soo; non gli venne chiesto se volesse una tazza di caffè.

Myung-bo, tuttavia, non si offese. Dopo anni di esperienze simili, era ben consapevole della freddezza che s'insinua nei rapporti d'amicizia quando c'è di mezzo il denaro. Quanto a lui, non si era mai curato troppo dei propri averi; persino quand'era bambino, spesso veniva rimproverato perché regalava i suoi libri e i suoi vestiti ai compagni di classe più poveri o ai figli della servitù. All'epoca gli era sembrato che, per quanto desse via, a lui rimaneva sempre più che abbastanza. Crescendo, era arrivato quasi ad apprezzare i problemi che i suoi sacrifici provocavano. C'era una crescente consapevolezza che illuminava la sua anima quando faceva la cosa giusta, specialmente se gli costava un qualche sacrificio.

A questa euforia, però, faceva da contrappeso il terrore assoluto che provava quando si guardava attorno e vedeva così tante persone per le quali tale consapevolezza era non solo assente, ma addirittura ignota e ripugnante. La maggior parte della gente, si rese conto Myung-bo, era fatta di una pasta diversa rispetto a lui, e questo non era qualcosa che potesse mutare, come il tempo quando passa dal freddo al caldo, bensì una differenza elementare e fondamentale, come quella tra legno e metallo. In un'epoca simile, un'epoca che si poteva definire apocalittica – con la sua gente che moriva sotto le baionette giapponesi, con spargimenti di sangue e stupri in tutto il mondo, e con la guerra in Europa che si era appena conclusa –, la gente ancora pensava ad andare all'università, ottenere un posto di lavoro redditizio, spremere maggiori profitti dalle proprie terre, e incrementare la propria ricchezza, come se il mondo circostante non fosse stato in fiamme. Un conto erano i contadini alla fame cui non importava granché dell'indipendenza. A molti non interessava che il proprietario delle terre fosse coreano o giapponese, a loro bastava avere grano a sufficienza per sfamare la famiglia. Ma l'indifferenza e l'ostilità da parte della classe colta e istruita, che avrebbe dovuto essere più assennata e accettare volentieri il proprio dovere, ferivano Myung-bo nel profondo. Persino sua moglie avrebbe preferito che lui rimanesse in Corea per assumere un incarico o lasciar trascorrere gli anni nell'attesa di ereditare la terra del padre. Lei non l'aveva mai detto, ma Myung-bo sapeva quali fossero i suoi sentimenti. Quanto al loro matrimonio, era profondamente deluso dal fatto di non essere compreso proprio riguardo a ciò per cui era più orgoglioso di se stesso.

Era sicuramente questa la ragione per cui si era sentito così preso da Dani, che aveva dimostrato un'acuta percezione e una genuina empatia verso la causa. Girandosi distrattamente il cappello tra le mani, Myung-bo ripensò agli occhi brillanti della donna e alle sue labbra eloquenti ed espressive. Era davvero un peccato che la gente vedesse solo sensualità in quel bel viso, che era così chiaramente pieno d'intelligenza e purezza. E non era tutto: in lei c'era qualcosa di davvero toccante, forte e orgoglioso, eppure al contempo tenero e trasparente. A quel punto, però, Myung-bo interruppe bruscamente le sue riflessioni e si alzò dalla sedia. Il segretario aveva annunciato che Sung-soo era pronto a riceverlo.

« È da molto che aspetti? » gli chiese Sung-soo quando l'amico entrò nel suo ufficio.

Myung-bo accennò un sorriso. « No, non molto. E avrei aspettato anche più a lungo. Sono in debito con te per il resto della mia vita. »

Invece di correggerlo, Sung-soo rimase in silenzio e si accese una sigaretta tenendo gli occhi bassi, poi si appoggiò allo schienale della comoda poltrona e soffiò fuori il fumo accavallando le lunghe gambe. « Non nego che sia stato... problematico », disse infine.

Myung-bo arrossì. « Lo capisco. Davvero, amico mio. Tuttavia, con la tua intelligenza e la tua istruzione sicuramente capirai che con questo contributo ti sei guadagnato un posto nella Storia. Non è così? »

« Ah, la Storia! Ah ah! » Sung-soo fece una risata vuota, sbuffando volute di fumo. « D'accordo, Myung-bo, parliamo di Storia, allora. Ricordi anche tu la storia di Koguryo? Per settecento anni, a cominciare dal I secolo, quel bellicoso regno dei nostri antenati governò non solo sull'intera parte settentrionale della penisola di Corea, ma su fino al territorio del Primorskij, Vladivostok, e alla Manciuria. Poi, dopo il suo declino, Balhae dominò per altri trecento anni in quegli stessi territori. Ora, ciononostante, quelle terre appartengono alla Russia e alla Cina, e chi vi abita? Russi e cinesi. E che ne è stato dei coreani che hanno vissuto lì per mille anni? Sono stati spazzati via, o si sono spostati a sud, oppure hanno contratto matrimoni misti con russi e cinesi. Ma i pochi coreani autentici che rimangono, i discendenti di Koguryo, piangono forse la perdita del loro Paese d'origine? No, non provano nessuna nostalgia né patriottismo per la penisola coreana. Negli ultimi mille anni, la loro identità è stata completamente annacquata.

« Il concetto di nazione è un mero costrutto. Serve per sostenere la nostra realtà, ci serve ai fini del governo eccetera, ma non è né ovvio né naturale, e diventa ancor più privo di senso se lo consideri all'interno del contesto storico. Lungo tutta la storia dell'umanità, le nazioni sono state distrutte, assorbite in altre, sono rinate o sono state dimenticate, e questo non fa nessuna differenza per il benessere dei posteri. Che si tratti di Koguryo, dell'impero romano o dell'antica Persia, non cambia niente. Noi siamo stati annessi al Giappone nove anni fa, e questo è un fatto. Se non cambia niente, tra mille anni non ci sarà una 'Corea' o un 'popolo coreano'. Ma allora alla gente non importerà un fico secco che il loro Paese un tempo, mille anni prima, era indipendente. »

La logica di quell'argomentazione era chiara a entrambi. Sul bel volto di Sung-soo apparve un sorriso compiaciuto mentre l'amico cercava di raccogliere le idee.

«Quello che dici appare molto razionale. Potresti avere ragione sul fatto che tutto questo – la lotta, la morte e il sacrificio – non ha nessuna importanza nel grande schema della Storia. Ma più o meno stai dicendo questo: immagina un ragazzino che sta giocando sui binari del treno. All'improvviso, vedi il treno che si avvicina e il ragazzino è troppo piccolo o troppo spaventato per sapere come mettersi in salvo. A quel punto tu ti dici: 'Be', nel grande schema delle cose alla fine morirà, che sia adesso o tra sessant'anni. Quindi perché dovrei darmi la pena di salvarlo? Meglio badare ai fatti miei'. Sarà anche razionale, ma non per questo è *giusto*», osservò infine Myung-bo.

Sung-soo fu sul punto di ribattere: *Quindi chi è che decide che cosa è giusto? Sempre tu?* Ma cambiò idea e spense la sigaretta in silenzio, mentre Myung-bo raddrizzava la schiena sulla sedia e si schiariva la voce.

«Be', abbiamo parlato abbastanza, credo. Volevi vedere a che punto siamo?» Sung-soo si alzò e si tirò l'orlo dell'elegante giacca di lana. «Vieni, andiamo di sotto.»

I due uomini percorsero uno stretto corridoio e imboccarono le scale che portavano al seminterrato, dove si trovarono davanti a una porta chiusa sotto la luce di una lampadina che pendeva dal soffitto. Sung-soo aprì con una chiave ed entrò per primo.

All'inizio, lo spazio cavernoso all'interno poteva sembrare completamente buio. Tuttavia, quando i suoi occhi si adattarono, Myung-bo notò un paio di finestrelle nella parte alta di una parete, affacciate sul livello della strada. In mezzo alla stanza, due uomini erano piegati sui tavoli, immersi nel lavoro, mentre poco lontano un altro uomo manovrava la macchina da stampa. Myung-bo si avvicinò alla pressa e prese il primo esemplare di una pila di manifesti; il titolo DICHIARAZIONE D'INDIPENDENZA DELLA GRANDE REPUBBLICA DI COREA spiccava a grandi caratteri in alto, come impronte fresche nella neve.

«Quante copie?» chiese Myung-bo.

«Finora duemila, diecimila entro il primo marzo», rispose Sung-soo.

« Oh, Sung-soo, hai fatto la tua parte per il tuo Paese! » esclamò Myung-bo, entusiasta. « E le bandiere? »

Sung-soo indicò i due uomini ai tavoli, che stavano stendendo inchiostro rosso, blu e nero su blocchi di legno che poi imprimevano su pezze di mussola.

« Non m'importa quel che dici, sono le tue azioni che contano. Sung-soo, tu sei un vero patriota », disse piano Myung-bo.

Sung-soo sospirò, scuotendo il capo. « Ascolta, Myung-bo, se posso darti un consiglio... Se vuoi che la Corea sopravviva davvero a questa tempesta, e non venga dimenticata senza lasciare tracce nella Storia, dammi retta. Io non ho nessuna fiducia nella riuscita di questo piano. Che cosa otterrà una protesta? Che cos'è una 'Dichiarazione d'indipendenza' senza un vero potere? Tutto ciò porterà solo a un ulteriore giro di vite da parte dei giapponesi, migliaia di arresti e anche peggio. »

Myung-bo replicò in tono risoluto: « Noi ce lo aspettiamo, Sung-soo. Tutti i rappresentanti hanno giurato di firmare la Dichiarazione assieme per poi farsi arrestare senza opporre resistenza. I leader religiosi - ceondoisti, cristiani, buddisti - sostengono in pieno la non-violenza, prima dobbiamo provare senza usare la forza. Nessuno di noi si aspetta di uscirne vivo, ma andremo comunque sino in fondo ».

« No, ascoltami. Se vuoi davvero che la Corea si liberi dal dominio giapponese, non lo otterrete radunando gente senza potere per una marcia di protesta, con in mano nient'altro che bandiere. Quello che vi serve è un aiuto esterno, possibilmente quello degli Stati Uniti. Sei a conoscenza del discorso dei Quattordici punti del presidente Wilson per ristabilire la sovranità di ogni popolo colonizzato del mondo. Ha fatto quella promessa dinanzi a tutte le nazioni, e non c'ignorerà, soprattutto se facciamo appello agli interessi americani in Asia. Agli Stati Uniti non giova avere un Giappone troppo forte e troppo avido nel Pacifico, quindi ascolterà. » Sung-soo rivelò i suoi pensieri reconditi più di quanto non avesse fatto in tutti quegli anni. Per quello, se non altro, Myung-bo gli fu grato.

« L'ho già sentito dire, naturalmente. Alcuni addirittura sono convinti che siamo così indietro rispetto al resto del mondo che dobbiamo chiedere all'America di governarci piuttosto che combattere per la sovranità. » Myung-bo sorrise con amarezza, abbassando lo sguardo.

« Be', almeno in quel modo non saremo distrutti. Che cosa conta di più, un'indipendenza formale o la reale prosperità? Se finisci per ammazzare metà del Paese per renderlo 'indipendente' non è una sconfitta dello scopo della lotta? Ti comporti come se non t'importasse della morte, ma il punto di questa lotta è vivere, no? » disse Sung-soo, e Myung-bo gli vide negli occhi la verità, la *sua* verità. Sung-soo era un uomo più adatto a vivere, e nessuno lo faceva meglio di lui. Myung-bo era capace solo di rendersi la vita più dura, ma non vedeva alternative.

Sospirò. « Hai ragione, non m'importa di morire. Ma io non credo che la nostra resistenza sia vana, come dici tu. Accetto il tuo aiuto con indescrivibile gratitudine, dico sul serio. Per me, comunque, e per molti altri come me... lo scopo del nostro movimento non è semplicemente evitare l'estinzione. Lo scopo è fare ciò che è giusto. E come vedi torniamo al punto in cui nessuno dei due riesce a convincere l'altro. È davvero al di fuori del regno della logica stabilire cosa è giusto e cosa è sbagliato. Poiché so che non ho nessuna possibilità di farti vedere le cose come le vedo io, posso solo dirti che cosa esige la mia anima. » A quel punto, Myung-bo si mise il cappello, facendo intendere che era pronto ad andarsene.

La mattina del primo giorno di marzo, Jung-ho si svegliò con uno strano e indecifrabile sussurro all'orecchio.

Tutti i ragazzi della sua banda credevano che lui avesse una prodigiosa capacità di percepire le cose prima che avvenissero. Aveva spiegato che suo padre era stato un cacciatore di tigri nella provincia del Pyongan, e che quindi aveva ereditato l'istinto di sopravvivenza degli animali, e dei loro cacciatori. Nel suo intimo, non sapeva se fosse vero, ma vivendo per la strada aveva sviluppato una sorta di sintonia particolare che gli permetteva di leggere il volto delle persone, sentire le loro parole e interpretare i loro silenzi. Talvolta pensava veramente di poter fiutare un semplice cambiamento nell'aria e fuggire dal pericolo, che si trattasse della polizia o di un'altra banda di ragazzi più grandi o di adulti. In questo modo, aveva tirato fuori dai guai i suoi un sacco di volte, e si era guadagnato la loro totale fiducia.

Jung-ho si alzò a sedere sulla pila di stuoie di paglia sporche che facevano da letto e da pavimento allo stesso tempo. Alla sua sinistra, Loach dormiva su un fianco; Young-gu era dall'altra parte, e il cane era raggomitolato tra i due ragazzi nel posto più comodo della tenda.

«Loach, svegliati», sussurrò Jung-ho, scuotendo la spalla dell'amico.

«Eh? Falla finita, ho ancora sonno.»

«Svegliati», ripeté Jung-ho. «Credo che oggi succederà qualcosa.»

«Ma di che parli? Che cosa deve succedere?» chiese Loach, strofinandosi gli occhi.

«Non lo so. Qualcosa di brutto.» Fu solo pronunciando quelle parole che Jung-ho si rese conto di che cosa percepisse. «Oggi dobbiamo stare in guardia. Credo sia meglio non dividerci come facciamo di solito. Stiamo tutti assieme.»

Notando quanto fosse serio l'altro, Loach roteò gli occhi e assentì. «Agli ordini, capo.»

Quando il sole rosa pallido si alzò come un occhio sulla città silenziosa, tutti e quindici i ragazzi e il cane lasciarono l'accampamento in gruppo. Alcuni di loro volevano fare i giri e gli spettacolini di sempre, ma Jung-ho non lo permise. Non c'era nulla di diverso dal solito tranne la folla di visitatori giunti dalle campagne per assistere ai funerali dell'imperatore, di lì a quattro giorni. Le strade pullulavano di mercanti, venditori, operai, contadini e studenti, e il loro vociare e i loro passi producevano un costante ronzio nelle vie piene di neve. Un allettante profumo di castagne arrosto fluttuava nell'aria fredda e pungente. I ragazzi e il cane sentirono l'acquolina in bocca e, mentre vagavano per le vie, cercarono di non pensare alla fame.

Quando il sole aveva ormai superato lo zenit, arrivarono in una grande piazza dove erano riunite centinaia di persone, in gran parte studenti in uniforme.

«Ehi, Jung-ho, guarda quanta gente! Scommetto che faremmo un bel po' di soldi se ci esibissimo qui», gridò allegramente Loach. Jung-ho, però, scosse il capo; il suo sguardo era rivolto all'estremità della piazza, dove uno studente era in piedi di fronte alla folla. Indossava un berretto da strillone e un cappotto lungo, e doveva avere al massimo diciotto anni. Alzò un pugno, e la folla ammutolì.

«'Oggi, noi dichiariamo che la Corea è una nazione indipendente e che i coreani sono un popolo libero'», esordì lo studente, leggendo da un manifesto che teneva in mano.

La sua voce si sarebbe dovuta perdere a distanza, invece l'aria fredda pareva amplificarla attraverso la piazza, dove regnava un silenzio irreale, quasi inquietante.

«'Noi lo vogliamo annunciare a tutto il mondo per illuminare l'inviolabile verità dell'eguaglianza degli uomini, e affinché i posteri possano godere per sempre dei diritti di sovranità e sopravvivenza. Questo è in accordo con la coscienza del mondo, le leggi dei cieli e l'ethos dell'era moderna; pertanto, nessun potere al mondo sarà in grado di fermarci.

«'Sono passati dieci anni da che siamo stati sacrificati all'imperialismo, quella cupa eredità del passato e, per la prima volta nella nostra storia di cinquemila anni, soffriamo pene indescrivibili sotto l'oppressione di un altro popolo. Per tutti i nostri venti milioni di abitanti la libertà è il desiderio più sacro. La coscienza dell'umanità intera è dalla nostra parte. Oggi, la Giustizia è il nostro esercito, l'Umanitarismo è la nostra lancia e il nostro scudo, e con essi non potremo fallire!'» Alzò il pugno in aria come se volesse colpire il cielo, e la folla urlò.

«'Oggi cerchiamo solo di costruire noi stessi, non di distruggere l'altro. Noi non vogliamo vendetta. Noi cerchiamo solo di raddrizzare i torti degli imperialisti giapponesi che ci opprimono e ci depredano, così da poter vivere in un modo giusto e umano... Un nuovo mondo sta per iniziare. L'era della Forza è finita, e l'era della Giustizia è arrivata. Dopo una preparazione lunga un secolo, l'Umanitarismo ha iniziato a gettare la sua luce sul mondo intero, e una nuova primavera sta dando vita a ogni essere vivente sulla terra. Non abbiamo nulla da temere...'»

Jung-ho non capiva molto di quello che veniva detto, ma vedeva attorno a sé i volti rapiti ed estasiati, molti rigati dalle lacrime, ed era sorpreso dal pizzicore che sentiva a sua volta negli occhi. Jung-ho non era mai andato a scuola. Ora capiva che il mondo era un posto disperatamente cupo, non solo per la sua famiglia e i ragazzi mendicanti, ma per tutti coloro che erano lì. Il loro comune dolore riecheggiava nel suo corpo come un unico e solo battito cardiaco.

Concluso il discorso, lo studente innalzò una bandiera, bianca con un simbolo rosso e blu al centro. «*Manse* indipendenza coreana! Viva l'indipendenza!» gridò, e subito la folla lo seguì.

«*Manse! Manse!*» Sembrava che le loro voci potessero essere udite in tutta Seul, trasportate dal vento freddo. A quel punto, la folla nella piazza era più che triplicata, e tutti reggevano una bandiera sopra le loro teste. Le migliaia di bandiere bianche che sventolavano e brillavano nel vento somigliavano a uno stormo di gru pronto a prendere il volo.

Poco dopo la folla iniziò a muoversi; i partecipanti camminavano spalla a spalla diretti verso ovest. Jung-ho e i suoi si unirono alla marcia, percorrendo tutta Legation Street, dal consolato americano al numero 10 fino all'ambasciata francese al 28. Una studentessa dal fisico snello si avvicinò all'elaborato portone dell'ambasciata e bussò, mentre la folla urlava: «Francia! Francia! Amica della libertà! Libertà, uguaglianza, fraternità! Aiutateci!» Ma il portone rimase chiuso, e dietro le tende tirate delle finestre del palazzo in pietra calcarea non si percepivano rumori né movimenti.

Dopo un minuto di entusiastici «*Manse!*» urlati dalla folla, Jung-ho si rese conto che i francesi non avrebbero aperto le loro porte. Lo strano sussurro si fece risentire nelle sue orecchie, un suono leggero come la neve che cade sulla neve. Si voltò a destra e a sinistra, vide Loach, Young-gu e tutti i suoi fratelli di sangue che gridavano assieme alla folla... e avvertì il tempo che si dilatava e rallentava.

«Ragazzi! Dobbiamo andare via! Adesso!» gridò. Lo guardarono a bocca aperta.

Afferrò Loach e Young-gu per un braccio e cominciò a correre più forte che poteva. Il cane abbaiava impazzito, come se avesse visto un fantasma.

Mentre Jung-ho s'infilava in un vicolo, le urla gioiose della folla si spensero e a un'estremità del viale si tramutarono in grida di terrore. Era arrivato uno squadrone giapponese, guidato da ufficiali a cavallo. Nel giro di qualche secondo, i manifestanti presero a fuggire di corsa da quell'estremità, spingendo gli altri lungo il viale. Risuonarono scoppi fortissimi, seguiti da urla acute e laceranti; i soldati stavano sparando alle spalle della gente in fuga.

In sella al suo cavallo, Yamada Genzo osservava freddamente la scena, come tutte le altre battaglie contro i ribelli coreani. Yamada non faceva molto caso alla loro rabbia, ma non sopportava la loro miserabile ignoranza. Che cosa pensavano di ottenere in quel modo? Davvero credevano di sopravvivere nel XX secolo sotto il loro ottuso monarca e quel suo figlio strabico? La loro colonizzazione da parte di una potenza mondiale era inevitabile, e meglio il Giappone - con la sua comune eredità orientale - degli Stati Uniti, dell'Inghilterra o della Francia. Il Giappone era il sole destinato a splendere su tutto il continente e a condurlo a una nuova era dei lumi.

Il suo destriero baio si faceva strada tra la folla come se guadasse un fiume fangoso, mentre su tutti i lati i coreani si davano disordinatamente alla fuga, spingendo e gridando. Lui non provava nulla, assuefatto ormai all'indistinguibilità della gente in combattimento. Tutte le battaglie erano uguali: c'era il tuo schieramento e c'era il nemico, nient'altro. Yamada osservò con indifferenza un gruppo di studenti delle scuole secondarie colpiti alla schiena dai proiettili. Solo quando caddero in avanti nella neve e il sangue si allargò sotto i loro corpi lui provò qualcosa di simile a uno shock. Si rese conto che gli ricordavano l'anziano mercante che era caduto a faccia in giù nella neve, il suo sangue caldo che inzuppava il fagotto di seta. Già allora Yamada aveva avuto la viscerale convinzione che il modo in cui Hayashi aveva giustiziato l'uomo era sbagliato. Sentì un brivido lungo la schiena. Si voltò verso sinistra e vide il maggiore Ito in sella al suo stallone nero. A un ordine di Ito, impartito con fredda alacrità, i soldati puntarono i fucili e spararono.

Gli occhi di Yamada si posarono su un uomo che rimaneva fermo mentre gli altri manifestanti fuggivano dalla pioggia di proiettili. Tenendo alta la bandiera coreana con la mano destra, quello iniziò a correre verso i soldati. Il suo viso da bracciante era scuro, segnato, piuttosto comune; era in contrasto stridente coi capelli neri accuratamente pettinati e con l'elegante giacca candida, che parevano segni di una particolare attenzione ai dettagli, come se l'uomo avesse saputo che quello sarebbe stato il suo ultimo giorno. Suo malgrado, Yamada fu colpito da quella vista. Ito, intanto, si voltò agilmente sulla sella e smontò da cavallo. I passi del giovane ufficiale erano calmi e sicuri mentre sguainava la spada e, con un unico e rapido movimento, colpiva dall'alto il braccio destro del manifestante. Reciso appena sopra il gomito, cadde a terra come un ramo colpito dal fulmine, ancora avvolto nella manica bianca.

L'uomo urlò di dolore, ma con incredibile forza di volontà rimase in piedi. Un attimo dopo, si chinò e raccolse la bandiera con la mano rimasta. Ito colpì di nuovo senza esitazione, e anche il braccio sinistro cadde a terra. L'uomo ormai senza braccia cercò di riprendere a correre, gridando raucamente «*Manse! Manse!*» fino a quando la spada di Ito non affondò precisa al centro della sua schiena.

Yamada era ancora immobile sul cavallo; Ito ripulì la spada insanguinata sui vestiti bianchi del morto. Nel frattempo, i manifestanti che avevano assistito alla scena ripresero la loro protesta. Era come se l'incrollabile forza di volontà dell'uomo avesse ridato loro coraggio.

Un'altra grandinata di colpi ricadde sui dimostranti, e stavolta i proiettili li colpirono di fronte. Il viale era pieno del fumo degli spari e di grida lancinanti. Persino Ito, di nuovo in sella al suo stallone, si asciugava il sudore dalla fronte, imprecando. Quando il fumo si diradò, Yamada vide che un gruppo di donne che si tenevano a braccetto si era messo davanti ai manifestanti. Con le loro elaborate acconciature, gli abiti costosi e il trucco impeccabile gli apparvero subito chiaramente come cortigiane. I soldati guardarono Ito con aria interrogativa, e persino lui rimase per un momento senza parole.

Yamada alzò la mano e gridò: «Fermi!»

Nello stesso istante Ito ordinò: «Fuoco!»

I soldati esitarono, poi, quando Ito ripeté l'ordine, ripresero a caricare i fucili. Le cortigiane non indietreggiarono, semplicemente si strinsero più forte. Coi loro volti sporchi di polvere e striati di lacrime, con le voci rauche e con le labbra gonfie, non sembravano affatto seduttrici, e quasi neanche donne. Tuttavia, fu proprio il loro aspetto disfatto a farle sembrare estremamente femminili agli occhi di Yamada.

I fucili erano puntati verso di loro quando, all'improvviso, all'altezza del numero 10 del viale, si udì un grido assordante.

«America! America! *America!*»

Le grida riempirono il cielo bianco ghiaccio, sotto il quale il mare di bandiere si agitò.

«Fermi!» urlò di nuovo Yamada, e i soldati abbassarono lentamente i fucili, avvertendo un importante mutamento nella situazione. I cancelli del consolato americano si erano appena aperti.

La folla continuò a inneggiare mentre il console generale usciva, affiancato dal suo giovane vice dai capelli rossi e da un traduttore. Uno studente si fece avanti e recitò la Dichiarazione d'indipendenza della Corea in inglese. «Aiutateci. Vi prego, raccontate al presidente Wilson quello che sta succedendo qui. Aiutateci ad avere giustizia», disse poi, guardando dritto negli occhi il console generale.

Yamada trattenne il fiato in attesa della reazione del console. Se a quel punto avesse chiuso la porta del consolato, avrebbe significato che non ci sarebbero state reazioni da parte dell'America, né dell'Occidente.

«Sì, vi aiuterò. Dirò al presidente Wilson quello che ho visto», replicò ad alta voce il console in inglese, e il traduttore ripeté in coreano. «Il mondo sentirà le vostre grida. L'America non vi dimenticherà! Ve lo prometto.»

Dalla folla si levarono assordanti grida di giubilo. Il giovane viceconsole dai capelli rossi si asciugò gli occhi con una mano, mentre con l'altra stringeva le spalle del traduttore. A quel mutamento nell'energia della folla, Yamada guardò verso Ito, che ricambiò il suo sguardo e incurvò le labbra in una smorfia di rabbia. Rimasero pietrificati per un attimo, entrambi consapevoli di non poter attaccare davanti al consolato e rischiare un coinvolgimento degli americani. Il silenzio li avvolgeva come cenere vulcanica. Yamada sentì le proprie vene pulsare non con ira militaresca, ma con una vergognosa - per un militare - speranza che la carneficina fosse conclusa.

Dopo essersi inchinato e aver salutato varie volte la folla con la mano, tuttavia, il console rientrò col suo entourage.

Non appena furono scomparsi, Ito si ricompose. Ma non si sentiva più ottimista: i disordini erano di portata assai maggiore di quanto avesse pensato all'inizio, e la resilienza disarmata dei *Josenjing* era inaspettatamente estenuante. I suoi soldati erano ancora incantati dalle cortigiane a braccetto. Lui sospirò, voltandosi per smontare da cavallo con movimento fluido. Non era sua abitudine uccidere le donne, ma aveva sempre accettato il fatto che le cose potessero cambiare, se necessario. Stringendo il fucile, avanzò verso la leader delle cortigiane.

« Lo sa chi sono io? Sono la compagna del Giudice... » gridò la donna in giapponese. Il suo viso coperto di polvere bianca era distorto dalla paura, e Ito provò solo repulsione.

« Puttana! » Il maggiore la colpì alla testa col calcio del fucile e lei cadde, sbattendo le ginocchia sul selciato lurido. Un soldato si precipitò a legarle le mani dietro la schiena e la prese in custodia; al suo segnale si scatenò il caos. Ito fece un passo indietro e rimase a guardare i manifestanti che fuggivano tra urla e proiettili. Le porte degli americani rimasero chiuse. La loro dimostrazione di solidarietà sembrava essere stata solo quello: una dimostrazione.

Passò un'ora, o forse due, Ito non era più certo di niente. Era abituato ad avere il controllo della situazione, anche e soprattutto della propria mente, ma ormai l'aveva perso, gli era sfuggito come un cavallo recalcitrante. Quando recuperò lucidità, vide che i soldati si aggiravano impalando sotto i loro stivali chiunque si stesse ancora divincolando. Anche Ito guardò a terra e vide una forma umana scomposta, ormai parti di un corpo più che un uomo, il cui unico segno di vita era il respiro che sputacchiava sangue. Gli mancavano entrambe le braccia, e ciò gli dava l'aspetto di un pesce; Ito si rese conto che era l'uomo vestito di bianco che aveva fatto a pezzi prima. Negli occhi iniettati di sangue dell'uomo morente c'era ancora una flebile speranza di riuscire in qualche modo a sopravvivere. Era come strappare le ali a un'ape e guardarla strisciare: per quella che era l'esperienza di Ito, ogni essere vivente faceva la stessa identica cosa. Inevitabilmente si aggrappava a ciò che gli restava della vita, inevitabilmente sceglieva la sofferenza piuttosto che la morte. Ito finì l'uomo con un colpo di spada, poi passò l'impugnatura nella mano sinistra. La mano destra era preda di un crampo dolorosissimo; per il resto, non sentiva niente.

Il sole calò dietro pesanti nuvole così nere da sembrare bruciate. Nella semioscurità, Ito vide un bagliore rosso a una cinquantina di iarde e riconobbe il giovane viceconsole dai capelli fiammeggianti. Era chino su un cadavere; assieme a lui c'era un altro uomo bianco, più basso, anch'egli piegato in avanti, con qualcosa di piccolo e rettangolare in mano. Quando Ito cominciò a camminare verso di loro con la pistola spianata, i due alzarono le mani sopra la testa e gridarono in giapponese: « Non spari! Americani! »

Quando fu più vicino, Ito vide che il piccolo rettangolo in mano all'uomo più basso era una macchina fotografica tascabile.

« Associated Press. Non spari », ripeté lentamente l'americano.

Era divertente come, fino a quando una pallottola non le si conficcava nella carne, la gente rifiutasse di credere di poter morire, sebbene la morte fosse l'unica certezza per tutti, prima o poi. Ecco cos'era, in definitiva, la vita: un'assurda incredulità, si disse Ito con un sospiro. Alzò la pistola, mirò alla fronte del fotografo e premette il grilletto.

La pistola fece *clic* e le palpebre dell'uomo sbatterono come le ali di una falena morente. Era ancora in piedi, indenne, ma con una macchia che si allargava rapidamente sul cavallo dei pantaloni. L'odore del suo piscio aggredì le narici di Ito. Aveva finito le pallottole.

Mise la pistola nella fondina e sguainò la spada. I due uomini bianchi tremavano come foglie, col sudore che scorreva sui loro volti. Il viceconsole dai capelli rossi stava mormorando qualcosa, con gli occhi chiusi. Quando finalmente parvero pronti a morire, Ito sospirò e rinfoderò la spada. La mano destra gli faceva un male cane, e lui non era un macellaio che si accontentava di tagliare alla buona con la mano sinistra.

« Andate », disse Ito. Era stata una giornata davvero lunga, e lui era esausto, sfinito. Aveva fatto la sua parte e l'aveva fatta bene; ora aveva bisogno di riposo. Prima di cambiare idea, fece un gesto con la mano, come se stesse scacciando una mosca fastidiosa. E i due americani, grondando sudore, lacrime e urina, sparirono dietro le mura del loro santuario.

10

LA TONALITÀ PIÙ SCURA DEL BLU

1919

Una volta riaccompagnato il suo gruppo al sicuro alle loro tende, Jung-ho uscì di nuovo da solo. Dal modo in cui si sentiva attirato verso casa sua, sapeva che a Jade stava succedendo qualcosa di grave; era come se fossero legati da un filo invisibile che lei ora stava tirando per chiedergli aiuto. Quando arrivò, però, il portone era chiuso. Bussò, innervosito all'idea di essere accolto da una cameriera o, peggio, da qualcuno della famiglia.

La porta si aprì di qualche pollice e si udì un sussulto. « Oh, sei tu! » esclamò Jade, facendo scorrere il chiavistello. « Entra, presto. »

« Stai bene? Che succede? » Jung-ho sgattaiolò dentro e Jade richiuse la porta a chiave. Aveva il volto arrossato e umido, forse di sudore o forse di lacrime.

« Zia Dani e la nostra cameriera Hesoon sono andate alla manifestazione, oggi. Non sono ancora tornate e Luna sta molto male. Sta per avere il bambino e io non so cosa fare », rispose Jade.

Jung-ho non sapeva nulla di parti, tranne che sua madre era morta mettendo al mondo la sorella minore. Lo tenne per sé, e domandò: « Chi altro c'è in casa? E come posso aiutare? »

« Lotus è con Luna. È ancora più spaventata di me. » Jade si asciugò il viso. « Non ho idea di dove possiamo trovare una levatrice, ed è ancora rischioso andare in giro. »

« Va bene, vado a cercare aiuto. Tu stai qui. » Jung-ho provò a ricordare qualcosa che aveva sentito dire dalla levatrice di sua madre. « Assicurati che Luna stia al caldo, e dalle dell'acqua », gridò mentre usciva di corsa.

Era l'ora del silenzio e della quiete appena prima che la notte lasci il posto all'alba. Il cielo era della tonalità più scura del blu; esattamente un'ora dopo, gli uccelli avrebbero iniziato a cantare. Jung-ho attraversò il quartiere volando: conosceva ogni negozio, ogni edificio, e persino la casa di legno che attirava donne incinte a qualsiasi ora. Svegliò l'anziana levatrice, l'unica di Seul, che non parve sorpresa dall'arrivo di Jung-ho. Tutti i bambini della zona erano venuti al mondo tra le sue mani rugose, sul pavimento di fango di una capanna o nella culla di seta di una casa signorile.

Quando la levatrice arrivò, diede un'occhiata a Luna e ordinò alle ragazze di portarle un paio di forbici, filo, lenzuola pulite, acqua calda e acqua fredda. Passarono alcune ore senza che ci fossero progressi. Nonostante il panico delle ragazze, la levatrice uscì per prendersi una pausa e andò a sedersi accanto a Jung-ho davanti al giardino. Lui non capiva come potesse essere così rilassata. Appena prima dell'alba, la levatrice rientrò e lo lasciò da solo a contemplare il mondo che pian piano diventava grigio.

Jung-ho si appisolò per una mezz'ora, forse di più. Si svegliò di soprassalto quando Jade uscì e con un sorriso annunciò: « È una bambina ».

« Come stanno? E tu come ti senti? » chiese Jung-ho.

« Dormono tutte e due. La nonnina ha detto che è la bambina più graziosa che abbia mai fatto nascere, e sì che è stata anche la levatrice di una principessa reale », rispose Jade, facendogli cenno di seguirla in cucina. « Prendi tutto quello che vuoi. »

« Ma io non l'ho fatto per avere da mangiare », protestò Jung-ho, confuso e deluso. « Volevo aiutare *te*. »

« Lo so, Jung-ho. Ti ringrazio. » Jade gli strinse una mano. Il tocco delle sue dita fece scorrere scintille lungo il braccio di Jung-ho. Il ragazzo sarebbe tanto voluto restare così per sempre, mano nella mano con lei. Ma poco dopo Jade lo lasciò e iniziò a impacchettare cibo in un grosso strofinaccio di stoffa. « Mi dispiace, non puoi rimanere... Io devo tornare da Luna, adesso. » Gli riprese la mano e lo guidò attraverso il giardino fino al portone; di colpo, si fermò. « Se tu non fossi arrivato,

Luna sarebbe potuta morire. Che strano che tu sia arrivato proprio in quel momento, stavo giusto pensando a te. Non sapevo nemmeno io come avresti potuto aiutarci, ma mi sei venuto in mente.»

Jung-ho avrebbe voluto dirle che lei era sempre nella sua mente, che avrebbe potuto benissimo abitare lì come se fosse casa sua, ma un'improvvisa timidezza lo frenò. Il sole del mattino le faceva brillare le ciglia, alcune ciocche di capelli le sfuggivano dalla treccia e le circondavano il viso come una nuvola. Jade brillava della promessa di qualcosa di molto più grande dei suoi undici anni di vita, e Jung-ho si disse che poteva vedere e persino amare la persona che sarebbe diventata.

«Dirò alla zia Dani che ci hai aiutate e lei ti ricompenserà. Magari ti lascerà stare da noi, in una stanza libera della casa. Almeno non dovresti più dormire fuori al freddo. Avresti sempre da mangiare a sazietà e chissà, magari potresti anche andare a scuola. Jung-ho, sono così felice!» Jade sorrise e gli aprì il portone per farlo uscire.

La sua terza mattina in prigione, Dani si svegliò con una disgustosa sensazione di bagnato nella parte inferiore del corpo e si rese conto di aver urinato nel sonno. Da quand'era stata arrestata alla manifestazione, si era trattenuta piuttosto che pisciare per terra come le altre. Nella cella delle donne non c'era un pitale. Non ricevevano nemmeno acqua da bere, ma lei sentiva comunque il veleno che aumentava di pressione e le si diffondeva nel corpo, facendole diventare la pelle gialla. Prima di addormentarsi, la sera prima, la donna intelligente e coraggiosa che era non aveva saputo pensare a un desiderio o piacere più grande che pisciare a cascata, completamente da sola.

Via via che Dani si svegliava del tutto, il puro, sciocco sollievo del corpo divenne vergogna, e pianse per la prima volta dal momento dell'arresto. Nessuna compagna di cella fece commenti sul suo incidente o sul suo pianto, ma nemmeno le offrì conforto. Nella miseria prolungata non c'era il senso di unità che avevano provato alla prospettiva di una morte veloce ed eroica.

La porta in fondo al corridoio si aprì con un clangore metallico, e un soldato si avvicinò con un secchio. Dani pensò che avrebbe gettato l'acqua nella cella per attutire gli odori nauseabondi, come aveva fatto nei due giorni precedenti. Invece, posò il secchio a terra.

« *Kokoni Kimu Dani iru?* » gridò il soldato.

Lei si alzò, barcollando sulle gambe indebolite. « *Watashiga Kimu Dani desu.* »

Il soldato storse il naso e si portò un dito grasso alle narici, come se sentisse il suo olezzo farsi più forte mentre lei si muoveva. I suoi baffi sottili, impomatati e arricciati a forma di foro di risonanza di un violino, vibrarono appena mentre con l'altra mano le faceva cenno di avvicinarsi.

« Fuori », disse, aprendo la porta.

Non venne data nessuna spiegazione, ma Dani sapeva chi l'aveva salvata. Barcollò fuori dalla cella prima che la guardia cambiasse idea. Mentre lui richiudeva la porta, lei non si voltò a guardare le altre che restavano dentro.

Nelle prime ore dopo la liberazione, Dani non riuscì a fare altro che lavarsi e bere acqua. Poi crollò sul suo letto caldo e pulito e dormì per un tempo imprecisato. Sentiva di non voler più uscire dalla sua stanza o parlare con qualcuno. Voleva raggomitolarsi nel suo bozzolo e custodire gelosamente il suo corpo, la sua energia e la sua sanità mentale. Ci volle qualche giorno prima che chiedesse di vedere la bambina di Luna e, quando lo fece, non volle quasi tenerla in braccio e non disse alle ragazze che avevano fatto un buon lavoro. Jade cercò di raccontarle dell'amico che aveva portato la levatrice, ma Dani si limitò ad alzare le spalle.

« Senza di lui Luna non ce l'avrebbe mai fatta. Poteva morire », insistette Jade con un filo di voce.

« Basta! » sbottò Dani. « Luna non è morta, no? Molte, moltissime persone sì, e io stessa ho rischiato di morire. Ora lasciami in pace, ho bisogno di riposare. »

Durante la convalescenza, Dani era ossessionata dall'attesa del Giudice. Quando infine, una settimana dopo, arrivò, lei indossava il suo abito migliore, un vestito proveniente da Parigi decorato con perline di giaietto. Al collo portava una collana di diamanti scintillanti, e sul petto si era appuntata un fiore di magnolia. La sua pelle splendeva come marmo sotto il velluto nero; le sue labbra rosse sembravano morbide come pelle scamosciata.

«Sei pallida», disse il Giudice in giapponese.

Dani esibì il suo sorriso più devoto e gli prese la mano chiazzata. Se la portò alle labbra per baciarla, poi se la posò sul décolleté. «Come sai, ultimamente non sono stata in me... Ma non sarei qui se non fosse stato per te», rispose.

Il Giudice si limitò a guardarla, e lei colmò il silenzio versandogli il sakè. Accanto al tavolino laccato, aveva sistemato gli altri fiori di magnolia, i primi della stagione, in un vaso di fine Settecento, sapendo che il suo protettore avrebbe gradito. Con gli occhi appannati, il Giudice vedeva e notava tutto, e traeva le proprie conclusioni in silenzio e con precisione.

Un debole ma voluttuoso profumo di magnolia aleggiava nella stanza. Più che la bellezza e la fragranza dei fiori, tuttavia, il Giudice apprezzava il fatto che l'albero in giardino fosse stato spogliato dei suoi primi boccioli apposta per lui, e che Dani sapesse alla perfezione come funzionava la sua mente. Era proprio quello che aveva sempre trovato estremamente attraente in lei: ammirava il suo aspetto e il suo portamento, ma a sedurlo era la sua particolare abilità nel comunicare al di sotto della superficie. Era un'eleganza mentale.

«Sai, ho due amici che sono ancora in custodia. Sono innocenti, proprio come me», riprese Dani. «Una è la mia cameriera, Hesoon, che mi è fedele da anni. Mi stava semplicemente accompagnando per alcune commissioni quando siamo finite intrappolate tra la folla. L'hanno messa in un'altra cella assieme ai cittadini comuni, quindi non so assolutamente come sta, povera ragazza. Non sa niente, non capisce niente e non può essere colpevole di niente», spiegò. «L'altro è un mio cugino. Non conosco tutta la sua storia, o perché sia stato arrestato... ma sono certa che anche lui è innocente, non è affatto invischiato nella politica. Per quanto riguarda il suo contesto familiare, è dei migliori: suo padre è un proprietario terriero molto benestante che vive in campagna, e il suo prozio è un ex ministro delle Finanze e possiede una famosa villa di novantanove stanze a Jongno. Ha studiato anche all'università di Tokyo. Si chiama Lee Myung-bo. »

« Lee Myung-bo? Tuo cugino? » chiese il Giudice, fissando il bicchiere di sakè.

« Sì. »

« Non sapevo che avessi cugini di cognome Lee. Sono da parte di tua madre, suppongo. »

Dani arrossì leggermente. « Sì. Dalla parte di mia madre », rispose poi.

Il Giudice sospirò. « Lee Myung-bo è uno dei trentatré firmatari della Dichiarazione arrestati da MyungWol. Nemmeno io posso farlo rilasciare. Ma posso provare a mitigare la sua condanna, e nel frattempo rendergli il soggiorno in prigione un po' più confortevole. Quanto alla tua cameriera, non dovrebbe essere difficile. »

Dani circondò il Giudice con le braccia nude e premette il suo corpo morbido contro il petto ossuto di lui. « Grazie... Non dimenticherò mai la tua generosità », sussurrò.

« Oh, ancora una cosa, Dani. Mi piace davvero quella collana di diamanti su di te. Quando l'ho vista, sapevo che saresti stata proprio la donna giusta per indossarla. È una tale soddisfazione vedere che qualcosa di prezioso trova il giusto proprietario. Per questo te l'ho comprata. E, quando ti ho vista per la prima volta, ho pensato la stessa cosa sul tuo appartenere a me. Mi piace pensare che tu indossi quella collana solo per me. Non metterla per altre persone... nemmeno per i cugini. »

« Naturalmente. Non farei mai nulla per contrariarti », replicò Dani, con un sorriso luminoso e facendo finta di non capire. Gli prese entrambe le mani tra le sue e se le portò alle labbra con reverenza.

Ogni volta che perdeva conoscenza, Myung-bo sprofondava nell'oscurità più di prima. Stavolta l'avevano fustigato con una frusta borchiata e poi confinato per tre giorni in una nicchia scavata nella parete, larga quanto il suo corpo. Quando si svegliò, era in una cella diversa, con una finestra con le sbarre nella parte alta del muro. Senza girare la testa, perlustrò l'ambiente con lo sguardo e notò un vaso da notte in un angolo. Sempre muovendo solo gli occhi, si guardò il corpo, che era stato bendato e vestito con abiti puliti. Era persino disteso su un materassino sottile, anche se qualsiasi conforto questo gli potesse recare era annullato dal dolore lancinante che gli esplodeva ovunque. Non aveva la lucidità mentale necessaria per elaborare il miglioramento della sua condizione, e perse nuovamente i sensi.

Spesso apriva gli occhi e trovava accanto a sé una ciotola d'acqua e un po' di porridge. Senza chiedersi quanti giorni fossero passati, o che ora fosse, prima trangugiava l'acqua, poi si portava alla bocca cucchiaiate di porridge, dopo di che faceva i bisogni e tornava a dormire.

Il tempo era come la nebbia d'inverno: grigio, informe, indifferente alla sua esistenza. Passava da solo, come una nave che veleggia senza passeggeri. O forse era una nave che trasportava chiunque tranne Myung-bo. Essere lasciato al di fuori dell'universo del tempo era una tortura particolare, una tortura che diceva: *Tu non conti nulla.* Solo accorgersi di quanto la barba fosse cresciuta gli fece capire di essere ancora vivo.

A un certo punto, Myung-bo si sentì forte abbastanza da restare sveglio ad aspettare l'arrivo del guardiano e chiedere se fosse possibile avere un po' di carta e una matita. Con sua grande sorpresa, il guardiano gliele portò il giorno dopo, assieme al cibo e all'acqua. Dopo aver bevuto un po' e lasciato intatto il porridge, Myung-bo si trascinò fino al materasso e iniziò a scrivere una lettera.

Negli sprazzi di lucidità durante la carcerazione, i pensieri di Myung-bo si erano soffermati sui suoi due errori. Il primo era il risentimento verso il pragmatismo di sua moglie mentre s'infatuava di Dani. Nei mesi che avevano preceduto la manifestazione, aveva desiderato ardentemente vedere Dani e parlarle di qualsiasi cosa gli venisse in mente. All'inizio, l'aveva attribuito a semplice ammirazione per una donna bella e intelligente, ma la gelosia che aveva provato vedendo Sung-soo al suo fianco l'aveva costretto ad ammettere di essersi innamorato di lei. Poiché aveva sempre guardato con un vago disprezzo l'atteggiamento da donnaiolo dell'amico, era rimasto oltremodo confuso dalla propria attrazione per Dani. Ma ormai sembrava tutto sbiadito e ossidato. Pensando a lei per la prima volta dopo l'arresto, provò solo vergogna. L'amore è definito da quanto si è disposti a soffrire per un'altra persona, da ciò che si è disposti a fare per proteggerla. È questione di scegliere la persona con la quale tenersi per mano durante l'ultima corsa. Ora sapeva chi amava davvero.

Al mio amato figlio Hyun-woo

Come stai? Come sta tua madre? Spero che siate rimasti al caldo e in salute durante l'inverno. Fa più freddo, qui, ma pensare a te e a tua madre mi ha fatto sentire meglio.

Hai appena compiuto quattro anni, quindi stai diventando grande. Vorrei tanto vederti crescere. Spesso penso a quand'eri piccolissimo, ed eravamo assieme ogni sera. Probabilmente tu non ricordi nulla, ma eravamo molto felici allora. Hyun-woo, ascolta quello che ti dice tua madre. E, quando sarai più grande, sii il tipo di persona che è coraggiosa davanti ai potenti, e generosa verso i più deboli. Questo è tutto ciò che desidero per te.

Mi mancate moltissimo tutti e due. Veglierò sempre su di voi.

TUO PADRE

Myung-bo aveva iniziato a scrivere in lettere minuscole, pensando che avrebbe riempito l'intera pagina. Alla fine, invece, riempì solo un terzo del foglio; era troppo difficile dire tutto ciò che aveva nel cuore. Il guardiano, cui era stato dato ordine di provvedere ai bisogni del detenuto, spedì la lettera a casa del padre di Myung-bo, e da lì il fratello minore la inoltrò a Shanghai.

Il secondo, e peggiore, errore di Myung-bo era aver riposto la propria fede nella resistenza disarmata. Come gli altri firmatari, aveva creduto che sarebbero morti felici se ciò avesse portato più vicino all'indipendenza. Ora, però, si rendeva conto che tutte quelle morti erano state uno spreco. Con l'annientamento dei leader e dei civili, il progresso non era solo entrato in stallo, ma aveva fatto diversi passi indietro. Dinanzi a tanta crudeltà, nulla poteva cambiare senza la forza. Myung-bo non sapeva se sarebbe uscito vivo di prigione; oltre alle ferite, che continuavano a riaprirsi e a infettarsi, aveva contratto la tubercolosi. Ma, se gli fosse stata data un'altra opportunità, Myung-bo giurò che avrebbe riconquistato la libertà dei coreani a qualsiasi costo: vita per vita, sangue per sangue.

Quando, contro ogni pronostico, le sue condizioni si stabilizzarono, fu mandato a processo per tradimento e gli fu inflitta la pena piuttosto mite di due anni di reclusione. In carcere, a volte Myung-bo riceveva qualche trattamento di favore: una coperta più calda, o cibo migliore. Gli venne persino concesso di leggere qualche libro. Ignaro della vera ragione di quel trattamento speciale, ora Myung-bo ricordava Dani come Sung-soo e gli altri suoi compagni di studi: raramente, e con un vago senso d'imbarazzo.

Nemmeno Sung-soo, dopo la manifestazione, perse molto tempo a struggersi per il suo vecchio amico. Era stato arrestato nel tardo pomeriggio di quello stesso giorno, mentre prendeva il caffè in ufficio col suo editore. L'accusa era di associazione con Myung-bo, ma la perquisizione all'interno della casa editrice non aveva fornito nessuna prova. Anzi, più gli investigatori scavavano, più trovavano prove della sua duratura amicizia coi giapponesi. Il giorno dopo, suo padre aveva pagato diecimila won in contanti per la cauzione e Sung-soo era stato rilasciato, stanco e bisognoso di un bagno, ma incolume.

In seguito, né Sung-soo né Dani avevano cercato di contattarsi ed entrambi avevano compreso che il silenzio reciproco segnava la fine della loro relazione. Sung-soo era consapevole che il suo ardente desiderio per Dani era stato soddisfatto; dopotutto, c'era qualcosa di bello e profondamente appagante in questo compimento. Oltre alla sua eccezionale bellezza, in lei c'erano una passione e un mistero che l'avrebbero sempre affascinato. Magari in futuro ne avrebbe anche sentito la mancanza.

Ma, per il momento, era solo lieto della fine naturale della loro storia, che gli aveva risparmiato l'enorme fastidio di dover decifrare le emozioni femminili (e di scusarsi quando non gli andava di farlo, solo per apparire un gentiluomo; le donne avevano una vera fissazione per le scuse). Dopo tutto il caos e le incertezze dell'inverno, si sentiva allegro e spensierato. Il suo desiderio per una donna fu sostituito da quello per l'industria e il progresso, e si congratulò con se stesso per questa nuova e positiva direzione. Decise che in primavera avrebbe cercato d'ingrandire il suo negozio di biciclette e poi avrebbe fatto una bella pedalata in campagna.

In un giorno di aprile insolitamente freddo, Dani stava ripulendo il giardino dagli ultimi rimasugli di neve quando l'autista del Giudice riportò a casa Hesoon in una piccola urna di legno. Il Giudice non l'aveva trovata in tempo. Le due ragazze più giovani piansero senza sosta per tre giorni e tre notti. Luna, che aveva sempre trovato conforto nella robusta presenza di Hesoon, chiamò sua figlia Hesook in suo onore.

Dani invece, che disprezzava le lacrime pubbliche, non pianse davanti alle ragazze. Per lei era importantissimo mantenere i nervi saldi, perché credeva di essere la ragione per cui Hesoon era morta. Aveva portato con sé la cameriera alla manifestazione, e non era riuscita a chiedere subito aiuto al Giudice. Invece di crogiolarsi nel proprio dolore, Dani fece due cose: non sapendo come rintracciare la famiglia di Hesoon a Jejudo, giurò che un giorno sarebbe andata personalmente nella Corea meridionale per spargere le sue ceneri. Poi si applicò con rinnovata energia a vari progetti in casa e parve determinata a dimenticare tutto quello che era successo. Era sempre stata vivace, ma ora sembrava credere che qualcosa di terribile si sarebbe abbattuto su di lei se avesse rallentato anche solo per un minuto. Si vestiva come sempre in modo impeccabile, e cercava nuove creme in grado di nascondere il fatto che non dormiva mai una notte intera. Comprò vestiti e giocattoli per Hesook e preparò sostanziose zuppe post-partum per Luna. Quando cominciò a fare abbastanza caldo, Dani si lanciò nelle pulizie di primavera, spazzando ogni angolo della casa, mettendo via gli abiti invernali, aprendo i cassetti e facendo prendere aria alla biancheria.

« Che strano », disse, alzando le mani davanti al baule di legno di paulownia. « Non riesco a trovare la mia coperta preferita, quella con le peonie. Alla mia sarta ci sono voluti due mesi per ricamare a mano i fiori con vero filo d'oro. »

Dani interrogò la governante, che giurò di non saperne niente. Inarrestabile, ordinò che tutti i guardaroba della casa venissero aperti e il contenuto tirato fuori. A quel punto, Jade si fece avanti, fissandosi i piedi. « Sono stata io, mi dispiace tanto. Avrei dovuto dirtelo, ma il mio amico Jung-ho dormiva fuori al freddo... Volevo solo aiutarlo. » Iniziò a piangere.

« Quale amico? » chiese Dani, confusa.

« Lo stesso amico che ha trovato la levatrice per Luna. »

Dani chiuse il baule e si avvicinò a Jade. « E questo amico dorme per strada? »

« Sì. Non ha una casa », rispose Jade. Non aveva ancora finito di parlare quando qualcosa le esplose sul volto. Dani l'aveva schiaffeggiata.

« Ti rendi conto di cos'hai fatto? Mi hai derubata. Quella coperta valeva più di quanto Silver ha speso per comprarti da tua madre. Lo capisci? » Dani fissava impassibile Jade, il cui volto era solcato dalle lacrime. La ragazzina annuì.

« Il tuo valore dipende da come gli uomini ti vedono. Quando scopriranno che hai passato del tempo con un mendicante, credi che pagheranno anche solo un penny per la tua compagnia? » Dani sbuffò. « Hai lasciato che ti toccasse? »

« No! » ribatté Jade, indignata.

« Non devi più parlare con quel ragazzo, mai più. Se rubi qualcos'altro o parli con lui, sarai sbattuta fuori da questa casa, e allora scoprirai da sola quanto fa freddo a dormire per strada. »

Da quando Luna aveva partorito, Jung-ho era venuto ogni giorno fuori dalla casa, sperando d'incontrare Jade. Aveva portato il cane per rallegrarla e, ogni tanto, qualche sasso grazioso che aveva trovato camminando lungo il canale. Ma ormai lei non usciva più dal portone.

Un giorno, infine, lui trovò il coraggio di bussare. Udì dei passi leggeri attraversare il giardino e si sentì scoppiare dalla gioia pensando che fosse Jade in persona, come l'ultima volta. Rimase sorpreso quando una bellissima donna adulta aprì la porta e lo fissò severamente.

« Tu sei il mendicante che frequenta la mia Jade? » chiese lei. Senza attendere la risposta, sparì per un momento, poi ricomparve con una busta. Gliela ficcò in mano. « Questo è per aver aiutato Luna. È più denaro di quanto ne guadagni un uomo adulto in una settimana, avrai abbastanza da mangiare almeno per un mese. Prendilo e non infastidire più né noi né Jade. »

« Non ne ho bisogno. » Jung-ho respinse la busta. « Volevo solo essere suo amico. »

Dani sbuffò, sprezzante. « Sei un ragazzetto sfacciato, eh? Non puoi frequentare qualcuno come Jade. Diventerà una cortigiana, probabilmente la migliore che io abbia mai formato. E tu... Tu non sei altro che un orfano senza nome. »

Jung-ho avrebbe voluto dirglielo, il proprio nome, ma ci ripensò e si voltò. Sentiva Dani che rientrava e chiudeva il portone dietro di lui. Non riusciva a credere che Jade non gli avrebbe nemmeno detto addio, che era finita. Pensò che, se lei avesse saputo quanto voleva parlarle, avrebbe trovato un modo per incontrarlo. E così Jung-ho prese a tornare ogni giorno e a lanciare un sassolino oltre il muro, nel cortile. Una volta, gettò un vetro di mare liscio e verde come giada che gli ricordava il suo nome. Era il messaggio più chiaro che fosse in grado di mandare. Ma Jade non uscì mai per vederlo e, dopo moltissimo tempo, lui smise del tutto di andare a casa sua.

PARTE SECONDA

1925-1937

11

JUNG-HO RACCONTA

1925

Mi chiamo Nam Jung-ho. Non puoi cominciare una storia senza dire il tuo nome. Quando sono arrivato a Seul è stata la prima cosa che mi hanno chiesto. « Come ti chiami? » A proposito, era Loach, che è ancora un gran rompipalle, ma non posso dimenticare che è anche il mio più vecchio amico.

Ho detto ai miei sottoposti che mi avevano dato il nome di una tigre leggendaria nel mio villaggio di montagna. È una storia che mia sorella maggiore raccontava a me e a mia sorella minore per farci addormentare. C'era una volta un povero boscaiolo che viveva da solo con sua madre. Una sera, mentre tornava a casa dopo aver spaccato legna nei boschi per tutto il giorno, davanti a lui comparve una tigre gigantesca. Proprio quando la tigre stava per balzargli addosso, il boscaiolo cominciò a piangere e gridare: « Oh, fratellone! Sei proprio tu! Sono anni e anni che aspetto d'incontrarti! »

La tigre rimase perplessa, si fermò e chiese: « Ehm, cosa? Di che stai parlando, umano? »

« Ma non ti ricordi, fratellone? » Il boscaiolo si mise a piangere ancora più forte. « Vent'anni fa ti sei alzato nel bel mezzo della notte e sei uscito di casa. Io mi sono svegliato e ti ho seguito. Poi, su per le montagne, ti sei trasformato all'improvviso in una tigre, come per un incantesimo malefico. Quell'incantesimo deve anche aver cancellato la tua memoria umana. Da allora, abbiamo sempre sperato di rivederti. Vieni, andiamo a casa; nostra madre ti aspetta da tutti questi anni. »

Nel caso ve lo stiate chiedendo, il boscaiolo mentiva per salvarsi la pelle. Ma la tigre cominciò a pensare, e davvero non si ricordava com'era prima di essere una giovane tigre. Poi si disse qualcosa tipo: *Oh, mio Dio, devo essere stato davvero un umano, prima!* E si mise a piangere e ad abbracciare il boscaiolo con le sue zampe enormi. «Sono così felice che ci siamo finalmente incontrati, fratellino. Non posso venire a casa con questo aspetto. Non voglio spaventare nostra madre. Ma veglierò sempre su di voi.»

Il boscaiolo abbracciò la tigre un'ultima volta e tornò a casa. La mattina dopo, trovò un coniglio morto nel cortile. Si disse: *Quella tigre pensa davvero che siamo la sua famiglia!* Dopo il coniglio arrivò un cervo. Fu così che la tigre continuò a portare cibo, e il boscaiolo e sua madre non soffrirono mai più la fame.

Andò avanti così per un paio d'anni, poi la madre morì di vecchiaia. Da quel giorno, la tigre smise di passare a lasciare cibo. Un po' di tempo dopo, il boscaiolo stava scendendo dalla montagna quando incontrò tre cuccioli di tigre. Tutti portavano un nastro bianco di canapa legato alla coda.

Il boscaiolo chiese: «Perché portate quei nastri, tigri?»

Una di loro rispose: «Nostra nonna era un'umana che viveva nel villaggio ai piedi della montagna. È morta, e nostro padre ha pianto per mesi, non riusciva a mangiare né a dormire. È morto di dolore nella nostra grotta, e adesso siamo in lutto».

Il boscaiolo pianse lacrime sincere e si pentì di aver ingannato la fedele tigre. Così le costruì un monumento, era solo un grosso masso con qualche incisione nella piazza del nostro villaggio. Non sapevo leggere le scritte, ma esiste davvero. È vicino all'albero di ginkgo accanto al pozzo. Ecco perché mi chiamo Jung-ho: *Jung* significa «virtuoso», e *Ho* vuol dire «tigre»; è questo che racconto ai miei sottoposti. Persino quelli che avevano sentito storie simili nei loro villaggi mi credono.

Non dico bugie a proposito del monumento alla tigre, ma la verità è che, quando sono nato, mio padre era felicissimo di avere finalmente un maschio, così è andato dall'astrologo del posto e si è fatto fare il mio nome. Mio padre ha pagato con un coniglio per avere un vero nome in caratteri cinesi quando un sacco di gente chiamava i figli col nome del primo animale o del primo fiore che vedeva, come Loach, per esempio: lui dice che sua madre, quando era incinta, moriva dalla voglia di una zuppa di cobiti, e da lì viene il suo nome. Anche le mie sorelle sono state chiamate semplicemente May e June perché sono nate nei mesi di maggio e giugno, quindi si capisce quanto mio padre mi volesse bene. Il motivo per cui non racconto questa versione è che ogni anno ricordo sempre meno di mio padre e, ogni volta che parlo di lui, è come alzare il coperchio di una pentola di stufato per lasciar uscire il vapore, e finisce che dentro rimane meno roba buona. Per questo non ne parlo se non è necessario, e il più delle volte mi basta guardare il suo portasigarette e l'anello d'argento per ricordarmi che non è vero che non sono nessuno. Io sono Nam Jung-ho.

Persino molto tempo dopo che ci eravamo trasferiti da sotto il ponte avevo mantenuto l'abitudine di andarci di tanto in tanto. Non è che mi facesse sentire felice, la vista dell'acqua fangosa, degli argini di pietra dove dormivamo solo su stuoie di paglia molliccia. Però non riuscivo a non sentirmi attirato lì. Non vi capita mai di tornare nel posto dove avete vissuto in passato e sentirvi come se aveste bevuto *soju* a stomaco vuoto? Vi gira la testa, e di colpo certe cose vi mancano da morire. Non la chiamerei felicità, ma a volte avevo voglia di quello stato d'animo.

Per un sacco di tempo, naturalmente, non ho avuto abbastanza roba da mangiare, figurarsi una goccia di liquore, e il nostro obiettivo era mantenere l'impegno di mangiare un giorno sì e uno no. Morivamo di fame ogni secondo in cui eravamo svegli, e persino nei sogni. Spesso ero il più affamato di tutti perché davo la mia razione a chiunque sembrasse non farcela proprio più. A volte, quando cedevo il mio pezzo di raviolo a qualche ragazzino, sudavo freddo perché avevo una fame nera anch'io. Non lo facevo per guadagnarmi la lealtà di qualcuno, ma alla fine è stato così che tutti quei ragazzi si sono legati a me più di veri fratelli. Si era sparsa la voce che Nam Jung-ho sotto il ponte era il capo di tutti i bambini di strada di Jongno e che dava da mangiare a chi gli era fedele. Quando ho compiuto sedici anni, avevo ormai più di quaranta ragazzini ai miei ordini.

Chiaramente non potevamo continuare a vivere sotto il

ponte ancora per molto. Era un posto schifoso persino per i mendicanti; in estate le zanzare ti tormentano ovunque e in inverno ti congeli ogni notte, e lasciatemelo dire: dopo un po' ci si stufa. Ogni volta che c'era un qualche disordine, le nostre tende di tela di sacco e le stuoie di paglia venivano distrutte e fatte a pezzi. Ci nascondevamo in fessure dell'argine che nessuno poteva trovare e guardavamo la polizia che bruciava tutto quello che avevamo, tutto fino all'ultima ciotola di legno o all'ultimo cucchiaio. È stato lì che Loach mi ha convinto a trasformarci da mendicanti a « protettori ». Occhio, non era mica facile piombare in un piccolo ristorante cinese e chiedere di essere pagati per proteggere l'attività da altre bande. Ogni rione in ogni distretto di Seul era rivendicato da una delle tante bande giapponesi o coreane, e quei confini erano rispettati a puntino per evitare la guerra aperta. Io stavo cominciando da zero, perché non avevo ancora dichiarato mio territorio nessuna strada e avevo solo un gruppo raffazzonato di ragazzini mendicanti che non sapevano niente di combattimenti. In effetti, se non fossimo stati in una situazione davvero disperata, non avrei mai avuto il coraggio di chiedere soldi a un vecchio che non ci aveva fatto niente di male. Ma alla fine della fiera è stato facile. Avevo Loach da una parte e Young-gu dall'altra; il vecchio ci ha lanciato un'occhiata e mi ha dato i soldi tenendo gli occhi bassi. Io ho contato i soldi, ho stimato il valore di quelle « tariffe di protezione » nel quartiere, e nella caffetteria a fianco ho chiesto il doppio. La proprietaria era una signora con una camicia a fiori e il volto truccato di bianco che mi ricordava una luna piena dagli occhi disegnati col carbone. Avevo visto abbastanza donne e ragazze in giro per Seul da sapere che non era bella, col trucco o senza, ma, solo per il fatto che era una donna, la mia richiesta era ancora più spiacevole e imbarazzante. La signora però mi ha ascoltato e mi ha dato i soldi facendo persino un piccolo inchino con la testa.

Una volta che si è sparsa la voce che stavamo marcando il nostro territorio è successo l'inevitabile, e cioè le altre bande hanno iniziato ad attaccarci. Secondo tutte le probabilità, saremmo dovuti finire completamente annientati da quei bulli più grandi e più esperti di noi, e invece abbiamo sorpreso tutti, noi stessi compresi, vincendo e affermando i nostri diritti. Può sembrare vanteria, ma fare a botte mi viene molto facile. Una volta mi sono battuto da solo contro sei tizi contemporaneamente, e loro avevano lunghe spade giapponesi, ma io alla fine ho piantato il coltello nel palmo sinistro del loro capo. Lui ha mollato la spada che aveva nella mano destra e, prima ancora che toccasse terra, io l'ho afferrata, gli ho tagliato via l'orecchio e gli ho detto che la prossima volta gli avrei tagliato la testa. Da allora nessuno mi ha più sfidato, e persino la polizia si guarda bene dal minacciare il mio gruppo.

Alcuni non riescono a nascondere la sorpresa quando vedono che io, quello piccoletto e smilzo, sono il capo e il miglior pugile di tutto il quartiere. Hanno cominciato a dire che è perché sono figlio di un cacciatore di tigri che uccideva le belve a mani nude, il che ovviamente non è vero, ma io non ho smentito. È che sono semplicemente più veloce di chiunque altro, so come usare la forza e il peso del mio avversario contro di lui, e soprattutto non ho paura d'infilzare la gente che mi mette i bastoni tra le ruote. Ma non sono dovuto ricorrere a queste misure estreme per convincere il proprietario di quel ristorante cinese ad « affittarci » gratis la stanza sul retro, e ho sistemato diversi gruppetti di noi in posti simili nel circondario.

Praticamente dalla sera alla mattina siamo passati da dormire all'aperto ad avere un vero pavimento e un tetto sopra la testa. In realtà non è stato facile, all'inizio. Era difficile addormentarmi di notte con le pareti che sembravano chiudersi su di me. Faceva così caldo che mi mancava davvero dormire sotto il ponte, mi mancavano persino quelle notti in cui dovevo svegliarmi ogni ora e scuotere la neve dalla tenda per non farla crollare. Anche per gli altri era così, e alcuni ragazzi alla fine se ne sono andati. Young-gu è rimasto sconvolto quando gli ho detto che non poteva portare dentro il cane e che avrebbero dovuto dormire separati per la prima volta da anni. Il cane veniva legato all'ippocastano nel cortile sul retro, vicino al gabinetto, e per un pezzo ha ululato ogni notte per tutta la notte. Young-gu pensava che io dormissi, ma so che sgattaiolava fuori dal letto per andare a coccolarlo e calmarlo. È un gran tenerone, lo è sempre stato. Non riesco a credere che fosse il capo prima che io lo rimpiazzassi, perché, anche se è più alto di me di quasi tutta la testa e più robusto, quel ragazzo ha zero cattiveria dentro. Non è male a fare a pugni, ma so che preferirebbe fare altro, magari diventare lui stesso proprietario di un ristorante cinese.

Negli ultimi tre anni ho ampliato il più possibile il nostro territorio senza sconvolgere gli equilibri della malavita di Jongno. Ogni giorno, mando in giro i miei ragazzi in gruppetti di tre o quattro. Chiedono soldi allo stesso locale una volta alla settimana e stiamo ben attenti a non dissanguare nessuno, perché è lì che poi nasce il risentimento e devi sapere come non portare la gente alla disperazione. Questa è un'altra cosa che fa di me un grande combattente e, se volete sapere il mio segreto per vincere sempre, scordatevi di tutto il resto e tenete a mente solo che la gente disperata è quella più pericolosa.

Ogni tanto qualche proprietario di bar o qualche farmacista rifiuta di pagare, e allora mi chiamano per rimetterlo al suo posto. C'è stato il caso sfortunato di un vecchio e ricco erborista che, chissà perché, credeva che io non avrei veramente osato fargli del male e, dopo che i miei ragazzi per diverse volte non sono riusciti a farsi pagare, mi sono dovuto far vedere di persona nel suo negozio. Il vecchio aveva una barba candida come la neve ed era vestito con una giacca bianca tradizionale, quasi da gentiluomo. Mi ha guardato dritto negli occhi e ha urlato qualcosa tipo che era abbastanza vecchio da essere mio nonno e che non aveva paura di teppisti come noi. Dietro di lui c'era il figlio con la sua giovane e graziosa moglie e il loro bambino. Una famiglia bella e agiata. Ma, se non avessi fatto in modo che l'erborista diventasse un esempio per gli altri, tutti i negozi della zona mi avrebbero sfidato e noi saremmo finiti di nuovo sotto il ponte o peggio. A un mio cenno, i ragazzi hanno preso e schiantato sul pavimento tutti i vasi di erbe e medicine, e la graziosa nuora e il suo bambino hanno cominciato a gridare. Il figlio si è buttato davanti alla parete di cassettini di legno, al che io ho capito che lì ci tenevano gli ingredienti più costosi. L'ho steso con un solo pugno sul naso, che si è rotto con un rumore gratificante. Poi, mentre l'erborista guardava a bocca aperta, ho cominciato a tirare fuori i cassettini e a rovesciarne il contenuto sul pavimento. Persino io sapevo che alcune di quelle foglie, la polvere di ossa di tigre, la cistifellea di orso e il ginseng selvatico valevano oro. Poco dopo il vecchio era in ginocchio a pregarmi di smettere mentre la nuora si scapicollava a prendere i soldi.

È così che sono riuscito a sfamarci e vestirci tutti. Abbiamo messo da parte un po' di soldi perché possiamo sempre andare in uno dei «nostri» ristoranti a scroccare un bel pasto. Lo stesso vale per i vestiti, le scarpe e l'alcol. Ma anche qui raccomando ai miei ragazzi di non spremere troppo i negozianti. Da circa un anno pago addirittura l'affitto al ristorante cinese, anche se ogni tanto mangiamo ancora noodles ai fagioli neri e maiale in agrodolce gratis. Ho notato che, ogni volta che ordiniamo da mangiare, Young-gu sembra molto a disagio e probabilmente ha a che fare con la giovane e timida figlia del proprietario, che porta ossi e avanzi al cane e poi scappa via.

Questo mi riporta al perché sono venuto al ponte stasera. Senza che me ne accorga, i miei piedi mi portano qui ogni volta che ho bisogno di riflettere. Ho appoggiato le braccia alla balaustra di pietra e ho guardato giù verso la superficie nera e opaca del canale. Ondeggiava come la schiena di un qualche mostro marino. Mi sentivo molto solo, ma non desideravo la compagnia dei miei ragazzi, nemmeno di Loach, che alla fin della fiera è il mio migliore amico. Non posso davvero parlargli di quello che mi preoccupa. Abbiamo tutti preso in giro Young-gu per quella ragazza, abbiamo fatto battute sconce e gli abbiamo chiesto quando perderà finalmente la verginità, e ho notato che solo Loach non dimostrava lo stesso miscuglio d'invidia e attrazione degli altri. Ha continuato a mostrare quel suo sorriso sornione - sorride ancora così - ma come se non volesse continuare quella conversazione. Loach non fischia mai alle donne e non diventa timido in loro presenza, che poi sono i soli modi in cui ci sappiamo comportare con l'altro sesso. Ho l'impressione che la mia confessione a proposito di una ragazza susciterebbe in lui la stessa risposta fredda, e così preferisco tenermi la cosa per me.

Ecco cos'è successo. La settimana scorsa stavo passeggiando da solo dalle parti della Grande porta orientale e guardavo i diversi tipi di negozi e locali della zona. Rispetto a quando sono arrivato in città, Seul è diventata un posto completamente diverso. Dove una volta c'erano casette col tetto di paglia adesso ci sono bar, caffetterie, locali da ballo, ristoranti, banche, uffici e negozi che arrivano anche a quattro o cinque piani. Prima c'erano un sacco di uomini vestiti con completi ma pochissime donne in abiti occidentali. Adesso le strade illuminate dai lampioni a gas sono piene di quelle che chiamano *Modern Girls*, le donne giapponesi che seguono lo stile occidentale, coi capelli corti e ondulati, con le labbra rosse e con le gonne corte. Ovviamente noi cerchiamo di attirare la loro attenzione, ma quelle tirano dritto come se non ci vedessero o avessero paura di noi. Al di sopra di tutta la gente che cammina o va in bicicletta o si ammassa sui tram, ci sono i cavi elettrici che s'incrociano pericolosamente vicino ai tetti di tegole. L'aria a Seul sa di pioggia, olio da cucina, spazzatura, alberi di pino, cachi, profumo, crema di fagioli rossi, metallo caldo, e neve. Cambia a seconda della stagione, dell'ora del giorno e del quartiere.

Un giorno stavo camminando annusando tutti quegli odori e osservando le strade. Era una bella giornata d'autunno con un cielo perfettamente blu e io stavo per attraversare il viale quando un tram si è fermato proprio davanti a me. Una ragazza ha corso per prenderlo e, un attimo prima di salirci, senza motivo, si è girata e mi ha guardato dritto in faccia. Quel mezzo secondo mi ha tolto il fiato. Non era quasi per niente come l'ultima volta che l'avevo vista, ma io sapevo che doveva essere Jade. Mi sono precipitato e mi sono messo in coda dietro gli altri passeggeri, poi sono salito sul tram. Era zeppo come sempre e avevo paura di non riuscire a trovarla ma, dopo aver sgomitato un po', ho visto che era seduta con un'amica verso il fondo. Mentre loro erano occupate a bisbigliare, ho notato che tutte e due avevano l'acconciatura tipica delle donne sposate. Ma, vedendo le loro camicette, le gonne con ricami dorati, la cipria bianca e il rossetto, ho fatto due più due e ho capito che Jade era diventata una cortigiana. Ho avuto subito una specie di brutto presentimento ma l'ho cacciato via.

Poco dopo le ragazze sono scese dal tram e le ho seguite. È saltato fuori che stavano andando al Grand Oriental Cinema e ho speso gli ultimi spiccioli che avevo per comprare un biglietto con la paura di perderle di vista nel buio della sala. Come avrei fatto a trovarla in una folla di mille persone? Ma la cosa folle è che, sebbene il cinema fosse pieno zeppo, ho trovato un posto qualche fila davanti a loro. Ogni due minuti mi giravo indietro per vedere il suo viso, illuminato dalla luce della proiezione in bianco e nero sullo schermo. Quello sguardo concentrato mentre seguiva il film era così carino, così familiare, e mi ha fatto sentire di nuovo da matti la sua mancanza. Dopo che sua zia mi aveva detto di girare alla larga non sono mai più riuscito a incontrarla, anche se ci ho provato tanto. Adesso era cresciuta, e il trucco la faceva sembrare ancora più grande ma gli occhi erano esattamente gli stessi. Per me era molto da assimilare, il mio stomaco è sprofondato sottoterra e ho avuto voglia di gridare o tirare un pugno a qualcosa giusto per schiarirmi le idee, ma me ne sono stato buono e zitto al mio posto come tutti gli altri.

Quando il film è finito ho avuto paura che le due ragazze riprendessero il tram e sparissero nella città, ma sono riuscito a raggiungere Jade appena fuori dalle porte del cinema e le ho dato un colpetto sulla spalla. Lei si è voltata e mi ha fissato coi suoi occhi luminosi, ed è stato come nelle notti estive sul canale, quando mi stendevo a guardare il cielo. Le vertigini delle stelle. Non sapevo che guardare una persona negli occhi facesse sentire così.

«Jade, sono io. Sono Jung-ho», ho detto alla fine.

Lei è sembrata confusa e dispiaciuta e io cominciavo a pensare di aver sbagliato ragazza, ma poi il suo viso si è illuminato ed è stato come quando gli uccelli cominciano a cantare al mattino.

«Jung-ho! Sei proprio tu!» Ha riso e mi ha preso le mani e ha cominciato a saltellare come una bambina. «Sono passati tanti anni! Ti trovo bene. Mi sei mancato tanto.»

A quel punto toccava a me essere confuso perché sembrava così felice di vedermi e io non riuscivo a credere che la ragazza più bella di Seul mi stesse tenendo per mano in pieno giorno davanti a centinaia di persone.

«Dobbiamo recuperare, Jung-ho. Ti ricordi di Lotus, vero?»

Ha indicato la sua amica. Hanno bisbigliato per un momento, poi Lotus mi ha lanciato un'occhiata curiosa prima di andarsene da sola e questo mi ha fatto rendere conto di com'ero vestito. Erano cose che avevo raccattato da uno dei sarti nel nostro territorio, piuttosto nuove ma non pulite e un po' troppo grandi per me.

« Facciamo una passeggiata. » Jade mi ha preso a braccetto, non l'aveva mai fatto quando eravamo piccoli. Era così vicina che potevo sentire il profumo dell'olio con cui si era pettinata i capelli. Ho cercato di mantenere la calma mentre lasciavamo il centro e salivamo su una collinetta. Al posto dei negozi ora c'erano case e orticelli e alla fine uno spazio aperto con pini e cespugli. Si è seduta su una roccia e ha picchiettato con la mano il posto vicino a lei.

Per un po' non ci siamo parlati e abbiamo soltanto guardato dall'alto Seul colorata di rosa dal sole al tramonto. Mi chiedevo come dirle quanto mi era mancata. È stata lei a parlare per prima. « Hai un ottimo aspetto. Vedo che le cose ti sono andate bene. »

Non è che apparissi ricco e neanche una persona normale, solo non avevo più l'aspetto di uno che dorme per strada. Sono arrossito. « L'abbiamo fatta andare, in qualche modo. Faccio varie cose. E tu sei diventata... straordinariamente bella. »

Jade ha riso, la sua risata da usignolo del mattino. « Sono diventata una cortigiana. Abbiamo tutte questo aspetto. »

« No. Per niente. Decisamente no », ho detto. Volevo prenderle ancora la mano ma lei non sembrava averne voglia.

Ha guardato giù verso Seul come se stesse pensando ad altro. « Mi dispiace tanto per come ti ha trattato la zia Dani. E per non averti mai detto addio. »

« Va tutto bene. È passato ormai », ho risposto, perché non volevo che si sentisse male per me. Mi sarei fatto pugnalare al cuore mille volte piuttosto che vederla infelice a causa mia.

« La zia Dani mi ha proibito di uscire di casa per tre mesi. Se mi avesse beccata a parlare con te, mi avrebbe sbattuta fuori. Ora che sono cresciuta, capisco che era un modo per proteggermi. Ma era comunque... » Ha esitato e mi sono reso conto che non voleva parlare male di sua zia. « È una donna talentuosa, stupefacente, formidabile. Non si può che ammirarla. »

« Capisco. » Non m'importava cosa faceva « la zia Dani » perché adesso eravamo assieme. Le avevo già perdonato tutto.

« Ma anche quand'ero agli arresti domiciliari sapevo che continuavi a venire. Non eri tu a lanciare sassolini nel giardino? »

« Quindi li hai visti? » Ero così felice che il mio corpo era leggero e quasi elettrico.

« Sì, e ce n'era uno verde proprio grazioso, vero? »

Ecco perché Jade non era semplicemente bella. Era speciale come nessun altro al mondo. Se solo potessi, prenderei le stelle dal cielo di notte per gettarle nel suo giardino, e ancora non sarebbe abbastanza. Questo è un pensiero che mi è venuto in mente molto dopo ma in quel momento volevo davvero solo abbracciarla.

« Sì, era proprio per te. Verde come la giada, come il tuo nome », sono riuscito a dire con un sorriso.

« Ho un'idea per presentarti alla zia Dani e farle vedere che adesso sei diverso. Domani sera, Lotus, Luna e io ci esibiremo in uno spettacolo di beneficenza al Joseon Theatre. Dovresti venire. E quando usciamo, dopo lo spettacolo, potresti far finta di avermi appena vista ed esserti fermato per un saluto. Davanti a tutta quella gente, la zia Dani non potrebbe dire nulla. Oltretutto, vedrà pure che crescendo sei diventato un giovanotto perfettamente rispettabile. »

Ed ecco perché sono così preoccupato e non riesco a dormire. Certo, non sono più vestito di stracci, ma persino io so di non essere un « giovanotto perfettamente rispettabile », per dirla come Jade. Di certo non uno che di solito frequenta le cortigiane. Le cortigiane d'alta classe come lei accetterebbero solo storie con uomini ricchi. Sono sicuro che ha dozzine d'innamorati che la sommergono di soldi e regali anche mentre io la sogno.

Per la prima volta nella mia vita sono nervosamente felice. Di solito non sono né nervoso né felice perché non ho aspettative su niente. Adesso ho qualcosa che voglio e di colpo tutte le mie decisioni contano di più.

Dalla tasca interna tiro fuori il portasigarette e l'anello. A volte, quando sono solo e di umore malinconico, mi piace guardarli. Sul mio palmo sono freschi come i ciottoli dell'argine. Mio padre se li era tenuti stretti anche se avrebbe potuto comprarci medicine e brodo di pollo che gli avrebbero allungato la vita. Non ha mai spiegato perché.

Quand'ero piccolo credevo che questi due oggetti fossero portafortuna che in qualche modo mi avrebbero protetto dal male. Il portasigarette di mio padre e l'anello di mia madre sono le uniche cose che mi restano di loro a parte il mio nome e il mio corpo, suppongo. I miei talismani sono la ragione per cui non ho paura della morte, ed è per questo che sono sopravvissuto per tutti questi anni. Adesso che sono più grande, so che la vita non è questione di che cosa ti tiene al sicuro, ma di quello che *tu* tieni al sicuro, ed è questo che conta di più. Quando vedrò Jade, domani, voglio spiegarglielo e dirle che lei è quella che voglio tenere al sicuro più di tutto il resto.

12

UNA PROPOSTA DI MATRIMONIO

1925

Alle undici del mattino Jade si alzò dal letto e iniziò a prepararsi per la giornata. La cameriera le portò una tazza di tè d'orzo bollente, dopo di che Jade si lavò il viso e si sedette alla toeletta con intarsi in madreperla. Si tamponò il viso con una cipria finissima di conchiglie macinate e, con la polvere in eccesso, disegnò nuvolette seriche nella luce del sole mattutino. Applicò il kajal nero sulle sopracciglia arcuate e sottili, depilate secondo la moda del momento, e lo sfumò attorno agli occhi. Per finire, stese accuratamente il rossetto sulle labbra. Completato il trucco, la cameriera le pettinò i capelli e li raccolse in uno chignon morbido all'occidentale, che fissò con un *binyeo* di corallo.

Quando si guardò allo specchio per esaminare il risultato, Jade non poté reprimere un sorriso: come immaginava, era davvero molto graziosa. Persino i denti si erano comportati bene quando i suoi lineamenti, crescendo, avevano assunto l'aspetto definitivo, e adesso erano soltanto leggermente storti. Si trovava in quella fase della vita in cui una ragazza si chiede di continuo come la vedano gli altri e quanto sia attraente.

Da quando aveva debuttato ufficialmente, a quindici anni, Jade aveva avuto un flusso costante di ammiratori che richiedevano la sua presenza alle feste e addirittura andavano a cercarla a casa. Quegli uomini spendevano una fortuna per trascorrere una serata con lei e di tanto in tanto le offrivano anche doni in denaro senza che Jade dovesse chiedere, come le cortigiane più adulte e più scaltre. Davanti a tutto ciò, lei immaginava che quegli uomini provassero sentimenti sinceri, e di essere a sua volta attratta da loro. Negli ultimi anni, alcune cortigiane avevano sposato partiti di ceto elevato, intellettuali e artisti, e vivevano il resto della loro vita come mogli e madri adorate in famiglie rispettabili. Ogni volta che era successo, c'erano stati molti pettegolezzi, sia nelle occasioni mondane sia su giornali e riviste, riguardo a questi amanti dallo spirito libero. Jade sperava che pure lei si sarebbe innamorata di un uomo gentile e preferibilmente di bell'aspetto. Fino a quel momento, però, gli uomini smettevano di cercarla dopo solo qualche mese. Di certo nessuno le scriveva lettere né le aveva mai regalato qualcosa che potesse essere considerato un pegno. Aveva ben presto imparato che, più gli uomini hanno fretta di troncare una relazione, più sono ingenti i doni in denaro. Si vergognava anche un po' ricordando che da bambina credeva che sarebbe stato facile innamorarsi e ricevere anelli e diamanti come le sue due madri adottive. Jade era costantemente afflitta dal dubbio di non essere abbastanza bella o – cosa ancor più grave – di non essere brava nel dare piacere, nonostante i libri illustrati che Dani usava per insegnare a lei e a Lotus. Se non si fosse assicurata un protettore fisso come aveva fatto Dani, Jade non era sicura di come si sarebbe mantenuta passati i trent'anni. Molte cortigiane un tempo benestanti si erano ritrovate in situazioni disperate perché non erano state abbastanza sveglie o perché erano state semplicemente sfortunate. Però quel momento sembrava abbastanza lontano nel futuro da permetterle di scacciare via con facilità la paura.

Quando ebbe finito di vestirsi, Jade raggiunse Dani, Lotus, Luna e Hesook per pranzo. Dani non era più in attività; a trentanove anni, anche le cortigiane più importanti e richieste smettevano di andare alle feste e prendere nuovi amanti. Il Giudice era deceduto nel 1922, e Dani trascorreva le sue notti da sola. Era ancora molto bella, sempre perfettamente truccata e profumata, che uscisse o rimanesse a casa. Si teneva occupata bevendo caffè, leggendo, facendo giardinaggio, giocando con Hesook e lavorando a maglia – un hobby recente – e non dava mai segno di sentire la mancanza della sua vita precedente. Quando Jade entrò nella stanza, Dani leggeva il giornale seduta sul nuovo divano, con indosso un maglione blue navy che aveva confezionato lei stessa e con una gonna a tubo nera appena sotto il ginocchio; una sigaretta accesa le pendeva precaria tra le dita.

Luna era seduta di fronte a Dani e guardava Hesook che giocava sul pavimento. Alcune ragazze che a quindici o sedici anni sono straordinariamente belle diventano, crescendo, donne insignificanti o addirittura bruttine. Non era il caso di Luna, la cui sconvolgente bellezza da ragazza era maturata in una radiosità morbida e piena. Secondo Jade, era meno crudelmente perfetta e più attraente, coi suoi capelli corvini e con le gote d'avorio arrotondate come conchiglie. Gli uomini pagavano cifre da capogiro per il privilegio di sederle accanto ai banchetti e ammirarne da vicino la celebre bellezza.

Quando le tre donne e Hesook si furono accomodate a tavola, finalmente arrivò Lotus, con un sorriso sicuro e avvolta da una scia di profumo. Lotus era sempre molto richiesta alle feste per via della sua splendida voce. Non solo conosceva l'intero repertorio tradizionale, ma cantava anche le canzoni jazz e le ballate che filtravano dalle sale da ballo al tramonto e s'insinuavano nei vicoli bui di notte. Iniziava sempre con una canzone d'amore allegra e conosciuta. Poi, mentre la conversazione languiva, le candele si consumavano e gli ospiti fissavano le bottiglie semivuote con sguardo perso, concludeva con un valzer lento in tre quarti. A quel punto, anche gli uomini che al principio della festa non l'avevano notata venivano catturati dalla sua voce. Molti di loro, mentre ascoltavano, ricacciavano indietro le lacrime, e si precipitavano a offrirle da bere e invitarla a sedere accanto a loro. Jade sapeva quanto Lotus amasse il potere della sua voce, le faceva sempre grandi complimenti sul suo canto e attaccava chiunque, uomo o donna che fosse, osasse criticare l'amica definendola sgraziata.

Quando Jade era arrivata a Seul, la città era piena di conduttori di risciò che correvano lungo viali e stradine trainando uomini ben pasciuti in completo di lana e camicia inamidata. Ora si erano diffusi tram e taxi, e solo le cortigiane erano rimaste clienti affezionate dei conduttori di risciò. Davano mance migliori dei gentiluomini benestanti, e molte rifiutavano per principio di prendere il taxi.

In primavera, la corporazione dei conduttori di risciò aveva iniziato a raccogliere fondi per aprire una scuola privata per i loro figli, e le cortigiane avevano deciso di contribuire con uno spettacolo di beneficenza. Allo spettacolo era attesa tutta Seul, dagli uomini sfaccendati agli intellettuali, passando per artisti, casalinghe benestanti, studenti, negozianti e persino operai. Circa settecento cortigiane di tutte e cinque le corporazioni avevano accettato di esibirsi e, tra loro, Jade e Lotus erano state scelte per un assolo.

Mentre aspettavano dietro le quinte, nascondevano il nervosismo sbirciando le cortigiane sul palco illuminato. Durante la danza tradizionale coi ventagli, le donne erano avvolte da luce dorata e disposte in cerchio a formare una ninfea in fiore. Brillavano e ondeggiavano all'unisono, e guardarne una in particolare era senza senso come concentrarsi su un singolo petalo di una rosa. Persino Luna non spiccava sulle altre, ed era il motivo per cui la leader della loro corporazione l'aveva inclusa in quel numero. La ragazza sorrideva, scivolava e girava obbediente e senza gioia, e lasciò la scena felice di sottrarsi alle luci.

Quando nel teatro tornò il silenzio, Lotus uscì nell'abbagliante luce gialla. Al centro del palco era stato sistemato un piano e il suo accompagnatore l'aspettava in frac e coi capelli impomatati all'indietro. Lotus si voltò verso il pubblico e attaccò il suo celeberrimo valzer. La sua voce si diffuse ovunque, fino alle ultime file del teatro, accarezzando ogni ascoltatore con quella melodia impossibile da dimenticare; i ricordi dei dolori e delle perdite più grandi venivano messi a nudo, che fossero cose dimenticate o che non si riuscivano a dimenticare. Nel buio e accompagnati dalla sua voce si poteva lasciare libero sfogo alle lacrime; nessuno poteva evitare di essere ipnotizzato da lei o d'innamorarsene un po'. Tutto il pubblico si alzò in piedi ad applaudirla e Lotus fu richiamata sul palco dalle acclamazioni.

Quando tornò dietro le quinte per la seconda volta, Jade la

strinse in un abbraccio. « È stato incredibile, persino per te. Da stasera nessuno riuscirà a pensare ad altro », le sussurrò.

« Vedremo se si ricorderanno della mia canzone dopo che ti avranno vista », replicò Lotus, sorridendo.

« Uscire dopo di te mi terrorizza! Meno male che c'è un intervallo tra le nostre esibizioni. » Jade rise nervosamente. Era vestita con una tunica nera e un soprabito rosso, stretto sotto il seno da una cinta cremisi e che si allungava fino a terra. Un cappello militare nero, a tesa larga e con una nappa rossa di crine, era fissato al suo chignon intrecciato. Quell'accostamento tra un ornamento maschile, il suo volto e la sua acconciatura la faceva apparire ancora più affascinante del solito. In ogni mano, Jade reggeva una spada corta e sottile, lunga circa quanto il suo avambraccio. Quando l'intervallo finì e il pubblico riprese posto, Jade infilò le spade nelle maniche, fece un cenno col capo all'amica e uscì sul palco.

Il sipario si aprì e mostrò Jade seduta sotto la morbida luce gialla. Iniziarono i colpi di tamburo, e lei ne seguì il ritmo lento con leggeri movimenti delle mani e delle spalle, il capo ancora chino. Si alzò in piedi e roteò sul palco, facendo gonfiare le gonne. Per un attimo, galleggiò leggera e aggraziata come le danzatrici col ventaglio di poco prima. Il suono acuto del flauto si aggiunse ai tamburi, che accelerarono e presero il ritmo di una marcia. In quel preciso istante, Jade raccolse gli strascichi della giacca e li legò in vita, come una fusciacca. Quando si voltò verso il pubblico, le spade erano magicamente comparse nelle sue mani e scintillavano sotto il riflettore. Un pezzo di catena univa la lama all'elsa, così che, con ogni movimento dei polsi, le spade ruotavano descrivendo cerchi. Jade iniziò a far semplicemente roteare le lame, coi gomiti aderenti al corpo. Poi, mentre i tamburi acceleravano, assieme al flauto, le fece volteggiare con movimenti più azzardati, con le lame che si sfioravano tra loro e sfioravano il suo corpo senza mai urtarsi. A differenza delle danzatrici col ventaglio, Jade non sorrideva. Sebbene le spade non fossero affilate, il suo aspetto era quello di un'assassina spietata. Gli uomini tra il pubblico desiderarono essere alla sua mercé, e le donne si chiedevano come ci si potesse muovere in modo così feroce eppure aggraziato. Gli spettatori nelle prime file potevano vedere le gocce di sudore sulla sua fronte incipriata, il suo respiro pesante mentre la danza la sfiniva e gli occhi solenni che la facevano sembrare molto più grande. Non anziana, ma senza età. Era magnifica.

I tamburi andarono in crescendo fino ad arrestarsi di colpo e lei si accasciò a terra, trascinando la punta aguzza delle spade sul palco. Il pubblico era nel più assoluto silenzio. Le luci si spensero, e nel buio Jade si rialzò in fretta e corse dietro le quinte. Mentre si toglieva il cappello dalla fronte sudata, qualche timido applauso si levò dal pubblico. Nel giro di qualche secondo, divenne un'ovazione, e le luci si riaccesero.

«Esci! Torna sul palco!» le sussurrò concitata Lotus, rimettendo il cappello sulla testa sudata dell'amica. Jade corse sotto i riflettori, tenendosi il cappello con una mano e sollevando la gonna con l'altra. Quando comparve in scena, gli applausi e le acclamazioni divennero ancor più assordanti. File intere di spettatori cominciarono ad alzarsi in piedi. Lei s'inchinò, ancora e ancora, mentre le lacrime iniziavano a pungerle gli occhi.

Conclusa anche l'ultima performance, Jade, Lotus e Luna uscirono dalle porte secondarie che davano su un vicolo tranquillo dietro il teatro, stanche e con ancora indosso gli abiti di scena. Dani le stava aspettando, avvolta in una pelliccia sebbene fossero i primi di ottobre e non facesse troppo freddo. Era una bella e limpida sera d'autunno, con una tonificante aria fresca in cui riverberava il toccante canto dei grilli.

«Ragazze, siete state meravigliose, tutte e tre... Sono così orgogliosa di voi», disse Dani, abbracciandole una alla volta. Sorridevano tutte, e s'interrompevano a vicenda per sottolineare questo o quel dettaglio dell'esibizione.

In quell'atmosfera di allegria generale, Jade si guardò attorno furtiva, scorse la figura di Jung-ho e gli fece un timido saluto con la mano. Visibilmente rosso in viso anche nell'oscurità, Jung-ho si fece coraggio e raggiunse a grandi passi il gruppetto di donne. «Jade, sono Jung-ho. Quanto tempo è passato...» esordì. «Sono rimasto sorpreso dalla tua esibizione. Non riuscivano a toglierti gli occhi di dosso.»

«Jung-ho! Che bello rivederti dopo tanti anni. Sulle prime non ti avevo riconosciuto.» Jade rise. «Sei così cresciuto!»

Dani strizzò gli occhi e squadrò Jung-ho da capo a piedi. Aveva due stili di condotta: estremamente discreta o completamente diretta, a seconda di come giudicava la situazione e la persona che aveva davanti. Era impossibile sapere quale avrebbe adottato con Jung-ho.

« È bello rivederla, zia Dani », le si rivolse lui spavaldo, come se anni prima lei non l'avesse cacciato via in malo modo.

« Sì, sei cresciuto. Suppongo. » Dani sorrise. La sua provocazione, però, si chiuse lì, perché fu immediatamente avvicinata da un altro sconosciuto.

« Ah, eccovi qua. Sono davvero felice di avervi trovate. Non vi ho visto tra gli artisti che si preparavano per il ricevimento e temevo foste già andate via. » Era un uomo di mezza età, con occhiali dalla montatura tonda, una spilla sul colletto e una sottile cravatta nera. Parlava in modo un po' svampito e nervoso, e non era ben chiaro a chi si stesse rivolgendo.

« Come possiamo aiutarla? » domandò Dani nel tono cortese che usava solo quando voleva essere fredda.

« Ah, certo. Ecco il mio biglietto da visita. » Lo sconosciuto pescò un cartoncino dalla tasca interna e lo porse a Dani con entrambe le mani, dopo di che si rivolse a Jade. « Sono il proprietario e direttore del Joseon Theatre. Ha fatto un'ottima impressione oggi, signorina Jade! Ho visto il suo nome sul programma. Mai prima di stasera sono stato tanto toccato dalla danza - mi perdoni - di una cortigiana. Non ho mai avuto una grande opinione delle danze tradizionali e simili, ma lei mi ha fatto cambiare idea. La sua esibizione ha suscitato il patriottismo del pubblico! » Il direttore tacque e si sistemò gli occhiali sul naso. « Allora ho pensato che devo assolutamente convincerla a entrare nella nostra troupe. Andiamo in scena sette sere alla settimana con tragedie, commedie, spettacoli di varietà, testi della tradizione... di tutto. Abbiamo i migliori attori e le migliori attrici di Seul. Chiunque si faccia un nome nella nostra città passa dal nostro palco. » Sorrise senza motivo, prendendo le mani piccole e bianche di Jade tra le sue, grandi e scure. Poi, guardandosi attorno, notò Lotus. « E lei è la bravissima cantante che ha cantato quel valzer. Che voce! Non credevo alle mie orecchie. È molto più brava dei cantanti in voga oggi. Sono intonati, ma non hanno anima... Mi piacerebbe molto parlare anche con lei», aggiunse, eccitato. «Be', che aspettiamo? Perché non andiamo al ricevimento e ne parliamo con calma? No, ripensandoci ci sarebbero troppa confusione e troppe distrazioni. Consentitemi d'invitarvi in un ristorante carino da qualche parte, così ne discutiamo cenando e bevendo qualcosa.» Si rivolse di nuovo a Dani, poiché aveva notato che le ragazze la guardavano con espressione interrogativa.

«La ringrazio per i complimenti, ma temo che, dopo una serata così lunga, siamo tutte un po' stanche», rispose altera lei. Era irritata dal fatto di essere stata quasi ignorata, esattamente come tutte le donne affascinanti che s'indispettiscono quando non sono il fulcro del gruppo. «Ma, se vuole farci visita domani pomeriggio, ne saremmo onorate», propose, e diede velocemente l'indirizzo.

«No, sono io a essere onorato. Domani, allora... A domani», replicò l'uomo, chinando educatamente il capo più volte prima di congedarsi.

Nel turbinio del dialogo col direttore, Jung-ho era stato quasi dimenticato. Jade si voltò verso di lui e sorrise, perché dopo una conversazione così eccitante nemmeno Dani avrebbe potuto rovinare l'atmosfera. In effetti, la donna pareva aver deciso che cancellare il passato fosse la politica migliore. Rivolse persino un breve cenno del capo a Jung-ho prima di portarsi via le ragazze come una chioccia impettita.

«Arrivederci, Jung-ho. Vieni a trovarmi quando vuoi. Sono sempre a casa a mezzogiorno», sussurrò Jade, dandogli un colpetto sulla spalla. Lui parve sul punto di affogare in un mare di felicità.

Era stato così bello, facile e naturale ritrovarlo! si disse Jade, prima di correre a raggiungere le altre. Dani e Luna erano già partite con un risciò; Lotus la stava chiamando seduta su un altro, guidato da un giovane con un cappotto nero liso. Il ragazzo aiutò Jade a salire sul carretto e dopo un attimo partirono, mentre una leggera brezza gli pizzicava il viso e le stelle brillavano sopra di loro.

«Questa è stata la serata più incredibile della mia vita! Jade, entreremo al Joseon Theatre! Che c'importa di versare da bere per ricchi donnaioli? Vivremo come vere artiste! » esclamò Lotus, eccitata, afferrando la mano dell'amica.

« Sembra un sogno, vero? Siamo arrivate qui con solo qualche vestito tra le braccia... Ti ricordi com'eravamo piccole, e stavamo tutte e quattro in un risciò? » Jade rise. La sua amica stava per diventare la più famosa cantante di Seul. E, pur non avendo ambizioni e senza essere stata una giovane promessa, lei stessa aveva avuto successo oltre qualsiasi aspettativa. A diciassette anni, era impossibile immaginare che, da quella sera in poi, ad attenderla non ci fossero che gioie e trionfi.

Poco dopo arrivarono davanti a casa, e il conduttore le aiutò a scendere dal risciò. Lo fece con gesti rapidi e attenti, senza il servilismo o la malcelata scortesia che a volte caratterizzava quella categoria di lavoratori. Sebbene fosse alto e dalle spalle ampie, il resto del suo corpo sembrava restringersi di colpo anche sotto il cappotto troppo grande, con toppe di velluto a coste sui gomiti.

Quando lo notò, Jade provò compassione, come accade spesso a chi si sente particolarmente e ingiustamente benedetto dalla sorte « Povero caro, hai l'aria di essere uno studente. » Fissò il suo volto serio. « Vai a scuola? »

Gli occhi del conduttore di risciò, non grandi ma attraenti, s'illuminarono. « Sì, vado alla scuola serale, signorina », rispose.

« Quindi lavori tutto il giorno e poi vai a scuola. Dormi, ogni tanto? » mormorò Jade, con un sorriso. « Poverino. Abbiamo appena fatto uno spettacolo di beneficenza per raccogliere fondi destinati a una scuola per i figli dei conduttori di risciò. E la mia amica e io abbiamo passato una bellissima serata. Ecco, questi sono per un cappotto nuovo. » Jade gli diede l'equivalente di una giornata di lavoro. Prese Lotus a braccetto e oltrepassò il portone d'ingresso, che la cameriera stava tenendo aperto per loro saltellando per scaldarsi. Jade sapeva che il conduttore di risciò la stava guardando, e ciò la fece ridere più forte e più affettuosamente con Lotus.

« Se ti piaceva quel bel conduttore, avresti dovuto invitarlo a entrare », ridacchiò l'amica mentre attraversavano il giardino.

« È un povero studente, volevo solo essere gentile », protestò Jade. Non poteva essere gentile con nessuno, neanche con un conduttore di risciò, senza che Lotus la prendesse in giro. Neanche con un ragazzo che aveva a malapena l'età per andare alle superiori.

« Allora posso averlo io? » chiese Lotus, e Jade scrollò le spalle. « Va bene, condividiamo. Sembra forte abbastanza per farcela con entrambe. Oh, scommetto che potremmo girare sul suo risciò tutta la notte... »

E scoppiarono a ridere.

« Sono davvero felice che tu sia venuto. Che cosa ti andrebbe di bere? Ho un ottimo sakè. E anche un eccellente cognac. Ho imparato ad apprezzarlo quando ho fatto il tour in Europa, e devo ammettere che è diventato una delle mie bevande preferite », disse Ito Atsuo, lasciando la mano dell'amico e accomodandosi con evidente piacere sul divano. Parlando, indicò la poltrona a schienale alto di fronte a lui, e Yamada Genzo si sedette con l'atteggiamento prudente di chi visita la casa di un amico per la prima volta.

« Se è una delle tue bevande preferite, allora assecondiamo il tuo gusto. » Yamada sorrise.

« E cognac sia! » esclamò Ito in tono vivace, con un cenno alla cameriera che, senza dire una parola, tornò poco dopo con la bottiglia e coi bicchieri di cristallo su un vassoio. I due uomini assaporarono il liquore in silenzio per meglio apprezzarne la fragranza che si mescolava col profumo fresco di un placido crepuscolo autunnale.

« È ottimo », commentò Yamada. Ito annuì con un sorriso. Avere un gusto eccellente in tutto - vino, cibo, arte, arredamento - era per lui fonte primaria d'orgoglio. Come ogni persona di questo tipo, credeva che ciò fosse l'essenza della sensibilità e della comprensione delle cose. Ed era anche l'evidente ragione per cui Ito aveva invitato Yamada a casa sua per la prima volta dopo anni che lavoravano assieme: avrebbero parlato di arte e ammirato i pezzi di valore inestimabile che Ito aveva comprato negli ultimi mesi. Da quando suo padre era morto, lasciandogli le vaste tenute che aveva acquistato in Corea, lui aveva iniziato a collezionare con grande impegno pezzi d'antiquariato. In quel momento stava mostrando una ceramica celadon di Koryo risalente all'incirca all'XI secolo, con lo sguardo sornione di chi fa una domanda conoscendo già la risposta corretta. Il vaso di porcellana aveva una forma aggraziata come le spalle di una bella donna, ed era di uno squisito verde lattiginoso, una sfumatura che non si trova in natura ma che, ciononostante, la evoca immediatamente.

« È meraviglioso », disse Yamada, sincero. « È davvero uno degli esempi migliori del suo genere. Ma che è successo qui? » Indicò la lunga linea che si estendeva dalla base fino al bordo del vaso.

« Ah, questa crepa. È impossibile trovare un pezzo così antico intatto. È stata la pala di chi ha scavato nella tomba, ma come fargliene una colpa? Certo non possono usare piumini solo per non rischiare di colpire le porcellane. È stata riparata in modo eccellente. » Ito fece un sorrisetto compiaciuto. « In realtà lo trovo piuttosto eccitante. Molto più che collezionare oggetti che sono stati tenuti nello studio di qualche anziano borghese benestante. Immagina questo vaso che viene sepolto con un re di Koryo... e io che lo ritrovo mille anni dopo. »

« Sì, emozionante », rispose Yamada, fingendo approvazione. Solo lo scintillio dei suoi occhi e la cura con cui depose il bicchiere lo tradirono.

« E questa ti piacerà moltissimo. » Ito lo guidò nella stanza accanto. Sul pavimento c'era una gigantesca tigre gialla e nera che, a prima vista, pareva viva. Solo esaminandola attentamente si capiva che era soltanto una pelle.

« Sai quanto l'ho pagata? » chiese Ito con insolita franchezza, e rivelò la cifra, che andava ben oltre il loro stipendio annuale di colonnelli. « Di questi tempi sono diventate assurdamente costose. Ma è proprio il motivo per cui ne ho comprata una. Quando questi animali saranno estinti, la potrei vendere per venti volte quello che l'ho pagata. »

« Una volta sono stato a una caccia alla tigre. Sono gli animali più forti e intelligenti che si possano incontrare », disse Yamada, con sguardo distante.

« Ma dai, davvero? Ormai sono rarissime in natura. E saranno tre o quattro anni che non sento parlare della cattura di una tigre. Tra non molto le potremo vedere solo allo zoo del palazzo di Changgyeong. »

In quel momento, Ito si voltò verso la porta; sua sorella era sulla soglia e li guardava con aria timida.

« Vieni, Mineko », la esortò affettuosamente; la giovane donna entrò in silenzio. Yamada si alzò e i due si scambiarono un inchino. A differenza del bel fratello, lei era insignificante, persino bruttina. I suoi occhi, però, erano graziosi e gentili, mentre quelli di Ito erano sottili, freddi ed egoisti. Come i due uomini e i membri dell'alta nobiltà giapponese, era vestita all'occidentale, e indossava un abito largo di satin rosa tenue che la faceva apparire ancora più pallida. Rimase in piedi accanto a Yamada, sorridendo imbarazzata.

« Quindi dicevi? » Ito si rivolse di nuovo a Yamada, che a quel punto comprese che l'incontro era stato organizzato affinché lui conoscesse la giovane. « L'hai uccisa? »

« No; ho mirato e sparato, come tutti gli altri che erano con me. È rimasta ferita a una zampa, ma è fuggita », rispose Yamada, rendendosi conto per la prima volta che sperava che la tigre fosse sopravvissuta.

« Ah, peccato. Non abbatterti. Probabilmente è morta comunque nella foresta, il che equivale ad averla uccisa. E questo vale molto di più che limitarsi a comprare una pelle », lo rassicurò Ito.

Mineko annuì, d'accordo col fratello, poi lasciò la stanza senza dire una parola.

Una cameriera venne a mettere via i pezzi d'antiquariato uno alla volta, e i due uomini si versarono altro cognac.

Ito bevve un sorso di liquore. « Ero di gran lunga il preferito di mio padre. Mi è sempre dispiaciuto che Mineko non abbia mai ricevuto il suo affetto. Ero molto protettivo verso di lei. »

« Sembra carina. »

Ito sorrise. « Davvero? Felice di sapere che ti ha fatto una buona impressione. Che altro? »

Yamada alzò le spalle. « Non la conosco bene, l'ho appena incontrata. »

« Genzo, lo sai che non m'importa molto delle donne. » Ito assunse un tono franco e schietto. « Mi piacciono quelle belle, certo. Apprezzo il loro aspetto, addirittura le loro qualità individuali. Ma, a differenza dei pezzi d'antiquariato, il loro valore diminuisce col tempo, almeno dal mio punto di vista. Accade sempre. Eppure, come vedi, mi adeguo alle regole del mondo. » Il colonnello si appoggiò allo schienale e bevve un altro sorso dal bicchiere. « Sto per sposare la figlia del conte H. L'ho incontrata solo due volte. »

« Devo farti le congratulazioni? » chiese Yamada, ironico.

Ito rise. « Suppongo di sì. È una grande alleanza. Mio padre sarebbe stato molto compiaciuto. Ma parliamo di te, Genzo. Che ne pensi di mia sorella? Ti dovrai pur sposare, prima o poi. Probabilmente te l'ha detto anche tuo padre. E Mineko è istruita e gradevole, e naturalmente ricca. Sarà una buona moglie, obbediente, e mi piacerebbe vederla sposata a qualcuno come te. »

Yamada non rispose, e rimase a fissare il fondo del suo bicchiere. In realtà, Mineko era una candidata buona quanto le altre che suo padre aveva proposto, se non migliore. Negli ultimi anni, il colonnello Yamada aveva scoperto che spesso quello che *avrebbe dovuto* provare era diverso da quello che *davvero* provava. Temeva che ciò lo limitasse e lo rendesse debole. Così, per mettere alla prova la sua forza di volontà, aveva preso l'abitudine di fare quello che meno lo attirava. S'impegnava nelle celle della prigione, frustando personalmente i ribelli più insidiosi con la convinzione di un atleta che si allena con vigore, credendo che alla fine sarebbe diventato più facile e il suo corpo più forte. Quindi, pur non essendo minimamente interessato a Mineko né come donna né come persona, Yamada rispose senza emozione: « Va bene, la sposerò ».

« Eccellente! Ci vuole un brindisi. Alle nostre famiglie! »

I due fecero tintinnare i bicchieri. Yamada, però, non sorrideva.

« Genzo, non essere così teso. Sai a cosa somiglia il matrimonio? » Ito abbassò il bicchiere e schioccò le labbra. « Il matrimonio è una casa: la costruisci per crescerci i tuoi figli. Ma un uomo non ci è chiuso dentro, può andare e venire come gli pare. È impossibile per un uomo essere confinato nel suo matrimonio quanto lo è non uscire mai di casa. » Detto ciò, si accomodò meglio nella poltrona, crogiolandosi nella sua morbidezza e nel vago bagliore del liquore.

13

SINISTRA E DESTRA

1925

Jung-ho iniziò a far visita a Jade a casa ogni giorno, anche se solo per dieci minuti. Non voleva che si stancasse di lui, e ogni tanto cercava di non farsi vedere per un po'. Quando tornava, tuttavia, Jade gli chiedeva dov'era finito con lo stesso entusiasmo di quand'erano compagni di gioco da piccoli. A quel punto, sollevato, Jung-ho si sentiva di nuovo autorizzato ad andare a trovarla regolarmente.

A volte stavano in casa e chiacchieravano sorseggiando tè di crisantemo in soggiorno. Altre volte uscivano per fare una passeggiata, dirigendosi verso nord, costeggiando lo zoo di Changgyeong e proseguendo quasi fino alla Grande porta orientale per poi tornare indietro.

Fu durante una di quelle passeggiate che Jade gli rivelò qualcosa di terribile. Indossava abiti nuovi, una giacca, una gonna col bordo in filo d'oro e una pelliccia grigia di lapin. Quando Jung-ho fece un commento sui vestiti, lei disse con noncuranza: « Oh, è un regalo ».

Jung-ho sapeva di essere maleducato, ma non poté trattenersi dal chiedere: « Della zia Dani? »

Jade scoppiò a ridere. « Ah, no. Di un uomo, il figlio di un qualche milionario di Gyeongju. » Gli toccò il braccio con delicatezza e aggiunse: « È piuttosto noioso e russa ».

Jung-ho non seppe che cosa replicare. Il resto della passeggiata trascorse pressoché in silenzio. Per la prima volta, si congedò da lei senza il desiderio di prolungare il loro incontro. Come aveva potuto essere così stupido da credere di essere per Jade qualcosa più di un amico, un compagno di giochi del passato?

Si rese conto che era per questo che lei si sentiva così libera in sua presenza, perché non pensava mai a lui come a un uomo. Anche l'abitudine di toccargli il braccio per sottolineare qualcosa che stava dicendo era un semplice gesto d'affetto; Jade non stava facendo un gioco di seduzione come con gli altri uomini. Per essere visto come uno di loro, era essenziale per lui diventare ricco; non tanto da comprarla, ma abbastanza da guadagnare il suo rispetto. Questa idea gli giunse come una rivelazione: fino a quel momento Jung-ho si era concentrato soltanto sulla sopravvivenza e su comodità minime. Ora capiva perché le persone che avevano abbastanza da mangiare erano così ossessionate dal denaro. Il punto non era quello che potevano comprarci, ma la legittimazione e il valore che ne traevano e che bramavano.

Una volta presa la decisione, Jung-ho portò Loach a fare una passeggiata. Per abitudine, si diressero verso il ponte sopra il canale. A ovest, il sole stava inzuppando le nuvole di rosa, e le luci stavano cominciando a illuminare le finestre degli edifici bluastri. Le auto passavano dietro di loro, mentre davanti uno stormo di passeri si alzò in volo da un filo dell'elettricità e si librò nel cielo della sera, chiacchierando della giornata.

«Come facciamo a diventare ricchi, Loach?» domandò Jung-ho di punto in bianco. Mentre lo diceva, si rese conto di apparire disperato e ignorante, ma mise da parte il proprio orgoglio.

«Vuoi diventare ricco?» Loach fece il suo sorriso sornione.

«Be', chi lo dice che dobbiamo andare avanti così per tutta la vita?» Jung-ho chiuse le mani a pugno e le batté contro il vecchio parapetto di pietra. «Spennare negozi e locali per ottenere cibo gratis e qualche soldo è tutto quello che possiamo avere? Io non posso continuare così.»

«Sai, un modo c'è.» Loach si fece di colpo serio. «Come sai, Seul è divisa tra persone di sinistra e persone di destra.»

Jung-ho aveva sentito le accese dispute per strada, ma non aveva idea di che cosa volesse dire né di come potesse riguardarli. I titoli dei giornali in giro per la città non significavano nulla per lui, perché non sapeva leggere.

«I comunisti stanno a sinistra. E i nazionalisti stanno a destra. Non è importante chi crede cosa... Tutti e due i gruppi, però, hanno bisogno di uomini per la protezione e altri lavori nei quali non possono essere direttamente coinvolti. Capisci cosa intendo?»

«Sì», rispose Jung-ho, sebbene fosse solo vagamente consapevole della situazione.

«Quindi tutto ciò che dobbiamo fare è scoprire quale fazione è disposta a pagarci di più, giurare fedeltà, e aiutarli a fare quello che devono fare.»

«E con chi possiamo parlare? Io non conosco nessuno di quella gente», ammise Jung-ho, imbarazzato.

Loach sorrise. «Non ti preoccupare di questo. Si dà il caso che io sia già in contatto con un pezzo grosso dei comunisti. Era uno dei fondatori del partito comunista di Koryo creato a Shanghai. Questo tizio è incredibilmente ricco e ha un sacco di conoscenze, quindi se lavoriamo per lui troviamo una miniera d'oro, capisci? Ti porterò a conoscerlo; si chiama Lee Myung-bo.»

La casa di Myung-bo a Pyeongchang-dong era una villa tradizionale circondata da vecchie mura di pietra, al di sopra delle quali spuntava la parte alta della chioma di un paio di alberi. I rami erano spogli e sottili in modo toccante, e tuttavia pieni di cachi che splendevano come rubini alla luce della luna. Il portone esterno, sormontato da una tettoia di tegole di ceramica, era alto dodici piedi e largo abbastanza da consentire il passaggio del padrone di casa in carrozza, un privilegio esclusivo della più alta borghesia. Quella era solo una delle molte case di famiglia che Myung-bo aveva ereditato alla morte del padre, qualche mese prima. Quando il poco affettuoso genitore era stato soffocato da una lisca di pesce a colazione, Myung-bo era passato dal dover chiedere soldi agli amici all'essere padrone di vaste tenute con un reddito annuale di trecentomila won.

Attraversando l'imponente portone, Jung-ho si rese conto che, per quanto ne sapeva lui, quello avrebbe potuto benissimo essere il Palazzo Imperiale. Era meravigliato da dettagli che

Myung-bo avrebbe considerato modesti e senza pretese, come il gradevole odore stantio dei libri antichi allineati sugli scaffali delle librerie, le credenze con intarsi in madreperla e le porcellane antiche prive di decorazioni ma chiaramente di valore inestimabile. Al di sopra dei vasi, una fotografia incorniciata ritraeva uno sconosciuto calvo coi baffi e col pizzetto a punta. Ovunque c'era un'aria di equilibrio e signorile compostezza che faceva vergognare Jung-ho nel calpestare quel pavimento immacolato coi suoi calzini consunti.

« Non essere nervoso », sussurrò Loach, mentre attendevano Myung-bo nella biblioteca.

« Sto bene », rispose l'altro, stringendo di riflesso i pugni. « Perché dovrei essere nervoso? Sarà anche ricco, ma è un essere umano che mangia e caga proprio come te e me. » Come sempre, le parole gli erano uscite più grezze dei suoi pensieri. Non sapeva parlare delicatamente, così come non era capace di picchiare piano.

Si udì un fruscio fuori dalla porta, seguito da uno schiarirsi di gola. « Posso? » chiese Myung-bo, un attimo prima di aprire la porta scorrevole ed entrare nella biblioteca con un sorriso tranquillo. « Sono desolato di avervi fatto aspettare. Ero nel mio studio, in riunione con alcuni compagni. Vi ho portato io il tè e un po' di frutta, mia moglie non si sente bene. Abbiamo ancora alcune cameriere e una governante, ma quando è così tardi le lascio riposare. » Posato il vassoio con le tazze di tè e un piatto di cachi, fece un inchino a Jung-ho. « Il mio nome è Lee Myung-bo, ma, per favore, chiamatemi compagno Lee. »

Jung-ho fu colto alla sprovvista, perché nessun signore l'aveva mai guardato negli occhi, figurarsi porgergli un saluto cortese, come se fosse un suo pari. Mentre lui ricambiava imbarazzato l'inchino, Myung-bo salutò Loach con una calorosa stretta di mano. « È un piacere rivederla, Loach. »

Prima dell'incontro, Loach aveva spiegato a Jung-ho come aveva fatto la conoscenza di Myung-bo. Un giorno, lui e alcuni degli altri stavano facendo il giro dei loro locali, ed erano entrati in un piccolo ristorante di ramen dove Myung-bo stava pranzando. Mentre Loach chiedeva i soldi al proprietario, Myung-bo si era avvicinato e aveva detto che avrebbe pagato qualsiasi cifra Loach avesse chiesto, e avrebbe anche offerto il pranzo al gruppetto se avessero accettato di sedersi con lui.

All'epoca, Loach e gli altri ragazzi di Jung-ho erano abituati a picchiare chiunque opponesse resistenza alla loro « riscossione della tassa » o cercasse di rimproverarli. Tuttavia, qualcosa nel sorriso tranquillo di Myung-bo e nel suo portamento modesto eppure dignitoso aveva impedito anche al più rude tra loro di aggredire. Si erano seduti a mangiare e Myung-bo aveva chiesto se i loro genitori fossero ancora vivi e quali fossero i loro luoghi d'origine. Era riuscito a far parlare persino il più rozzo del gruppo. Nel tempo che avevano impiegato a finire gli spaghetti in brodo, Myung-bo aveva raccontato loro di una società che si sarebbe presa cura degli orfani e dei poveri, e che non avrebbe lasciato morire di fame nessuno.

« È la fame che è cattiva, mai la persona », aveva detto Myung-bo, guardandoli con occhi così puri e buoni che erano rimasti tutti in un silenzio poco abituale. Dopo quella volta, Loach era andato a qualche riunione a casa di Myung-bo, dove più o meno una dozzina di uomini e persino qualche donna sedevano a parlare di una cosa chiamata « comunismo ».

Anche quella sera, Myung-bo iniziò chiedendo a Jung-ho da dove venisse e se i suoi genitori fossero ancora vivi. Jung-ho si sarebbe voluto rifiutare di rispondere alle domande di quel signore, ma scoprì di non riuscirci: Myung-bo era semplicemente troppo sincero e gentile per replicare in modo sgarbato.

« Quanti anni ha, Jung-ho? »

« Ne ho diciannove », rispose Jung-ho, arrossendo sotto il colorito bronzeo. Era consapevole di quanto apparisse giovane e inesperto a Myung-bo, che altrimenti non gli avrebbe fatto quella domanda.

« Ricordo bene quell'età. Sembra ieri... » Myung-bo chiuse gli occhi e sospirò. A Jung-ho parve che ci fosse una sfumatura di tristezza nel suo sorriso. « I giovani devono avere dei sogni, Jung-ho. Lei che cosa vuole nella vita? »

« Voglio... » Jung-ho farfugliò. La prima cosa cui aveva pensato era Jade. Ma non aveva intenzione di confessare la sua debolezza a quell'estraneo, soprattutto non davanti a Loach. « Voglio diventare ricco », disse invece.

Nel momento in cui le parole uscirono, si rese conto di aver scelto la risposta sbagliata. Il viso dolce e fiducioso di Myung-bo divenne malinconico, e lui, per nasconderlo, si portò alle labbra la tazza di tè al crisantemo. La mano magra e segnata tremava come se fosse quella di un uomo molto più anziano.

Dopo qualche istante di silenzio, Myung-bo riprese: « Che cosa faceva suo padre, Jung-ho? »

« Era un soldato dell'esercito imperiale, prima che venisse sciolto. Poi è diventato mezzadro... E, quando non ha più potuto pagare l'affitto della fattoria, si è dato alla caccia. » Jung-ho non pensava a suo padre da molto tempo. Infilò le dita nella tasca interna e sfiorò il sacchettino che conteneva il portasigarette e l'anello, come faceva sempre quando aveva bisogno di conforto.

« Suo padre faceva la professione più nobile del mondo. Coltivando o andando a caccia, viveva della terra attraverso il duro e onesto lavoro. » Myung-bo appariva già meno malinconico. « Ed è lo stesso per quei proprietari di ristoranti e quei negozianti. Che cosa direbbe suo padre se sapesse che lei minaccia ed estorce denaro a persone semplici, che a loro volta cercano solo di tirare a campare? Mi perdoni se sembro presuntuoso, ma sono abbastanza vecchio da essere suo padre. »

Jung-ho lanciò un'occhiataccia al padrone di casa, con la cattiveria che di colpo affiorava nel suo sguardo. « Mio padre era così onesto che è morto di fame. Quand'è morto non mangiava da tre giorni, solo un po' d'acqua calda con salsa di soia. Per la nostra famiglia quella era 'zuppa', signor Riccone. Come osa darmi lezioni su onestà e semplicità? Non ne ha nessun diritto. » Pur sapendo che non avrebbe davvero attaccato quell'uomo gentile e dall'eloquio affascinante, Jung-ho serrò istintivamente i pugni. Loach allungò un braccio e gli toccò la manica, come per calmarlo.

« Mi scusi, Jung-ho », replicò Myung-bo, gentile, sorprendendo il giovane. « È vero, non ho nessun diritto. Lei ha fatto quello che doveva fare per sopravvivere. Ma, se le fosse data la possibilità di vivere onestamente e prosperare lo stesso, non lo preferirebbe?

« Le ho chiesto che cosa vuole nella vita. Le dirò che cosa voglio io. Il mio primo sogno è l'indipendenza del nostro Paese. Il secondo è che tutto il nostro popolo abbia abbastanza da mangiare e il necessario per prosperare e vivere come dovrebbero vivere gli esseri umani. Una società equa e giusta in cui nessuno è dimenticato. E un sogno non si può realizzare senza l'altro... » Myung-bo chiuse di nuovo gli occhi. Era questa la rivelazione che l'aveva trasformato e tenuto occupato da quando era stato rilasciato dalla prigione, nell'estate del 1921. Aveva preso la prima nave per Shanghai, la roccaforte degli attivisti espatriati di ogni schieramento politico.

Sebbene avessero tutti rischiato la vita per la stessa causa, Myung-bo si era presto reso conto di diffidare di molti dei suoi colleghi. Prima di scontare la pena in prigione, aveva riservato il suo disprezzo per le persone avide di denaro o di prestigio (Sung-soo faceva parte di queste, benché in nome della loro antica amicizia Myung-bo non lo pensasse, se non nel più recondito angolo della sua mente). A Shanghai, era rimasto stupito scoprendo che per alcuni il potere era una motivazione ancora più forte. Aveva pure notato che quegli attivisti parlavano di Warren G. Harding come se fosse un parente amato e ricco che un giorno avrebbe lasciato loro una straordinaria eredità, e lo facevano con inappropriata deferenza e avida aspettativa. Un gruppo di questi era andato a Washington per rivolgersi direttamente al presidente, e avevano chiesto a Myungbo di andare con loro, ma lui non aveva mai dimenticato come il consolato americano avesse promesso aiuto senza poi passare ai fatti. Si era invece unito a un gruppo di socialisti e aveva preso la Transiberiana per Mosca per chiedere l'appoggio della Russia.

Sebbene avesse passato gli ultimi quindici anni attraversando terre straniere, Myung-bo non era un viaggiatore nato. Ma, come tutti quelli che hanno poesia nel cuore, era rimasto ipnotizzato dalle distese selvagge delle steppe della Mongolia, punteggiate da pony scarmigliati che brucavano erba ghiacciata. I fiori viola e gialli ondeggiavano nei prati spazzati dal vento, alzando le loro piccole e semplici corolle verso il cielo infinito, e nulla avrebbe potuto essere più meraviglioso. Mentre il treno serpeggiava lungo le sponde del lago Bajkal, le cui insondabili acque azzurre e antiche lambivano le rocce, e le montagne si ergevano rosee al levare del sole e scomparivano nel buio al cader della notte, Myung-bo distoglieva gli occhi dal finestrino e a volte si appisolava con la testa che dondolava contro il vetro. Notando la sua eccitazione, uno degli attivisti gli aveva detto: « La Russia è davvero un grande Paese. Possiede più bellezza della Cina, che è grandiosa, e più grandezza della Corea, che è bellissima. Se questo paesaggio è un'indicazione del loro spirito, sicuramente ci aiuteranno ».

La Russia era, soprattutto, un Paese vastissimo, e il treno viaggiò per dieci giorni e dieci notti. Myung-bo, ancora molto debole, si nascondeva quando non riusciva a trattenere il cibo o quando sveniva per la spossatezza. A Mosca, però, vennero ampiamente ricompensati da un incontro privato con Lenin, che li aveva accolti con calore e aveva offerto un sostanzioso finanziamento di seicentomila rubli.

Esattamente nello stesso momento, i delegati a Washington ricevevano un'accoglienza del tutto diversa. In quel periodo Harding era impegnato a spartire l'Asia e il Pacifico coi giapponesi: gli Stati Uniti avrebbero colonizzato le Filippine e in cambio il Giappone avrebbe ottenuto la Mongolia dalla Cina e la Siberia dalla Russia. Washington non aveva intenzione d'irritare il nuovo alleato sostenendo alcuni ribelli che chiedevano l'indipendenza. I delegati coreani erano tornati mestamente a Shanghai senza che fosse loro concesso neanche un incontro di cortesia con un funzionario di basso rango.

Era stato allora che Myung-bo si era convinto che la Russia fosse l'unica soluzione ai due mali del suo mondo. La Corea sarebbe diventata indipendente con l'aiuto della Russia, e avrebbe creato una società giusta e prospera per tutti basata sul comunismo. Quello avrebbe eradicato sia il governo coloniale giapponese sia l'avida classe di proprietari terrieri, che erano le due principali cause della sofferenza del popolo. Quanto all'America, alcuni dei suoi figli erano persone buone e onorevoli. Ma, nonostante tutti i suoi bei discorsi su pace e giustizia nel mondo, l'America era un'ingorda potenza coloniale esattamente come il Giappone.

Myung-bo non poteva spiegare tutto questo a Jung-ho, illetterato com'era. Però era chiaro che, a modo suo, era intelligente, visto che aveva dovuto sopravvivere all'inimmaginabile e al contempo guidare i suoi ragazzi, che gli erano leali come un branco di lupi. Myung-bo si era sempre fidato della prima impressione, e vedeva qualcosa di davvero speciale nel viso semplice e anonimo di Jung-ho. Era proprio quella qualità che Myung-bo cercava maggiormente nelle persone: l'onestà.

Da molto tempo l'uomo era affascinato da come quasi tutti si considerassero onesti. La gente era straordinariamente ingegnosa e acuta quando doveva razionalizzare le sue azioni, e così sveglia che nemmeno si rendeva conto che si prendeva in giro da sola. Ma Jung-ho era diverso, in qualche modo. Quel giovane era chiaramente capace di fare del male alle persone senza neanche fermarsi a prendere fiato. C'era assai poco di diplomatico in lui. Ma non avrebbe mai *tradito* le persone, e questo era il motivo principale per cui sembrava così diverso da chiunque altro. Quella schiettezza, unita alla sua energia naturale e incontenibile, era la ragione per cui i ragazzi lo seguivano e gli affidavano la loro vita.

Myung-bo si raddrizzò sulla sedia e inspirò a fondo. « Ha sentito parlare della Russia, Jung-ho? Sebbene sembri molto lontana, confina col nostro Paese a nord. »

« Io vengo dal Nord, certo che lo so », rispose Jung-ho. « Ho incontrato alcuni Yankee e i cinesi, ma nessuno dalla Russia. Assomigliano a noi o agli Yankee? »

« Dipende. Quando sono andato in Russia, ho visto molta gente dall'aspetto orientale, con pelle dorata e capelli neri, non così diversa da noi, e altri che somigliavano agli europei, con grandi occhi azzurri e capelli chiari. »

Jung-ho indicò la foto incorniciata appesa alla parete. « Il tizio con la barba lassù. Ha un aspetto strano, sembra mezzo orientale e mezzo europeo. È russo? »

Myung-bo fece un sorriso triste. « Ah, sì. È russo, e io ho avuto l'onore d'incontrarlo a Mosca prima della sua morte. Si chiamava Vladimir Lenin. Le dovrò raccontare di lui la prossima volta che verrà a trovarmi. Presto, spero. »

« Signor Lee, io lo vedo, che lei è una brava persona. Davvero. » Jung-ho scosse il capo. « Ma io non sto cercando di salvare la nazione, né nessun altro, in realtà. Che cos'ha a che fare con me tutto questo? Sono i borghesi come lei che ci hanno portato qui, quindi siete voi a dover trovare un modo per tirarci fuori da questo casino. A me interessa solo come i miei fratelli e io possiamo fare un po' di soldi. »

Myung-bo sospirò, fissando la credenza per raccogliere le idee. « La gente pensa di volere il denaro, ma in genere, secondo me, in realtà vuole altro », disse lentamente, pensando a Sung-soo e ad altri uomini ricchi dei loro circoli. « Le persone sostengono che essere ricche è il loro obiettivo, perché sembra più sicuro dell'ammettere quanto realmente desiderano... Capisce cosa intendo? »

Stupito, Jung-ho guardò il volto segnato eppure attraente del padrone di casa. Arrossì di nuovo, stavolta perché il suo segreto più nascosto era stato messo a nudo.

« Anch'io vedo che lei è una brava persona, Jung-ho », riprese Myung-bo. « Se lei e i suoi amici vorrete lavorare per me e la mia causa, non vi posso garantire che diventerete ricchi, ma molto probabilmente otterrete ciò che in realtà vi serve per essere felici. E non è qualcosa che il denaro possa comprare. »

Sulle ultime parole di Myung-bo, l'immagine di Jade passò di nuovo dinanzi agli occhi di Jung-ho. Era sorpreso dal fatto che qualunque cosa Myung-bo dicesse avesse perfettamente senso. Non il comunismo, la Russia, il Giappone, la Corea, idee e mappe che non avevano nessuna rilevanza per lui, ma il raggiungimento della vera felicità. Nel suo intimo, Jung-ho desiderava soltanto dividere la propria vita con qualcuno che lo amasse. Senza averlo detto esplicitamente, sentiva che Myung-bo avrebbe compreso e persino rispettato questo desiderio. Non si era mai sentito così capito da nessuno, figurarsi da un estraneo che incontrava per la prima volta. Se una persona autentica, intelligente e potente come Myung-bo non poteva condurlo a quello che voleva, nessun altro avrebbe potuto.

« Allora, cos'è che bisogna fare per diventare un comunista? » chiese infine Jung-ho.

14

CERTI UOMINI SONO BUONI E CERTI UOMINI SONO CATTIVI

1925

Quando calò il sipario, Jade tornò nel suo camerino e si lasciò cadere sul divano, circondata da fiori. Per qualche minuto rimase immobile, sfinita, sopraffatta dalla stanchezza che l'assaliva alla fine di ogni rappresentazione. Racimolando un po' di energia, tirò il nastro dell'attillata camicetta tradizionale e scrollò le spalle per farla scendere. Slacciare la *chima* che le premeva sul petto le permise d'inspirare a fondo; sentendosi più rilassata, prese una rosa dal bouquet più vicino e ne inalò la fragranza.

Era la prima settimana della *Storia di Chun-hyang*. Jade interpretava il ruolo dell'eroina, una cortigiana del XVII secolo che s'innamora del figlio di un magistrato del posto. Dopo molte sofferenze, e nonostante la differenza di classe sociale, finiscono per sposarsi. Sembrava che tutta Seul parlasse dello spettacolo, e i giornali elogiavano la sua interpretazione. La prima volta che aveva visto una sua fotografia accanto alla recensione aveva quasi urlato di gioia; non aveva mai sognato un simile successo: forse l'aveva sognato per Lotus, ma mai per se stessa. Ogni sera, il suo camerino si riempiva di fiori freschi che nascondevano i messaggi degli ammiratori. Jade notò che c'era un biglietto ripiegato nel bouquet di rose rosse. Continuando ad annusare il fiore che teneva nella mano sinistra, con la destra prese il biglietto e iniziò a leggerlo.

« 'Alla migliore attrice di Seul, rispetto alla quale queste rose diventerebbero ancor più rosse... Perché lei è più bella di qualsiasi fiore...' Oh, è da parte del signor Yoo. È così brutto e buffo! » Jade ridacchiò tra sé, ricordando il proprietario di un'acciaieria, coi suoi completi a quadri e con gli occhiali rotondi. I suoi capelli erano sempre impomatati e pettinati all'indietro, coi solchi del pettine ben visibili, e i suoi denti e il suo alito avevano uno sgradevole odore di tabacco. Le mandava regali da mesi: bambole francesi di porcellana dipinta, una scatola di tartufi al cioccolato, e un bellissimo pettine d'oro con pietre preziose. Dal momento che era così ricco, Jade aveva dato per scontato che le gemme fossero vere, ma a Dani, che conservava e indossava solo i gioielli più belli, era bastata un'occhiata per capire che erano finte. « È solo vetro colorato », aveva detto seccamente, senza far caso all'imbarazzo di Jade, i cui sentimenti erano rimasti stranamente feriti. Dopo quell'episodio, la ragazza aveva mandato indietro tutti i regali del signor Yoo e non aveva più risposto alle sue lettere.

« Sposato e di trent'anni più vecchio di me, ovviamente! » borbottò sottovoce, ripiegando incurante il biglietto e gettandolo via. Accanto alle rose c'era un altro bouquet, molto più piccolo, di cosmee viola e bianche.

Niente biglietto. Chissà se... pensò Jade, affondando il volto nei fiori con un sorriso allegro. Nessuno dei suoi ammiratori più anziani del genere del signor Yoo avrebbe mandato qualcosa senza biglietto. Credette d'indovinare da parte di chi fossero le cosmee: quel giovane timido che l'ammirava da lontano. Mentre fantasticava, la porta si aprì con un cigolio ed entrò un uomo. Indossava un'uniforme da ufficiale color kaki.

« È davvero bella stasera », disse il colonnello Ito, sorridendo come se Jade dovesse essere grata per quel complimento. « No, perché si rimette i vestiti? La preferisco senza. » Rise mentre Jade si risistemava l'abito sul petto lanciandogli un'occhiataccia altera.

« Se vuole assistere alla mia interpretazione in teatro è il benvenuto, ma la prego di non farmi visita altrove, soprattutto non nel mio camerino. Gliel'ho già detto diverse volte », rispose Jade in giapponese, infilando le braccia nelle maniche della camicetta e annodando i nastri.

« Al contrario, non ho nessuna intenzione di vedere lo spettacolo. Mi annoierebbe, e la posso vedere molto meglio qui. » Lui si slacciò il primo bottone dell'uniforme con la mano destra. Attraversò il piccolo camerino in due falcate e sedette sul divano, accomodandosi con le gambe aperte. Nello stesso momento, Jade si alzò, ma Ito la prese per un braccio e la costrinse a girarsi, così da essere in piedi di fronte a lui.

«E la posso toccare», mormorò, togliendole la camicia, tirandole giù la gonna, mettendole a nudo i seni color avorio. Il profumo floreale e pungente della pelle femminile gli riempì le narici, e lui moriva dalla voglia di tuffarvisi. Piazzò un palmo abbronzato su ciascun seno e strinse, muovendo le mani in senso circolare e sentendo che gli veniva duro. Non appena le sue labbra caddero fameliche sulla sua pelle nuda, Jade si tirò indietro con una forza animale.

Un sorriso accondiscendente balenò di nuovo sul viso egoista di Ito. «Mi piace davvero lo spirito combattivo di voi ragazze Joseon... È molto più divertente così.» Le cinse la vita col braccio sinistro, intrappolandola. La mano destra s'infilò sotto la gonna, le risalì tra le cosce e premette con foga sul piccolo monte triangolare caldo e umido, coperto solo da biancheria di mussola.

«Non mi tocchi!» urlò Jade, aprendo il braccio per assestargli un sonoro ceffone sul viso. Lui sembrò quasi non accorgersene, e si limitò a serrare la presa. Lei gli colpì freneticamente la schiena con le mani, e alla fine lo morse sul muscolo della spalla destra.

«Puttana!» ruggì il colonnello, lasciandola andare. Lei corse sul lato opposto del camerino, stringendosi con le mani l'abito scomposto. Sembrava spaventata da ciò che aveva fatto.

«Potrei farti arrestare per questo», commentò Ito, appoggiandosi allo schienale e respirando in modo affannoso. «Ma non lo farò, purché tu passi una notte con me. Potresti persino divertirti.»

«Mai», mormorò Jade, con le braccia ancora incrociate sul corpo. «Non ho paura di lei», aggiunse, sebbene la voce le tremasse.

«Bene. Cos'è che vuoi? Fiori come questi?» Ito fece un cenno sarcastico verso i bouquet. «O magari soldi o gioielli? Nessuno ha mai accusato Ito Atsuo di avarizia. Sono disposto a pagare un giusto prezzo.»

« Non c'è somma che lei possa pagare per venire a letto con me », replicò Jade, ed era vero solo per metà. Aveva saldato il costo della sua formazione a Dani e aveva pagato la tariffa di fuoriuscita alla corporazione, e non aveva il tempo né la necessità d'intrattenere gli uomini alle feste. Guadagnava molto bene recitando, sebbene accettasse doni da uomini che alla fine potevano o no diventare intimi. Ma, come altre celebri attrici e cortigiane, non era assolutamente in vendita per chiunque avesse i soldi.

Frustrato dalla sua ostinazione e ancora terribilmente eccitato, Ito si slacciò i pantaloni. « E allora guardami. » Iniziò ad accarezzarsi, mentre con l'altra mano artigliava il bracciolo. Jade guardò, poi distolse gli occhi quando lui raccolse la sua camicia di seta, l'appallottolò come un cencio e raggiunse l'orgasmo nella stoffa.

Ito rimase stravaccato sul divano per qualche minuto, con gli occhi che un momento fissavano il soffitto e il momento dopo si socchiudevano; ansimava come se avesse appena fatto uno scatto di corsa. Mentre si ricomponeva e si riallacciava i pantaloni, si udì un rumore di passi fuori dalla porta.

« Perché ci stai mettendo tanto? Posso? » chiese Lotus, entrando; si era già cambiata. Vedendo Ito e Jade in quelle condizioni arrossì e distolse lo sguardo. Incurante della donna, Ito si alzò con calma, si lisciò le maniche e uscì senza dire una parola.

« Che cos'è successo? Stai bene? » domandò Lotus, cingendo Jade con un braccio.

« Sto bene. Ho solo bisogno di andare a casa », rispose lei, con un brivido. Si cambiò e uscirono assieme dalla porta secondaria, dove Han-chol le aspettava col suo risciò. Dalla sera dello spettacolo di beneficenza, era diventato il loro conduttore preferito; Jade gli faceva sapere in anticipo dove aveva bisogno di andare, gli si rivolgeva in tono gentile, come se fosse un suo pari, e pagava sempre almeno una volta e mezzo il dovuto, se non di più. Ora, però, voleva essere lasciata in pace, anche da lui. Sulla pelle sentiva le impronte di Ito trasformarsi in lividi del colore dell'uva schiacciata.

« Tutto a posto? La signorina Jade si sente male? » chiese Han-chol; lei non disse nulla.

« Ha solo preso uno spavento. Ci può portare a casa in fretta? » domandò Lotus.

Han-chol annuì, aiutando le due giovani a salire sul risciò. Quando si mise sul davanti del carretto, pronto a partire, si voltò furtivamente e vide che Jade piangeva. Trottò rapido verso la loro villa, anche se era notte fonda e aveva avuto una lunga giornata. Quando arrivarono a casa, le due donne scesero senza le abituali chiacchiere e scomparvero dietro il portone.

Era così diverso da come Han-chol aveva immaginato che sarebbe andata la serata, ed era sopraffatto dalla delusione. Credeva che Jade gli avrebbe chiesto se avesse mandato lui le cosmee, per le quali aveva risparmiato spiccioli per una settimana. Aveva progettato di dirle finalmente quello che provava per lei. E invece era preoccupatissimo e, al contempo, stranamente euforico per quella preoccupazione, perché lo faceva sentire più umano. Per tutto il resto del tempo, Han-chol pensava solo a ciò che doveva fare per sopravvivere e tirare avanti, sordo a qualsiasi emozione. Preoccupandosi per Jade, per la prima volta provava uno strano sentimento di dolcezza unita al dolore.

Jade e Lotus attraversarono il giardino ed entrarono nel padiglione riservato a loro. Invece di andare nella propria stanza, Lotus seguì Jade e iniziò a prepararle il letto. « Ecco, stenditi sotto le coperte. Vuoi che dorma qui con te stanotte? »

Jade strisciò a letto e annuì. Lotus andò all'armadio della biancheria e prese un altro materassino. Lo mise accanto a quello di Jade, si svestì, tolse le forcine e si spazzolò i lunghi, lucenti capelli neri, con la vigorosa e rassicurante energia che emanava sempre. Poi disfece l'acconciatura di Jade e le spazzolò i capelli, sentendosi tenera e protettiva come quand'erano due bambine che si pettinavano a vicenda ogni sera.

Dopo aver finito, Lotus scivolò sotto le coperte, mormorando: « Dobbiamo struccarci? Sono così stanca... »

« Anch'io », rispose Jade, a occhi chiusi. L'effetto calmante della presenza della migliore amica si faceva già sentire.

« Che ha fatto, quel bastardo giapponese? Non ti ha costretta, vero? »

« Ci ha provato... e io l'ho morso. »

Lotus scoppiò a ridere. « Questo non c'era nel manuale della cortigiana della zia Dani. Forse, però, varrebbe la pena aggiungerlo. »

A quel punto, anche Jade sorrise nel buio, come se dopotutto fosse una storia divertente. Guardandola, Lotus si sentì orgogliosa della propria capacità di trasformare anche gli eventi peggiori in qualcosa di cui ridere. La gente pensava che lei fosse scherzosa di natura, persino un po' volgare, ma in realtà lo faceva per i suoi amici. Chi li divertiva quando in ogni angolo di questo mondo buio c'erano stupri, omicidi e miseria? Solo lei.

« Era piuttosto belloccio. Perché non hai lasciato che accadesse? » proseguì Lotus. « Non devi essere un modello di virtù, come una signora altolocata. Alla fin della fiera, quando si spegne la luce, tutti gli uomini sono uguali. Giapponesi, coreani... sono tutti spregevoli. » Anche se non l'avrebbe mai detto apertamente, non credeva che lei avrebbe respinto Ito.

« Lo odio. Crede di poter avere qualsiasi donna, e di poter fare di tutto alle donne... e loro l'accettano come una cosa ovvia perché è potente e ricco e non è brutto da vedere. Be', io non sono una di loro. » Ormai del tutto sveglia, Jade si voltò verso l'amica. Nella semioscurità, il bianco dei suoi occhi sembrava azzurrognolo. « Lotus, come puoi dimenticare quello che hanno fatto a tua sorella? E che mi dici di Hesoon? Finché avrò la forza per combattere, non lascerò mai che un bastardo giapponese mi tocchi. »

Lotus si chiese quando, di preciso, la sua amica fosse diventata così categorica; quand'erano piccole, Jade voleva sempre seguire il suo esempio. Solo crescendo era diventata così ostinata a proposito di quello che le piaceva e quello che non le piaceva.

« D'accordo, ma la zia Dani aveva il Giudice, ricordi? Perché pensi che le andasse bene? A volte il mondo non è solo bianco o nero. A ogni modo, dovremmo cercare di dormire.»

Prima che la luce azzurra dell'alba filtrasse nella stanza, Lotus uscì dal letto e tornò nella sua camera. Per prima cosa si tolse il trucco della sera prima con una spumosa acqua di fagiolo indiano. Agli altri sembrava che Lotus non volesse andare da nessuna parte senza il trucco sul viso, ma in realtà la sensazione della cipria e del belletto che si scioglievano e rivelavano la sua pelle fresca le dava sempre grande soddisfazione. Ogni volta che sedeva a gambe incrociate al tavolino da trucco e si massaggiava acqua di fiori di pesco sulla pelle pulita si sentiva calma e fedele a se stessa più che in qualsiasi altro momento del giorno.

Lotus studiò attentamente la propria pelle liscia e compatta che brillava sul ponte del naso e sugli zigomi. Quando si guardava così, credeva davvero di essere bella, e ciò le dava la sicurezza necessaria per dar voce a pensieri che altrimenti nascondeva.

Per esempio, alla rabbia che provava mentre col pettine distribuiva l'olio di camelia sui capelli neri. Nella *Storia di Chunhyang* Lotus interpretava Hyang-dan, la domestica della protagonista. Era solo un ruolo comico e un po' sconcio, nulla di più; non aveva neanche una parte cantata. Quando aveva firmato il contratto col teatro, il direttore le aveva promesso che avrebbe avuto un ruolo da protagonista. Poi il cast era stato annunciato e Lotus era piombata nell'ufficio del direttore per chiedere una spiegazione. Lui l'aveva guardata e, per difendersi, aveva detto semplicemente: «Naturalmente so che lei è una cantante migliore. Ma il pubblico ama Jade!» Ciò che la faceva davvero infuriare era il fatto che Jade, che nel migliore dei casi era una cantante mediocre, avesse modo di cantare sul palco ogni sera. Perché Jade doveva ottenere la parte e comparire in *The Ladies' Journal*? E perché gli uomini dovevano guardarla in quel modo, come un assetato guarda una cascata? Persino il conduttore di risciò Han-chol aveva una cotta per lei.

Vedere quei due che flirtavano con discrezione, come a non voler ferire i suoi sentimenti, le causava un reflusso acido.

Per quanto Lotus volesse bene all'amica, era ancora furiosa, ogni sera. Con Luna era diverso: dopo aver messo al mondo Hesook, Luna aveva accettato così pienamente il ruolo di madre che sembrava fisicamente imbarazzata da qualsiasi attenzione. A differenza delle due ragazze più giovani, Luna era solo una cortigiana legata alla corporazione. Veniva spesso richiesta alle feste, ma teneva tutti a distanza di sicurezza, persino le altre cortigiane. Quando un uomo s'infatuava di lei, Luna, fredda e serena, si rendeva indisponibile ricorrendo a varie scuse finché lui non perdeva interesse. Sebbene avesse posato per qualche pubblicità per una crema di bellezza e un prodotto per capelli, e il suo volto comparisse ovunque in giornali e riviste, Luna era essenzialmente sola, e Lotus non invidiava affatto la solitudine della sorella.

Aveva terminato la toeletta. Il viso era nuovamente ricoperto da un leggero strato di polvere di conchiglie, riso e biacca. I capelli erano raccolti in uno chignon, ma divisi su un lato e fissati con forcine anziché con un *binyeo*. Quell'acconciatura si accordava meglio con la camicetta di seta all'occidentale, più larga e molto più lunga in vita, e con la gonna di lana rossa. Quando Lotus uscì dalla propria camera, la sua cameriera stava attraversando il cortile diretta in cucina, per preparare la colazione e l'acqua per lavarsi.

« Di' a Jade che sarò fuori tutta la mattina. Mi troverà a teatro per le cinque », disse la cortigiana, uscendo dal portone. Fuori non c'era un risciò ad attenderla; quel mattino non aveva chiesto a Han-chol di accompagnarla perché non voleva che Jade lo sapesse. Andò a piedi per due isolati fino al viale ed ebbe un colpo di fortuna trovando subito un risciò, anche se ormai in città non ce n'erano più molti.

« Al Grand Oriental Cinema, per favore. » Dopo essersi sporta in avanti per dare indicazioni al conduttore, Lotus sprofondò sul sedile per ripararsi dal vento che mordeva. Era una gelida mattina di novembre, esattamente sul punto di confine in cui l'azzurro e il giallo dell'autunno cedono il posto al grigio, all'argento e al rosa dell'inverno. La gente era indaffarata, i venditori ambulanti trainavano carretti e annunciavano cachi, patate dolci arrosto, carbone, pesce, erbe aromatiche e funghi. Le auto sorpassavano il risciò, sebbene il conduttore trottasse a velocità notevole. Nell'aria c'era un profumo fumoso, fresco e dolce. Mentre Lotus notava tutto questo con meraviglia infantile, il risciò arrivò davanti al cinema a due piani.

Lei pagò la corsa ed entrò nella hall, deserta a quell'ora del giorno. Subito, una segretaria le andò incontro. « La signorina Lotus, giusto? Il Presidente Ma la sta aspettando », le disse dolcemente, ma senza inchino. « Da questa parte, prego. » La guidò lungo un corridoio buio e aprì la porta di un ufficio, dove il Presidente Ma sedeva alla scrivania, esaminando alcuni documenti.

« Ah, signorina Lotus, è un onore riceverla », l'accolse, alzandosi e riservandole un cortese inchino. Aveva una testa piuttosto larga, occhi vivaci separati da un naso pronunciato e una fronte ampia. Emanava il vigore di un fisico ancora eretto e virile, nonostante la mezza età.

Lotus si sentì nervosa senza ragione. « No, è un onore per me il suo invito », mormorò mentre il Presidente faceva il giro della scrivania e, con un leggero tocco sulla schiena, la guidava verso le poltrone al centro della stanza. Ordinò alla segretaria di portare il caffè, e Lotus notò con un certo piacere il risentimento sul volto della giovane donna.

« Dunque, signorina Lotus, sicuramente saprà perché le ho chiesto di venire qui », esordì il Presidente. « Lei è una delle nostre migliori attrici e cantanti. L'ho sentita cantare per la prima volta da MyungWol, due anni fa. Ricorda che una sera sono venuto per un banchetto? »

Lotus scosse il capo.

« Ha cantato un valzer, e la sua voce aveva una tale profondità che non potevo credere che avesse solo quindici anni. » Sorrise. « Da allora, ho sempre sognato che un giorno si sarebbe esibita al Grand Oriental Cinema. Qualche tempo fa, ho sentito dire che è sotto contratto col Joseon Theatre per un ruolo molto al di sotto delle sue possibilità. Così ho deciso di farmi avanti e chiederle se le farebbe piacere avere un ruolo da protagonista al Grand Oriental. »

Lotus arrossì, dimenticando il desiderio di apparire altera come Dani. Il Grand Oriental era di gran lunga il teatro più grande di Seul, una sala da duemila posti che ospitava proiezioni di film, spettacoli di varietà e di danza, e opere teatrali. Era persino più prestigioso del Joseon Theatre, e le stavano offrendo un posto di primo piano nel cartellone.

« Di talenti come il suo, se ne vedono solo uno o due in una generazione. Voglio assicurarmi che abbia l'attenzione che merita. Andremo in scena con un nuovo spettacolo, e lei avrà un ruolo da cantante. Forse *La storia di Shim-chung*. Il pubblico non ne ha mai abbastanza, di questi adattamenti di racconti medievali. Risvegliano le emozioni e smuovono i sentimenti fino alle lacrime. Naturalmente, hanno anche il vantaggio di superare senza problemi la censura giapponese. » Il Presidente Ma tacque per qualche istante, unendo le mani in modo che solo la punta delle dita si toccasse. « Al contempo, inciderà pure un nuovo disco. Jazz originale e ballate, scritte da un compositore di mia conoscenza che ha studiato a Tokyo. Come le sembra? »

Lotus arrossì. « Sono sbalordita dall'alta opinione che ha di me. »

« Be', signorina Lotus, lei ha una voce eccezionale. » Il Presidente Ma sorrise. « So che è la nipote della celebre cortigiana Kim Dani. Tutta Seul subiva il suo fascino, una quindicina d'anni fa. La ricordo bene... È una donna straordinaria, con una mente brillante e il coraggio di un uomo. Ma la sua fama supererà quella di sua zia, ne sono certo. »

15

UCCELLI NOTTURNI

1928

La primavera in cui Lotus e Jade compirono vent'anni, la loro casa era sempre immersa in un'atmosfera frizzante e civettuola. La giovane cameriera era impegnatissima a consegnare lettere segrete prima a una signorina e poi all'altra. Le ragazze fissavano il vuoto con aria sognante, o sorridevano all'improvviso senza una ragione.

Sotto ogni punto di vista, non erano più ragazze. Alla loro età, la maggior parte delle contadine aveva già uno o due figli, e le cortigiane più richieste erano più vicine ai quindici anni che ai venti. Ma Lotus e Jade stavano appena iniziando a vedersi come donne. Ciascuna di loro aveva la sensazione di aver ottenuto una parola magica segreta che avrebbe cambiato tutte le precedenti regole della vita.

Sebbene nessuno parlasse mai di lui, tutti in casa sapevano che l'amante di Lotus era il Presidente Ma. Lei interpretava il ruolo della protagonista nella *Storia di Shim-chung* da un mese quando lui, durante l'intervallo di uno spettacolo, le aveva fatto recapitare in camerino un biglietto con cui la invitava a cena. Quando, al termine della serata, Lotus era uscita, c'era un'auto nera ad attenderla all'ingresso posteriore del Grand Oriental. Al volante c'era lui, con un elegante borsalino e un completo nero con una pochette bianca.

« Andiamo a brindare al suo successo, dove più le piace », le aveva proposto mentre lei si sedeva sul sedile del passeggero. Era stata inebriata dal suo profumo, che mescolava la freschezza della colonia all'aroma caldo del tabacco.

« È divertente fare un giro in auto, vero? In estate, abbasserò la capote e sentirà il vento tra i capelli. Non c'è niente di più piacevole al mondo», aveva detto lui, e lei aveva bevuto ogni parola. Quello che il Presidente voleva comunicarle era che in futuro avrebbero continuato a trascorrere del tempo assieme, e pensava a quello che *a lei* poteva piacere mentre condividevano quello che piaceva *a lui. È questo che significa essere amati,* pensò Lotus. Mai nessuno aveva dimostrato un così grande interesse per lei, e così s'innamorò del Presidente prima ancora che le chiedesse di diventare la sua amante.

Da allora, l'auto nera, acquistata da un francese che possedeva miniere d'oro, era sempre lì ad aspettarla al termine della serata. Spesso facevano l'amore frettolosamente sui sedili prima che lui tornasse dalla moglie e dalle sue tre figlie. La prima volta che era successo, Lotus si era sentita mortificata; erano parcheggiati in una via laterale, l'aria era quella tiepida e profumata del crepuscolo di primavera e chiunque avrebbe potuto guardare all'interno. Alla fine, però, si era resa conto che quella situazione sconveniente gli dava un brivido speciale, più o meno come guidare a grande velocità con la capote abbassata. Era quel genere di cosa che il Presidente non avrebbe mai chiesto né preteso da sua moglie, Lotus ne aveva un'istintiva consapevolezza, ed era orgogliosa di essere l'unica donna che poteva dargli ciò di cui lui aveva bisogno. Ma quando riusciva a convincerlo a passare la notte da lei, e l'uomo si addormentava profondamente cingendola con un braccio in modo così rassicurante, dimenticava qualsiasi amarezza o risentimento avesse mai provato e le dispiaceva per le altre che non potevano conoscere una tale felicità.

Erano le dieci di sera e Jung-ho era in piedi fuori dalla porta del suo mentore; un po' ascoltava le voci all'interno e un po' si appisolava.

«... Inviare supporto ai fittavoli che si stanno ribellando all'Oriental Colonization Company...»

«... Ma stiamo rinunciando a Primorskij? Non ci saremmo mai dovuti fidare dell'Armata Rossa...»

Quando si era trasferito nella dépendance di Myung-bo quelle frasi per lui erano senza senso, come se fossero pronunciate in una lingua straniera. Non che fosse interessato a conoscere quelle idee nebulose e quelle parole vacue; preferiva riservare le proprie riflessioni per Jade, gli amici, il cibo, l'alloggio e altre cose tangibili che gli scaldavano il cuore, gli riempivano la pancia e gli tenevano i piedi ben saldi a terra. Poi Myung-bo aveva iniziato a spiegargli le cose una alla volta, usando parole che lui *poteva* capire. *Primorskij* era semplicemente il nome russo di Yeonhaeju, un territorio gelido del Nord che i coreani a cavallo avevano conquistato duemila anni prima. Erano cacciatori, gente di montagna, guerrieri, e la loro capitale era Pyongyang, vicino al villaggio natale di Jung-ho. Quando ascoltava quelle storie, Jung-ho provava una sensazione strana, desiderio misto a dolore. Era un dolore che aveva origine al di fuori di lui e gli filtrava attraverso la pelle, come la luce della luna azzurro pallido, l'ululato dei lupi e lo scricchiolio della neve sotto i piedi.

La porta si aprì; uscirono diversi uomini che indossavano completi e qualche donna nel tradizionale *hanbok*. Mentre passavano, bisbigliando tra loro, rivolsero a malapena un cenno del capo a Jung-ho. Lui arrossì leggermente, ricordando il profondo inchino che gli aveva riservato Myung-bo quando si erano incontrati per la prima volta. Tutti quei rivoluzionari parlavano di abolire le classi, ma Myung-bo era l'unico che trattava tutti, compreso Jung-ho, con uguale rispetto.

« Compagno Jung-ho, mi dispiace che la riunione sia andata per le lunghe », lo chiamò Myung-bo, e lui entrò.

Il suo mentore non si alzò; era la sola mancanza di formalità che si era concesso col passare dei mesi. Dispose un libro aperto, alcuni fogli e una matita su un tavolino. Jung-ho gli sedette di fronte e abbassò gli occhi sul libro. Di colpo, dimenticò tutti i caratteri e le forme che aveva imparato. La sua mente trasformò i segni neri in aironi che volavano attraverso la pagina, poi in strisce di carbone nella neve; scosse il capo per scacciare via quelle associazioni inutili.

« Cominciamo dall'alto », lo esortò dolcemente Myung-bo. « Ricordi quella sillaba... »

Jung-ho si spremette le meningi per trovare la risposta. Lo

sforzo gli fece inumidire gli occhi, ma alla fine ripescò il nome giusto. « È *dae.* »

« Bravissimo! Ottimo! E quella dopo? » chiese Myung-bo, eccitato. Jung-ho continuò, deciso a non deludere il suo mentore; s'immerse nuovamente nelle profondità della mente e riemerse con le risposte giuste, l'una dopo l'altra.

Dopo un'ora estenuante, Myung-bo chiuse il libro. « Direi che per oggi abbiamo letto abbastanza. » Sorrise, come se volesse rassicurare Jung-ho. « So che è molto difficile, compagno Jung-ho. Ma il mio istinto mi dice che avrai un ruolo importante nella nostra indipendenza, ed è a questo che ti sto preparando. Ora proviamo a scrivere. »

Nei mesi precedenti, Myung-bo aveva fatto copiare a Jung-ho dozzine di consonanti e vocali dal libro di testo. Ora, invece, Myung-bo scrisse solo tre sillabe sul foglio e chiese a Jung-ho di leggerle ad alta voce.

« *Nam... Joong... Jung...* » Jung-ho alzò gli occhi sul suo mentore, che sorrideva. « È il mio nome. »

« Non ti stavo insegnando nel modo giusto, e intralciavo i tuoi progressi. Impariamo prima la parola più importante. D'ora in avanti, qualsiasi cosa tu scriva a nome tuo dev'essere scritta con onestà e in buona fede. È questo che significa avere un buon nome, non chi è la tua famiglia o quanto sei ricco e famoso. »

Jung-ho copiò dall'esempio di Myung-bo, scrivendo la prima sillaba ancora e ancora, poi la seconda, poi la terza, fino a quando non riempì la pagina. Girò quel foglio a faccia in giù, ne prese uno bianco e con mano tremante scrisse per la prima volta tutte e tre le sillabe del suo nome. Quando finì alzò lo sguardo, impaziente ed entusiasta come uno scolaro, e vide che Myung-bo aveva le lacrime agli occhi.

« Ottimo lavoro, amico mio. » L'uomo cercò di nascondere il tremito nella voce. « C'è molta forza nella tua calligrafia, somiglia alla tua personalità. »

Le lettere immature e infantili erano grandi e irregolari, ma Jung-ho sapeva che era un complimento sincero e non una presa in giro.

Quella sera, Jung-ho si ripromise di vivere in modo da rendere orgoglioso Myung-bo; prima, voleva solo trovare un modo di migliorare se stesso per conquistare Jade. Non era il sangue né l'amore a legarlo a Myung-bo, ma l'onore. Quella nuova consapevolezza lo portò ad aggiungere Myung-bo al suo elenco di persone da tenere al sicuro, a qualunque costo.

Sebbene fosse uno dei quaranta uomini più ricchi di Corea e molto influente, il suo mentore era costantemente in pericolo. La sua vita era ancora più a rischio da quando aveva rinunciato al pacifismo e al compromesso. Myung-bo aveva detto a Jung-ho che marciare pacificamente per l'indipendenza aveva sacrificato troppe vite per un piccolo risultato, e che per ottenere la libertà dovevano rispondere alle armi con le armi (Jung-ho non aveva fatto fatica a capire questa parte delle lezioni. Era stato tentato di replicare: *Ovvio, che vi aspettavate, voi ricchi?* ma si era morso la lingua per rispetto). Purtroppo, le ali delle forze armate coreane erano state ampiamente tarpate. L'esercito d'indipendenza con base a Vladivostok aveva inanellato una vittoria dopo l'altra per un decennio, talvolta unendo le forze con l'Armata Rossa contro il Giappone. Dopo, però, i bolscevichi avevano chiesto il disarmo della Corea e lo scioglimento dell'esercito, oppure che la Corea passasse sotto il comando russo. Quelli che avevano rifiutato erano stati uccisi o incarcerati.

All'esercito d'indipendenza in Manciuria era andata appena un poco meglio, ma era stato molto indebolito dopo che i giapponesi avevano massacrato le decine di migliaia di coreani che vivevano in quella regione, civili e non. A quel punto, Shanghai era rimasta l'unico centro di resistenza armata possibile, anche se radunare un esercito nel cuore della Cina era impossibile. Myung-bo credeva quindi che l'unica soluzione efficace fosse attaccare singolarmente i luoghi che il Giappone riteneva più preziosi: stazioni di polizia, banche, uffici governativi, arsenali, in Corea, Giappone e Cina. Myung-bo stava cercando di creare a Shanghai un gruppo di ottimi tiratori scelti per questi obiettivi di alto profilo.

«Siamo in guerra, compagno Jung-ho. E talvolta, nonostante gli sforzi e le migliori intenzioni, la guerra è inevitabile», aveva detto un giorno Myung-bo, come a scusarsi. Jung-ho non aveva bisogno di quella spiegazione, ma aveva annuito e fatto una smorfia per mostrare che non prendeva per niente la cosa alla leggera. Credeva fermamente che il suo mentore non l'avrebbe mai portato sulla cattiva strada né gli avrebbe mai chiesto di fare qualcosa di vergognoso o ingiusto. Quando fosse venuto il momento, sarebbe stato all'altezza delle aspettative di Myung-bo. Fino ad allora, si sarebbe occupato dei compiti che Myung-bo non poteva svolgere in prima persona: consegnare manifesti proibiti ai socialisti nel Sud, nascondere fuggitivi in case sicure e rifornirli di cibo, scambiare discretamente una valigia con uno sconosciuto alla stazione, sotto gli occhi dei gendarmi. Jung-ho metteva tutto se stesso in questi incarichi, e Myung-bo lo ricompensava, non con denaro o promozioni, ma con la sua indescrivibile bontà.

Più Jung-ho si legava a Myung-bo, meno intenso diventava il suo desiderio per Jade. Impegnare mente e corpo in tutto quello che doveva fare per essere degno del mentore gli lasciava poche energie e poco tempo da passare con lei. Per un po' andò a casa sua una volta alla settimana, poi ogni quindici giorni, poi solo una volta al mese. L'aspetto peggiore era che Jade pareva non crucciarsi più per la sua assenza; sembrava preoccuparsi solo di prove, rappresentazioni, appuntamenti dal parrucchiere, servizi fotografici, interviste, shopping, cinema e centinaia di altri impegni e divertimenti. Lo salutava sempre in modo affettuoso, sembrava più bella ogni volta che si vedevano e chiacchierava senza posa di qualche artista o di un nuovo romanzo di cui lui non sapeva assolutamente nulla. Dopo dieci o quindici minuti, sembrava sempre che avesse altro da fare. A volte, quando lui passava a mezzogiorno, non era neanche in casa.

Jung-ho si ripromise quindi di non farle più visita fino a quando non fosse diventato importante per lei quanto lei lo era per lui. In tutta onestà, non sapeva se avrebbe mai potuto prendere il posto del suo lavoro, della sua arte. Gli era bastato vederla danzare una volta per capire che nell'anima di Jade c'era un posto che gli uomini non potevano toccare. Ma lui nemmeno lo desiderava; avrebbe solo voluto essere al primo posto tra le *persone* che lei amava. E quello sembrava possibile purché Jung-ho dimostrasse il proprio valore come uomo, sebbene non avesse la minima idea del modo in cui farlo. Quei pensieri lo travolgevano all'improvviso mentre riempiva la sua giornata con incarichi vari, mangiava con gli amici, consegnava messaggi per Myung-bo, si alzava al mattino e si faceva la barba. Il più delle volte accadeva quando sentiva la carezza della brezza di primavera o guardava la bianca luce della luna che si spargeva sulle acque del fiume Han come una manciata di cristalli. Allora si domandava come fosse cambiata Jade dall'ultima volta che si erano visti, e se ora lui fosse abbastanza per lei.

Era un caldo pomeriggio di primavera, con l'aria che brillava sotto il sole scintillante e tutto, dagli alberi, all'erba, alle case, dava l'impressione di essere segretamente in movimento, in crescita. Han-chol strizzò gli occhi nella luce abbagliante, appoggiandosi al muro e trattenendosi dal portarsi una mano allo stomaco. Apparire piegato in due dalla fame non era il massimo per attirare clienti. Aveva guadagnato solo un won dall'alba, quando aveva spezzato il digiuno con orzo e patate al vapore. Aveva deciso di non tornare a casa finché non avesse raggiunto il traguardo di un won e cinquanta centesimi, e ormai erano le quattro passate.

Vedendo una donna in kimono che si avvicinava, si raddrizzò. Non era facile dire quanti anni avesse sotto il trucco bianco, ma dal passo e dai modi civettuoli doveva essere giovane. « *Koko kara Honmachi made ikura kakarimaskura?* » chiese, con un sorriso. Quanto vuoi per andare a Honmachi?

« *Ni ju-sen desu* », rispose Han-chol, venti centesimi. La donna assentì, e lui l'aiutò a salire sul risciò. Non aveva quasi mai clienti giapponesi, che si concentravano soprattutto a Myeongdong e Honmachi e non si avventuravano oltre, nemmeno in una zona vicina come Jongno. Ma i soldi erano soldi. E la donna sembrava contenta; forse era la novità della corsa su un risciò *Josenjing*. Di tanto in tanto rompeva il silenzio per mormorare qualcosa sul tempo, ma non era chiaro se parlasse a lui o a se stessa. La manica larga del suo kimono sbatteva ritmicamente contro il fianco del risciò mentre prendevano velocità. Han-chol rimase in silenzio fino a quando lei non scese a Honmachi e gli mise in mano un biglietto da un won, rifiutando il resto. Lui guardò il suo *obi* ricamato scomparire tra la folla. Non l'aveva turbato, tuttavia la catalogò istintivamente nella sua collezione di donne.

Han-chol aveva solo diciannove anni. Eppure aveva smesso da tempo di considerarsi giovane o d'indulgere in fantasie da ragazzo. Era fiero del suo atteggiamento pragmatico, necessario per fare progressi di qualsiasi genere. Giorno e notte pensava prima di ogni cosa al successo e dopo, molto dopo, al dovere. Quanto all'amore, non l'aveva mai ritenuto prezioso per lui. L'amore era come una montagna lontana e misteriosa, che era potenzialmente reale solo perché gli altri ne parlavano con convinzione e venerazione. Han-chol non aveva particolarmente voglia di vedere la montagna coi suoi occhi; per la sua realtà aveva la stessa rilevanza del concetto di inferno e paradiso. L'unico momento in cui pensava alle donne con desiderio era quando si masturbava silenziosamente in camera sua, senza osare neppure respirare liberamente, visto che la madre e le due sorelle dormivano nella stanza accanto. Allora, chiudeva gli occhi e ripensava a una bella donna che aveva trasportato quel giorno, magari una cortigiana civettuola che l'aveva definito «bello come un principe», o una *Modern Girl* le cui gambe tornite erano avvolte in calze di seta.

Eppure... Mentre svoltava a ovest uscendo dal quartiere giapponese, il suo pensiero tornò all'unica donna la cui immagine non era confinata a quelle debolezze notturne, e che lo sorprendeva con la sua strana importanza. La prima volta che lui aveva visto Jade fuori dal teatro, aveva avvertito una sensazione mai provata con le altre: un fortissimo desiderio di parlarle. Allo stesso tempo, aveva avuto la netta impressione che anche lei desiderasse parlargli con una certa intimità, sebbene la presenza della sua amica impedisse un'eccessiva confidenza. Tra loro si era stabilita una comprensione reciproca segreta, sottile e preziosa, fatta di sguardi fugaci e occhi scintillanti: il modo in cui i giovani comunicano solo coi primi amori della loro vita. A casa, quella notte, si era toccato ed era venuto con un'intensità mai provata prima.

Certo, all'inizio era stato solo un desiderio fisico, una curiosità, niente di più, ne era certo. Tuttavia, diventando il suo conduttore di risciò preferito e vedendola più volte alla settimana, ciò che provava per lei aveva iniziato ad assumere una specificità che non aveva mai sperimentato prima. Per Han-chol, tutte le persone rientravano in categorie: familiari, compagni di scuola, amici, altri conduttori di risciò, clienti, gente da cui avrebbe potuto trarre benefici, e via dicendo. Si comportava verso ciascuno di loro a seconda della categoria di appartenenza, senza preferenze. Ma il modo in cui pensava a Jade sfidava il suo atteggiamento normale verso le cortigiane, i clienti o le donne in generale. Lei era tutte quelle cose ma non appariva né si comportava come loro, e lui la pensava semplicemente come Jade.

Han-chol si sorprese a perdersi in un sogno a occhi aperti e scosse energicamente la testa. Erano quasi le cinque; avrebbe fatto un salto a casa per mangiare qualcosa, pranzo e cena allo stesso tempo. Quando entrò nel cortile davanti alla loro casetta dal tetto in paglia, sua madre uscì di corsa dalla stanza in cui stava cucendo con una delle sue sorelle più giovani. L'altra era a fare il bucato al ruscello. Le tre donne assieme guadagnavano qualcosa lavando e rammendando biancheria e indumenti per gli operai, una somma che arrivava appena alla metà di quanto guadagnava Han-chol.

«Prepara da mangiare a tuo fratello, spicciati.» La madre si rivolse seccamente alla figlia, che era ancora seduta oltre la porta aperta. La ragazza era abituata alle cattive maniere della madre, ma quella volta pareva spaventata. Dopo la colazione del mattino, non c'era più orzo; in quanto figlia maggiore, doveva spesso improvvisare un pasto con niente o quasi, ma nemmeno lei poteva fare miracoli.

Prima che la sorella si prendesse altri aspri rimproveri a causa sua, Han-chol s'intromise. «Madre, non preoccuparti. Ho già mangiato una scodella di zuppa in una taverna. Ecco, questi sono per la cena», disse, porgendole i due won.

Il suo volto si accartocciò in un sorriso. « *Aigoo*, figlio mio. Il mio primogenito. »

Lo esortò a fermarsi per riposare, ma lui scosse il capo e ripartì col suo risciò. La madre lo adorava come non aveva mai adorato le sue sorelle; lo rispettava e addirittura lo temeva un po', lo considerava il capofamiglia da quando aveva quattordici anni e il padre era morto. Tuttavia, la sua fissazione per la linea di sangue, che era quella di un qualche oscuro ramo cadetto della potente casata Andong-Kim, lo faceva sentire a disagio. Lei continuava a ripetere: « Se tuo padre fosse ancora vivo, i suoi cugini ci avrebbero accolti... » E: « Tu devi riabilitare il nome della nostra famiglia, devi essere all'altezza del nostro onore... » Il clan viveva ancora nella prosperità nella ricca enclave di Andong, ma la loro famiglia si era separata ai tempi del nonno di Han-chol. Ora non erano diversi dai contadini, tranne che per la loro stretta osservanza delle formalità e le aspettative su Han-chol: doveva andare all'università e intraprendere una carriera rispettabile, riscattando tutti loro dalla miseria.

Il sole splendeva ancora sugli edifici, ma il suo calore stava cedendo il passo a un'aria più fresca che profumava di terra, come accade nelle belle serate di primavera.

Il successivo cliente di Han-chol era un signore ben vestito, con occhiali tondi, che lesse tranquillamente il giornale per tutto il tragitto fino al nuovo stadio di baseball a Euljiro. Quando Han-chol si fermò davanti alla meta, l'uomo alzò uno sguardo distratto da dietro il giornale, saltò giù dal risciò, si frugò nelle tasche e disse: « Oh, non mi ero accorto di avere solo dieci centesimi. Mi dispiace, amico ». Prima che Han-chol potesse aprire bocca, l'uomo gli diede una banconota da dieci centesimi e sparì tra la folla. Han-chol appallottolò la banconota e se la ficcò in tasca, indignato. Che gente!

Le ore successive non furono molto diverse. Alle dieci e mezzo, Jade uscì dalla porta laterale, dove lui la stava aspettando come sempre. Gli bastò vederla perché il suo umore migliorasse all'istante. Era la prima settimana del nuovo spettacolo di Jade, la storia di una ragazza nata in una famiglia signorile decaduta che diventa cortigiana per poter pagare le cure del padre invalido e del fratello gravemente malato. Quella sera indossava un tailleur azzurro e scarpe col tacco alto. Sul capo aveva un cappello blu a tesa media con un nastro di seta dello stesso colore del vestito. Stringeva la maniglia della borsa con entrambe le mani e si guardava attorno con aria attenta, quasi come il suo personaggio quando arrivava al porto. La luce dei lampioni formava pozze dorate ai suoi piedi. Han-chol si sentì sopraffatto dalla sua bellezza. Tirò lentamente il risciò verso di lei, quasi che volesse resistere all'attrazione che esercitava su di lui.

Jade rimase in silenzio mentre il ragazzo l'aiutava a montare sul risciò e poi partiva, dirigendosi automaticamente verso casa sua. Pareva essere immersa in pensieri che non avevano nulla a che vedere con Han-chol, e questo gli causava una segreta preoccupazione. Le rare sere in cui lei sedeva silenziosa con un'aria assorta e triste, lui avrebbe voluto sapere cosa non andava e farla sentire meglio. In passato, spesso Jade aveva chiacchierato allegramente con Lotus, sapendo che Han-chol poteva sentirle eppure non lesinando particolari sui ricchi amanti che le corteggiavano. Da quando Lotus aveva iniziato a lavorare in un altro teatro, però, Jade rimaneva silenziosa per tutto il tragitto, spesso in uno stato d'animo abbattuto e apatico, osservando le vetrine dei locali da cui filtrava musica jazz e la gente che passeggiava al chiaro di luna.

Mentre s'immettevano nel viale, Jade ruppe il silenzio. « Han-chol, ormai la conosco da molto tempo, ma non parla mai di sé. »

Lui fu tentato di fermarsi, ma scacciò quell'impulso e continuò a trottare. L'accelerazione dei suoi battiti, però, non aveva nulla a che vedere con la corsa.

« Non so che cosa le potrebbe interessare della mia vita », rispose, con la sua voce profonda, senza voltarsi indietro.

« Qualsiasi cosa. Tutto. » Immaginò che gli occhi di Jade sorridessero. « Per esempio, quanti anni ha. »

Han-chol le disse di avere diciannove anni, e lei sospirò. « Più giovane di me, quindi. Io ne ho già venti. Studia ancora alla scuola serale? »

« Sì, signorina. »

«Sono sicura che ha ottimi voti. Riesco a capire quanto è intelligente una persona solo guardandola negli occhi.»

Han-chol stava cercando di assimilare le due notizie, che lo riteneva intelligente e che aveva osservato i suoi occhi. Quando mai l'aveva guardato dritto in faccia?

«Sto dietro agli altri. Cerco di fare del mio meglio», si schernì lui, anche se in realtà il suo insegnante - un cristiano che aveva studiato a Hiroshima - più di una volta si era complimentato per la sua notevole intelligenza e l'ottima memoria.

«È troppo modesto. Sono certa che, se avesse potuto frequentare la scuola a tempo pieno, avrebbe già superato gli esami di ammissione all'università», insistette lei.

Han-chol ci aveva pensato molto spesso. Una volta pagate le spese per il mantenimento della famiglia, gli rimanevano a malapena i soldi per la retta della scuola serale. Era impossibile sapere quando avrebbe potuto sostenere gli esami di ammissione, figurarsi pagare l'università. Sarebbe riuscito a immatricolarsi prima dei venticinque o ventisei anni? Non poteva saperlo. Per non parlare delle sue condizioni umilianti, cambiò discorso. «Anche lei è intelligente.» Non sapeva cos'avrebbe detto fino a quando le parole non gli uscirono di bocca, e si rese conto di averlo sempre pensato.

«Io? Che cosa glielo fa credere?» replicò Jade, sbigottita.

«Lo capisco sempre quando guardo qualcuno negli occhi», rispose lui, scherzoso; sentendosi più spavaldo, si voltò per lanciarle un'occhiata fugace oltre la spalla destra.

Lei lo guardava sbigottita sotto il cappello blu, le labbra rosee incurvate in un sorriso. «Nessuno mi ha mai detto che sono intelligente», mormorò dolcemente, mentre Han-chol tornava a concentrarsi sulla strada.

«È che lei dice sempre le cose giuste. Quando parla con la signorina Lotus, per esempio.»

«Oh, quindi ha origliato?» esclamò Jade, fingendosi scandalizzata. Continuarono a parlare animatamente ma sempre un po' impacciati fino a quando non arrivarono a destinazione. Lui l'aiutò a scendere, come sempre, ma quella sera, invece di restare a capo chino mentre le teneva la mano con fermezza, la guardò negli occhi e sorrise. Non avrebbero saputo dire chi stava sorreggendo chi, ma la stretta si protrasse per un impercettibile istante. Era irragionevolmente, follemente dolce, quel momento fugace in cui entrambi sapevano quanto fossero riluttanti a separarsi. E, quando infine le loro mani si lasciarono, ciascuna già sentiva la mancanza del tocco dell'altra.

Jade cercò di nascondere la propria confusione parlando della tariffa, allungandogli qualche banconota piegata. « Questi le permetteranno di avere qualche spicciolo per comprare i libri. »

« Non voglio denaro da lei. » Han-chol scosse il capo, sempre fissandola apertamente. Lei, però, fissava un punto oltre le sue spalle, come qualcuno che viene di colpo abbagliato dalla luce del sole. In una ragazza così bella, che di solito si comportava come se potesse avere qualunque uomo desiderasse, era un inaspettato segno di timidezza. Lui lo trovò irresistibile.

« Se mi regala questa corsa, io non la chiamerò più per paura che non voglia essere pagato. Li prenda e basta. » Jade gli infilò in mano le banconote con più forza, e lui cedette. Rimase lì a guardare la sua figura flessuosa scivolare oltre il portone, e sulla via del ritorno gli sembrò che tutto – le auto, le biciclette, i canti degli ubriachi, l'aria fresca della notte, la luce liquida che si riversava sulla strada buia – fosse più vivido che mai. Mentre Han-chol si avvicinava a casa, i canti si persero in lontananza e la quiete fu messa ancor più in risalto dal richiamo innocente e ritmico di un gufo. Il canto di quell'uccello di primavera non l'aveva mai toccato così profondamente. Sembrava dire tutto della vita.

Dopo la rappresentazione della sera seguente, Jade sedette graziosamente nel risciò senza iniziare una conversazione. Sembrava determinata a fingere che tra loro non fosse accaduto niente. Han-chol era deluso, ma non ferito. Se non altro, la reticenza di Jade gli confermava che qualcosa di significativo c'era davvero stato. Si stava chiedendo come spezzare il silenzio quando in lontananza si udì il richiamo di un gufo.

« L'ha sentito, signorina? » chiese, rallentando.

«Sentito cosa? L'uccello?» Jade si sporse un poco in avanti, più vicina a lui.

«Sì, signorina. È un gufo.»

«Ho sempre sentito quel verso e non ho mai saputo che uccello fosse», confessò Jade.

«È un gufo marroncino con grandi occhi rotondi. Quando ero piccolo, mio padre e io siamo andati in montagna, un giorno, e abbiamo trovato un piccolo che era caduto dal nido. Era un cosino minuscolo, mi stava in una mano... sembrava una patata piccola e coperta di piume soffici.»

«Oh, cielo!» Jade non riuscì a fingere indifferenza. «E che cosa è successo?»

«Aveva una zampa rotta, così lo abbiamo portato a casa. Mio padre gli ha fasciato la zampa per farla guarire. Io e le mie sorelle facevamo i turni per dargli da mangiare le cicale. Lo abbiamo chiamato Potato, patata.»

«Che bello! La zampa è guarita?»

«Sì. Potato ha iniziato a camminare, mi seguiva ovunque. Quand'era stanco strillava, voleva che me lo mettessi sulla spalla. Anche quand'ero fuori casa strillava, e mi aspettava alla porta per ore. Poi è diventato grande, è arrivato l'autunno... Non potevamo continuare a cercare insetti per nutrirlo, anche se eravamo bambini. I nostri genitori ci hanno detto di sbarazzarci di Potato. Così l'ho portato nel bosco dove l'avevo trovato. All'inizio, continuava a strillare e venirmi dietro. Alla fine l'ho preso, l'ho messo su un albero e l'ho salutato.»

«Ma è terribile. E se è rimasto sull'albero a morire di fame?» Jade sembrava sul punto di piangere.

«Sbatteva le ali già da un po'. Credo che ce l'abbia fatta», rispose Han-chol. Soltanto in seguito aveva scoperto che i gufi di quel tipo in autunno devono migrare oltre il mare del Sud. Non glielo disse per non rattristarla.

Jade cercava di dominare lo strano fremito che le iniziava nel petto e le s'irradiava nel resto del corpo. L'amore scoppia tutto in una volta, ma anche per gradi. Poiché si era già innamorata di lui a prima vista, stava sperimentando quel momento rivelatore in cui una donna comprende l'anima del suo innamorato. Sentiva che Han-chol aveva un animo tenero e gentile, e che poteva rivelare quel suo lato nascosto solo a lei, o forse addirittura era lei che glielo faceva tirare fuori. Osservando il suo fisico smilzo dalle spalle larghe, con la schiena forte e i fianchi sottili, provò pena per il giovane uomo che era diventato: bello e intelligente e capace, ma anche oppresso dalla sua famiglia e dalle sue condizioni. Provava già il desiderio di alleviare quel prematuro senso di responsabilità e vedere il suo volto rilassarsi e illuminarsi, com'era successo la sera prima mentre parlavano. Così come alcuni si dedicano per natura ai libri o al fare soldi, il cuore di Jade era naturalmente predisposto a dare amore. E si era già fatto avanti nel tentativo di rendere felice quel ragazzo.

«Dev'essere stanco, Han-chol. Voglio scendere qui», disse.

«Qui, signorina?» Erano a qualche isolato di distanza dalla casa di Jade.

«Sì. Scendo qui», ripeté, decisa. «Se vuole, può accompagnarmi.»

Lui l'aiutò a scendere, e Jade fu elettrizzata nel sentire una lievissima stretta della sua mano un attimo prima che Han-chol la lasciasse. Camminarono fianco a fianco senza parlare, e fu un momento dolce, perché permetteva loro di concentrarsi sulla reciproca presenza. *Camminare è mai stato così piacevole?* si chiese Jade. Non riusciva a smettere di sorridere. Non si dicevano molto, eppure si comprendevano alla perfezione. Tra due persone si possono dire centinaia di parole senza il reale desiderio di conoscersi. Con la persona giusta, però, si può parlare molto o per niente, e sentirsi intimamente connessi. Era questo che comprese Jade camminando verso casa sua assieme a quel ragazzo.

Quando Jade volle pagarlo, lui la precedette e le mise qualcosa in mano, una lettera. Mentre lei arrossiva e cercava di ricomporsi, Han-chol le rivolse un sorriso bellissimo, anche se non rilassato come le altre volte, e se ne andò. Jade entrò in casa e, al sicuro nella sua stanza, accese una candela e iniziò a leggere col cuore che martellava. Lui l'ammirava da anni, dalla prima volta che l'aveva vista. Non aveva ragione di sperare che lei ricambiasse i suoi sentimenti, ma era felice adesso che il peso del segreto era svanito. Avrebbe compreso se non avesse più voluto vederlo, dal momento che non aveva niente da offrirle. Desiderava solo che lei fosse molto, molto felice, perché era quello che meritava.

« Ma è esattamente lo stesso che provo io per lui! Voglio solo che sia felice », mormorò Jade, accoccolandosi nel letto, al contempo euforica e afflitta.

La sera dopo, Han-chol aspettò con ansia fuori del teatro, non sapendo se lei sarebbe arrivata. Una volta, mesi prima, Jade aveva accennato all'amante di Lotus, che la faceva andare a prendere dal suo autista o l'accompagnava personalmente a casa in un'auto nera. Non c'era motivo di pensare che Jade non avrebbe potuto avere un amante come quello. Qualche uomo ricco poteva benissimo volerla come amante o seconda moglie, o addirittura come prima moglie legittima. Tutta Seul l'aveva ammirata nella *Storia di Chun-hyang*, e le sue foto erano comparse in giornali e riviste. Anche se l'aveva lusingata e affascinata, lui non era certo nella posizione d'iniziare qualcosa con una donna, neanche una innocente e laboriosa ragazza, figurarsi un'attrice.

Mentre rimuginava, la porta dell'uscita laterale si aprì e Jade apparve. Tutto il suo corpo pareva cercare solo lui. Il lampione la illuminava da sinistra, e la luce brillava sulla sua fronte piccola ma perfetta, sulla punta delle sue ciglia lucenti, sulla curva del naso e sullo zigomo sinistro, lasciando in ombra il lato destro del suo volto. Nell'istante in cui lei lo vide, si accese in un sorriso, e fu come quando il cielo diventa rosa un attimo prima che sorga il sole. Non appariva solo bella, ma somigliava alla vita stessa, piena di significati misteriosi come il canto degli uccelli notturni. Lui dimenticò tutti i suoi ragionamenti; l'unica cosa cui riusciva a pensare era abbracciarla.

16

PERCHÉ ERI TU, LÌ IN PIEDI

1928

Nel corso dei mesi, Lotus aveva imparato che il Presidente non si comportava come la gente normale. Lui lasciava trasparire i propri sentimenti: una volta, in un ristorante, aveva costretto lo chef a rifare l'intera serie di dodici portate perché in una aveva sentito le cipolle, cui era allergico. Per questo Lotus era preoccupata all'idea di dargli la notizia. Attese fino a una sera in cui lui era di umore particolarmente buono per merito della conclusione di un affare, l'acquisto di una fabbrica molto redditizia a Kaesong.

« È una grande vittoria. Una delle pochissime aziende chimiche nel Paese. Andrò là venerdì », le disse, le mani salde sul volante. Era andato a prenderla dopo lo spettacolo e ora erano parcheggiati vicino a casa di lei. « Dovresti venire con me. Sarebbe una bella gita fuori città. » S'interruppe, notando il suo silenzio. « Be', che c'è? »

« Sono incinta », sputò fuori Lotus, coprendosi il viso con le mani.

Per un attimo, nessuno dei due disse nulla. Poi Lotus sentì che lui le prendeva i polsi e li abbassava lentamente.

« Guardami. Ne sei sicura? » le chiese, pragmatico come sempre.

Lotus annuì, il volto rigato di lacrime, stringendo le mani sul ventre ancora piatto.

« Non puoi continuare a vivere da tua zia. Dovrò trovarti una casa solo tua. E una cameriera e una governante. Starai bene. Ma perché piangi? »

« Credevo ti saresti arrabbiato », singhiozzò la ragazza, arricciando il naso.

Lui scoppiò in una fragorosa risata. «Arrabbiato? Non sono mai stato meno arrabbiato in vita mia.» La baciò sulla sommità della testa. «Potrei finalmente avere un figlio maschio.»

La mattina dopo, a colazione, Lotus annunciò alla famiglia che presto avrebbe traslocato. Ma non comunicò la notizia della gravidanza, crogiolandosi nel potere dato dall'avere un segreto. Se doveva proprio essere onesta con se stessa, doveva ammettere che voleva tenerlo nascosto soprattutto a Jade. Da quando Lotus aveva iniziato a lavorare al Grand Oriental Cinema, nel loro rapporto qualcosa si era spezzato: era subentrato un certo imbarazzo e, sebbene continuassero a sorridersi e a scambiarsi convenevoli, entrambe erano consapevoli dell'impossibilità di essere del tutto sincere l'una con l'altra. Lotus riteneva che quella freddezza tra loro fosse causata dalla gelosia di Jade: ora che Lotus era la stella del teatro più prestigioso di Seul, e l'amante di uno degli uomini d'affari più ricchi, Jade non era sincera, e non era felice per lei quanto avrebbe dovuto. Jade, dal canto suo, credeva che i loro rapporti si fossero deteriorati perché Lotus aveva nascosto la sua intenzione di trasferirsi in un altro teatro e non le aveva detto niente quasi fino all'ultimo momento. Come poteva Lotus credere che lei, la sua migliore amica, avrebbe ostacolato il suo successo e la sua felicità?

Il giorno del trasloco, Dani, Luna e Jade aiutarono Lotus a portare i bauli di vestiti fino alla macchina.

«È molto più di quello con cui sei arrivata qui dieci anni fa», scherzò Dani, con una finta smorfia di fatica sotto il peso del bagaglio. «Mi si stanno quasi staccando le braccia.» Eppure, era stata lei a insistere per dare una mano invece di lasciare il compito alle cameriere. Quando tutto fu caricato nel bagagliaio e sul sedile posteriore, Dani prese il volto di Lotus tra le mani come se fosse ancora una bambina. «Sei la figlia di mia cugina, quindi siamo parenti di quinto grado. Ma ti ho sempre trattata come se fossi figlia mia. Siamo state una famiglia, assieme in questa casa per dieci anni, vero?» Non c'erano lacrime nei suoi occhi, ma le tremava la voce.

«Saremo sempre una famiglia, zia Dani», disse dolcemente Lotus, abbracciandola. Poi abbracciò una per una Luna, Jade e

Hesook. L'auto era già in moto, col motore che ruggiva e con un filo di fumo leggero che usciva dal tubo di scappamento. L'autista le aprì lo sportello dal lato del passeggero, e un attimo dopo partirono.

La partenza di Lotus gettò un'ombra di tristezza sulla casa di Dani. Era soprattutto a colazione che si sentiva la sua mancanza, perché era il pasto che avevano sempre condiviso tutte assieme. Come suo solito, Dani oscillava tra il vivere con passione le emozioni e il rifiuto di cedere ai sentimenti; il primo era la sua natura, il secondo il suo principio. Non ammetteva mai di sentirsi triste o vuota, e solo un osservatore molto attento poteva notare un cambiamento nella sua sicura compostezza. Ma Luna, che conosceva bene le dinamiche interne di Dani, sapeva che Lotus le mancava moltissimo.

Anche Luna aveva accusato la perdita, ma non ne era devastata. Crescendo, aveva imparato a voler bene a sua sorella, ma ciò aveva coinciso con la formazione delle loro personalità, e col passare degli anni avevano avuto sempre meno bisogno l'una dell'altra. Era felice che Lotus fosse sbocciata e avesse trovato ciò che desiderava. Luna sapeva che la sua sorellina aveva bisogno solo di due cose per essere felice: l'amore di un uomo e la musica.

Quanto a ciò di cui lei aveva bisogno per essere felice, Luna aveva meno certezze. Non smetteva mai di pensarci, perché l'idea stessa di felicità le sembrava qualcosa di estraneo e fuori portata. Non era più sensato del sentirsi chiedere: «Ti piacerebbe vivere sulla luna?»

Provava qualcosa di molto simile alla felicità quando, di notte, la figlia le si raggomitolava vicino, pregandola di lasciarle usare il suo braccio come cuscino.

«Ma hai il tuo cuscino», le diceva Luna, indicando il morbido cilindro di seta imbottito di petali di crisantemo essiccati e fagioli indiani.

«No, no. Voglio dormire sul braccio della mamma», protestava Hesook, posando la testolina vicino a Luna. Lei sospirava, fingendosi esasperata, e questo suscitava le risatine della piccola. Facevano giochi sciocchi che solo loro capivano; Hesook elencava velocemente « naso, fronte, mento, guancia, sopracciglio », e Luna baciava ogni punto nominato. Quando facevano confusione e il bacio finiva sulla parte sbagliata, scoppiavano a ridere, allegre e spensierate. Osservando la pura adorazione sul visetto dolce della figlia, Luna si sentiva colmare della certezza che niente e nessun altro importasse.

Era quella, forse, la felicità di Luna, anche se chiamarla così la faceva sentire egoista e non meritevole. Lei non desiderava in modo particolare la felicità, le premeva solo mettere da parte abbastanza denaro da assicurare il futuro proprio e della figlia. Voleva crescere Hesook come una ragazza normale e moderna. Era per questo motivo che aveva accuratamente evitato di avere relazioni, così che Hesook potesse essere libera di studiare e sposare un uomo appropriato. Le ragazze delle famiglie altolocate spesso studiavano all'estero, in Giappone o addirittura in Europa, e Hesook avrebbe avuto la migliore istruzione che il denaro potesse comprare. Luna metteva scrupolosamente da parte quasi tutto quello che guadagnava presenziando alle feste e facendo la modella - meno di quanto guadagnassero Jade o Lotus, ma comunque non poco - così che a Hesook non mancasse nulla in fatto di istruzione e vestiti. Era fiera che Hesook fosse brava a scuola, con voti alti in quasi tutte le materie ed elogi da parte degli insegnanti.

Per questo Luna rimase sconvolta quando un pomeriggio Hesook tornò da scuola e le consegnò una lettera della direttrice che la convocava per il giorno dopo. Interrogò la figlia e minacciò di usare il frustino. Hesook, che non era mai stata picchiata in vita sua, scoppiò in un fiume di lacrime e corse nella sua stanza. Luna si pentì subito della propria severità, accarezzò i capelli della figlia e le promise che non si sarebbe arrabbiata. Tra i singhiozzi, Hesook spiegò che era stata coinvolta in una rissa a scuola, ma non aggiunse altro.

La mattina dopo, Luna si vestì con particolare cura. Scelse il suo abito estivo più elegante: una camicia corta di seta bianca e una gonna color lavanda lunga fino ai piedi. A differenza di Jade e Lotus, che preferivano sempre più spesso vestire all'occidentale, Luna indossava la maggior parte delle volte abiti tradizionali. In casa era l'unica che raccoglieva ancora i capelli in uno chignon intrecciato. Quel giorno scelse un *binyeo* verde di giada per fissarlo.

Verso mezzogiorno, scese dal taxi davanti alla scuola femminile cristiana che aveva frequentato anche Dani. Il sole impietoso di luglio si rifletteva sulla sabbia rosa pallido del cortile, che al momento era pervaso dallo strano silenzio così tipico di un campo giochi nelle ore di lezione, immobile e deserto in attesa dell'allegria dei bambini. Un custode dai capelli grigi la fermò all'ingresso, poi, quando lei disse di essere la madre di Hesook, le fece cenno di entrare, ignaro, o incurante, che fosse una famosa cortigiana. « Oh, certo, ha ricevuto una lettera dalla direttrice? Deve andare nel suo ufficio al secondo piano », disse il portiere, cordiale. Luna lo ringraziò e iniziò ad attraversare il cortile assolato, cercando di non far vedere che lei per prima si sentiva una ragazzina nei guai.

Di sopra, nel suo ufficio, la direttrice stava prendendo il caffè con un ospite, il viceconsole Curtice. Lei era originaria di Rochester, e lui era cresciuto a Ithaca; in virtù della vicinanza tra le loro città di origine, avevano finito per legare in modo particolare, più che con altri americani di Seul.

« Scoprirà che le nostre studentesse sono molto istruite, educate e devote. Ne ho in mente alcune da raccomandarle. » La direttrice posò la tazzina sul piattino con un vivace tintinnio. « Ragazze molto intelligenti che provengono da famiglie meno abbienti, che di certo sarebbero costrette a sposarsi il prima possibile. Questo darebbe loro la possibilità di mettere a frutto l'istruzione ricevuta e magari diventare indipendenti. »

Il viceconsole Curtice annuì, pensoso. Era venuto a chiederle di aiutarlo a trovare un nuovo traduttore e segretario per il consolato. Il traduttore precedente era morto di tubercolosi l'inverno prima, ed era urgente trovare qualcuno che lo sostituisse. C'erano alcuni ragazzi diplomatisi alle scuole dei missionari, ma il nuovo console generale credeva che le donne nel ruolo di traduttrici e dattilografe fossero meno costose e più obbedienti dei colleghi maschi. Gli uomini erano più inclini a impegnarsi nell'attivismo politico, che si trattasse di comunismo, del movimento per l'indipendenza o di entrambi. Il suo predecessore, l'ex console generale, aveva mostrato più empatia; aveva inviato le foto del reporter dell'*AP* al segretario di Stato e aveva esortato l'amministrazione Wilson a prendere posizione contro tali atrocità. Quell'integrità morale aveva avuto un costo, e il console era stato ben presto rimosso dall'incarico e trasferito a Canton.

Il nuovo console generale si atteneva al programma ufficiale secondo cui il regime in vigore in Corea era un alleato dell'America. Curtice trovava difficile concordare col suo superiore su diverse questioni; tuttavia, per quanto riguardava il posto di traduttore, non c'era nulla di male nel far entrare nello staff una donna coreana moderna e istruita.

« Sì, sarebbe di grandissimo aiuto, la ringrazio », disse coi brillanti occhi blu che sorridevano, e che erano rimasti giovani anche mentre i capelli rossi si diradavano sempre di più sulla fronte e il corpo cominciava a mostrare i cedimenti della mezza età. Mentre cercava un modo per concludere l'incontro, bussarono alla porta.

« Avanti », disse la direttrice, in inglese. Sul suo volto si dipinse un'espressione sorpresa quando vide entrare una bella e giovane donna coreana, che arrossiva per il nervosismo.

« Posso chiedere che cosa la porta qui? » La direttrice passò a un coreano inaspettatamente fluido e sicuro, acquisito negli ultimi due decenni.

La giovane donna parve sconvolta udendo la propria lingua madre uscire dalla bocca di una persona bianca. « Sono la madre di Hesook », rispose la donna in coreano, poi aggiunse in inglese: « Sono qui per parlare di lei ».

« Oh, sì, certo! Mi scusi, ora ricordo », esclamò la direttrice, in un misto di inglese e coreano.

Si alzò per accogliere la nuova arrivata, e Curtice la imitò, rivolgendo un breve cenno del capo alla donna. « Sarà meglio che vada. » Il viceconsole indicò l'ospite con lo sguardo, ma la direttrice gli fece cenno di sedersi e aspettare la fine di quel breve incontro senza importanza, e lui obbedì.

« Prego, si accomodi », disse la direttrice all'ospite, che scivolò timidamente tra una sedia e il tavolino da caffè e sedette, posando le mani sulla gonna color lavanda. Come accade talvolta quando s'incontra qualcuno indiscutibilmente bello o brutto, la direttrice e Curtice erano sorpresi dalla donna, che era davvero graziosa. Per via della loro ottima educazione, tuttavia, si comportarono come se non l'avessero notato. Curtice guardava fuori dalla finestra per far capire che non voleva intromettersi nel loro discorso. Dal cortile entrava un'aria tiepida che faceva svolazzare la tenda di lino bianco.

« Io insegno solo alle ragazze più grandi, quindi non conosco bene Hesook », esordì la direttrice in inglese. « Ma, secondo la sua insegnante, Hesook è un'allieva davvero brillante. »

« Grazie », disse piano la donna, con un inchino.

« Non ha mai creato problemi prima, quindi siamo rimasti sorpresi quando ha avuto una rissa con qualche altra bambina. Sembra che quelle studentesse stessero deridendo Hesook, ma è stata lei la prima a dare calci e pugni. Capisce cosa intendo? » spiegò la direttrice, con una voce severa che usava indifferentemente con allievi indisciplinati, professori e visitatori.

« Sì, comprendo », rispose docile la donna, con gli occhi bassi.

« Quelle bambine si stavano prendendo gioco di Hesook perché non ha un padre, il che è terribile, ma nella mia scuola non ammetto che ci si comporti in modo violento. »

« Mi sta dicendo che espellerà Hesook? » La donna si agitò e fissò la direttrice dritto negli occhi. « No, è solo una bambina. Ha sbagliato... » Era passata al coreano e pareva implorare perdono.

Ancora seduto a disagio accanto al tavolino, Curtice represse la tentazione di intervenire e dire alla direttrice: *Suvvia, non possiamo lasciar correre per stavolta?*

« So che Hesook è piccola, ed è il motivo per cui per stavolta mi limiterò a un avvertimento. Ma la prego di parlarle e spiegarle che non deve azzuffarsi. Non sarò così indulgente se dovesse ricapitare », avvisò la direttrice.

« Grazie, la ringrazio infinitamente », replicò la donna in inglese, con un inchino profondo.

Avendo ascoltato parte della conversazione, Curtice si chiese chi potesse mai essere la sconosciuta. Sembrava abbastanza giovane da essere pure lei una studentessa, ed era singolare inoltre che parlasse inglese. Poco dopo, la sua curiosità fu in parte soddisfatta: quando la direttrice le chiese dove avesse imparato la loro lingua, la donna spiegò che gliel'aveva insegnata sua zia, che aveva studiato in quella scuola.

Quando l'ospite se ne andò, la direttrice si rivolse a Curtice: «Mi scusi. Avrebbe potuto evitare d'interromperci e aspettare che finissimo, ma...»

«No, nessun problema, non è stato affatto un disturbo. Chi è?»

«Solo la madre di una delle nostre allieve.»

«Sembra troppo giovane per essere madre.» Il viceconsole inarcò le sopracciglia, senza preoccuparsi di nascondere i suoi pensieri. «Parla inglese. Crede che una donna sposata non vorrebbe lavorare al consolato...?»

«Non è sposata, signor Curtice, anche se dubito molto che vorrebbe essere una traduttrice o una segretaria», ribatté aspramente l'altra. Curtice arrossì, chiedendosi in che modo l'avesse offesa. La direttrice aveva almeno dieci anni meno di lui, e il rapporto tra loro era sempre stato rispettoso e scevro da qualsiasi sfumatura sessuale. Eppure era chiaro che il suo interesse per la sconosciuta l'aveva fatta indignare, sembrava quasi che si sentisse insultata.

«È... quella che viene chiamata *gisaeng*. Una di grande successo, mi dicono. Sua figlia non ha un padre», dichiarò la direttrice, stringendosi le mani in grembo, come a voler porre fine alla discussione.

Curtice guardò nuovamente fuori dalla finestra per non far trapelare il proprio stupore. Di colpo, un pensiero gli balenò in mente: se avesse visto la sconosciuta attraversare il cortile, l'avrebbe preso come un segno. Un segno di che cosa? Ancora non lo sapeva. La brezza leggera sollevò una nuvoletta di polvere e la portò su, nel cielo azzurro. Quando Curtice stava ormai iniziando a temere di aver distolto lo sguardo troppo a lungo e che la direttrice sarebbe stata offesa dalla sua mancanza di attenzione, la donna con la gonna color lavanda comparve nel riquadro della finestra. Nella sabbia rosa che si alzava trasportata dal vento, sembrava quasi un viaggiatore che attraversava il deserto.

Han-chol non portava più il risciò fuori dal teatro dopo gli spettacoli di Jade. Ogni sera, invece, andavano a casa a piedi, camminando lentamente fianco a fianco. Il tragitto durava quasi un'ora, ma nessuno dei due avvertiva la fatica, neanche dopo una lunga giornata di corse per la città e prove. Si sentivano intensamente vivi soltanto passeggiando e tenendosi per mano. S'indicavano a vicenda le cose che vedevano: «Oh, guarda le finestre ad arco di quel grande magazzino...» «Hai mai notato quella statua laggiù?» Sebbene nulla fosse particolarmente importante, tutto sembrava significativo e bello e memorabile. Quando arrivavano a casa di Jade, lui la prendeva tra le braccia delicatamente, quasi con reverenza, e si baciavano.

Una sera in cui il tempo era particolarmente bello e la luna splendeva luminosa, Jade rifiutò il bacio e gli chiese: «Ti va di entrare?» Sapeva che lui ci pensava da molto tempo, ma che non aveva il coraggio di chiederlo per primo. Lo condusse per mano alla sua ala della casa, fiera di mostrargli dove viveva.

Immaginava che per Han-chol fosse la prima volta, e che doveva essere nervoso. Ma, sebbene fosse inesperto e più giovane di lei, la prese come se sapesse esattamente che cosa fare. Il suo tocco era impaziente ma gentile. Anche quando furono entrambi nudi, la baciò dalla testa alle dita delle mani, e poi giù fino ai piedi. Le sue labbra viaggiavano sul corpo di Jade come un cartografo, disegnando una mappa delle sue sensazioni. Dalle labbra di lei fuggivano gemiti e sospiri, non come con gli altri uomini, quando servivano per mostrare che quello che facevano era adeguatamente piacevole, ma perché non riusciva a trattenersi. Alzò gli occhi, ipnotizzata dal corpo snello ma muscoloso sopra di lei, mentre lui l'accarezzava senza fretta, rimandando la propria gratificazione.

«Non voglio più aspettare», gli disse, attirandolo a sé, ma Han-chol continuò a toccarla ovunque.

« Potrei baciarti per sempre », bisbigliò.

Quando finalmente le affondò dentro, si guardarono negli occhi, stupiti e incantati. La sensazione di essere così vicini era dolorosamente squisita. Per qualche istante si limitarono a tenersi stretti, per poi iniziare a muoversi e sciogliersi l'uno nell'altra. Lui venne per primo, e lei si aspettava che si staccasse e si addormentasse come facevano tutti gli altri. Invece le rimase dentro, eccitandosi di nuovo e muovendosi fino a quando anche Jade non raggiunse l'orgasmo.

Le restò disteso sopra, ansante e con la testa posata sul suo petto, mentre lei gli accarezzava i capelli umidi. Le prese la mano e se la portò alle labbra, e Jade scorse un sorriso spontaneo, come se Han-chol non credesse alla propria fortuna.

« La tua pelle... » Le tempestò il seno di baci lievi e delicati.

Lei sapeva esattamente che cosa volesse dire: la sensazione della pelle nuda sulla pelle era così intensa che si scoprì ancora affamata di lui, anche in quel momento. Senza parlare, cambiarono posizione in modo da toccarsi il più possibile, sembrando al contempo molto sciocchi e ridendo per questo.

« Sento il tuo cuore che batte », borbottò lui. Anche lei avvertiva il cuore di lui pulsare forte sopra il suo ventre. Nessun altro gliel'aveva mai detto, ma con nessun altro era valsa la pena di notarlo. Sentire il suo battito era qualcosa che sapeva avrebbe custodito dentro di sé per il resto della sua vita.

« Mi ami? » gli chiese.

« Sì, ti amo », rispose lui, semplicemente. « Davvero. »

« Perché? Da quanto tempo? »

« Dalla prima volta che ti ho vista fuori dal teatro. Perché? Perché eri tu, lì in piedi, e anch'io ero lì... È semplice, e complicato allo stesso tempo. Ma non poteva essere diversamente. »

Da allora, nulla importò di più per Jade che amare ed essere amata da Han-chol. Di rado si soffermava a pensare all'allontanamento con Lotus o al suo successo in teatro. Sapeva di possedere la cosa più importante, qualcosa di estremamente puro e raro. Quand'era arrivata a casa di Silver, tutto ciò che immaginava per se stessa era diventare una cameriera. In seguito si era chiesta se il suo destino fosse quello di andare a letto con uomini per i quali non provava nulla se non ribrezzo, fino a quando non la mettevano da parte per donne più giovani e divertimenti nuovi. Per qualche miracolo, però, ora la sua realtà era migliore di qualsiasi cosa avesse mai sognato. In un lasso di tempo relativamente breve, l'amore la trasformò in una persona diversa. Il cambiamento era soprattutto interiore, anche se, come avviene quando c'è un movimento sismico interno, pure il suo fisico cambiò di conseguenza. Sedeva davanti allo specchio e rimaneva sorpresa da quanto i suoi occhi o il suo naso apparissero stranamente diversi rispetto a un anno prima. Si sentiva così amata e adorata che la sua stessa anima si era trasformata, e i suoi lineamenti si erano adattati per riflettere quel cambiamento. Jade era sempre stata attraente ma imperfetta, con una fronte stretta e con occhi normali e anonimi bordati da ciglia sottili, ma adesso quei difetti erano impercettibili, non si notavano più. Era abituata ad attirare l'attenzione, ma non quanto ora: sentiva lo sguardo della gente che la seguiva mentre camminava per strada o saliva sul palco. Nulla di tutto ciò, però, aveva importanza per lei. A Jade interessava solo essere bella agli occhi di Han-chol.

Le donne, molto più degli uomini, tendono a polarizzare l'amore come un dare o un ricevere. Una distanza ancora più grande esiste tra quelle donne che intendono l'amore come una cura disinteressata e le altre, che non sopportano di essere impegnate in una relazione dalla quale non traggono un qualche beneficio. Per Jade, anche solo l'idea di guadagnare qualcosa attraverso Han-chol avrebbe contaminato il loro amore. Nessuno dei doni né il denaro che aveva ricevuto dai suoi amanti l'avevano mai resa felice come quando pensava a come aiutare Han-chol. Aveva denaro più che sufficiente per mantenerlo fino a quando non avesse finito la scuola. Dopo aver perso la sua cliente più importante, ovvero Jade, Han-chol faticava a guadagnare abbastanza. Ma lei sapeva che per lui sarebbe stato difficile accettare il suo aiuto. Quando tirò fuori l'argomento, per la prima volta Han-chol apparve offeso.

« Non potrei mai accettare il tuo denaro. Sono un uomo che sa come guadagnare, e non si fa dare soldi da una donna », disse seccamente.

« Non prenderla in questo modo », lo implorò Jade. « Io sono più grande di te. Vedila così: nella vita ci sono momenti in cui dovresti accettare l'aiuto di persone che magari hanno qualche anno in più e sono in una situazione migliore. Quando poi ce l'avrai fatta, restituirai il favore e aiuterai chi ne avrà bisogno. Non puoi continuare così, trainando il risciò! Dev'esserci qualcosa che ti sollevi dal fango, e ti sto dicendo che io voglio essere quel qualcosa.»

Jade lo guardava con occhi così innocenti e innamorati! Non c'era traccia di egoismo nella sua offerta, e non voleva niente in cambio. Han-chol le baciò le mani. «Non ti merito.»

Aveva pensato di lasciar perdere la scuola serale piuttosto che faticare per altri sei o sette anni, solo per fare un tentativo all'università. Aveva immaginato una vita a trainare risciò o, quando quel mezzo fosse diventato obsoleto, a fare l'operaio che trasporta mattoni sulla schiena per sette giorni alla settimana fino alla morte.

Jade non pagò solo le spese scolastiche, ma anche il mantenimento per lui e la sua famiglia. Poiché non poteva spiegare che la sua benefattrice era una cortigiana e attrice, Han-chol disse alla madre di aver vinto una borsa di studio.

«Finalmente puoi essere all'altezza del tuo potenziale! Ma non diventare arrogante e pigro. Non devi riposare finché non sarai ammesso all'università: la nostra famiglia dipende dal tuo successo», replicò lei.

Han-chol andava a scuola nove ore al giorno e a casa studiava ancora di più, spesso fino a quando gli uccelli notturni non smettevano di cantare. A volte finiva per leggere fino all'alba. Ma, dopo anni passati a correre ogni giorno per la città, rimaneva volentieri seduto a studiare. Recuperò diversi anni di studio in un solo anno e finalmente fece l'esame di ammissione all'università.

I risultati vennero pubblicati sul giornale e, quando vide il proprio nome tra i primi, su tutti gli studenti del Paese, si sentì euforico fino alle lacrime per due motivi: il primo era che la sua vita avrebbe potuto prendere la via del baratro o quella del successo, e sembrava aver imboccato quest'ultima; il secondo era che aveva fatto tutto da solo.

17

CAFÉ SEAHORN

1933

Quando finalmente Young-gu aveva trovato il coraggio di chiedere al proprietario del ristorante la mano di sua figlia, Jung-ho si era offerto di condurre la trattativa per combinare. Young-gu, però, aveva rifiutato.

« Jung-ho, sai che ti affiderei la mia stessa vita. Ma ho paura che tu faccia nuovamente parlare i pugni. E col padre della mia futura moglie non è il caso », gli aveva detto.

Aveva anche escluso di fuggire con la ragazza, sebbene rapire una sposa fosse una pratica piuttosto comune e antica tra gli uomini che non potevano pagare la dote. Invece, era andato dal padre, si era inginocchiato sul pavimento e aveva chiesto la sua benedizione. Aveva implorato il suo perdono per essere entrato in casa sua e aver approfittato del ristorante, e aveva promesso di lavorare per ripagare il debito.

« Voi teppisti mi avete rovinato la vita per anni e adesso mi porti via anche mia figlia? Cos'è, un qualche scherzo malato? » aveva gridato il padre. « D'accordo, se davvero, come dici, non puoi vivere senza di lei, esci di qui e vai a inginocchiarti nel cortile. Se ti alzi prima che te lo dica io, non toccherai mia figlia neanche con un dito. E credimi, se ti alzerai anche solo per un secondo, io lo verrò a sapere. »

Young-gu aveva obbedito: aveva lasciato la stanza e si era inginocchiato al centro del trafficato cortile, mentre i dipendenti del ristorante guardavano fuori e spettegolavano, i vicini sbirciavano al di sopra del muro ridacchiando, la ragazza piangeva disperata nella sua stanza e il suo fedelissimo cane legato all'ippocastano abbaiava senza tregua, sentendo che al suo padrone era accaduto qualcosa di brutto. Il trambusto era enorme. Ma Young-gu era rimasto al suo posto, le ginocchia che affondavano nella sporcizia, il capo chino in segno di pentimento; non si era alzato per tutta la notte. Il mattino dopo, una serva stava cercando di convincerlo a lasciar perdere quando lui era collassato e si era accasciato a terra.

Alla fine, il padre era uscito, l'aveva scosso prendendolo per una spalla e aveva detto: «Se giuri di tagliare i ponti con la tua banda di teppisti, soprattutto quel rosso comunista di Jung-ho, e che d'ora in poi lavorerai duramente da uomo onesto...» Non era riuscito a finire la frase, perché l'idea di consegnare sua figlia a quel disgraziato era comunque spaventosa. Poi si era ricordato del vecchio adagio secondo cui un genitore non può vincere contro il proprio figlio.

Da quel momento, Young-gu aveva abbandonato il gruppo. Aveva smesso di andare alle riunioni e di fare lavori per Jung-ho, e aveva iniziato a dare una mano al ristorante. Nel giro di poco ne aveva preso in mano la gestione al posto del vecchio suocero, che col tempo, e dopo la nascita dell'adorata nipotina, si era ammorbidito.

Jung-ho aveva tutto il diritto di essere arrabbiato per la defezione di Young-gu, ma sentiva che era giusto lasciar andare il suo amico. Anche Loach aveva abbandonato l'organizzazione, dicendo che non poteva prestare il giuramento richiesto. In realtà, quel giuramento era difficile pure per Jung-ho. Non era complicato rinunciare ai beni terreni, soprattutto perché possedeva poco o niente. Myung-bo stesso aveva donato metà delle sue proprietà perché fossero distribuite tra i poveri e usate per le missioni, e quello richiedeva un fegato notevole, secondo Jung-ho. La seconda parte del giuramento, però, ovvero essere disposto a dare la vita per l'indipendenza, era un altro paio di maniche. Osservando gli attivisti, Jung-ho aveva scoperto che ce n'erano di due tipi: quelli destinati a morire giovani in azione, e altri che sarebbero sopravvissuti per governare, negoziare, scrivere manifesti e via dicendo. Myung-bo apparteneva chiaramente a questi ultimi; era troppo indispensabile, e la sua mano erudita era molto più utile per scrivere lettere e dichiarazioni che per maneggiare armi. Dall'altra parte, già da anni Jung-ho (e Myung-bo) si era reso conto che non sarebbe mai stato bravo a leggere e scrivere. Era decisamente un punto debole, lo sapeva. Jung-ho lasciava che quei pensieri gli rotolassero per la mente a ondate; a volte ruggivano e sbattevano, altre volte si placavano in una narrazione che aveva un senso. Nei momenti in cui si sentiva più tranquillo, credeva fermamente che Myung-bo gli avrebbe chiesto di fare qualcosa che solo lui poteva fare, e solo al momento giusto.

Una sera, dopo che Young-gu e Loach avevano lasciato il gruppo, Jung-ho li incontrò a cena al ristorante cinese. Erano in quello stato d'animo lieto e un po' brillo tipico dei vecchi amici che si ritrovano in un luogo familiare e ricco di bei ricordi, una sensazione simile all'essere seduti sull'erba in un crepuscolo d'estate. Era bellissimo all'inizio, poi, via via che la serata avanzava, prevalse una vaga e indistinta tristezza. Sebbene fossero ancora giovani, Jung-ho ebbe la netta sensazione che qualcosa fosse ormai irrimediabilmente alle loro spalle. Young-gu era padre di una bambina e aveva un secondo figlio in arrivo. Loach aveva messo da parte abbastanza denaro da aprire un emporio accanto al ristorante di Young-gu. Jung-ho non aveva neanche cercato di fare qualcosa di simile. Ma, se fosse riuscito a costruire qualcosa di piccolo e vero con Jade al suo fianco, per lui sarebbe stato tutto. Rimase stupito rendendosi conto che non la vedeva da quasi tre mesi. L'ultima volta che era andato a trovarla, aveva avuto la sensazione che lei avesse un nuovo uomo, e se n'era andato sentendosi peggio che se non l'avesse vista. Era una particolare forma di autotortura che non aveva più intenzione d'infliggersi.

Dopo aver salutato gli amici, Jung-ho andò da solo al ponte di pietra sul fiume, per fumare e pensare. Appoggiando i gomiti al parapetto, tirò fuori dalla tasca interna il portasigarette d'argento. In qualche punto era opaco e ossidato, e l'incisione ormai si vedeva a fatica. Però ovviamente era ancora lì. Il tempo aveva il potere di sfumare e attenuare tutto, ma non avrebbe mai potuto cancellare qualcosa di reale.

Di tanto in tanto, Jung-ho frequentava alcuni ristoranti di bassa lega dove c'erano ragazze che soddisfacevano le sue necessità nella stanza sul retro. Non erano cortigiane, erano solo puttane che andavano a letto con chiunque per soldi, ma a lui piacevano e le desiderava. Per una ragazzina giovanissima, che poteva avere al massimo diciotto anni, aveva provato una specie di affetto fraterno, oltre al desiderio fisico. Non era un tradimento nei confronti di Jade, perché lo aiutava a serbare la sua parte migliore per lei per tutto quel tempo, quindi forse era un atto di fedeltà. Valutò se andare a trovare la ragazza. Sarebbe stato bello restare per un po' tra le braccia di qualcuno. Poi, scuotendo la testa, decise di lasciar perdere.

Gli venne in mente che non aveva mai confessato a Jade quello che provava davvero. Forse lei lo sapeva ma rifiutava di riconoscerlo. O magari non l'aveva mai visto sotto quell'aspetto, ma ora si sarebbe resa conto di ciò che era sempre stato sotto i suoi occhi. Quando Jung-ho arrivò a casa di Jade, la cameriera gli disse che non era ancora tornata e gli chiese se volesse aspettarla dentro. Lui preferì rimanere fuori per prendere un po' d'aria.

Indossava il suo unico abito invernale, una delle due camicie che possedeva e un vecchio soprabito, ma tutto era lavato, stirato e inamidato grazie alla governante di Myung-bo. Nessuno avrebbe potuto dire che aveva l'aspetto di uno sporco ragazzetto mendicante o di un derelitto. Passando, alcune donne lo guardarono con cortese curiosità, e ciò gli diede un'iniezione di fiducia. Finalmente era pronto a dirle tutto.

Quella mattina Jade uscì per andare sul set del suo nuovo film sulle rive del fiume Han. Vicino all'acqua faceva freddo e tirava vento, e lei non si sentiva bene. In una pausa delle riprese, il coprotagonista le chiese se c'era qualcosa che non andava.

«Sono solo un po' stanca, ma mi riprenderò.»

«Oggi fa troppo freddo. Mi dispiace che tu debba star qui con indosso solo quella camicetta leggera.» Lui le sorrise. Era quel genere di sorriso che gli uomini usano per dire: *Sì, ci tengo a te*. Jade sapeva di piacere al coprotagonista e, sebbene non avesse mai avuto l'intenzione di ricambiare, la sua costante disponibilità l'aveva fatta sentire subito meglio.

Soffriva perché Han-chol si era laureato, e questo, anziché consentire loro di cominciare una nuova vita assieme, aveva solo portato nuove preoccupazioni. All'inizio, erano rimasti entrambi sconvolti dal fatto che lui non riuscisse a trovare lavoro immediatamente. Molte aziende avevano licenziato i dipendenti a causa del crollo dei mercati, ed erano pochissime quelle che assumevano. C'erano centinaia di candidati per cinque o al massimo dieci posti, posti che venivano dati prima di tutto ai giapponesi, poi alle élite filogiapponesi. Senza una famiglia importante alle spalle o denaro, una laurea era assolutamente inutile. Per orgoglio, Han-chol rifiutava di scrivere ai suoi lontani parenti di Andong o di socializzare coi giovanotti borghesi dell'università, anche se in quest'ultimo caso, per essere onesti, il suo rifiuto non aveva tanto a che fare con l'integrità quanto con l'istintiva certezza che non l'avrebbero accettato. Più Jade cercava di consolarlo e più Han-chol era distante e freddo, perché si trovava isolato nell'amore di una donna quando avrebbe dovuto essere libero in compagnia di altri uomini. Jade sapeva che lui si sentiva così. Per questo cercava di pretendere il meno possibile, anche se ciò la faceva sprofondare nell'infelicità.

Jade aveva pensato che Han-chol avesse bisogno solo di un po' di spazio e di avere un lavoro, e si era rallegrata quando finalmente aveva trovato un posto da meccanico in un negozio di biciclette. Non serviva la laurea, ma per mesi aveva inviato il curriculum a decine di aziende e banche, invano. Se Han-chol era deluso, lo nascondeva bene. Gli anni passati a riparare il suo risciò gli avevano dato la capacità di capire che problema avesse una bicicletta semplicemente guardandola e trafficandoci per qualche minuto. La sera prima, Han-chol era andato da lei e le aveva raccontato di aver aggiustato addirittura la bicicletta del suo capo. «Questo lavoro non è esattamente quello che avevo in mente, ma se non altro è sicuro. E il mio capo mi paga meglio di altri. Ha detto che era molto colpito da come gli ho aggiustato in fretta i freni, e abbiamo parlato un po' di quello che ho studiato all'università», le aveva raccontato a letto. Col braccio destro cingeva Jade, che posava la testa dai corti capelli ondulati sulla sua spalla.

«Vedi? Riconosce il tuo talento. Presto ti affiderà compiti più importanti e ti darà una promozione. E a quel punto sarai a posto. » Gli aveva sorriso. Sebbene evitasse di pensarci, aveva una crescente aspettativa sul loro futuro, e credeva che Han-chol avrebbe tirato fuori l'argomento una volta sistematosi nel lavoro. Quando studiava, di tanto in tanto le prometteva che non l'avrebbe delusa e che l'avrebbe resa felice. Aveva più volte detto che avrebbe voluto che stessero assieme per sempre. Sentire quelle parole tra le sue braccia le aveva dato una sensazione di luminosità pura, come una lucciola che immagazzina i raggi del sole di giorno per poi brillare di notte: umile eppure miracolosamente viva. Era la consapevolezza di aver assaporato la vita, di essere stata *baciata* dalla vita. Ma la sua felicità dipendeva da lui, e per questo era fragilissima.

Han-chol non diceva più che voleva che stessero assieme per sempre. Jade non sapeva esattamente da quando.

Invece di dirle quelle parole dolci, le aveva strizzato leggermente la spalla e aveva detto: « Sì, spero di fare carriera in questo lavoro. Voglio dimostrare al capo quello che so fare. Lui è piuttosto distratto e l'attività è gestita molto male da un socio... »

Quello che lei avrebbe voluto sentire era che, una volta sistemato col lavoro, avrebbe raccontato di lei a sua madre e che sarebbero cominciati i preparativi. Delusa, Jade sentiva che lui parlava di se stesso più che di lei o di loro due assieme. Gli si era stretta contro con ancora più amore. « Baciami. » Aveva guidato le sottili labbra di Han-chol su di sé. Si era lasciata cadere nel familiare piacere mentre lui le baciava il seno e affondava dentro di lei col consueto desiderio, con la consueta urgenza. Il viso le si era illuminato quando aveva avuto la certezza che Han-chol la desiderava ancora come il primo giorno. Mentre fa l'amore, gli occhi di un uomo rivelano tutto. Dopo, però, non la baciava più, né aveva quel sorriso inconsapevole e beato.

Per tutto il pomeriggio Jade aveva girato le sue scene, distratta, preoccupata per la situazione con Han-chol. Quando le riprese finirono, nel tardo pomeriggio, il coprotagonista le chiese: « Che ne dici di qualcosa di caldo dopo questa giornata? Ti andrebbe di venire con me a mangiare un piatto di *udon*? »

Nei suoi begli occhi c'era uno scintillio nervoso molto affascinante. Il suo elegante completo di lana dal taglio impeccabile era stirato alla perfezione, e una volta Jade aveva ridacchiato tra sé pensando che sarebbe potuto restare in piedi da solo anche senza qualcuno che lo indossasse. Ma era davvero un bell'uomo.

«Oh, grazie, ma oggi non posso. Ho già un impegno. Magari un'altra volta», rispose Jade, arrossendo. Mentre infilava il cappotto azzurro con collo in lapin notò come il coprotagonista cercasse di nascondere la delusione, e si sentì dispiaciuta ma al contempo euforica. Lo salutò con un inchino e salì sul taxi che la portò alla villa di Lotus.

«Quanto tempo! Sembri infreddolita! Presto, vieni dentro.» Lotus l'accolse personalmente al portone e le posò una mano sulla schiena. Raramente passavano del tempo assieme, e l'ultima visita di Lotus a casa di Dani risaliva a diversi mesi prima. Lotus, però, l'aveva chiamata e le aveva chiesto di andare da lei, e Jade aveva accettato. Si sentivano entrambe un po' a disagio, ma, da vecchie amiche quali erano, cercavano sinceramente di dissimulare quell'artificialità.

«Dov'è Sunmi? Come sta la tesorina?» chiese Jade, guardandosi attorno in cerca della figlia di Lotus, che aveva da poco compiuto quattro anni. Sunmi era uscita a fare una passeggiata con la tata, e sua madre aveva l'aria felice di un genitore liberato dalla presenza del pargolo.

«Quanto sei fortunata a non avere figli, Jade», disse Lotus, nel suo solito tono di un tempo, dopo che si furono accomodate. «Non che non le voglia bene, naturalmente farei qualsiasi cosa per mia figlia, ma... Mi manca la mia vecchia vita. Il palcoscenico, gli spettacoli...»

«Sicuramente potresti ricominciare. Mettono ancora il tuo disco in tutti i locali, sai?» Prima della nascita di Sunmi, Lotus aveva inciso qualche canzone e il suo nome era diventato famosissimo. Il disco le aveva fruttato una piccola fortuna, e una molto più sostanziosa al Presidente Ma.

«Davvero? Sono l'ultima che può saperlo... Sono secoli che non esco la sera.» Sospirò. «A volte mi mancano davvero i vecchi tempi; a te no, Jade? Quando tutte le cose meravigliose sembravano possibili. Adesso non ne sono più così sicura. Cerco solo... » Le si spezzò la voce. « Cerco solo di tenermi su di morale. »

« Certo che mi mancano i vecchi tempi. Eravamo tutte così innocenti. » Jade ricacciò indietro le lacrime. Pensava a Lotus, e a Han-chol, e a ogni persona cui una volta aveva voluto bene con assoluta fiducia e purezza, senza timore di essere ferita. Anche Jung-ho si era silenziosamente allontanato, e si pentiva di non essere stata un'amica migliore per lui. Lotus si sporse per darle un buffetto su un braccio, e lei rise. Le lacrime erano terapeutiche, in un certo senso.

« Mi è venuta un'idea. » Jade tirò su col naso. « Perché stasera non usciamo? A essere sincera, avrei proprio bisogno di bere qualcosa. »

Lotus resistette all'idea solo per qualche istante; era davvero eccitata alla prospettiva di uscire. Canticchiando sottovoce, sedette davanti allo specchio a trafficare con cipria e rossetto. Pur non essendo mai stata bella, aveva ancora un aspetto giovane. Il suo nuovo taglio di capelli era simile a quello di Jade, lungo fino alle spalle e con ricci fatti col ferro; si adattava bene ai suoi lineamenti.

La tata e Sunmi tornarono mentre Lotus stava scegliendo l'abito. Jade notò che la bambina non era affatto carina; sentendosi in colpa per quel pensiero, si profuse in complimenti. La tata esortò Sunmi a salutare. Lei si limitò a mettersi un dito sulle labbra e si guardò attorno con un'attenzione e una serietà che colpirono Jade e resero la bambina ancor meno attraente ai suoi occhi.

« È così tranquilla, così educata. Non piange mai davanti a me. Una volta è caduta mentre la tata non c'era e ha arricciato tutto il viso pur di non piangere », raccontò Lotus, in tono distratto.

A quelle parole, Jade decise di dimostrare un po' d'affetto a Sunmi e le baciò la testolina. Lotus sfiorò i capelli sottili della figlia, spettinati e traslucidi, come una ragnatela umida di rugiada. « Su, su... È ora di andare a nanna », disse, congedando rapidamente la bambina e la tata.

La serata era nuvolosa e minacciava tempesta. Lotus scelse

un abito di seta granata, una cloche e un soprabito verde scuro, autunnale e vivace contro il grigiore che le attendeva all'esterno. Provava un voluttuoso piacere nell'essere vestita alla perfezione per un certo tipo di tempo. Jade si stava già infilando le scarpe quando Lotus si attardò alla toeletta per arrotolare una sigaretta. Ne fumò metà prima di accorgersi dell'impazienza di Jade. « È tabacco con una punta di oppio. Giusto per rilassarmi un po'. Vuoi provare? »

« No, sto bene così. Di questo passo, a mezzanotte saremo ancora qui », rispose Jade, e Lotus spense accuratamente la sigaretta, lasciandola sul posacenere.

Quando finalmente si avviarono, un vento impetuoso faceva volare i secchi vuoti del pozzo e le cameriere correvano qua e là per raccogliere dai fili il bucato steso.

A Seul c'erano tantissimi caffè, e ciascuno aveva la propria clientela: gli uomini d'affari e i ricchi filogiapponesi andavano al Café Vienna; i nazionalisti al Café Terrace; i comunisti frequentavano il Yellow Horse; studenti e artisti il Café Gitane, e i giapponesi andavano nei loro caffè, gestiti da giapponesi. Ma chiunque avesse un nome famoso andava al Café Seahorn, di proprietà di un giovane poeta borghese. In qualche modo, il fatto che fosse il figlio di un proprietario terriero filogiapponese con un'istruzione di altissimo livello e al contempo un artista di sinistra che credeva nell'amore libero attirava la gente più interessante da qualunque ambito della società. Jade lo conosceva, ed era al suo locale che stava portando l'amica. « Non è fantastico? Da qui puoi vedere tutti », disse a Lotus mentre prendevano posto nel séparé di pelle cremisi. Si voltò verso la graziosa cameriera e ordinò due tazze di caffè *mocha*.

« Perché è così buono rispetto al caffè normale? » chiese Lotus, in un sussurro.

« C'è dentro del cioccolato; non è straordinario? » Jade ridacchiò. « Cominciamo con questo, poi passiamo agli alcolici. Adesso la gente chiacchiera. Più tardi, balleranno tutti. Oh, hanno messo su *La Paloma*! » Jade saltava da un pensiero all'altro. Indicò una famosa pittrice che aveva sposato un diplomatico con cui aveva girato il mondo; mentre era all'estero, però, lei aveva avuto una storia col migliore amico del marito e lui aveva divorziato non appena erano rientrati in patria. La pittrice adesso si manteneva a fatica vendendo quadri e illustrazioni per le riviste. C'era anche uno scrittore, seduto da solo, che leggeva ostentatamente una rivista americana offerta dal locale, ma che in realtà era lì per una delle cameriere, che era la sua amante.

« Oggi vanno tutti pazzi per le ragazze dei caffè. Più moderne delle cortigiane, mi hanno detto », commentò Jade, sbirciando la loro cameriera, il cui grembiule metteva in risalto la vita sottile. Sembrava non avere più di vent'anni. « E non esigenti come le altolocate *Modern Girls.* »

« A volte è strano pensare che abbiamo cominciato studiando poesia classica e canzoni tradizionali in quella casa sotto il salice piangente. E mia madre poi... nei suoi regali abiti di seta e gioielli, e con la sua eterna devozione verso un unico uomo... Sembra che siano passati cent'anni. »

« Non ti manca? Perché non porti Sunmi a trovarla a Pyongyang? »

« Il Presidente Ma non me lo permetterebbe », rispose piano Lotus, fissando la tazza. La musica cambiò. Un giovane uomo si dirigeva verso di loro, e sorrisero per accoglierlo.

« Jade, che piacere. Era da molto che non la vedevamo, come mai? Ci è mancata », disse lui, che era il poeta e proprietario del locale. Aveva tra i venticinque e i trent'anni ed era di altezza e corporatura medie. La camicia senza giacca, gli occhiali con montatura di corno e il suo atteggiamento amichevole erano la dimostrazione del suo essere anticonformista. Prese la mano di Jade e la baciò con passione, come a dire che stava scherzando solo per metà. Quando Jade presentò l'amica, la famosa cantante, lui fu altrettanto entusiasta e ordinò un giro di whisky americano. Aveva il dono di poter parlare con due donne dando a entrambe la stessa attenzione e flirtando senza sottintesi.

« Mi dica, che cosa significa il nome? Seahorn, intendo », chiese Lotus, impegnata nel suo primo assaggio di whisky.

« Oh, me lo sono inventato io. Quand'ero uno studente, una volta sono andato a Busan da solo. Ho vissuto per un mese in una pensioncina vicino al porto, senza far altro che scrivere e leggere dal mattino alla sera. Quando faceva buio, accendevo una candela per continuare, e allora era possibile credere che nel mondo esistessimo solo io e i miei libri. Era come se la mia camera fosse la cabina di una nave, da qualche parte in mezzo all'oceano. Ogni pomeriggio, fra le tre e le quattro, suonavano le sirene delle navi al molo. Le navi più grandi facevano *BOO–BOOO*, e quelle più piccole rispondevano *Doo–dooo*... Mi facevano sentire più felice che mai. Se potessi imbottigliare quel suono, me ne verserei un goccio quando sono triste e lo berrei come se fosse whisky.» Sorrise. «È mai stata al mare, Lotus?»

Né Lotus né Jade erano mai state al mare. Nemmeno a Incheon, che era così vicino.

«Giusto, venite entrambe dal Nord... Ovvio, è per questo che siete così belle. Non per niente le cortigiane di Pyongyang sono le più famose di tutte. Oh, la canzone è finita. Se volete scusarmi, vado a mettere un altro disco.» Fece un inchino e si allontanò.

«È molto affascinante», commentò Lotus, quando lui fu abbastanza lontano da non sentire.

«Sì, ma non hai l'impressione che non sia del tutto presente?» Jade bevve un altro sorso di whisky. «La sua storia, per esempio. È come se non la stesse raccontando *per noi*, non davvero. Ha raccontato quella storia a chiunque gli abbia fatto la stessa domanda. Alla fine, non gli importa veramente. Perché sorridi? Sono troppo cinica?»

«Sorrido perché ti voglio così bene. La mia più cara amica.» Lotus cinse Jade con un braccio.

«Ma sei d'accordo? Non ho ragione, secondo te?» Jade pensava alla storia del gufo che le aveva raccontato Han-chol. L'aveva sempre fatta sentire come se la stesse raccontando solo per lei. Aveva voluto essere capito da *lei*. Le mancava terribilmente.

«Sì, hai ragione. Ma sei sempre stata più esigente in fatto di uomini. Oh, ascolta, Jade!» Smisero di parlare; sul grammofono girava il disco di Lotus. Il poeta-proprietario le salutò con la mano dall'altra parte del locale. Le coppie cominciavano ad alzarsi per ballare, quasi che la musica le avesse risvegliate dal sonno come succede nelle favole agli abitanti di un villaggio vittima di un incantesimo. La luce liquida delle lampade si riversava sui ballerini, e le loro ombre roteavano sulle pareti.

«Sono così contenta che tu mi abbia portata qui.» Lotus posò la testa sulla spalla di Jade. «Sai, il Presidente Ma non mi ama, non mi ama più già da tanto. Non fa neanche finta di voler bene a Sunmi: è la quarta figlia, per di più bastarda, mentre lui in realtà voleva un maschio. Sono anche abbastanza sicura che vada a letto con quella puttana della segretaria.» Lotus non aveva mai pensato sul serio all'ultima parte del suo discorso ma, una volta detto ad alta voce, ebbe la certezza che fosse vero. «Temo che mi lascerà. O che io lo lascerò. Sembrano due cose completamente diverse, ma il risultato alla fine è lo stesso: lui starà bene, benissimo, mentre io sarò rovinata. Così entrambe le possibilità mi terrorizzano... ma ora sono infelice. Che cosa devo fare?»

«Non devi restare con lui per sempre», rispose Jade, prendendo la mano dell'amica.

«Ma nessuno potrà mai amarmi ancora. Sarò una donna vecchia e abbandonata, un'amante scaricata.»

«La vedi, la pittrice, quella che era sposata con un diplomatico?» Jade indicò con lo sguardo la donna con indosso un abito di velluto cremisi che stava ballando col poeta-proprietario del locale. «Aveva trent'anni e quattro figli quando si è fatta le sue storie a Parigi e a Berlino. Tu ne hai solo venticinque e una figlia.»

La pittrice sussurrò qualcosa all'orecchio del partner ed entrambi scoppiarono a ridere, gettando indietro la testa. Sembrava che non le importasse dell'ex marito, o del migliore amico di lui, l'amante, che a sua volta l'aveva lasciata.

«E adesso nessuno della sua famiglia le rivolge la parola e la gente ride dietro le sue spalle. No, non fa per me.» Lotus sospirò. «La più fortunata di noi è mia sorella, vero?»

«Vero.»

Luna aveva trent'anni ed era sola come sempre. Aveva pagato l'uscita dalla corporazione delle cortigiane e lavorava come segretaria al consolato americano. Lo stipendio era buono e le permetteva di essere indipendente. Il suo supervisore era cotto di lei, ma Luna faceva finta di non accorgersene. A differenza delle due ragazze più giovani, sembrava felice di essere lasciata in pace. La solitudine le donava come un bel cappotto.

La cameriera graziosa tornò con due bicchieri di liquore ambrato. « Cognac, offre il signore del tavolo nell'angolo », annunciò, indicandolo con gli occhi. « Non l'ufficiale. Quello col papillon », aggiunse.

Quando riconobbe quel volto, Jade si sentì gelare. Non portava più l'uniforme, ma, mentre la osservava attraverso la sala, aveva ancora quel suo sorriso arrogante. L'uomo disse qualcosa all'amico, prese il proprio bicchiere e si diresse verso il loro tavolo con falcate rapide e sicure.

18

NOTTE DI PIOGGIA

1933

« Perché non vieni con me? Non essere noioso », disse il conte Ito al colonnello Yamada, spegnendo la sigaretta nel posacenere di cristallo.

« Che c'è ora? Non posso star dietro ai tuoi capricci. »

« Ma non hai gli occhi? Come vedi ci sono due donne a quel tavolo. Una di loro è bellissima, forse addirittura eccezionale. In realtà l'ho incontrata qualche anno fa. »

« Non capisco questa tua attrazione per le donnine dei caffè e le prostitute. » Il colonnello Yamada sorrise freddamente, scuotendo il capo. Era in licenza dalla guerra in Manciuria e incontrava il cognato per la prima volta dopo tre anni. Dopo la dura vita al fronte, a combattere l'esercito cinese e quello coreano, i modi spensierati e arroganti di Ito e della società in generale lo irritavano profondamente.

« Non è una cameriera. È un'attrice di cinema », replicò il conte, scivolando fuori dal séparé.

Ito era uno di quegli uomini che si fanno prendere dall'ossessione per una donna e poi dall'oggi al domani la dimenticano quasi del tutto. Da quand'era uscito dal camerino di Jade otto anni prima, non aveva pensato a lei neanche una volta. Quell'incontro aveva soddisfatto i suoi appetiti, e lui si era fatto prendere da nuove voglie, a volte per altre donne, anche se in realtà non era mai davvero interessato a loro, né alla gente in generale. Quando si avvicinava troppo a un'altra persona aveva sempre la sensazione di abbassarsi, ed era per questo che preferiva Yamada, in compagnia del quale non sentiva poi così tanto quello svilimento. Più che la gente, Ito amava gli oggetti di pregio, le idee e lo spazio vuoto tra le cose e le idee. Sarebbe stato felicissimo d'infilarsi in quel vuoto tutto bianco e respirarne l'aria fresca e pulita per il resto della sua vita.

Ogni tanto, però, Ito s'interessava agli altri quasi a dispetto di se stesso. Jade era completamente cambiata dall'ultima volta che l'aveva vista. Non solo perché vestiva all'occidentale o si era tagliata i capelli e li arricciava col ferro. Persino i suoi lineamenti sembravano diversi, e in un certo senso più attraenti. Tuttavia l'aveva riconosciuta dalla sua essenza immutabile, una sorta di aura attorno al suo fisico. Voleva osservarla da vicino.

« È passato molto tempo dall'ultima volta che ci siamo visti », disse, sedendosi accanto a lei nel séparé. Jade lo fulminò con occhi che parevano più brillanti rispetto al passato. Anche la sua amica, vestita alla moda ma decisamente brutta, sembrò indignata per quell'esordio. Ito non le dedicò più attenzione di quella che avrebbe riservato a un falso pezzo d'antiquariato. « Come sta? Ho visto che ha girato molti film », chiese, gli occhi fissi sull'attrice.

Jade parlò in un giapponese lento e compassato. « Colonnello, sono sicura che ci siano molte donne qui che sarebbero felici di parlare con lei. Io non sono tra queste. »

« Ma loro non m'interessano. Lo sa, vero, com'è quando si ha tutto? »

« Non oso immaginare », ribatté lei, sarcastica.

Ito, però, sapeva che era attratta. « Sono giovane, ho denaro, intelligenza, potere, donne... Non mi manca nulla. Non devo mai impegnarmi troppo. Inizia a diventare tutto noioso, persino la compagnia delle belle donne. È così raro vedere qualcosa che risvegli davvero il mio interesse, come lei. »

« Perché? »

Lui posò il mento su una mano e fissò i begli occhi neri di Jade. La sua pelle era luminosa e liscia, dalle guance fino al décolleté marmoreo che spuntava dallo scollo a V dell'abito. Era al suo massimo fulgore come donna e nemmeno se ne rendeva conto. Ito provava quasi dolore. « Glielo rivelerò se balla con me. Non dica di no. Lei è una ballerina, e questo è un valzer meraviglioso. » Si alzò e le tese la mano.

Gli altri avventori li guardavano di sottecchi: il bel milionario giapponese, recentemente nominato conte, che aveva appena comprato miniere d'oro e di ferro da un uomo d'affari francese, e la famosa attrice. Lei gli prese la mano.

Tutti li osservavano danzare. Le ragazze, solitamente impeccabili, smisero di servire i clienti e si fecero da parte per bisbigliare tra loro. Il conte e l'attrice erano una splendida coppia.

Yamada osservò pacatamente affascinato il cambiamento nell'amico. Ito si muoveva con sicurezza innata, stringendo a sé la donna con un braccio attorno alla vita. Yamada non aveva mai ballato in vita sua. Per un istante immaginò che fosse il suo braccio a stringere la splendida attrice al centro della pista da ballo. Ito aveva ragione: era stupenda. Ad attirare lo sguardo non erano solo il suo volto e il suo corpo, entrambi imperfetti, ma la sua essenza, il suo portamento e il suo modo di muoversi.

Quando la canzone finì, i due si separarono e Ito tornò al tavolo di Yamada. « Vuole andare via, e credo che le darò un passaggio in macchina. Ti spiace prendere un taxi? »

« Certo che no. »

« Ci vediamo presto. Di' a Mineko che la saluto. »

Lotus e Jade uscirono assieme, seguite da Ito che s'infilava il cappotto; aprì loro lo sportello dell'auto, poi salì dall'altro lato. Quando la macchina si fermò davanti a casa di Lotus, la pioggerellina umida era diventata un acquazzone gelido. Jade salutò l'amica con un abbraccio, ma sentiva che il muro tra loro si era rialzato, e stavolta più impenetrabile di prima. Ciò la fece sentire triste e preoccupata, e tenne il volto ostinatamente rivolto verso il finestrino per tutto il tragitto fino a casa. In auto regnava il silenzio, eccezion fatta per il tamburellare metallico della pioggia sul tetto e per il rumore delle ruote sul fango, simile a quello dei remi di una barca.

« Si fermi pure qui », disse Jade davanti a casa sua, e l'autista frenò. « Grazie per il passaggio. »

« Aspetti. » Ito le prese la mano. « Posso entrare? »

Jade scosse il capo.

« Andiamo, ci siamo divertiti stasera. Non può essere ancora arrabbiata con me perché mi sono comportato male anni fa. »

« Potrà anche sembrare più gentile adesso, e non porta più l'uniforme, ma lei non è cambiato. Non mi piacerà mai. » Mentre Jade parlava, l'immagine di Ito nel suo camerino le balenò nella mente, ricordandole la sua vera natura, la sua disinvolta brutalità.

« Il piacersi non c'entra niente. Mia moglie e io non ci siamo mai piaciuti, eppure abbiamo un matrimonio perfetto. » Ito sorrise, sprezzante. « L'amore come lo si racconta nei film e nei romanzi non esiste. Tra un uomo e una donna, l'unica cosa che conta è lo scambio di ciò di cui l'uno ha bisogno dall'altra... Anzi, a mio modo di vedere un po' di avversione può aggiungere qualcosa in più alla passione. » L'attirò verso di sé per il polso e si sporse per baciarla sul collo.

« Io non ho bisogno di niente da lei », ribatté Jade, respingendolo.

« Farsi inseguire un po' va bene, ma non sia stupida. Io detesto la stupidità », disse lui, aspro, un attimo prima che lei si liberasse, aprisse la portiera e si precipitasse fuori dall'auto.

Jade si diresse verso casa di corsa, temendo che Ito potesse raggiungerla. Sopra il rumore assordante della pioggia, le parve di sentire lo sportello dell'auto che si apriva.

Davanti al suo portone c'era un uomo con un berretto floscio e con un bel soprabito; al riparo dell'aggetto del tetto, attendeva che smettesse di piovere. Jade si rese conto che era Jung-ho e gli corse incontro. « Sono così felice che tu sia qui », esclamò, abbracciandolo per la prima volta.

« Jade! » bisbigliò lui, sporgendo poi la testa per lanciare un'occhiataccia all'auto nera. « Che succede? Di chi è quella macchina? »

Jade sapeva che Jung-ho avrebbe fatto qualsiasi cosa per proteggerla, o anche solo per difendere il suo onore. « Nessuno », rispose.

« Lo sai, se qualcuno prova a farti del male non hai che da dirmelo. » Jung-ho serrò la mascella, lanciando occhiate di fuoco alla macchina, poi tornò a guardarla negli occhi come a implorarla di dargli una possibilità di dimostrarle la sua lealtà. Jade iniziava a temere che Ito sarebbe sceso dall'auto e che i due si sarebbero trovati faccia a faccia, ma finalmente la cameriera udì il campanello nel frastuono dell'acquazzone e aprì il portone.

Jade sospirò di sollievo. « Vieni, entra. Prendiamoci un tè. »

Anziché in soggiorno, Jade lo guidò verso la sua camera. Jung-ho lo prese come un buon segno; oltretutto, poco prima l'aveva abbracciato con una tale intensità che ora lui faticava a mantenere una certa compostezza. Dopo che la cameriera li ebbe lasciati soli col tè, sedettero l'una di fronte all'altro, con le mani intirizzite strette attorno alle tazze fumanti.

« Come mai sei venuto qui a quest'ora tarda? » domandò lei, poi si fermò di colpo. « No, scusa, mi sono espressa male. Proprio oggi pensavo che è un sacco di tempo che non parliamo. Mi sei mancato. »

« Anche tu mi sei mancata, Jade. Mi manchi sempre. »

Lei rise e posò la tazza. « Be', vieni a trovarmi più spesso, allora! Sai dove trovarmi. »

« Sì, ma a volte mi piacerebbe che anche tu mi cercassi », rispose lui, con qualche difficoltà. « Sento di non essere poi così importante per te. »

« Ma certo che sei importante per me. Sei uno dei miei due più cari amici. Hai persino salvato la vita a Luna! »

Jung-ho iniziava a sentirsi un po' più fiducioso, e comunque era stanco di nascondersi.

« Jade, quello che voglio dire è che ti amo. E vorrei sapere se anche tu mi ami. »

Mentre lui parlava, Jade abbassò gli occhi. Le sue dita erano ancora arrossate dopo il freddo e la pioggia.

« Certo che ti voglio bene, Jung-ho. Ti ho sempre ammirato, fin da quando eravamo piccoli. E sai perché? Perché non avevi paura di niente. Ero sbalordita di quanto fossi coraggioso anche se non avevi nulla. Da bambine, Lotus mi prendeva in giro, diceva che ero codarda. Tu mi hai aiutata a diventare più coraggiosa, come te.» Fece una risatina. «Ma sono innamorata di un altro. Mi dispiace, davvero.»

Sebbene in un certo senso si fosse aspettato quella risposta, Jung-ho si sentì morire. «Chi è? Qualche ricco playboy?» chiese, senza pensare.

«Si chiama Kim Han-chol. È un semplice meccanico in un negozio di biciclette.»

Jung-ho faticava a metabolizzare: aveva passato tutti quegli anni a cercare di migliorare se stesso per lei, e lei era innamorata di un meccanico. Rise, confuso, e Jade lo prese come un segno che la tensione si era allentata e potevano tornare amici.

«Credo che i ragazzi poveri siano il mio genere», scherzò. «Non mi va di parlare di Han-chol con te. Mi ucciderebbe perderti per questo. Più vado avanti nella vita e più mi rendo conto che è impossibile sostituire i vecchi amici. Aspetta, voglio mostrarti una cosa.» Jade si alzò, andò alla credenza e tornò tenendo qualcosa in mano. Lasciò cadere l'oggetto nel palmo di Jung-ho. «Guarda, è quel vetro di mare che hai lanciato oltre il muro tanti anni fa. L'ho tenuto.»

Jung-ho fissò il ciottolo verde e liscio e sentì di avere adagiati sulla sua mano tutti i modi in cui le persone si tengono a vicenda nelle loro vite attraverso cose materiali e immateriali: parole, ricordi, gesti, oggetti insignificanti che diventano pegni per poi tornare a essere oggetti insignificanti. Il vetro era incredibilmente pesante e al contempo leggero come una piuma. Lo restituì a Jade. «Non preoccuparti. Non vado da nessuna parte.»

19

BRINA

1934

Tutti gli uomini del mondo rientrano in due categorie. Alla prima, di gran lunga la più numerosa, appartiene l'uomo che a un certo momento della sua vita si rende conto che non potrà avanzare oltre la sua condizione attuale, e dovrà allora trovare un modo per razionalizzare la sua sorte e accontentarsi. Per i più poveri tra i poveri, questo punto si raggiunge molto in fretta, prima dei vent'anni. Quelli che hanno avuto i benefici di un'istruzione raggiungono quella consapevolezza fra i trenta e i quaranta. Alcuni, per nascita, ambizione e talento, arrivano alla resa dei conti verso i cinquanta, e a quell'età la prospettiva non è più così spaventosa.

Il secondo ed estremamente più raro tipo di uomo è colui che non smette mai di avanzare e crescere sino alla fine della sua vita. Kim Sung-soo apparteneva a questo gruppo non soltanto per nascita, fatto che di per sé gli garantiva campi fertili in quattro contee della provincia, ma anche per il suo matrimonio con l'unica figlia di un ministro. Invece di adottare come figlio un parente maschio, alla sua morte il suocero aveva lasciato le sue proprietà alla figlia. Per di più, il cugino di Sung-soo, l'unico figlio maschio dello zio, era morto in un increscioso incidente l'anno dopo, quando il cuore gli si era fermato mentre era a letto con la giovane e graziosa amante. Sebbene lo zio fosse ancora vivo, anche Sung-soo era suo erede, e in questo modo univa elegantemente la ricchezza dei due rami della famiglia.

Sung-soo non era così ignorante e volgare da non rendersi conto della sua straordinaria buona sorte. Di tanto in tanto, in effetti, sentiva che la vita era stata ingiustamente generosa con lui. A quarantanove anni, era al massimo del vigore della mezza età, andava ancora in ufficio, pubblicava libri regolarmente e non era dissoluto e pigro come molti suoi pari. Alcuni suoi conoscenti erano andati alla deriva, vagando senza scopo, incapaci di trovare un'occupazione adatta mentre l'economia crollava e la fortuna di famiglia si assottigliava, e qualcuno aveva perso la voglia di vivere. Tre anni prima, il suo amico drammaturgo si era buttato da un ponte sul fiume Han. Sung-soo ne era stato rattristato, ma non per molto: invecchiando, riusciva sempre meno a dispiacersi per gli altri. Le disgrazie altrui non facevano che consolidare la sua convinzione di essere eccezionale. Tutta Seul lo conosceva e lo rispettava, tranne quei comunisti clandestini che ben presto sarebbero stati schiacciati dal giro di vite del governo.

C'era solo una cosa che lo preoccupava: che la sua ricchezza, seppur enorme, sembrava prosciugarsi abbastanza in fretta. Lui stesso aveva sempre amato spendere, e non aveva nessuna intenzione di rinunciare alle proprie abitudini in fatto di ristoranti, abbigliamento e donne. Tuttavia non si aspettava che il figlio prendesse tanto da lui nel dissipare la fortuna di famiglia. Faceva tutto ciò che faceva Sung-soo, ma più in grande, con l'aggiunta del vizio del gioco d'azzardo e dell'oppio. Per saldarne i debiti, Sung-soo aveva già pagato l'equivalente della vendita di due prosperi villaggi con annessi terreni agricoli, e la sua pazienza aveva raggiunto il limite.

Oltre all'instabilità degli affari, c'era l'aumento delle tasse di proprietà, studiato per spremere i proprietari terrieri coreani e spingerli a cedere volontariamente le proprie terre. Quando i borghesi decidevano infine di vendere le loro proprietà, i giapponesi erano in agguato, pronti ad acciuffarle. Quella mattina Sung-soo aveva ricevuto una lettera da suo padre, che viveva in campagna, proprio su questo argomento. Si lamentava della polizia locale, che aveva accompagnato i nobili giapponesi a visitare la sua tenuta, ufficialmente per un giro della zona, ma in realtà per fargli velatamente pressione.

Quei pensieri molesti si erano insediati nella mente di Sung-soo e, quando arrivò al suo negozio di biciclette, lui li cacciò via. Sebbene fosse un freddissimo pomeriggio di fine autunno, la porta era aperta. All'interno, il direttore e il meccanico capo chiacchieravano davanti a tè e panini al vapore, mentre il meccanico più giovane era accucciato accanto a una bicicletta. Sung-soo aggrottò la fronte e si schiarì la voce; il direttore scattò sull'attenti. « Non l'aspettavamo », disse, sorridendo e torcendosi le mani. Era agitato perché Sung-soo, quasi sempre assente, aveva scelto proprio quel giorno per il suo controllo di fine anno. « Lasci che le serviamo un po' di tè. Han-chol! Del tè, subito! » ordinò seccamente al giovane meccanico.

Han-chol dispiegò il corpo alto e forte, alzandosi obbediente dal suo posto e accingendosi ad andare a prendere il tè nella stanza sul retro.

Sung-soo lanciò un'occhiataccia al direttore. « Non è necessario. Vorrei che guardassimo assieme il libro mastro, se non ha troppo da fare. » Poi aggiunse: « Mia figlia vorrebbe far sistemare la sua bicicletta. Passerà tra un po' ».

Sung-soo andò nella stanza sul retro, e il direttore lo seguì. Per l'ora successiva, esaminarono assieme il libro contabile che, per la prima volta in tutti quegli anni, chiudeva in pari senza somme mancanti o non giustificate.

« Contabilità eccellente, quest'anno », borbottò Sung-soo.

Il direttore sorrise e fece diversi inchini in rapida successione, schernendosi: « Faccio solo il mio lavoro, signore ».

« Eppure l'attività è a malapena in pari. Com'è possibile? »

« Be', signore, sono tempi difficili... » iniziò il direttore, ma Sung-soo lo zittì con un gesto della mano.

« Va bene. Può andare. Oh, dica al ragazzo di venire da me. »

« Intende Kim Han-chol? »

« C'è solo un ragazzo, mi pare », rispose Sung-soo, sarcastico; il direttore s'inchinò e uscì.

Quando Han-chol entrò nella stanza, Sung-soo gli indicò la sedia di fronte a lui. « Allora, sei qui da un anno, ormai », esordì quando l'altro fu seduto. « Ho visto che hai tenuto la contabilità al posto del direttore. Si è preso tutto il merito, naturalmente, ma so che è opera tua. »

Han-chol rimase in silenzio. Era un giovane di bell'aspetto, pensò Sung-soo, notando la sua espressione intelligente e la postura attenta.

«Sì, signore, ho aiutato con la contabilità», ammise poi Han-chol.

«Com'è il lavoro di riparazione? Troppo pesante assieme alla contabilità?»

«Nient'affatto, signore. Voglio dare una mano dove serve.»

«Ma ti sei laureato all'università. Non può andarti bene stare qui a farti dare ordini da quei due imbecilli. Il direttore non è nemmeno diplomato alle superiori; i suoi libri contabili erano terribili, fino a quando non ci hai messo mano tu.» Sung-soo cambiò posizione, accavallando le gambe. «Che cosa vuoi fare veramente? Ti piacerebbe diventare il direttore di questo negozio?» Sung-soo sorrise; apprezzava quel ragazzo, e già da qualche anno si trastullava con l'idea di licenziare il direttore.

Han-chol inspirò a fondo. «No, signore.»

«Stai dicendo che vuoi fare l'aiuto meccanico per il resto della tua vita?» Sung-soo era deluso; per un momento aveva pensato che quel povero ragazzo avesse delle potenzialità. Ma non conta quanto uno studi, la povertà è radicata nel sangue.

«Signore, io non voglio lavorare con le biciclette per tutta la vita... Credo che mi piacerebbe lavorare con le automobili, un giorno.»

«Nel senso di aggiustare le macchine?»

«No, nel senso di costruirle.»

«Costruire automobili? Ragazzo, che ne sai di macchine?» Sung-soo si accigliò. All'inizio aveva pensato che il ragazzo fosse intelligente, poi privo di ambizioni... ma ora gli sembrava un povero illuso che delirava. «Ci sono duecento automobili a Seul, e sono tutte importate. Nessun coreano sa costruire macchine.»

Han-chol non batté ciglio e non abbassò gli occhi. «Questo è vero adesso, ma non sarà sempre così. Io non sapevo costruire una bicicletta, però ora, coi pezzi giusti, sarei in grado di assemblarne una. Se imparo ad aggiustare le automobili, imparerò anche come costruirne una.»

Sung-soo aggrottò le sopracciglia, scuotendo il capo. «Ascolta. Sei chiaramente intelligente. L'ho notato subito, anche se non sono molto presente qui. Ma tu non capisci il mondo come lo capisco io... Di dov'è la tua famiglia?»

« Io sono nato a Seul, ma la mia famiglia è originaria di Andong. »

« Stai dicendo che sei un Kim di Andong? » si lasciò sfuggire Sung-soo, incredulo, e Han-chol assentì. Forse, dopotutto, la sua intuizione sull'eccezionalità del ragazzo non era sbagliata. Sicuramente apparteneva a un ramo cadetto impoverito, ma faceva comunque parte di una delle famiglie più importanti del Paese, una famiglia che nei secoli persino gli imperatori avevano temuto.

Sung-soo si schiarì la gola. « Se davvero vuoi imparare come funzionano le macchine, puoi dare una mano al mio autista ad aggiustarla, di tanto in tanto. Gli dirò d'insegnarti qualcosa. »

Han-chol fece un cortese inchino con la testa.

Sung-soo proseguì: « Voglio inoltre che tu supervisioni la mia contabilità. Non solo in questo negozio, ma pure nella mia casa editrice. Là, gli affari vanno persino peggio, il responsabile commerciale è un pessimo contabile, e siamo sempre in perdita ».

« Dove dovrei... »

« Lavorerai accanto al mio ufficio, alla casa editrice, e renderai conto direttamente a me. Inizi domani. » Sung-soo si alzò e lasciò la stanza sul retro. In negozio, il direttore stava seguendo una ragazza in uniforme scolastica.

« Padre! » esclamò lei non appena vide Sung-soo.

« Com'è andata a scuola oggi? » chiese lui in tono bonario alla figlia prediletta. Quando Seo-hee era più piccola, la trovava noiosa e poco stimolante, come tutti i bambini. Mentre cresceva e diventava una graziosa adolescente, però, Sung-soo aveva iniziato a trascorrere tempo con lei e a viziarla a furia di regali.

« Bene! Ho passato l'esame di algebra », rispose lei, con voce squillante. I morbidi capelli neri erano tagliati a caschetto e con la riga di lato. S'intonavano bene all'uniforme composta da camicia bianca, maglione blu e gonna blu a mezza lunghezza.

« Bene, bene. Cos'ha che non va la bicicletta? »

Seo-hee iniziò a spiegare velocemente che quando pedalava in piano andava tutto bene, ma in discesa la bici tendeva a destra. Mentre parlava, notò Han-chol che si teneva in disparte e prese a giocherellare coi capelli neri e lucenti.

« Han-chol, dai un'occhiata alla bici, per favore. Io devo tornare in ufficio per una riunione », disse Sung-soo, poi, rivolgendosi alla figlia, aggiunse: « Ora che farai, Seo-hee? Torni subito a casa a studiare? »

« Padre, ho studiato molto per l'esame! Oggi voglio fare un giro in libreria. » La ragazza sorrise in modo accattivante. Aveva ereditato il bell'aspetto e il fascino di Sung-soo, ma non il suo egoismo, il che la rendeva adorabile e irresistibile.

« Oh, intendi il negozio di dischi e la pasticceria... » la provocò Sung-soo, estraendo comunque il portafoglio. « Non dirlo a tua madre. » Le strizzò l'occhio mentre le allungava la paghetta.

« Grazie, Padre! » gridò lei, salutandolo con la mano. Hanchol, intanto, era già chino sulla sua bicicletta con la cassetta degli attrezzi accanto a sé.

Seo-hee lo raggiunse. « Quanto tempo ci vorrà per sistemarla? » domandò timidamente, cercando e al contempo evitando il suo sguardo.

« Non ci dovrebbe volere più di un'ora », rispose lui, tenendo gli occhi sulla bicicletta. Aveva notato che Seo-hee era una ragazza molto carina, e che gli lanciava occhiate di soppiatto. La cosa lo metteva a disagio.

« Potrei tornare tra un'ora... ma sarebbe già buio, e mia madre si preoccuperebbe. Se tornassi domani? »

« Sì », replicò lui, infine alzandosi e guardandola. Sarebbe stato scortese fare altrimenti. « Torni pure domani, grazie. »

L'inverno arrivò presto, quell'anno. Gli uccelli d'acqua dalla Siberia si erano stabiliti attorno alle lucenti lastre di ghiaccio che coprivano il fiume Han. Il giorno del matrimonio di Luna l'aria profumava di neve e di fuoco di legna.

Dopo aver educatamente respinto le avances del viceconsole per anni, alla fine si era arresa e aveva accettato la sua proposta. Si era affezionata ai gentili occhi blu di Curtice e ai suoi fiammeggianti capelli rossi, che non crescevano solo sulla testa, ma anche sulla parte posteriore del collo ed erano accompagnati da peluria rossa persino sulle mani. Nonostante il suo aspetto selvatico, aveva un'indole estremamente amabile. Si alzava quando lei entrava nella stanza e le cedeva sempre il passo. Ogni sua richiesta era accompagnata da un «Per favore» e da un «Grazie». Ma, soprattutto, le aveva promesso che si sarebbero trasferiti in America, dove Hesook avrebbe ricevuto la migliore istruzione. Era stato questo a far pendere la bilancia a suo favore.

Si sarebbero sposati in una chiesa cattolica con vetrate istoriate e una guglia che svettava sul profilo di Seul. Il matrimonio era fissato per il pomeriggio, ma in casa erano tutti in piedi e immersi nei preparativi prima ancora del sorgere del sole. Dani stava aiutando Luna a fare il bagno e a spazzolarsi i capelli. Jade stava preparando gli abiti per la cerimonia e il ricevimento. Le cameriere si stavano occupando della colazione e del cibo per il rinfresco.

Alle nove, arrivò Lotus con la madre, che era andata a prendere alla stazione.

«*Unni!* Sorella!» Dani fu la prima ad abbracciare Silver al portone. Si tennero strette a lungo, incapaci di parlare. Ciascuna delle due era sorpresa nel vedere quanto l'altra fosse divenuta più leggera ed eterea nel corso degli anni, acquisendo quell'aspetto come schiarito dal sole tipico di un corpo femminile che ha passato la mezza età. Silver era sempre stata la più snella, ma ora sembrava rattrappita. Non si era tinta di nero i capelli, come facevano le donne alla moda, e la sua chioma striata d'argento, con la riga in mezzo e raccolta in un severo chignon, la faceva apparire dieci anni più vecchia di Dani.

La cugina più giovane aveva seguito le ultime tendenze della moda, e le attenzioni che si era dedicata le avevano dato un aspetto curato di cui la maggior parte delle donne di mezza età era priva. A quarantanove anni, però, aveva superato da un pezzo il momento in cui gli uomini l'avrebbero guardata con desiderio o ammirazione come un tempo. Di recente, aveva iniziato ad avere sudori notturni, la pelle appiccicaticcia e le guance in fiamme. Qualunque cosa facesse per mantenere il peso, sembrava diventare sempre più magra. Ognuna delle due era stupita dal cambiamento nell'aspetto dell'amica, cercava di nasconderlo per poi giungere tristemente alla conclusione che, se l'altra era così cambiata, anche lei doveva esserlo. Erano state entrambe le grandi bellezze dei loro tempi.

« Dov'è mia figlia? » chiese Silver quando si furono abituate l'una all'aspetto dell'altra.

Luna stava giusto finendo di vestirsi quando udì i passi della madre nell'atrio. Corse fuori e si gettò nelle braccia di Silver. Negli ultimi sedici anni, sua madre non era venuta spesso a trovarla, e ogni volta si era lamentata di quanto fosse strana Seul sostenendo la netta superiorità di Pyongyang. Avevano passato davvero pochissimo tempo assieme, e Luna, quando era andata via di casa, era così giovane, aveva la stessa età che aveva adesso Hesook.

Silver la consolò con dolcezza: « Sstt, non piangere... » Ma Luna non poteva trattenere le lacrime. Tra le braccia di sua madre, sembrava una quindicenne flessuosa come un leopardo e con una lunga treccia che non era mai stata tagliata.

Durante la colazione, erano di ottimo umore, parlavano tutte assieme e si passavano i piatti come fa ogni famiglia. Solo Lotus sembrava indisposta, con le borse sotto gli occhi e un sorriso tirato. Aveva un'aria furiosa e inquieta, ma sembrava decisa a comportarsi al meglio per il matrimonio della sorella.

In realtà, per l'ansia e l'eccitazione nessuno riuscì a mangiare granché. Dopo colazione, tutte le donne, comprese le cameriere, si affollarono nella camera di Luna per aiutarla a indossare l'abito bianco di seta. Solo Stoney, che aveva accompagnato Silver, rimase ad attendere nell'atrio con la sua solita aria silenziosa e attenta. Silver fissò il diadema di pietre preziose sulla fronte di Luna e le agganciò il lungo velo bianco. Dani tornò dal giardino coi fiori, spruzzati di neve. « Guarda, le cosmee. Dovrebbero appassire ai primi freddi, ma quest'anno sono rimaste in fiore per te. L'ho sempre sostenuto, che questo è il fiore di Luna. Dolce, e molto più forte di quel che sembra. Non ti avevo già detto che un bouquet di cosmee è più bello di qualsiasi altro? » Dani legò gli steli con una corda e con un nastro e mise il bouquet tra le mani di Luna. « È perfetto. Una bellezza perfetta », mormorò, e le altre donne tirarono su col naso asciugandosi gli occhi.

I cento gradini di pietra che portavano alla cattedrale erano ricoperti da un sottile strato di neve. Jung-ho teneva gli occhi fissi sui propri piedi. La salita, che in circostanze normali l'avrebbe rinvigorito, quel giorno riusciva solo a fargli sentire che tutto nella vita è faticoso e pericoloso. Il giorno prima, era stato rimproverato severamente dal suo mentore per la prima volta.

Poiché la sorveglianza era sempre più stretta, a Myung-bo non era stato possibile uscire e incontrare gente. Era una persona troppo in vista, e anche chi non lo stava spiando intenzionalmente avrebbe potuto riconoscerlo e mettere in giro voci. Aveva quindi chiesto a Jung-ho di assumere l'incarico che veniva affidato solo ai membri più fidati e rispettati dell'organizzazione.

« Ho bisogno che tu vada a parlare col Presidente Ma per conto della nostra missione e che lo convinca a diventare un nostro sostenitore », gli aveva detto Myung-bo, guardandolo negli occhi. « Non è solo proprietario di un teatro e di una casa di produzione, ma è anche uno degli unici tre coreani in tutto il Paese a possedere pure un'industria chimica. Poiché uno dei nostri problemi più grandi è trovare armi, potrebbe fare moltissimo per noi e per la nostra causa. Solo che non so da che parte stia; l'ho conosciuto anni fa e posso dire soltanto che è dotato di grande autocontrollo, è addirittura altezzoso. Devi essere molto cauto quando parli con lui. »

Jung-ho aveva annuito e aveva rassicurato convintamente il suo mentore. Era stato addestrato e istruito da Myung-bo per anni, non solo a leggere e scrivere, ma anche nel parlare, nei modi, su Marx e Lenin, l'imperialismo, i diritti universali dell'uomo, e aveva persino imparato un po' di giapponese. Sentendosi più che pronto, si era diretto deciso a casa del Presidente Ma.

Qualche minuto dopo che aveva suonato il campanello, un domestico aveva aperto il portone di qualche pollice e aveva sbirciato fuori. « Sparisci! Non abbiamo bisogno di quelli come te, qui. » L'uomo aveva chiuso subito il portone.

Jung-ho non aveva avuto il tempo di dire neanche una parola del discorso che aveva accuratamente provato e riprovato e, mentre la confusione si trasformava in rabbia, aveva preso a suonare a ripetizione il campanello. Dopo diversi minuti, si era sentito di nuovo il rumore metallico del catenaccio che si apriva.

« Che diavolo ci fai ancora qui? Non siamo un ospizio per poveri », lo aveva informato il domestico, aprendo solo un poco di più il portone.

Jung-ho aveva sentito il volto avvampare. « Non sono un mendicante. Sono qui per conto dell'onorevole Lee Myung-bo *sunsengnim.* » Mentre pronunciava il nome del suo mentore, accompagnato dal titolo onorifico, aveva sentito tornare la calma e la tranquillità, come se fosse la formula di un incantesimo.

« Lee Myung Chi? In questa casa non conosciamo nessuno con quel nome. » Il domestico aveva riso, aprendo la bocca dalle labbra sottili e mostrando i denti grigiastri.

La vista di quell'essere spregevole che insultava il suo maestro era stata troppo per Jung-ho. Tutti i consigli e le raccomandazioni alla cautela di Myung-bo erano svaniti in un istante, lasciandolo pieno solo di rabbia cieca. Jung-ho aveva afferrato il domestico per il colletto, come se fosse un pupazzo, e l'aveva gettato a terra, lasciandolo lì a frignare, poi si era diretto senza incontrare resistenza nell'ufficio del Presidente Ma.

L'uomo d'affari aveva alzato gli occhi con espressione sorpresa, che si era trasformata in profondo disprezzo mentre Jung-ho sciorinava goffamente il suo discorso sul contributo all'eroica lotta per la libertà. Persino mentre parlava Jung-ho si rendeva dolorosamente conto che era suonato molto meglio nella sua testa. Le parole che gli rotolavano fuori di bocca avevano poco a che fare con l'elegante eloquenza di Myung-bo, ma era comunque incapace di fermarsi. L'unica soluzione era arrivare sino in fondo.

« Hai finito? » aveva chiesto il Presidente Ma al termine dello sproloquio di Jung-ho. Dal suo volto impassibile non si poteva capire se fosse toccato, spaventato o infuriato, e Jung-ho aveva esitato a replicare. Senza attendere risposta, il Presidente Ma aveva alzato il telefono e aveva detto nel ricevitore: « Centralino, la stazione di polizia di Jongno, per favore ».

Jung-ho era andato nel panico ed era balzato verso il telefono, ma l'altro aveva tenuto stretta la cornetta con una presa sorprendentemente salda. « Credi di potermi colpire? Provaci, lurido cane. La polizia sarà qui prima ancora che tu finisca di pulirti il sangue dalle mani. »

Jung-ho non aveva avuto altra scelta se non fuggire da quella casa il più in fretta possibile. Il cuore gli batteva come se volesse balzargli fuori dal petto, non per la paura della polizia, ma per la delusione e l'umiliazione di aver fallito nel suo primo incarico importante. Da quel momento in poi, Myung-bo era stato all'erta; la polizia non aveva ancora bussato alla sua porta, ma poteva essere solo un ritardo voluto mentre raccoglievano altre prove. L'unica cosa che dava uno spiraglio di speranza a Jung-ho era che non aveva fatto il nome di Myung-bo nel suo discorso al Presidente Ma, e il domestico probabilmente era troppo stupido per ricordarlo.

Finalmente gli scalini terminarono, e Jung-ho si trovò in cima alla collina e di fronte all'edificio in mattoni che s'innalzava nel cielo argenteo. Diede un rapido sguardo attorno a sé, verso le montagne innevate in lontananza e poi in basso, ai piedi della scalinata, verso i quartieri e gli orti sonnolenti, piccoli come un paesaggio da bambola. Tutto sembrava in pace così vicino al cielo, si disse, col cuore più leggero. La gente si accalcava ai due ingressi laterali della cattedrale, chiacchierando allegramente. Senza che nessuno l'avesse stabilito, stavano lasciando l'ingresso principale libero per la sposa. Jung-ho prese un'ultima boccata d'aria fresca e si unì agli altri.

All'interno, gli archi a sesto acuto fiancheggiavano sui due lati la navata centrale, sostenendo leggeri la volta in pietra. Gli invitati gironzolavano, si salutavano, sussurravano accompagnati dalla melodia irregolare dell'organista che si sgranchiva le mani. Dal momento che lo sposo era uno straniero e la sposa era stata una delle più celebri cortigiane di Seul, nelle settimane precedenti il matrimonio aveva suscitato parecchio scalpore. Gran parte della gente che affollava i banchi non era nella lista degli invitati, e nemmeno apparteneva alla comunità di parrocchiani; si trattava semplicemente di cittadini curiosi. Dopo aver cercato invano Jade per qualche minuto, Jung-ho si sedette nel posto libero più vicino. Con le mani sulle ginocchia, osservava la luce tenue che filtrava dalle finestre e le centinaia di fiammelle delle candele che tremolavano nelle cappelle.

Jung-ho non pensava mai all'essere eterno che i cattolici chiamavano *Haneunim*, «Dio del Cielo». In momenti come quello, tuttavia, riusciva quasi a comprendere perché amassero tanto il loro Dio. Anche i cattolici avevano sacrificato le loro vite per ciò in cui credevano. Uno dei suoi compagni una volta gli aveva detto che proprio dove sorgeva la cattedrale un tempo c'era la casa del primo martire coreano. C'erano cose per le quali valeva la pena sacrificare se stessi, si disse Jung-ho, e i volti di Jade e di Myung-bo brillarono nella sua mente.

Ripensò a Myung-bo quando aveva detto freddamente: «Non hai messo in pericolo solo la tua vita, o la mia, ma il destino stesso della nostra causa. E tutto perché non hai ancora imparato a controllare la tua rabbia. Mi hai deluso».

Solo a ripensarci Jung-ho si sentiva ancora malissimo. Myung-bo sapeva quanto lui gli volesse bene e lo rispettasse anche nei suoi pensieri inespressi? L'errore di una sera poteva cancellare tutti quegli anni passati a servirlo in modo disinteressato? Jung-ho si chiedeva se fosse stato un errore cercare di essere ciò che non era. Forse era buono solo per la vita in strada.

«Jung-ho!»

Si voltò e vide Jade che sorrideva, radiosa.

«Ti stavo cercando. Vieni con me nella panca di famiglia.»

La seguì fino alla prima fila. Jade prese posto alla destra di Dani (che a lui riservò solo un impercettibile e altero cenno del capo) e batté con la mano sul posto accanto a sé, facendosi ancora più piccola per lasciargli spazio. Poco distante da Jung-ho, lo sposo era in piedi vicino all'altare, con le mani incrociate e un sorriso nervoso mentre osservava la folla e probabilmente si chiedeva chi fosse tutta quella gente.

« È stato molto gentile da parte tua venire », sussurrò Jade.

« Non potevo mancare. È come una sorella per te. » Jung-ho si rese conto in quel momento che l'amante di Jade non c'era, e fu tentato di chiederle: *Dov'è il tuo meccanico?* Quando però vide che Jade nascondeva coraggiosamente la propria tristezza dietro i sorrisi lasciò perdere. Era così commovente il modo in cui lei continuava a girarsi di nascosto per vedere se Hanchol fosse entrato con gli ultimi arrivati. Jung-ho desiderò quasi che lui si facesse vivo, sapendo che ciò avrebbe fatto felice Jade. Che cosa non avrebbe sopportato per lei? Era l'unica testimone della sua vita, qualcuno che lo vedeva e lo apprezzava.

Mentre l'organista iniziava a suonare, Jung-ho ritrovò la calma e la sensazione di valere qualcosa. Dopo il matrimonio, decise, sarebbe tornato da Myung-bo per chiedere umilmente il suo perdono. Avrebbe riconquistato la sua fiducia e, col tempo, il suo affetto.

La folla tacque e tutti si voltarono verso l'ingresso, dove all'improvviso pareva fosse comparso un bagliore. Anche attraverso il velo, la sposa era così bella che sembrava emanare luce mentre risaliva la navata buia, rischiarata solo dalle candele. I presenti sentirono una fitta al cuore, e molti tirarono fuori il fazzoletto. Non avrebbero mai immaginato che la bellezza di una donna potesse essere così emozionante.

« Somiglia alla luna... riflette proprio il suo nome », sussurrò Jade, con la voce che tremava.

In quel momento, Jung-ho era l'unico che non guardava la sposa. Stava cercando di memorizzare la curva della fronte di Jade e i suoi occhi neri, due pozzi scintillanti colmi di dolore e di gioia in parti uguali. Riusciva persino a vederle le scapole, sottili e simmetriche sotto il cappotto, che gli facevano pensare alla sua pelle sotto gli strati di stoffa. Forse, se lui avesse allungato il braccio per cingere quella schiena aggraziata, gli si sarebbe fermato il cuore.

Invece di tendere il braccio verso di lei, infilò la mano nella tasca interna e toccò il sacchettino che conteneva l'anello d'argento. Era ancora troppo presto; Jade gli voleva bene, ma non lo amava come l'amava lui. Era sicuro che un giorno l'avrebbe amato. La consapevolezza della propria pazienza rafforzò il suo amore e gli suscitò un impeto di felicità.

La natura di tutti i matrimoni è quella di mettere nettamente in risalto le relazioni degli invitati rispetto all'idilliaca felicità degli sposi. Un matrimonio lega due persone nell'amore, ma nella scia di quell'unione quanti altri litigano, soffrono e si lasciano?

Nella settimana che seguì il matrimonio di Luna, Jade soffrì senza capirne appieno il motivo. Aveva soltanto l'insistente e assillante sensazione che fosse necessario cambiare qualcosa. Diede appuntamento a Han-chol al Grill per le sette di sabato sera, arrivò in anticipo e sedette da sola in un angolo. Mezz'ora dopo, Han-chol entrò, e lei scordò tutta la propria irritazione. « Sei in ritardo », non poté fare a meno di sottolineare mentre le si sedeva accanto.

« Ero in ufficio », si limitò a replicare lui.

Jade ammirò la sua elegante stanchezza, l'abito di ottimo taglio, sgualcito alla fine della giornata, e la cravatta di lana allentata. Pensò di dirgli che era bello, ma evitò. Una cameriera venne a prendere le ordinazioni: champagne e una vellutata per lei, birra e riso al curry per lui.

« Ti sei perso il matrimonio di mia sorella », gli disse, lentamente. Non voleva sembrare irritata.

« Quel giorno dovevo lavorare », rispose Han-chol, rivelando che il capo gli aveva chiesto di dare lezioni private alla figlia. Era stato impegnato con la ragazza a casa sua anche quel pomeriggio. « Mi dispiace non essere riuscito a venire. Com'è andata? »

« Era la sposa più bella del mondo. Quando è entrata in chiesa, ho sentito la gente sussultare. Ovviamente, hanno trattenuto il fiato per la sorpresa pure quando hanno visto uno Yankee alto e coi capelli rossi all'altare! » Jade ridacchiò.

« Suo maritò avrà molta cura di lei. È la cosa migliore che potesse accadere », commentò Han-chol, stravaccandosi nel séparé, sfinito.

« Sì... L'ha respinto per un sacco di tempo, ma alla fine ha capito che è un brav'uomo. Questo è più importante del fatto che sia o no uno straniero; l'ha detto persino sua madre, che è attaccatissima alle tradizioni. » Jade bevve un sorso di champagne. « Luna andrà in America e vivrà in una di quelle case che sembrano chiese! »

« Fantastico. Sono felice per lei, è una brava persona. »

La cameriera tornò con le ordinazioni e per un po' si dedicarono al cibo. Partì una canzone, uno dei successi di Lotus che non sentivano da anni.

« Oh, tesoro. » Jade si voltò verso il grammofono. « Adoro questa canzone. Balliamo? »

Han-chol esitò per un attimo. Di solito il Grill non era un locale in cui la gente ballava. C'erano altri quattro o cinque tavoli occupati, e tutti gustavano tranquillamente la cena. Poi vide l'eccitazione che illuminava il volto di Jade, si alzò e le tese la mano. Lei la prese, se la portò alle labbra e la baciò con affetto naturale e disinvolto. Non si aspettava niente in cambio, neanche un bacio. Quei gesti erano solo uno dei mille motivi per cui era profondamente diversa dalle altre donne. Il modo in cui danzava era un altro. Col pretesto della musica, lui l'attirò il più vicino possibile. Voleva sentire il battito del suo cuore.

« Vorrei essere felice anch'io », mormorò Jade.

« Ma tu sei felice, no? Hai tutto. »

« No, non è vero. Non ho il tuo amore. »

Lui si staccò e la guardò. « Perché dici così? Certo che ti amo. »

« Se mi amassi, mi avresti chiesto di sposarti tanto tempo fa. » Le tremava la voce.

« Ti prego, non parlare così. Non qui », la implorò Han-chol, lanciando un'occhiata agli altri clienti per vedere se li stessero osservando.

« Se Luna si può sposare, perché io non posso? » esclamò di getto Jade, non per rabbia, ma per dolore e confusione. « Ti vergogni di me? O sono soltanto un giocattolo con cui divertirti finché non troverai una moglie adeguata? »

Il viso di Han-chol divenne imperscrutabile; evitava di

guardarla negli occhi. « Andiamo fuori a parlare. Ti prendo il cappotto », disse, in tono piatto, e andò a pagare il conto.

Era una serata fredda e limpida. Alla vista delle stelle Jade si calmò e si convinse che non poteva essere davvero la fine. Avrebbero parlato, si sarebbero chiariti e nel giro di un'ora o due sarebbero stati l'uno nelle braccia dell'altra nel calore del loro letto. Han-chol l'aiutò a infilare il cappotto.

« Accompagnami a casa », gli disse, poi lo prese per mano.

Era la stessa strada che avevano percorso tante volte dopo gli spettacoli di Jade in teatro. All'epoca erano entrambi poco più che bambini, un'età in cui innamorarsi era naturale come respirare.

Camminarono in silenzio per un po', e i loro passi scricchiolavano sulla brina. « Perché non vuoi sposarmi? » chiese Jade, infine.

Lui sospirò. « Non è che non voglio. La mia famiglia non mi permetterebbe mai di sposare qualcuno... Qualcuno che... »

« Un'attrice? Un'ex cortigiana? Una che non è la figlia vergine di una famiglia benestante? » lo interruppe lei, lasciandogli la mano. « Sai, ci sono molti rampolli di grandi casate che hanno scelto di sposarsi per amore. Ai giorni nostri non è così inaudito. »

Da Han-chol venne qualcosa che somigliava molto a una risata sarcastica all'idea della reazione di sua madre se avesse portato a casa una donna che in passato andava a letto con gli uomini per denaro. Quello che Jade gli chiedeva era semplicemente assurdo.

« Sono l'unico figlio maschio e la sola speranza di mia madre. Non posso andare contro il suo volere », disse, in tono secco.

« Se io fossi abbastanza importante per te, lo faresti. » Si asciugò gli occhi. « Sei innamorato di un'altra? »

« No, certo che no. » Si fermò e le sfiorò il braccio. Era davvero dispiaciuto, a quel punto. « Voglio che tu sappia che... non amerò mai nessuna come amo te, Jade. Sei insostituibile. Tu mi hai cambiato; hai cambiato i miei pensieri, i miei sentimenti, il mio intero essere... mi hai reso quello che sono. »

« Anche tu hai cambiato me, tesoro », rispose lei, trattenendo le lacrime. « E allora? Almeno sii buono abbastanza da aiutarmi a capire. Io fuggirei con te. Potremmo lasciare tutto e andare da qualche parte, solo noi due. Perché non possiamo...? »

« Perché io non sono pronto, Jade. Ci sono ancora cose che devo fare... E non sono pronto », ripeté, come se, ribadendole, quelle parole potessero convincerla, e convincere pure lui. Il matrimonio con qualsiasi donna era una decisione complicata, e perché Han-chol lo prendesse anche solo in considerazione a quel punto della sua vita avrebbe dovuto essere un'unione spettacolare, che gli avrebbe permesso di risalire parecchi gradini. C'era una sola possibilità di migliorare il proprio status attraverso il matrimonio, e lui non era così pazzo da rinunciare a quell'opportunità. Ma era meglio non dirlo, questo; sperava che lei avrebbe semplicemente capito, per il bene di entrambi.

Jade, però, non capiva nulla se non che era il momento di lasciarlo andare. Per ritardare ancora un poco l'inevitabile, studiò il suo volto in silenzio. Pensare che quella era l'ultima volta che lo vedeva le causava un dolore lancinante.

« Questa è la strada che facevamo per tornare a casa dal teatro. L'abbiamo fatta centinaia di volte. Ti ricordi quella primavera? Ormai sono passati più di sei anni. Siamo stati assieme per molto. » Sorrise, e una lacrima le scivolò lungo la guancia.

« Lo so. Non potrei mai dimenticare le nostre passeggiate... Il mio primo vero ricordo felice. Ogni minuto in cui sono stato con te sono stato tanto felice. »

« Anch'io. »

Lui le prese le mani gelate tra le sue e se le portò alle labbra.

« Diventerai l'uomo di maggior successo di Seul, ne sono certa. Mi darà immensa felicità sapere della tua buona sorte. Quando succederà, ricordati solo che io ho creduto in te prima di chiunque altro. Da qui in poi proseguo da sola. Addio. »

« Lascia almeno che ti accompagni fino a casa. »

« No, abbiamo parlato, ci siamo detti quello che dovevamo dirci. Prima o poi tutto deve finire. Addio », ripeté Jade, e si avviò con passo deciso verso l'orizzonte, dove il cielo nero incontrava la terra bianca.

20

I SOGNATORI

1937

Tutti sognano, ma solo alcuni sono sognatori. I non sognatori, di gran lunga più numerosi, sono coloro che vedono il mondo così com'è. Poi ci sono i pochissimi sognatori, che vedono il mondo così come *loro* sono. La luna, il fiume, la stazione dei treni, il suono della pioggia, persino qualcosa di banale come la zuppa diventa altro. Il mondo sembra un dipinto a olio più che una fotografia, e i sognatori vedono sempre i colori nascosti dove gli altri vedono solo la sfumatura principale. I non sognatori guardano attraverso lenti, i sognatori attraverso un prisma.

Questa qualità non è determinata dall'intelligenza o dalla passione, due cose che molto spesso si confondono col sognare. Dani, la persona più intelligente e appassionata che Jade avesse mai conosciuto, aveva un modo di vedere il mondo nitido e definito come i suoi modi e i suoi principi. Dani non era interessata all'imperscrutabile quando c'erano torti da raddrizzare, preferibilmente con suprema grazia e grande aplomb. Dal momento in cui Jade aveva smesso di danzare e recitare, si era sentita come se tutti i colori fossero scomparsi dalla sua vita. Era entrata nel mondo dei non sognatori, un luogo strano e soffocante, e si sentiva più sola che mai; Dani, invece, si comportava come se dovesse solo prendere atto della realtà e andare avanti.

« È la depressione », le disse Dani una mattina, leggendo attentamente il giornale con la lente d'ingrandimento. « La gente non ha soldi da spendere al cinema. Molti ristoranti stanno chiudendo. Non puoi essere troppo dura con te stessa. »

« Ma, zia, lo sai, *Hong Gildong* è appena uscito ed è già un successo. E lo scorso autunno, il remake di *One Lucky Day*. L'originale è appena di sei anni fa, che bisogno c'era di farne già uno nuovo? » replicò Jade, piluccando il porridge con pinoli della colazione. « Fa il tutto esaurito ogni sera da almeno sei mesi. »

« Perché è un film sonoro. La gente va matta per le novità. Il tuo studio avrebbe dovuto prevederlo. Non puoi parlarne con loro? » Dani piegò a metà il giornale e alzò lo sguardo su Jade come se non ci potesse essere nulla di più semplice.

Nonostante il trauma dell'arresto e le sofferenze, Dani non capiva la sconfitta. Per lei, il fallimento era come una calza bucata: può succedere a chiunque, ma, se lasci che si veda in pubblico, la colpa è tua. Aver cura di contenere ed eliminare i propri fallimenti era una questione tanto di buone maniere quanto di alti principi. La sua sensibilità fredda e aristocratica rendeva Dani più adatta a essere un modello che un'amica. Jade, quindi, non era riuscita a parlarle della bancarotta dello studio, né dei suoi risparmi che stavano diminuendo a quasi trent'anni, proprio l'età in cui avrebbe dovuto essere ricca e indipendente perché il suo valore come donna aveva raggiunto la logica e naturale scadenza.

L'unica persona che avrebbe potuto capire la sua situazione difficile era Lotus. Sebbene non si vedessero da mesi, Jade era certa che l'amica l'avrebbe fatta sentire meglio. Avrebbero riso dei vecchi tempi, del sogno di diventare celebri cortigiane e dei numerosi amanti belli e ricchi che avrebbero avuto a questa età. Sentiva persino che avrebbero potuto usare questo momento di vulnerabilità per rinnovare la loro amicizia e progettare il futuro, qualunque potesse essere. Pur con tutti i suoi difetti, Lotus aveva sempre avuto uno stimolante appetito per la vita. Mentre altri vedevano il mondo come un vasto mare insidioso o un campo di battaglia, secondo l'approccio di Lotus era solo un gioco o un cesto di frutta, da giocare o da assaggiare. Ecco il suo pregio: riusciva spesso a trasmettere il proprio pensiero a chiunque le fosse accanto. Dopo queste riflessioni, Jade mise il cappello e si avviò verso casa di Lotus.

Era una bella giornata, calda al sole e fresca all'ombra, e Jade passeggiò lungo la strada parzialmente ombreggiata dalle tende dei negozi. La gente gironzolava, gli studenti erano appena usciti da scuola e affollavano le pasticcerie. I fattorini sfrecciavano sulle loro biciclette. La luce danzava riflettendosi sulle vetrine dei grandi magazzini, e sui muri spiccavano i manifesti di cantanti e nuovi film sonori. Lei si fermò ai banchetti davanti alla libreria e diede un'occhiata ai titoli. Erano più che altro romanzi e periodici, e in una rivista letteraria vide qualche nome di persone note che frequentavano il Café Seahorn. Aprì una pagina a caso e trovò un'illustrazione della pittrice in abito di velluto cremisi. Non era un disegno sulla liberazione delle donne e sull'amore libero, temi per cui era nota, bensì la figura di una ragazzina con una fascia gialla tra i capelli, intitolata *Figlia*. Jade chiuse la rivista e proseguì.

Quando arrivò a casa di Lotus, fu una governante nuova ad aprirle la porta.

« La signora è in casa? » chiese Jade.

« Manca da casa da tre giorni », rispose l'anziana donna a denti stretti, come se l'altra avesse fatto una domanda inopportuna.

« Che significa che 'manca da casa'? » Accigliata, Jade entrò anche senza permesso. Guardandosi attorno e chiamando l'amica, aprì la porta della camera da letto di Lotus. Fu investita da un odore leggero e indefinito che aveva già avvertito nell'atrio. La camera era vuota, ma quell'odore, floreale e muschiato come indumenti di ragazza appena tolti, ancora caldi per il sudore, riportò alla mente di Jade l'ultima volta che aveva fatto visita a Lotus. Era una calda giornata di primavera, ma Lotus era rimasta per tutto il tempo sotto una spessa coperta invernale. « Voglio uscire e andare in qualche posto divertente, come facevamo ai vecchi tempi. Ma non oggi. Oggi mi sento stanca », aveva detto.

« Va bene, usciremo non appena ti sentirai meglio, prometto », aveva risposto Jade, e Lotus le aveva stretto la mano con un sorriso. Più di tutto, era stato quel sorriso storto a spezzare il cuore di Jade. Lotus sorrideva sempre da bambina, anche quando sua madre e sua sorella la trattavano male. C'era della bellezza nella sua innocenza, Jade lo vedeva soltanto ora, da donna.

La governante l'aspettava nell'atrio con un'espressione irritata. Jade represse l'impulso di urlare e, col tono più calmo possibile, chiese: « Ha detto dove sarebbe andata? »

« Non ne ho la minima idea, signorina. » L'anziana donna alzò le spalle. « Come sa, non era in sé già da un po'. »

Jade avvampò e controllò a fatica la rabbia che era diretta verso la governante, ma che in realtà provava per se stessa. Era stata davvero così cieca da non accorgersi quanto la sua amica fosse diventata dipendente dall'oppio? Era un vizio molto diffuso, almeno quanto l'alcol e il tabacco. Per gli uomini più alla moda e gli artisti più ammirati andare nel mondo dei sogni una o due volte alla settimana era ormai un rituale. Pochi di loro, però, passavano la giornata a letto, a consumarsi fino a ritrovarsi vecchi e deboli prima del tempo. Jade si sentiva male al pensiero di aver trovato mille scuse per Lotus invece di affrontarla, e solo perché aveva già troppi problemi cui pensare.

Jade tornò nella camera dell'amica, sperando di trovare un indizio su dove potesse essere andata. Alcuni dei mobili che lei ricordava erano stati portati via, ma nell'angolo, sopra la credenza, c'era un telefono. Alzò il ricevitore, esitò per un istante e poi disse: « Centralino, il Presidente Ma del Grand Oriental Cinema, per favore ».

Ci fu una pausa mentre l'operatore la metteva in comunicazione, e Jade sentì il cuore che accelerava. Non aveva mai parlato direttamente con quell'uomo, che Lotus aveva descritto all'inizio con grande infatuazione, poi con possessività e infine con odio. Ci fu un *clic*, poi una voce maschile rispose: « Pronto? »

« Presidente Ma. Sono Jade Ahn, l'amica di Lotus », esordì. Il silenzio che seguì durò solo qualche secondo, ma sembrò molto più lungo e freddo.

« Sì, certo. Come posso aiutarla? »

« Sono venuta a casa di Lotus, e lei non è qui... La governante mi ha detto che manca da tre giorni. »

Il Presidente Ma si schiarì la voce. « Sì, l'ho saputo. »

La sua indifferenza fece saltare l'autocontrollo di Jade.

« Non è preoccupato per lei? La sta almeno cercando? E Sunmi? » sbottò, notando l'assenza della bambina nella casa silenziosa.

« Sunmi è con me. Tra un paio di settimane inizierà la scuola in Giappone. » La voce del Presidente non era arrabbiata, solo sprezzante. « Se lei è davvero una sua amica intima come dice, dovrebbe sapere che Lotus è sempre stata una pessima madre. Neanche nei suoi giorni migliori era adatta a crescere mia figlia. E adesso è per metà fuori di testa. »

Nella mente di Jade si affacciò un pensiero che le diede la nausea. « Ha fatto andare via lei Lotus? »

Il Presidente Ma rise senza allegria. « Si può veramente obbligare una persona ad andarsene o a restare? Di certo, però, non può tornare. »

Jade riagganciò con un brivido. La governante era in piedi sulla porta e non provava nemmeno a nascondere di aver origliato. Il suo volto era illuminato dal sorrisetto compiaciuto della servitù che scopre le nefandezze dei padroni.

« Proprio ieri mi ha detto di preparare la casa per la sua nuova amante. Ha anche ordinato mobili nuovi per lei. È giovane, e lui crede che gli darà un figlio maschio. È vergognoso, persino per un uomo così. » La governante fece schioccare la lingua.

« Lasciamo perdere la nuova donna. Di lei non m'interessa niente », esplose Jade.

La vecchia le lanciò un'occhiataccia, poi scosse la testa, facendo tremolare le guance flaccide. « Vi sta bene, a voi cortigiane, se vi abbandonano... Rubate i mariti alle altre per soldi », ghignò sinistra, mentre Jade usciva dal portone.

Jade iniziò le ricerche nel primissimo posto in cui lei e Lotus erano state a Seul, la stazione ferroviaria, poi passò in rassegna tutti i luoghi importanti della loro vita in comune, da Myung-Wol al Joseon Theatre. Ovunque interrogò il personale, ma nessuno ricordava di aver visto Lotus di recente. A disagio fuori dal teatro, guardava gli spettatori della matinée uscire in gruppi di tre o quattro, e ricordò che l'ultima volta che si erano viste Lotus aveva detto di voler uscire a divertirsi. Corse il più in fretta possibile al Café Seahorn.

Erano ormai le sei e mezzo passate quando arrivò al locale.

Persino in quelle circostanze spiacevoli, fu avvolta dalla sua atmosfera decadente e intima, in cui tutti si conoscevano. Il caffè, però, era cambiato da quando il Giappone aveva inasprito la stretta sulla penisola, stimolato dalla conquista della vasta Manciuria. I clienti chiacchieravano sottovoce, e persino il volume della musica sembrava più basso. Jade ricordò la prima volta che era stata lì, quando si era stupita vedendo posacenere di cristallo su ogni tavolo. « Non sono troppo belli per lasciarli in giro così? » aveva chiesto al poeta e proprietario.

Lui aveva scosso la cenere in uno di quei preziosi oggetti e, in tono allegro, aveva risposto: « Jade, è questo il vero lusso: usare le cose belle in modo disinvolto ». Quei posacenere, ora, non c'erano più. Ma era Jade a essere cambiata maggiormente, con la sua pelle stanca e i vestiti fuori moda.

Nel locale c'erano solo poche donne, e non ci volle molto per capire che Lotus non era tra loro. Jade sentiva che le gambe non la reggevano quasi più: aveva camminato per tutta Seul per almeno sette ore. Si accasciò nel primo séparé e posò la testa sulle braccia. Le lacrime le pungevano gli occhi, sia per la scomparsa della sua amica sia per la stanchezza. *Non devo cedere, non qui*, si disse, inspirando a fondo. Quando rialzò la testa, attraverso la luce tremolante delle candele scorse il poeta-proprietario dall'altra parte della sala. Lo salutò, ma lui non la vide. S'infilò in un séparé, il che era strano. Sebbene spesso parlasse o ballasse coi clienti, non sedeva mai con loro. Il suo volto era rivolto verso Jade, e l'altra persona nel séparé – un uomo – le dava le spalle. Il poeta-proprietario stava scivolando in basso sul sedile, con le mani sotto il tavolo, e lei si accorse che stava passando qualcosa all'altro uomo. I due chiacchierarono ancora per qualche minuto, poi il cliente si alzò. Mentre si voltava per avviarsi verso l'uscita, i suoi occhi incontrarono quelli di Jade e lei rimase di sasso nel riconoscerlo. Era Jung-ho.

« Non mi aspettavo d'incontrarti qui », gli disse, stringendogli le mani mentre le si sedeva accanto.

« Il proprietario è un mio amico... Stai bene? » replicò Jungho, cambiando deliberatamente argomento.

« A essere sincera, no », confessò lei, col panico che affiorava.

« Lotus è scomparsa. Manca da tre giorni. Sono stata in giro a cercarla. »

« Ehi, calma. Andrà tutto bene », la rassicurò lui, alzandosi. « Vieni, usciamo. Possiamo parlare mentre camminiamo. »

Jade gli spiegò ogni cosa dall'inizio: che la governante era stata indifferente e crudele, che il Presidente Ma stava già preparando la casa per la sua nuova amante (Jung-ho arrossì leggermente sentendo nominare il Presidente, ma ascoltò senza intervenire). La cosa più spaventosa era che Lotus vagava per Seul con pochi soldi e ancor meno lucidità mentale, senza aver detto nulla ai suoi amici.

« Ha davvero preso una brutta strada », commentò Jung-ho, dopo aver camminato per un po' in silenzio.

« Io lo sapevo da tempo, ma lo fanno in tanti », rispose Jade. Accanto a Jung-ho si sentiva più calma. Gli ultimi raggi del sole filtravano attraverso gli spazi tra gli edifici. Sembrava che tutte le cose visibili del mondo fossero le ombre di una verità che si diffondeva solo attraverso le fessure. « Senza l'alcol o l'oppio, come potrebbero reggere? Ci sarebbero ancora più suicidi di quanti non ce ne siano già », proseguì. La morte, pensò, era ormai comune come un raffreddore. « A volte sembra che la gente si alzi al mattino, faccia colazione e poi decida d'impiccarsi. »

Jung-ho si fermò e si girò verso Jade. « Ehi, non parlare così », la rimproverò, in tono un po' rude. Lei ci rimase male, poi lui riprese a camminare e a parlare. « Sono stato a tanto così dalla morte un sacco di volte nella mia vita. Sai cosa succede a quel punto? Lo senti anche fisicamente. In certi momenti, quando stai morendo di fame e non hai più neanche un'oncia di forza, è come una coperta pesante. In altri è come un cane che sta in agguato nell'ombra, pronto ad attaccare. » Strizzò gli occhi contro gli ultimi bagliori del sole. « Ogni volta sapevo che sarebbe stato più facile e meno doloroso se avessi lasciato che mi prendesse. Nessuno si dà la pena di augurarmi lunga vita, sai? E ogni volta, all'ultimo momento, sai cos'è successo? » le chiese.

Jade scosse il capo, spaventata.

« Hai una possibilità chiara e netta di cedere o rifiutare. E io ho sempre detto di no. Non so perché, ma, più ragioni ho per morire, meno ho voglia di cedere. Anche quando tutto crolla, anche se nessuno sentirebbe la tua mancanza, la vita è comunque meglio della morte. »

A quel punto fu Jade a fermarsi per guardarlo. « Vorrei che smettessi di dire che non importa a nessuno se muori. Chi sono io, allora? »

« Se a te importa, allora conta più di tutti gli altri messi assieme. Potrei anche non morire mai! » Jung-ho rise, e lei rise con lui, sentendosi a proprio agio per la prima volta dopo molto tempo.

« Ehi, quasi dimenticavo. Che stavi facendo al locale? » gli chiese poi, dandogli una leggera gomitata nel fianco.

Lui scrollò le spalle. « Che intendi? Ogni tanto mi va di bere un caffè. »

« Non ci provare, Jung-ho », sbuffò Jade. « Credi di potermi mentire? A me? » Gli diede un altro colpetto al fianco per scherzo, poi, vedendo che l'amico cambiava espressione, smise di camminare. Jung-ho si guardò attorno; quando fu certo che nessuno li vedesse, scostò appena la giacca per mostrare il calcio di un revolver. Lei avvampò, rendendosi conto di aver dato una gomitata alla pistola.

« È questo che ti ha passato sotto il tavolo? » domandò Jade in un sussurro, mentre riprendevano a camminare. Lui annuì.

« Un ufficiale giapponese si è ubriacato di brutto una sera, e l'ha dimenticata. Diventa sempre più difficile trovare armi, in tutto il Paese, e ogni arma conta », spiegò Jung-ho, sottovoce. A Jade non era mai stato molto chiaro che cosa facesse, ma sapeva che era un modo per proteggere entrambi. In quel momento, però, nella fresca penombra del tramonto, avvertì la sua urgenza di svelare qualcuno dei suoi segreti prima che fosse troppo tardi.

« Con la repressione che si fa sempre più aspra, non sappiamo per quanto ancora potremo continuare con la resistenza, almeno qui nella penisola. È frustrante. Vorrei essere più utile invece di fare solo il fattorino... ma per quello dovrei saper leggere e scrivere meglio, e inoltre parlare un po' di cinese. Per quanto io m'impegni, il mio mentore pensa che non sia pronto.» Jung-ho si morse il labbro, deluso.

Jade non sapeva come consolarlo, così si limitò a sfiorargli il braccio. Sembrò comunque placarlo, come sempre. «Pensavo che il proprietario fosse solo un bellimbusto. Mani morbide, bei capelli...» disse dopo una lunga pausa.

«Le persone sono coraggiose in tanti modi, Jade.»

Poiché era stata una bellissima giornata di sole, l'aria restò tiepida anche col calar della sera. Molti giovani innamorati passeggiavano per il viale, e i negozi suonavano i dischi all'aperto così che pure i passanti potessero goderne. Vaghi e distanti rumori notturni - una risata, il motore di un'auto, un cane che abbaiava - rompevano la placida superficie del silenzio, come le voci sommesse dietro il sipario tirato. Jade inspirò a fondo quella miscela di suoni e il profumo dei lillà. Ovunque la vita accadeva senza che loro ne fossero consapevoli, e anche le loro vite accadevano in presenza di ogni altra. Tutte le esistenze si sfioravano con tocchi leggeri come l'aria, lasciando impronte invisibili.

«Ormai è troppo buio», mormorò lei.

«Ti accompagno a casa. Ma la troveremo presto, Jade. Io giro ovunque per la città, e conosco un sacco di gente. La troverò per te.»

Svoltarono un angolo e si avviarono verso casa di Jade. Da qualche parte lì attorno un disco suonava, e la musica diventava più forte via via che si avvicinavano. Una piccola folla stazionava davanti a un negozio di dischi e cantava l'ultimo successo. Il brano aveva un'aria antica che carezzava l'aria, e il pizzicato del contrabbasso era come la pioggia che picchietta sull'acqua.

«È *Manchu Tango*», spiegò Jade. «Con quel titolo, però, non avrebbe mai superato la censura, così l'hanno cambiato in *Mandu Tango*. Ma lo sanno tutti che in realtà parla della partenza per la Manciuria e della nostalgia di casa. A quanto pare, gli attivisti su al Nord l'hanno adottato come loro inno.»

Cantando il ritornello, la gente sostituiva *Mandu* con *Manchu*, e le giovani coppie dondolavano dolcemente fianco a fianco con le mani intrecciate.

Jung-ho si voltò verso Jade e le tese la mano. « Vuoi ballare? » Aveva un luccichio nervoso negli occhi. La piega impeccabile dei pantaloni, i capelli pettinati con cura - tutti gli sforzi che faceva, prevalentemente per lei - le fecero desiderare che lui le piacesse.

« Non possiamo. Ci arresteranno. » Sorrise come per scusarsi. Ballare nei locali era ufficialmente illegale e, sebbene fosse risaputo che la gente ballava nei caffè e nei club clandestini, farlo per strada era fuori discussione.

« È buio, non ci vedrà nessuno », insistette lui, con la mano ancora tesa. Appariva determinato, ma lei sapeva che appena al di sotto della superficie aveva il terrore di rendersi ridicolo. Nemmeno il buio della notte e la sua abbronzatura perenne potevano nascondere il rossore che gli accendeva le guance. Jade gli prese la mano destra con la sinistra, e rimasero entrambi rivolti verso il grammofono, ondeggiando assieme.

Jade chiuse gli occhi. La mano di Jung-ho che stringeva la sua era calda e sudaticcia. Provò a immaginare che fosse Han-chol, ma le loro mani non si somigliavano per niente. Quelle di Han-chol erano ben modellate e con le dita lunghe e solide, e lei aveva amato anche le venuzze azzurrognole che affioravano sotto la pelle. Ma, più dell'aspetto, era il tocco che rivelava tutte le differenze. Le cortigiane più anziane erano solite dire per scherzo che, una volta spenta la candela, tutti gli uomini erano uguali. In realtà, smettendo di osservare le loro espressioni e di ascoltare le loro parole e concentrandosi soltanto su come apparivano al tatto, si percepiva più nettamente la differenza. Se l'amore era solo la sfumatura più profonda dell'amicizia, così profonda da sembrare un colore diverso pur nello stesso spettro di affetto e lealtà, allora lei amava Jung-ho. Tanto. Se, invece, era qualcosa di completamente diverso, non lo amava.

Il placido tessuto della notte fu lacerato da un suono come di una tempesta che si avvicina; la luna, però, era ancora ben visibile nel cielo quasi nero. Era il ruggito dei motori a sovrastare la musica. La gente smise di cantare e guardò i camion militari che sfilavano, con la bandiera giapponese sul cofano e i soldati nel cassone. Di colpo, tutti presero a mormorare: « Alla fine, il Giappone sta per attaccare Pechino ».

« La Cina ha rinunciato alla Manciuria, ma si ribellerà per resistere e difendere il proprio territorio. »

« Hanno svegliato il gigante dormiente. »

« Sstt, anche gli uccelli e i topi hanno orecchie, attenti a quello che dite. »

« Era già abbastanza brutto... Se scoppia una vera guerra, finiremo tutti ammazzati. »

« Che succede? » chiese Jade, bruscamente strappata alle sue fantasie dai rumori assordanti. Jung-ho stava dicendo qualcosa, ma le sue parole vennero coperte dalle sirene. I fari gialli dei camion le illuminarono il volto e, abbagliata, chiuse gli occhi. Tutto ciò di cui era sicura era la salda stretta della mano di Jung-ho che non la lasciava.

PARTE TERZA

1941-1948

21

OMBRE VIOLA

1941

Quando Jung-ho arrivò all'ingresso posteriore del vecchio ristorante cinese, trovò un nuovo guardiano con la testa rasata a presidiare il portone.

« Parola d'ordine », intimò il guardiano, incrociando le braccia sull'ampio petto.

Jung-ho esitò un istante; non sapeva che ci fossero nuove regole. « Nam Jung-ho », disse infine.

« Ah, *oyabun*! » L'idiota – come Jung-ho lo chiamava tra sé – scattò sull'attenti e gli rivolse un profondo inchino. « Mi scusi, Boss, non sapevo. » Spalancò la porta e l'uomo più basso entrò.

Rispetto a quand'era ragazzo, il cortile era irriconoscibile. L'ippocastano che sorgeva al centro era stato tagliato, e anche il cane di Young-gu che veniva legato all'albero era morto da tempo. La scomparsa dei suoi ululati e dei suoi guaiti aveva lasciato uno strano e persistente vuoto nell'aria, come il segno che rimane sulla parete quando si toglie un vecchio quadro.

Jung-ho sentì una fitta di dolore, più acuta di quella che provava per la morte di molti umani, sia quelli che non avevano nulla a che fare con lui sia quelli per i quali aveva accelerato il processo di dipartita. Non sarebbe mai e poi mai diventato un assassino abituale; da tempo, però, era convinto che, a eccezione di pochissimi individui, nessuno era davvero buono e onorevole. La gente mentiva, ingannava, tradiva gli amici, la famiglia e il Paese, poi tornava indietro, e lo rifaceva di nuovo, solo per salvarsi la pelle. Quando il governo generale aveva decretato che tutti i coreani dovevano cambiare nome assumendone uno giapponese, metà della popolazione si era subito messa in coda per gettare via l'eredità di genitori e antenati.

Se potevano rinunciare così facilmente al nome, pensava Jung-ho, non credevano in niente. Il suo disprezzo per il genere umano diventava sempre più profondo col passare degli anni, portandolo a dare meno valore alla sua stessa vita. Inspirò a fondo per cacciare via questo pensiero; c'era una parte di lui che voleva ancora aggrapparsi a quel poco che restava della sua innocenza.

Il cortile era affollato di persone che attendevano in silenzio di barattare oro e gioielli. Di fronte alla coda, Young-gu era seduto a una specie di banchetto, con due guardiani ai lati, e riceveva i postulanti uno per volta. Quando era scoppiata la guerra, aveva abbandonato la gestione del ristorante e aveva iniziato a comprare merci dalle varie province per poi rivenderle a prezzi scandalosi a Seul. L'esercito aveva confiscato tempo addietro tutti i preziosi su cui era riuscito a mettere le mani, ma i cimeli di famiglia continuavano a spuntare da coperte imbottite di seta e barattoli nascosti sotto le assi del pavimento. Una volta esauriti anche quelli, i disperati portavano atti di proprietà e promesse di restituzione del prestito con interessi da capogiro; Jung-ho lo sapeva bene senza che glielo dicessero.

Con la mano sul cuore, Young-gu gli giurava che non lo faceva per denaro. Era qualcosa che andava fatto, quindi meglio lui, un uomo del popolo, che un altro, no? Ciononostante, s'impegnava a fondo nel giro d'affari del mercato nero, come le persone che si divertono e diventano persino più vive durante le crisi, quegli spazi ambigui tra la vita onesta e la morte. Al caos reagivano con una sorta d'insensato ottimismo, a differenza di quei deboli intellettuali che perdevano ogni voglia di vivere. Quali alternative ci fossero a questi due atteggiamenti, Jung-ho non lo sapeva. Notò che Young-gu sembrava più felice che nei primi anni di matrimonio, quando i figli erano piccoli e il ristorante prosperava.

Nell'accorgersi della presenza di Jung-ho, Young-gu congedò i suoi subordinati con un gesto, si alzò e si diresse verso l'amico a passo vivace e a braccia aperte. Dall'inizio della guerra aveva perso un po' di peso in vita, ma in un modo che lo faceva apparire più giovane e più sano. Indossava un gilet di fustagno marrone sopra una linda camicia di cotone, come un farmacista agiato che riceve pazienti disperati.

« Perché quell'idiota all'ingresso mi ha chiamato 'Boss', *oyabun*? » domandò accigliato Jung-ho una volta esauriti i convenevoli. « Mica è la Yakuza, questa. »

« Scusa, capo, è davvero stupido », replicò Young-gu facendo strada verso un deposito sul retro dove teneva le merci più preziose per i suoi amici. « Ma credimi, sarai felice di vedere cosa ti ho tenuto da parte. Un sacco di orzo e uno di patate, due cespi di cavolo e un sacchetto di acciughe piccole essiccate. Oggi non le potresti comprare neanche se avessi soldi a palate... No, va bene così, metti via i soldi », protestò, scuotendo il capo con decisione e allontanando la mano di Jung-ho.

Jung-ho si accigliò, ma stavolta non per il dispiacere. « Non posso accettare così... anche se siamo amici da una vita. Quando sono andato a trovare Loach per avere del riso, un paio di settimane fa, alla fine ha accettato un po' d'argento. »

Il punto era che, quando Jung-ho aveva offerto qualche pezzo dell'argento di Myung-bo al suo più intimo amico, si era aspettato che questi rifiutasse. Loach, invece, l'aveva preso, aveva annotato accuratamente la transazione sul suo libro mastro, e poi si era rimesso a parlare cambiando argomento con estrema disinvoltura e senza il minimo imbarazzo. Sapevano entrambi che Loach non faticava affatto a tirare avanti, aveva accumulato più oggetti preziosi e crediti di quanti ne potesse desiderare in tutta una vita. Jung-ho aveva fatto finta di niente e si era congedato con un'amichevole stretta di mano, ma dentro di sé si era ripromesso di non rivederlo mai più.

Young-gu sbuffò, sprezzante. « Ovvio che l'ha accettato, quel bastardo egoista. Ma tu ti ricordi quante volte entrambi non avevamo un fico secco e tu ci hai dato il tuo cibo? Ti ricordi quante volte mi hai dato una razione un po' più grande, sottraendo qualcosa alla tua, così che io potessi dividerla col cane? » Young-gu sorrideva, ma i suoi occhi erano decisamente lucidi. « Io non lo dimenticherò mai. »

Jung-ho era sollevato nel vedere che la generosità dell'amico era sincera. Cinse le spalle di Young-gu con un braccio e gli diede qualche pacca vigorosa. « Ti ringrazio. Certo che mi ricordo... Mi ricordo», disse, pentito del suo pensiero di poco prima sulla maggior parte della gente che non vale nulla. Non era nella sua natura rimanere cinico e insensibile a lungo, neanche durante una guerra.

«Ti accompagno fuori, capo», disse Young-gu mentre riattraversavano il cortile affollato. «Fa già caldissimo, e l'estate è appena cominciata... Be', che ti prende?»

Jung-ho si era fermato. Circa a metà della coda, i suoi occhi avevano individuato un uomo che conosceva meglio di quanto avrebbe voluto ammettere. Con la camicia e i pantaloni da operaio, e un aspetto in un certo senso più pieno e definito, Han-chol non aveva più nessuna traccia della rozza intensità di un laureato squattrinato. Persino nel bel mezzo di una guerra, aveva il piglio vigoroso di un uomo idealmente in bilico tra giovinezza e maturità, traguardi passati e future ambizioni. Jung-ho aveva saputo che Han-chol aveva aperto un'officina di riparazione per le auto e che stava abilmente espandendo l'attività anche se il Paese andava avanti come una barchetta di carta in un uragano. Nonostante tutto, però, non aveva abbastanza successo da poter evitare di elemosinare cibo da Young-gu, si disse Jung-ho con una certa soddisfazione. Comprese che era il momento della sua vendetta, una rivincita casuale che capita una sola volta nella vita. Erano circa le tre del pomeriggio e le foglie strisciavano sulla sabbia dove il cane era solito stendersi al sole. Jung-ho registrò inconsciamente tutti quei particolari, così da essere in grado, in seguito, di ricordare il momento preciso in cui aveva provato la felicità di umiliare qualcuno che l'aveva profondamente umiliato in passato. Il sangue gli rimbombava nelle orecchie, e tutte le sue vene ronzavano, dalla testa ai piedi. Era una delle sensazioni più piacevoli che avesse mai provato.

«Conosci quel tizio?» chiese Young-gu.

«È una storia lunga, ma è davvero un...» Jung-ho cercò la parola giusta. «Un vile, ecco cos'è», disse poi, soddisfatto perché nemmeno Myung-bo avrebbe potuto rimproverarlo di essere ingiusto.

«Lo faccio andare via subito. O lo faccio pestare a morte, come preferisci.»

Mentre Young-gu parlava, cinque o sei dei suoi sottoposti si radunarono dietro di loro, facendo scrocchiare le dita e il collo.

« No, di lui mi occupo io », rispose Jung-ho, andando verso la fila coi pugni serrati. D'istinto, la folla tacque e l'attenzione di tutti si concentrò sui due uomini. Jung-ho non era stato riconosciuto; vagamente insospettito, Han-chol strizzò quegli occhi stupidi che inspiegabilmente piacevano tanto alle donne.

« Lei è il signor Kim Han-chol? » chiese Jung-ho, senza inchinarsi né porgere la mano. « Mi chiamo Nam Jung-ho. Forse lei non mi conosce, ma entrambi conosciamo Jade Ahn. »

Il viso di Han-chol si trasformò, come se quel nome fosse un antidoto che trasformava l'arroganza in dispiacere. « Ho sentito parlare di lei. Jade mi diceva sempre che è uno dei suoi più cari amici. » Abbassò gli occhi.

« Davvero? » domandò Jung-ho, quasi tra sé. Arrossì lievemente all'idea di quello che potevano aver detto di lui, ma scacciò il pensiero. « Jade mi ha parlato di lei, signor Kim Han-chol. Non è stato un buon amico. »

Jung-ho notò con soddisfazione che il volto del suo rivale impallidiva e perdeva la sua egocentrica compostezza. Quindi era quello, il suo punto debole: il bisogno di *apparire* nel giusto. Han-chol era il tipo d'uomo che riusciva a convincere se stesso di aver sempre fatto il meglio che poteva. Jung-ho sapeva che quell'espressione addolorata era solo un modo per proteggere la propria autostima. La vendetta migliore sarebbe stata fargli perdere l'arroganza, e ciò non sarebbe successo soltanto prendendolo a pugni.

« Quelli come te non meritano di respirare la sua stessa aria. Non comparire più, mai più davanti a lei, mi hai capito bene? » latrò Jung-ho, avvicinandosi di un passo al rivale e resistendo all'impulso di sputare a terra. Per tutto il tempo Han-chol non si era mosso di un pollice, come una lucertola che ha percepito la presenza di un predatore e decide di fingersi morta finché il pericolo non sarà passato. Non sembrava più così affascinante, adesso, ma solo vile e codardo, proprio come Jung-ho aveva intuito. Se solo Jade l'avesse saputo!

Jung-ho si voltò. « Ragazzi, assicuratevi che il signor Kim

Han-chol abbia tutto ciò che gli serve.» Young-gu scattò sull'attenti e mandò i suoi sottoposti a prendere il cibo.

«E non accettate pagamenti da lui.»

Anche senza guardare, Jung-ho sapeva che Han-chol, con tutte le sue noiose regole da nobile, era umiliato nel dover accettare la generosità di qualcuno che chiaramente lo disprezzava. E, qualunque cosa fosse successa in passato, quella sera sarebbe stato lui, Jung-ho, a vedere Jade. Lei aveva bisogno di lui. Il piacere della vendetta era così grande che si sentiva come una stella, perfettamente allineata in una costellazione.

Nel tragitto verso casa di Jade, Jung-ho riuscì a barattare tre delle patate di Young-gu con un melone giallo. Praticamente non aveva ancora finito di bussare che lei già gli stava aprendo il portone. Prese con entrambe le mani la pesante borsa di tela che lui le porgeva, l'aprì e sussultò. «Orzo, patate, acciughe... E questo cos'è? Un melone *chameh*! Sembra un miraggio. Jung-ho, che farei senza di te?» esclamò, facendolo entrare.

«Vorrei solo poter aiutare di più. Come sta la zia Dani?» chiese lui, togliendosi il cappello.

«Ha ancora la febbre. Credo sia lo shock dei saccheggi, e questo tempo umido non aiuta. Sono mesi che non ha molto da mangiare, e ha perso parecchio peso.» Jade arrossì. Lei stessa era molto dimagrita, e sotto gli zigomi c'erano ombre che lui non aveva mai visto prima.

«Hanno preso tutto?» La polizia aveva fatto irruzione nelle case per razziare non solo riso e gioielli, ma anche pentole e vasi di metallo, ferri da stiro, caldaie, attizzatoi e via dicendo. Tutto veniva fuso indiscriminatamente per ricavarne artiglieria, navi e aerei.

«Quasi. Ho scavato una buca in giardino, sotto il ciliegio, e ho seppellito alcuni dei gioielli più preziosi. Ma a che servono una collana di diamanti o un pettine d'oro quando il riso è misto a sabbia e non c'è niente da mangiare?»

«Jade, non dirmi dov'è il tuo nascondiglio! Guardati da vicini e amici. Solo tu e la zia Dani dovete esserne a conoscenza», la rimproverò Jung-ho, e il volto di lei s'illuminò di un sorriso tenero.

«Ma, Jung-ho, tu *sei* la mia famiglia. Sono mesi che ci porti ottimo riso. Io mi fido di te.» Sorrise, e sotto gli occhi comparve qualche ruga sottile. Dimostrava tutti i suoi anni: ne aveva trentatré, e ne erano passati più di venti da quando l'aveva vista per la prima volta. Eppure, pensò lui, era bella anche nel suo declino, forse ancora più bella di quand'era una giovane cortigiana in fiore. Persino le ombre sul suo volto gli sembravano attraenti.

«Tieni duro. Non può durare per sempre. Il Giappone ha decisamente sottovalutato quel grande Paese che è la Cina. Il mondo ha voltato le spalle ai giapponesi dopo quello che è successo a Nanchino. Stupri, incendi, donne incinte uccise... Ciò che hanno fatto a noi ora lo fanno ai cinesi. Il nostro esercito di liberazione e le truppe cinesi hanno già unito le forze in Manciuria. Il mio mentore dice che il Giappone non può vincere questa guerra.»

Jade annuì con convinzione, come se ciò potesse aiutare quella predizione ad avverarsi.

«In verità, è per questo che sono venuto. Devo dirti una cosa.» Jung-ho reggeva il cappello per la tesa e lo faceva girare. L'aria nella stanza era pesante, come dopo il quarto drink. La lancetta dei secondi dell'orologio scandiva il silenzio al ritmo del suo cuore.

«Sono stato scelto per andare in missione a Shanghai», annunciò, con tono piatto. Ma fingere indifferenza era dura, molto più dura di quanto avesse immaginato. Tra le molte cose che non aveva mai imparato, lasciar andare era la più difficile. Ma decise di fare come aveva sempre fatto: prima agire e poi pensare. Per darsi coraggio, si premette il palmo delle mani sugli occhi. «Non tornerò per diversi mesi», disse.

In una reciproca comprensione, entrambi udirono chiaramente quello che *non* diceva, e cioè che era probabile che non tornasse affatto. Il ticchettio dell'orologio rallentò e poi scomparve nell'oblio, e Jung-ho sentì che essere lì seduti uniti dal dolore era la giusta ricompensa per tutti i suoi anni di attesa. Faceva caldo, un caldo umido, e la morte indugiava negli angoli bui della stanza come le ombre violacee di un lungo tramonto estivo.

« Aspettavo da anni che il mio mentore mi affidasse una missione. Ma adesso che è arrivato il momento mi sento un po'... triste », ammise con un sorriso stentato.

« Oh, Jung-ho, sono così in pensiero per te. »

Jade si tamponò di nascosto gli occhi con la punta delle dita. Sembrava determinata ad apparire coraggiosa, così Jung-ho fece finta di non vedere.

« In questi ultimi anni sei stato il mio unico amico, con Luna in America e Lotus scomparsa... Non so che farò quando non ci sarai. » Sospirò, poi corse in cucina, gridando: « Almeno ti fermi a cena? Preparo qualcosa ».

Jung-ho rimase in soggiorno mentre Jade si dava da fare per cucinare l'orzo che le aveva portato. Dani dormiva, così le lasciò una scodella di zuppa accanto al letto prima di apparecchiare la tavola per sé e Jung-ho. I militari avevano portato via le lucide ciotole di bronzo di Dani, i cucchiai e le bacchette, quindi Jade doveva farsi andare bene le ciotole di legno e utensili che nemmeno le cameriere avrebbero usato prima della guerra. Guardandola affaccendarsi coi piatti, Jung-ho immaginò di essere sposato con lei e che quella fosse una cena ordinaria nelle loro vite altrettanto ordinarie. La fantasia era così gradevole che non poté trattenersi dall'esternarla.

« Jade, è come se fossi mia moglie che mi prepara la cena. » Nel momento in cui lo disse, temette di suscitarle repulsione.

Sorprendentemente, invece, lei sorrise. « È difficile essere uno scapolo. Un uomo ha bisogno del tocco femminile. » Strizzò gli occhi, spingendo verso di lui una scodella di *kimchi* di ravanello. « Mangia. »

Masticavano lentamente per far durare di più la cena spartana, parlando della guerra e della malattia di Dani.

Jung-ho posò il cucchiaio. « Uno dei nostri compagni è dottore. Prima di partire, farò un salto alla sua clinica e gli chiederò di venire a visitare la zia Dani. »

Jade aggrottò le sopracciglia. « Sono capace solo di crearti problemi e chiederti aiuto. Non ho fatto niente per te. »

« Non c'è mai stato bisogno che tu facessi qualcosa per

me», ribatté lui con un sorriso timido. Era la verità. A un certo punto, non avrebbe saputo dire quando, ma anni prima, Jung-ho aveva rinunciato all'idea che lei potesse amarlo come l'amava lui. Era successo senza che nemmeno se ne rendesse conto, il che probabilmente era la cosa migliore. Aveva intrapreso tutte le svolte più importanti della sua vita basandosi su un desiderio svanito da tempo, ma tornare indietro era impossibile. E a che sarebbe servito rinnegare il passato? Dentro di lui balenò l'intuizione che questo avveniva a tutti in misura diversa, e ciò lo aiutò a far pace col suo destino. Ma quello che lei disse subito dopo spazzò via tale pace con la forza di un uragano estivo.

«Ti andrebbe di fermarti per la notte?» gli chiese.

Jade si svegliò con le braccia di lui che la tenevano stretta. Sembrava che non la volesse lasciar andare neanche quando dormiva profondamente. Sulle sue labbra c'era l'ombra di un sorriso.

Se fosse stato Han-chol, gli avrebbe accarezzato i capelli e l'avrebbe baciato. Con Jung-ho, desiderava solo essere di nuovo sola. Non si pentiva di avergli chiesto di passare la notte assieme. Era giusto dargli ciò che per lui significava tanto, e che a lei costava davvero poco. Eppure si sentiva così a disagio tra le sue braccia che tutti i suoi sforzi per rimanere immobile furono vani.

«Sei già sveglia», sussurrò Jung-ho, con gli occhi socchiusi.

«Continua a dormire. Preparo qualcosa per colazione.» Fece per alzarsi, ma lui la trattenne.

«Preferisco stringerti ancora un po'. E voglio parlarti.»

Jade si sentiva ancor più a disagio ora che la stanza si faceva più chiara ed era ancora nuda accanto a lui, ma rimase.

«Jade, lo sai cosa provo per te», iniziò Jung-ho, ormai del tutto sveglio. «Ti ho amata per tanto tempo. Più di quanto tu immagini. Ricordi il giorno in cui hai partecipato alla sfilata, col costume tradizionale? È stata la prima volta che ti ho vista. Già allora, sebbene fossi tanto giovane, ho sentito che la mia vita sarebbe cambiata.»

Lei rammentava la sfilata, ma naturalmente non aveva nessun ricordo di Jung-ho tra le centinaia di spettatori.

« Dopo che Dani mi ha detto di girare al largo e ci siamo persi di vista, ti cercavo ovunque. Quando stavi andando al cinema con Lotus, i miei occhi ti hanno trovata in mezzo alla folla come se il sole splendesse solo su di te. » Il volto di Jung-ho era rischiarato da quella luce che aveva immaginato tanti anni prima.

« Ma pensa! Con tutta la gente che c'è a Seul. »

Jung-ho sorrise. « Lo so. Ho semplicemente visto la ragazza più bella, per poi accorgermi un secondo dopo che era sempre la stessa. » Le posò con tenerezza una mano su una guancia, e lei fece del proprio meglio per godere di quel tocco.

« Sai, il mio colore preferito è il blu », disse lui, con un'espressione distante, come se cercasse di recuperare un ricordo perduto. « Mi è sempre piaciuto guardare il cielo, sin da quand'ero piccolo. E così le cose blu mi balzano all'occhio, che si tratti di una cravatta, o dell'abito di una donna. È per questo che ti ho sempre notata, che ti ho sempre amata: perché tu sei il mio blu. » La guardò con aria timida, al contempo sollevato e fiero di averle confidato quel pensiero.

Jade era commossa, ma anche turbata dall'impronunciabile verità che Jung-ho non era il suo blu. C'era solo un uomo che era il suo blu, e lui non l'amava più e non voleva avere niente a che fare con lei. Desiderò con tutto il cuore che Jung-ho smettesse di parlare.

« Tu sei l'unica ragione di ogni cosa che ho fatto nella mia vita. » Si voltò su un fianco per averla di fronte. « Jade, ascoltami bene. Dirò al mio mentore che non posso andare in missione. Prima non avevo motivo di non andare... Ma ora voglio restare qui e avere una vita con te. » Intrecciò le dita con le sue e le strinse.

Il cuore di Jade prese a correre e lei si sentì come sopraffatta da un'onda. « Ma gliel'hai già promesso. Come puoi venir meno alla tua parola? » protestò, allontanandosi impercettibilmente.

Jung-ho sgranò gli occhi e ribatté, in un tono accorato che voleva rassicurarla: « Il compagno Lee è la persona più comprensiva e compassionevole che io conosca. Non ha mai impedito a nessuno di andarsene e abbandonare la causa, per nessun motivo. Non si è mai comportato come se io fossi una sua proprietà ».

Lei respirò lentamente, quasi a voler frenare la crudeltà di quanto stava per dire. Quando allentò la presa, però, le parole le sfuggirono come cavalli imbizzarriti. « La missione è più importante di me e di te. »

Non aveva avuto il tempo di riflettere, così sulle prime tali parole sembrarono solo suoni senza senso. Ma, quando il volto innamorato di Jung-ho si trasformò in pietra, si rese conto di quanto fossero orribili. Lui non era soltanto freddo e immobile; il tratto che le era parso tanto attraente nell'amico sin da quand'erano piccoli, che era tipicamente suo e che lo rendeva unico, era svanito di colpo.

« Dopo tutto quello che ho fatto per te », riuscì a dire Jung-ho, a fatica.

Jade si vide scorrere davanti agli occhi la sua vita con lui: Jung-ho che le urlava di saltare dall'albero perché l'avrebbe presa; quand'era corso a cercare una levatrice per Luna; quando l'aveva tenuta per mano la notte in cui la guerra era cominciata; lui in piedi davanti a casa con sacchi di cibo quando ogni speranza pareva perduta, al punto che a volte le sembrava che tutto ciò che le serviva per farlo apparire fosse guardare la porta. Comprese che anche Jung-ho stava rivedendo quei ricordi nella mente e, più li rivedeva, più soffriva.

« E avrei fatto anche di più, avrei rinunciato a tutto per tenerti al sicuro. »

Davanti ai suoi occhi scuri e ardenti, Jade faticò a non ritrarsi per la paura. « Non intendevo dire questo. Certo che voglio che tu rimanga », affermò, ma così debolmente che lei stessa fece fatica a crederci.

Lui non disse niente; sembrava essersi infine reso conto di aver amato per tutta la vita una persona indegna. Si alzò e si vestì in silenzio, il viso distorto dall'odio. Poi, un attimo prima di aprire la porta, si voltò.

Quello che accadde subito dopo fece capire per la prima volta a Jade chi lui fosse veramente, una persona che lei aveva soltanto intuito dalle sue misteriose occupazioni. Jung-ho le si lanciò contro. Troppo terrorizzata per urlare, Jade si riparò la testa con le braccia e si rannicchiò, ma il corpo di lui le passò accanto. Cadde sul letto e lo attaccò come un pazzo. Quando il letto gli parve abbastanza morto, afferrò il primo oggetto che gli capitò sotto mano, uno specchietto, e lo scagliò contro il muro, facendolo esplodere in mille pezzi. Ignorando le scintillanti schegge di vetro che piovevano su di loro, Jung-ho seppellì il viso nella coperta e urlò: solo un monosillabo acuto, un urlo disumano. Infine, giacque prostrato, ansante, con la schiena che si alzava e si abbassava col respiro.

Jade si accorse di singhiozzare, perché il corpo di lui le appariva così familiare e al contempo così estraneo. Era come se la cosa invisibile che li aveva legati sin dall'infanzia fosse stata recisa, e lei non poteva più raggiungerlo nemmeno standogli seduta a un braccio di distanza. Voleva trovare un modo per calmarlo, per fargli capire quanto ancora significasse per lei. Ma, prima che potesse dire qualcosa, lui si tirò su in ginocchio e, con la testa ancora china, espirò. Non c'era più traccia di rabbia; c'erano solo le scintille di specchio che, come piccole stelle, gli punteggiavano i vestiti e i capelli. Trascorsero altri minuti in silenzio. Quando infine sollevò la testa, Jade vide che la sua espressione era fredda e determinata. Solo i suoi occhi erano insolitamente luminosi e intensi come neve sciolta.

Jung-ho si alzò e si mise il cappello col fare di qualcuno che lascia il funerale di un lontano conoscente: secco e cupo, con un'aria decisa. «Una volta ti ho detto che a nessuno sarebbe importato se fossi morto. Ricordi che mi hai detto che *a te* sarebbe importato?» Senza attendere risposta, uscì da casa di Jade per l'ultima volta.

A luglio, il maggior generale Yamada tornò a casa dalla campagna in Cina, in licenza. Sua moglie Mineko lo accolse con freddezza. Sebbene avesse iniziato il matrimonio colma di innocenza e buona fede, la sua totale assenza l'aveva prima delusa, poi logorata e infine resa furiosa. Vederlo notevolmente invecchiato non la toccava più di tanto. Ora sulla sua fronte un tempo elegante c'erano profonde rughe. Aveva perso due dita della mano destra, che teneva coperta da un guanto anche quando faceva un caldo opprimente. Per un estraneo ferito in guerra lei avrebbe anche potuto provare compassione, ma non per il marito, che aveva dedicato tutta la vita a guerre e conquiste.

Il mattino dopo il suo arrivo, Mineko sedette per prendere il tè con lui e gli chiese il divorzio. Gli spiegò che era incinta di tre mesi e, se lui fosse stato così cortese da lasciarla libera, avrebbe sposato il suo amante e sarebbe tornata in Giappone.

Yamada non disse niente, non perché fosse arrabbiato o indignato, ma perché non aveva più voglia di parlare. Fissò Mineko, che indossava un abito rosa simile a quello che portava la prima volta che si erano incontrati. Si rese conto che erano sposati da sedici anni ma erano ancora due perfetti estranei. Non avevano avuto nulla da dirsi, almeno fino a quel momento.

« Dovrò parlarne con tuo fratello », decise, mettendo fine al discorso.

Un'ora dopo, era seduto nel salotto di Ito Atsuo. Non era la stessa stanza nella quale avevano ammirato le porcellane e la pelle di tigre tanti anni prima. Ito si era fatto costruire una splendida villa in stile Beaux Arts ai piedi del monte Namsan, ritenuta una delle case più belle dell'intera Corea. La stanza era arredata in stile francese, con sedie Luigi XVI e tendaggi dorati e, sebbene ci fosse qualche ceramica celadon sulla mensola del camino, la pelle di tigre era sparita.

« Genzo, quanti anni sono passati? Quando sei arrivato? E quanto ti fermi? » Ito entrò a grandi falcate; dall'ultima volta che si erano visti non era invecchiato quasi per niente.

« Quasi otto anni. Tu sei sempre uguale », disse Yamada, stringendogli la mano.

« Davvero? Comunque non sono stati anni facili per me. Siedi, accomodati... Ma parliamo di te. Ho saputo delle tue dita, sei un eroe di guerra! »

Yamada sedette e si lisciò i pantaloni sulle cosce con un sorriso imbarazzato. « Non direi. Molti altri hanno perso la vita. Figli di contadini, di macellai e rampolli di antiche e rispettabili famiglie. Alcuni erano davvero senza paura, altri si preoccupavano solo di sopravvivere. Ma, alla fine, sono tutti morti urlando. La morte è una grande livellatrice.»

«Però eri di certo nel bel mezzo dell'azione. Non eri a giocare a carte o a bere al sicuro nell'accampamento!»

«Non ho perso due dita perché sono coraggioso... È stata solo questione di fortuna.»

«Forse hai ragione. In ogni caso, ti sei sacrificato, tutti gli uomini dovrebbero farlo. Io stesso ho dovuto donare tutto il ferro e l'oro estratti dalle mie miniere negli ultimi sei mesi. Come potrai immaginare, è stata una perdita enorme. Però, in quanto suddito obbediente di sua maestà l'imperatore, sono felice di aver fatto la mia parte. Una volta finita questa guerra, riceverò la ricompensa per la mia lealtà. L'Indocina ha molte più miniere della Corea, e la Birmania è zeppa di rubini. E nel giro di un anno strapperemo l'India alla stretta inglese. Diventerò più ricco di un rajah!»

Ito sorrise con aria di trionfo, ma il cognato rimase in silenzio. Il domestico fu pronto, e approfittò di quel momento per inserirsi tra loro e posare sul tavolino caffè e biscotti.

«Il caffè è più raro dell'oro, di questi tempi. Bevi, amico mio», lo esortò Ito.

«Non succederà», mormorò Yamada, ignorando la tazza fumante. «La guerra. Non possiamo vincere.»

«Ma di che stai parlando? Eri in Cina. Abbiamo conquistato quella bestia enorme, il grande dragone ormai sdentato e in declino. Abbiamo preso l'Indocina alla Francia, e...»

«Parli così perché sai solo quello che ai giornali è consentito pubblicare. Non hai visto quello che ho visto io al fronte. Non abbiamo abbastanza petrolio, ferro, gomma o cibo per mandare avanti la guerra. Siamo noi contro Gran Bretagna e Francia, e se l'America viene coinvolta... Hanno centinaia di aerei e navi per ciascuno dei nostri, e migliaia di soldati per ciascuno dei nostri, lo capisci?»

«Se l'America viene coinvolta, Germania e Italia combatteranno dalla nostra parte.»

«La Germania è impegnata contro la Russia, e l'Italia non è niente senza la Germania... Se non mi credi, va bene lo stesso.»

«Se non fossi mio cognato, direi che hai idee blasfeme, Genzo. Questo non si addice a un generale dell'esercito imperiale di sua maestà», lo ammonì Ito.

«Pazienza. Non sono più tuo cognato, quindi fammi pure arrestare se vuoi.» Yamada scosse il capo, più sprezzante che malinconico. «Mineko vuole il divorzio. Aspetta un bambino, e vuole sposare il padre per tornare in Giappone.»

Fu il turno di Ito di scuotere il capo. Posò la tazza e si accomodò contro lo schienale della sedia, come un dottore che sta per annunciare qualcosa di nefasto ma importante. «Non puoi divorziare da lei. Mi dispiace, so che non è una bella situazione, ma devi pensare alle nostre famiglie. Potremmo far adottare il bambino da qualche lontano parente, se lo desideri.»

«Temo che non stia più a te decidere, Atsuo. Ho già deciso di divorziare da lei, fosse anche l'ultima cosa che faccio prima di tornare in guerra», ribatté Yamada. Si sentì così stranamente sollevato nel dirlo ad alta voce che ebbe la tentazione di ripeterlo. «Sai, Atsuo, non mi sono mai sentito davvero libero. Vedevo il mondo come un sistema approntato da persone intelligenti e importanti, e io sarei diventato uno di loro. Ma ora mi rendo conto di essere stato uno sciocco. Il sistema non è altro che ciò che porta distruzione.»

Ito non aveva mai sentito Yamada parlare in quel modo, e quasi temeva che avrebbe compiuto qualche gesto violento. Yamada, però, si alzò con calma, si raddrizzò la giacca dell'uniforme e gli tese la mano. «Probabilmente non ci vedremo più, quindi questo è un addio.»

«Genzo, certo che ci vedremo. Solo perché Mineko...» Ito si sentì triste suo malgrado. «Con chiunque altro non m'importerebbe, ma non voglio che noi ci lasciamo così.»

Yamada sorrise, un sorriso sincero e sereno che Ito non gli aveva mai visto sul volto. «D'accordo, Atsuo. Sarò rimandato in Cina. Non ho idea di quando tornerò... Ma, finché non ci rivedremo, stammi bene.»

22

ANIMALI DELLO ZOO

1941

Sebbene Jade facesse tutto ciò che poteva per far guarire Dani, nel corso dell'estate le sue condizioni peggiorarono. Senza dire niente alla zia, aveva già disseppellito e venduto gran parte dei gioielli nascosti sotto il ciliegio per comprare medicine e cibo. Diversi dottori si erano succeduti, senza che la febbre e la consunzione di Dani migliorassero. Dei pochi gioielli rimasti, Jade aveva deciso di tenere la collana di diamanti come ultima risorsa. Il suo pettine d'oro era sufficiente per convincere un medico istruito in Occidente a visitare la malata.

« Ha delle piaghe sulla schiena », sussurrò mentre lo aiutava a girare Dani sull'altro fianco.

« Sì, sono tipiche dell'ultimo stadio della sifilide », sentenziò il dottore, sistemandosi gli occhiali. « Dev'essere rimasta a lungo latente. Probabilmente l'ha contratta quand'era ancora in attività come cortigiana... La sifilide causa anche infertilità. Non è mai rimasta incinta, vero? »

Jade guardò spaventata il volto sudato di Dani; aveva gli occhi chiusi e delirava per la febbre. « Gli altri dottori non hanno detto nulla della sifilide », contestò piano.

« Questa malattia può somigliare a molte altre, fino allo stadio finale, quando compaiono le piaghe. Stia attenta a non toccarle, sono molto contagiose. Quanto alla prognosi, è difficile dire quanto tempo le rimanga. Domani manderò la mia domestica con un po' d'arsenico, che può prendere per alleviare i sintomi. »

Congedato il dottore, Jade andò in cucina per preparare quello che poteva per cena. In dispensa restavano solo una tazza d'orzo e un po' di alghe essiccate che poteva condire con un goccio d'olio e aceto. Senza pensare, tirò fuori il coltello e il tagliere, poi si rese conto che non c'era nulla da tagliare. Strinse l'impugnatura del coltello con la mano ossuta, lottando contro le lacrime che le offuscavano la vista. Stava ripensando a quando si era tagliata la mano, quella notte d'estate di tanti anni prima. Se la lama del coltello fosse scivolata solo qualche pollice più su rispetto alla cicatrice, tutte le sue sofferenze sarebbero finite.

Posò la lama e preparò una semplice zuppa d'orzo.

Quando tornò da Dani, la trovò in uno stato di calma e lucidità ormai sempre più raro.

« Come diamine sei riuscita a preparare ancora la cena? » le chiese mentre Jade posava il vassoio accanto al letto.

« Abbiamo ancora un po' dell'orzo che ha portato Jung-ho », mentì. La scorta era finita da tempo, e l'orzo veniva dal mercato nero. « In ogni caso, non devi preoccuparti di dove trovo il cibo. Devi pensare solo a guarire. »

« Sono un tale peso per te », disse Dani. Cercava di mandare giù la zuppa con cui Jade l'imboccava senza sbrodolare. Ormai persino il controllo dei muscoli del viso le costava una fatica terribile, e una goccia scintillante le scivolò dall'angolo della bocca. « Sono come una vecchia decrepita », si lamentò.

« Tu non sarai mai una vecchia decrepita. Sarai sempre bellissima. Nessuna di noi, nemmeno Luna, regge il confronto con te. »

« Stai solo cercando di essere gentile. Anzi, più che gentile... » Dani batté le palpebre e una lacrima fuggì dai suoi occhi ancora belli. « Ricordi? A Pyongyang, quando mia cugina Silver mi chiese di portarti con me, all'inizio rifiutai. Questa ragazza non ha personalità, è così insipida e noiosa, le dissi. Lei, invece, disse che eri perfetta. Aveva ragione; avevo torto io. »

« Io ero felice di seguire Lotus in qualsiasi cosa facesse. Era lei quella vivace, io ero timida. »

« Eppure, guardando indietro, sei la più forte di tutte noi... Anche dopo che sarò morta, e la guerra sarà finita, andrai avanti... e, se tutto va bene, troverai un brav'uomo e ti sistemerai. »

« Tu non morirai! Non dire queste cose », protestò Jade, pur senza riuscire a frenare le lacrime.

« Ho sentito cos'ha detto il dottore, non stavo dormendo », sussurrò Dani con la voce che si affievoliva, cercando di girare il volto.

Jade si affrettò ad abbassarle il cuscino. « Sstt, ora devi riposare. Non stancarti con questi discorsi inutili. »

« Non far finta che non sia vero, non mi resta più molto tempo. Ascoltami bene, Jade. Solo due cose... » Chiuse gli occhi. « Primo, voglio che abbia tu la mia collana di diamanti. Qualunque cosa accada, tienitela stretta. Non venderla adesso, usala solo quando non avrai altre risorse. Naturalmente, anche questa casa e tutto ciò che contiene saranno tuoi quando me ne andrò. Ma quella collana da sola vale più di tutto il resto messo assieme, ricordatelo.

« Secondo, vorrei vedere due persone prima di morire. Sono i soli due uomini di cui mi sia importato davvero nella mia vita. Mi aiuti a farli venire qui? Credo di non essere più in grado di scrivere una lettera. »

Il giorno seguente, Jade scrisse e spedì due lettere: una all'indirizzo di casa di Lee Myung-bo, e l'altra per Kim Sungsoo, presso la sua casa editrice.

Quella settimana Myung-bo tornò a casa tardi dopo aver incontrato i compagni della Coalizione, che riuniva gruppi di ogni parte dello spettro politico sotto una sola bandiera, quella dell'indipendenza: anarchici, comunisti, nazionalisti, cristiani, buddisti, e ceondoisti. Lui era uno dei leader più anziani dei comunisti, ma tra le loro file c'erano quelli che vedevano la lotta principalmente tra borghesia e proletariato, ricchi e poveri, e non tra Giappone e Corea, come Myung-bo aveva sempre sostenuto. Il credo anarchico vedeva qualsiasi ordine sociale come distruttivo e oppressivo. I nazionalisti erano conservatori e alcuni di loro avevano più fiducia nell'America che nella stessa Corea. Inoltre, combattevano i comunisti almeno quanto combattevano i giapponesi. Poi c'erano i cristiani, alcuni dei quali erano pacifisti, sebbene qualcuno di loro avesse assassinato con piacere generali e governatori giapponesi prima di puntarsi l'arma alla testa. Tutti i gruppi credevano che il Giappone avrebbe spedito ogni uomo coreano in miniera e ogni donna coreana nei bordelli militari piuttosto che ammettere la sconfitta: le loro opinioni divergevano solo su come far implodere il Giappone dall'interno prima che si arrivasse a quel punto.

Quando arrivò a casa, Myung-bo trovò una lettera di Dani, e scoprì che era stata sua moglie a ritirarla dalle mani del postino. Era sulla scrivania, ancora chiusa, ma lui arrossì fino alle orecchie al pensiero che la moglie, donna di grande intelligenza e buonsenso, avesse notato la curata grafia femminile sulla busta. Lei era una signora all'antica cui era stato insegnato che la gelosia di una donna era un crimine più grave della promiscuità di un uomo. Se lui avesse portato a casa una seconda moglie, come tanti altri uomini del suo rango, lei avrebbe accettato senza alcuna obiezione. Myung-bo, tuttavia, non l'aveva mai tradita, nemmeno di nascosto. Lo irritava che, dopo essere rimasto fedele per tutti quegli anni, finisse coinvolto in qualcosa di disgustoso e indegno di lui. Ma non dimenticava che, a un certo punto della sua vita, aveva nutrito una vera passione per Dani. Aprì la busta e lesse velocemente la lettera, che era stata dettata a Jade e non conteneva nessun accenno a una grave malattia. Non ci mise molto a decidere d'ignorarla.

Diversamente da Myung-bo, Sung-soo lesse la lettera di Dani con un certo affetto. Per quanto perfetto apparisse - giacché la vita non aveva indurito il suo aspetto, ma l'aveva piuttosto come sigillato al pari di una superficie lucida e priva di pori - di tanto in tanto Sung-soo riusciva ancora a ricordare se stesso da giovane e fantasticare sulla sua innocenza perduta. Vedendo la lettera di Dani, fu travolto da ricordi gradevoli e che profumavano di primavera. Non poteva non riconoscere che lei era stata coinvolta in alcuni dei momenti più formativi della sua vita. In effetti, ogni volta che lui scriveva un racconto o un romanzo, qualche traccia di Dani finiva sempre sulla pagina. Lei era l'inchiostro dei suoi pensieri. Era stata straordinaria sotto ogni aspetto.

Il pensiero di rivederla, però, non allettava affatto Sung-soo. Dani aveva cinquantasei anni, lui ora cercava la compagnia di cortigiane più giovani di sua figlia. Se avesse incontrato di nuovo Dani, non avrebbe avuto nessuna tentazione di resuscitare la loro relazione. Respingerla non avrebbe ferito solo i sentimenti della donna, ma anche i suoi. Inoltre, era riluttante all'idea di vedere come la sua straordinaria bellezza fosse appassita e il suo fascino scomparso. E così rispose alla lettera dicendole che aveva solo splendidi ricordi di lei e le augurava il meglio, ma le loro vite avevano preso strade diverse da molto tempo. Naturalmente, nel caso Dani fosse in difficoltà economica, lui avrebbe cercato di aiutarla in ogni modo. Il tutto era espresso nel modo più elegante e educato possibile, e alla fine Sung-soo rilesse la lettera con la tipica soddisfazione degli scrittori che provano orgoglio per la propria opera, anche la corrispondenza.

« Attenda qui, prego », disse a Jade un giovane assistente, indicandole la sedia dallo schienale rigido fuori dall'ufficio. L'autofficina era un ampio spazio pieno di macchine, camion militari, pile di pneumatici, pezzi di ricambio, e meccanici che si muovevano ritmicamente. Su un lato, due ufficiali giapponesi stavano consegnando il loro camion blindato e spiegando qualcosa a un meccanico. In un angolo, una piccola area separata da un muro fungeva da ufficio; di fianco alla porta, c'era qualche sedia a mo' di sala d'aspetto. Jade sedette compunta e rimase a osservare ipnotizzata la velocità alla quale lavoravano i dipendenti di Han-chol. Ce n'era almeno una trentina, in maggior parte giovani, ma anche qualcuno coi capelli sale e pepe.

Erano trascorsi circa dieci minuti quando la porta si aprì e Jade scattò in piedi. Dall'ufficio uscì una donna, seguita da Han-chol. Jade si trattenne dal chiamarlo e rimase inchiodata sul posto, improvvisamente desiderosa di scomparire. Il volto di Han-chol, però, s'illuminò: l'aveva riconosciuta.

« Jade! » esclamò; la donna accanto a lui si voltò, curiosa.

« Come stai? » chiese Jade, e l'altra si schiarì la voce.

« Signorina Jade, questa è la signorina Seo-hee, la figlia di Sung-soo *sunsengnim*. Signorina Seo-hee, la signorina Jade è una vecchia amica. »

Seppur un poco più bassa di Jade, la giovane aveva una corporatura aggraziata, e le gambe snelle come steli spuntavano dalla gonna color granata. Il suo naso non era perfetto, ma gli occhi, grandi e distanti, le davano una fresca bellezza.

« Mi sembra di conoscerla... Lei è l'attrice di *One Lucky Day*! L'ho visto al cinema quando andavo alla scuola media », disse Seo-hee.

Jade fece un leggero inchino. Non recitava in un film dal 1936, ma molta gente la ricordava ancora. Di quei tempi, i soli film che si giravano erano di propaganda. I giorni trascorsi sul set e nei caffè erano così sbiaditi che talvolta le sembrava di aver sognato tutto. « Lieta di conoscerla », rispose Jade, e Seo-hee rise.

« La sua voce è molto diversa da come l'immaginavo. Ho visto soltanto i suoi film muti... Come vi siete conosciuti, voi due? »

« Quand'ero ancora uno studente, guadagnavo qualche soldo guidando un risciò. Jade era tra i miei clienti migliori », intervenne Han-chol. « Abbiamo tante cose da raccontarci. »

« Ma certo. Io vado, allora. È stato un piacere, Jade », disse Seo-hee, con uno sguardo sicuro nei grandi occhi neri, prima di congedarsi.

Con un profondo respiro, Han-chol aprì la porta dell'ufficio, e i due entrarono. Dal soffitto pendeva una lampadina che gettava una luce aranciata sulla grande scrivania in legno sopra cui erano impilati libri contabili e registri. Han-chol prese posto dietro la scrivania e posò le mani sui documenti. « Come stai? È passato tanto tempo... »

« Sette anni », rispose Jade. In un angolo della sua mente aveva la consapevolezza precisa di quanto tempo fosse passato da quando l'aveva visto per l'ultima volta. « Ho saputo delle tue aziende, tutti in città ne parlano. Sono felice di sapere che le cose ti vanno bene. Non te l'avevo detto che avresti avuto successo? »

« Non è granché. Sono solo all'inizio », si schernì lui, con un sorriso.

« Non sapevi neanche come funzionassero le auto, e guardati adesso. Quest'officina, con tante persone che lavorano sotto di te. Non avrei mai saputo immaginare qualcosa di così complicato. »

« Le automobili non sono così difficili da capire se ti prendi il tempo di studiarne ogni parte. È per questo che mi piacciono, per la semplicità. Aritmetica, contabilità, sono tutte questioni semplici. È avere a che fare con la gente che è complicato. » Lui aveva un sorriso stanco che le ricordò i primi anni, quando non aveva nulla.

« Non sei cambiato per niente. Sei sempre uguale », commentò Jade. In realtà, Han-chol era invecchiato. Rughe sottili gli attraversavano la fronte, e le sporgenze e le rientranze del suo viso erano diventate più nette, mettendo ancor più in risalto i suoi bei lineamenti. Con l'età aveva acquisito un aspetto più distinto, come spesso accade agli uomini tra il fiore della gioventù e la mezza età. Non indossava la cravatta, e il colletto sbottonato lasciava intravedere la parte superiore del suo petto forte.

« Neanche tu sei cambiata », replicò lui. « Ma dimmi, come mai sei venuta? Hai forse bisogno di cibo o denaro? Perché, se è così, farò tutto ciò che posso per aiutarti... »

« No, non è per questo che sono qui », rispose Jade, pensando che avrebbe preferito morire di fame piuttosto che chiedere cibo a Han-chol. Sentire quelle parole da lui era devastante. « Sono venuta perché la zia Dani è molto malata. Sta morendo. »

Han-chol sospirò, scuotendo la testa. « Oh, mi dispiace moltissimo. So che è lei che ti ha cresciuta. »

« Prima che sia troppo tardi, vuole vedere una persona che ha significato molto per lei in passato. Kim Sung-soo *sunsengnim*... »

Quando aveva avuto notizia della fiorente attività di Han-chol, Jade era venuta a sapere che Sung-soo era stato il suo primo datore di lavoro e benefattore. Dopo aver completamente trasformato la casa editrice nella sua veste di responsabile commerciale, Han-chol aveva aperto la sua prima officina con un investimento iniziale del suo capo. Quando Dani le aveva parlato di Sung-soo, Jade si era resa conto che il mentore di Han-chol era uno dei suoi grandi amori.

« Gli ho già spedito una lettera che la zia Dani mi ha dettato. Lui ha risposto dicendo che se le servono soldi cercherà di aiutarla, ma che non se la sente d'incontrarla faccia a faccia. »

« Peccato. Lui non è una cattiva persona, sai... »

« Capisco. Forse non sa quanto le darebbe pace, quanto sarebbe importante per una donna che sta per morire. È per questo che sono venuta da te. Tu gli sei molto vicino... Gli parleresti di questo? »

Il primo impulso di Han-chol fu di rifiutare, ma l'espressione sinceramente addolorata di Jade lo frenò. Il suo volto era dimagrito e sotto la pelle d'avorio, lucida per il sudore, si vedevano le ossa. Il suo fisico aveva assunto un aspetto sparuto e, quando alzò il mento, orgogliosa, lui vide le linee sottili che le solcavano il collo delicato. Se avesse dovuto descrivere come gli appariva, avrebbe detto che era come una canzone che cantava un tempo la madre. O come una lettera ancora chiusa da parte di qualcuno che amavi tanto tempo fa, trovata in fondo a un cassetto. O come un vecchio albero che improvvisamente, una primavera, torna alla vita, i rami anneriti accesi dal colore dei fiori, come a voler gridare: *Io, io, io.* A commuoverlo, però, non era solo ciò che restava del passato. Che cosa vedeva ora che non aveva mai visto prima? Era qualcosa di misterioso e vicino alla vera essenza di Jade. Non poteva negare di trovarla ancora affascinante, persino inebriante. Le sue labbra al naturale erano della stessa sfumatura rosata delle unghie delle ragazzine colorate coi petali di mimosa pudica.

« Non posso prometterti niente. Ha le sue idee, e non sono nella posizione di dirgli come agire. Ma farò del mio meglio. »

Jade sospirò, sollevata. « Grazie. Ti ringrazio moltissimo. Bene, non voglio distoglierti oltre dal tuo lavoro. »

« Ti accompagno. »

Senza parlare, attraversarono l'officina e raggiunsero l'uscita. Han-chol aveva avuto intenzione di accompagnarla solo per un breve tratto e poi tornare dentro, ma il luminoso crepuscolo lo trattenne. Il cielo rosso e le lunghe ombre violacee rendevano difficile dirle addio.

« Come torni a casa? È piuttosto lontano da qui. »

« Non troppo... E questo tempo è favoloso. Non è più così caldo e umido. »

« Voglio essere sicuro che arrivi sana e salva », disse lui, posandole per un istante la mano sulla parte alta della schiena.

Jade fu sollevata nel sentire che, nell'aria crepuscolare che li circondava, era riaffiorato qualcosa di familiare. Lui l'amava ancora? Non avrebbe saputo rispondere. E lei lo amava ancora? Non aveva mai smesso. La risposta era: *Sempre.*

Iniziarono a camminare verso sud costeggiando lo zoo e il palazzo di Changgyeong, coi rami verde scuro delle piante di zelkova che poggiavano sulla sommità del muro.

«Questo posto mi ricorda quand'ero bambina. Il mio amico Jung-ho mi aveva portata a vedere Giant l'elefante. Ci siamo arrampicati su un albero per vederlo senza pagare il biglietto, poi siamo stati inseguiti da un guardiano.» Jade sorrise. «Tu ci sei mai stato?»

Han-chol disse di no.

«Ci sono tantissimi animali: leoni, un ippopotamo col suo cucciolo in uno stagno, cammelli, zebre, elefanti. Pure animali coreani. Gli orsi della luna e le tigri.»

«Non li ho mai visti se non in fotografia. Anche quelli coreani. Ormai non ci sono più molti orsi e tigri in natura.»

«Lo so. E ho saputo che, da quando è cominciata la guerra, allo zoo non hanno quasi niente per nutrire gli animali. Poverini... Non capire cosa succede, stare ad aspettare nelle gabbie chiedendosi se qualcuno verrà ad aiutarli.» Jade si voltò a guardarlo. «Perché nessuno li aiuta?»

«Qualcuno li aiuterà, Jade. I guardiani dello zoo... troveranno del cibo per gli animali. Tu pensa solo ad aver cura di te e della zia Dani.» Han-chol le sfiorò dolcemente i fianchi, riconoscendone la curva sotto la camicetta di mussola. Quando si trovarono di fronte, non poterono più fingere indifferenza. Lui l'abbracciò e strinse il suo corpo ossuto più forte che poté. Una felicità familiare li avvolse, e di colpo il mondo sembrò meno spaventoso.

«Se muoio, ti prego, ti ricorderai di me?» chiese Jade, la guancia premuta sul suo petto.

«Non morirai. Mi assicurerò che tu stia bene. Dai, andiamo a casa.»

Quelle ultime tre parole... erano tra le più dolci che si possano sentire dal proprio innamorato. Non c'erano luci accese in casa quando arrivarono, mano nella mano. Invece di andare a vedere Dani, Jade condusse Han-chol in camera sua. Era sorpresa dalla loro urgenza, da quanto desideravano sentirsi e toccarsi dopo tutti quegli anni di assenza. Quando furono completamente nudi, però, Han-chol smise di accarezzarla così da poter guardare il suo corpo. Jade non si sentiva a disagio, perché sapeva che lui l'avrebbe vista bella, persino adesso che le costole sporgenti e le ossa del bacino le proiettavano ombre bluastre sulla pelle. Le toccò le ossa in rilievo sopra i seni, per poi intrecciare le dita alle sue e baciarla sulla bocca.

Era notte fonda quando, appagati, rimasero stesi e abbracciati.

«Mi sei mancato tanto», disse lei.

«Anche tu.» Han-chol le diede un altro bacio.

«E ora? Che faremo?»

«Che vuoi dire?» domandò lui, accigliandosi.

«Io ti rendo felice e tu rendi felice me. La vita è così breve, quindi perché continuiamo a sprecare tempo in questo modo?»

«Ah, Jade.» Han-chol sospirò, e lei sentì che il suo braccio allentava un poco la stretta. «Mi sposo tra due settimane.»

Il cuore di Jade prese a battere all'impazzata. «Che significa? Con chi?»

«Con la signorina Seo-hee.»

«Ma è poco più di una bambina! E me lo dici così, mentre siamo stesi nudi nel mio letto?»

«Ha ventitré anni, ben oltre l'età media in cui le ragazze come lei si sposano. E mi dispiace se ti ho offesa...»

Jade si stava staccando da lui per alzarsi.

«Ma non avevo in programma di vederti oggi, né di venire a casa tua, ti pare? Sei stata tu a presentarti all'improvviso. E sì, ero attratto da te e ho agito di conseguenza. Ho sbagliato? Forse nei confronti di Seo-hee, anche se, nello schema generale delle cose, non credo che abbia importanza. Ma non ti ho mentito. Se me l'avessi chiesto prima, ti avrei risposto allo stesso modo, non saremmo andati a letto assieme, e sarebbe finita lì.»

«Finita lì? Finita lì!» Jade era seduta, coi capelli neri che le ondeggiavano sulle spalle magre. La facilità con cui lui aveva pronunciato quelle parole la lacerava.

« Almeno t'importa di quella ragazza? Ti piace il suo bel visino giovane? O è per i suoi soldi? Preferisci lei a me per via del suo ricco padre... » Appallottolò un angolo della coperta e lo strinse nel pugno, facendo risaltare le vene sulle mani avvizzite.

« No, ti prego. Non fare così. »

« Io ti ho amato e ho sofferto per te ogni singolo giorno per tutti questi anni. Sai che è vero, perché lo senti, quel calore, quella luce costante nel tuo cuore, ovunque tu vada. Ma adesso farò del mio meglio per smettere di amarti. Un giorno scoprirai che il sole non splende più dentro di te, e allora capirai che non ti penso più. » Jade si alzò e infilò gli abiti frusti. Sistemandosi la camicetta sulle spalle, si voltò. « Quando torno, non voglio più trovarti in camera mia. Ah, un'ultima cosa: per ogni briciola d'amore che mi hai dato, mi hai causato altrettanta sofferenza. Quindi non ho più niente, in ogni senso. Sai dov'è l'uscita », disse, e lasciò la camera.

Jade si diresse a passo svelto in giardino e per un po' rimase seduta a fissare le erbacce. Quando rientrò, il letto era vuoto, ma conservava ancora la forma del corpo di Han-chol. Si stese completamente vestita e poco dopo si addormentò, come se il suo corpo sapesse che era la sola cosa che potesse aiutarla.

Circa un'ora dopo, poco prima dell'alba, Jade si svegliò e andò subito nella camera di sua zia. Quando la chiamò, Dani non rispose e lei si sedette accanto al letto. « Svegliati solo un momento e bevi un po' d'acqua. Il caldo è finito, finalmente, ed è una bella mattina... »

C'era qualcosa nel modo in cui le sue parole rimanevano sospese e inascoltate che ricordò a Jade i semi bianchi dei platani. In estate, quando il sole splendeva in un certo modo, quei soffici granelli brillavano come stelle nell'aria, ciascuno tracciando una traiettoria diversa sebbene il vento soffiasse in una sola direzione. Una volta, Jade era rimasta a osservarli a lungo per vedere se sarebbero caduti a terra, e non era successo; avevano continuato a fluttuare tra la terra e il cielo. Fu il modo in cui le sue parole rimasero sospese nell'aria come semi di platano a farle capire che Dani era morta.

23

L'INIZIO DELLA FINE

1944

Al termine della riunione mattutina nella sede del governo provvisorio, Jung-ho scese le scale e uscì nel cortile. Mentre strizzava gli occhi più volte, abbagliato dalla luce color alabastro, fu raggiunto da uno dei compagni.

«Fratello Jung-ho, vieni a giocare a tennis con noi?» Il compagno era figlio di una famiglia di accademici, l'ultimo di una lunga stirpe di studiosi dalla barba bianca e ministri. A differenza dei suoi progenitori, era più un tipo fisico, un atleta di primo livello ai tempi della scuola superiore. Aveva solo ventidue anni ed era sempre smanioso di fare qualcosa, il che era perfettamente in linea con le direttive ricevute di dedicare molto tempo all'esercizio. A volte sembrava persino deluso perché doveva dormire la notte. A trentotto anni, Jung-ho invidiava e al contempo amava quell'energia da cucciolo. «Oggi non posso. Devo andare a farmi aggiustare le suole delle scarpe», rispose con un sorriso.

«Sarà per la prossima volta, allora.» Il giovane tennista gli rivolse un inchino e sfrecciò fuori dal cortile.

Jung-ho lo seguì a passo più lento. Il governo provvisorio aveva sede in un edificio scuro a tre piani cui si accedeva da un vicolo; una volta uscito dal cortile e raggiunta la via principale, fu investito dalla frenesia di luci e suoni della Concessione francese. Jung-ho ebbe l'impressione che gli edifici in mattoni rossi fossero più rossi, e i platani allineati lungo il viale più verdi. Le donne dai fianchi stretti e dalle lunghe gambe passeggiavano indossando *cheongsam* attillati, dicendo qualcosa d'incomprensibile in un gutturale shanghainese. C'era una sorta di musicalità nel loro passo, e l'aria aveva un peculiare profumo di olio da cucina e tè. Malgrado le bandiere giapponesi che sventolavano minacciose sugli edifici, lì la gente sembrava assai meno afflitta. Myung-bo aveva spiegato che i cinesi erano molto più abituati dei coreani a guerre e cambiamenti dinastici. Si preoccupavano meno di quale padrone servissero, aveva detto. Almeno entro i confini della Concessione francese, l'impatto dell'occupazione giapponese si sentiva meno che nel resto della città.

Il calzolaio si trovava solo qualche isolato più a est, in un vicolo ancor più buio e squallido. Il proprietario cinese salutò Jung-ho in coreano e sparì nel retrobottega con le sue scarpe per risuolarle. Jung-ho attese su una sedia, in calzini; era l'unico paio di scarpe che si era portato a Shanghai, le usava persino per giocare a tennis.

Dopo un po', il calzolaio ricomparve con le sue scarpe, risuolate e lucidate.

« Sono tornate come nuove », commentò Jung-ho, allacciando le stringhe.

« *Ya, ya*. Ci vediamo la prossima volta. » Il calzolaio sorrise e fece un inchino; lui ricambiò.

Jung-ho lasciò che i piedi lo guidassero verso il molo, ripensando a quelle parole, *la prossima volta*. Si disse che probabilmente non avrebbe mai più avuto bisogno di risuolare le scarpe. La camicia, i pantaloni, il cappello, tutto ciò che possedeva era tutto ciò di cui avrebbe mai avuto bisogno. Ma quanto sembravano più dolci quelle parole, *la prossima volta*, sapendo che non ci sarebbe stata? Con quanta più compassione e indulgenza guardava in faccia le persone? La rabbia covata per anni che provava a Seul era stata spazzata via, e restava solo una sensazione di libertà.

Oltrepassò le automobili parcheggiate nei pressi del molo e camminò lungo il pontile da solo, ammirando i gabbiani che fluttuavano come esperti marinai dell'aria. Andava lì ogni giorno, e ogni giorno scopriva qualcosa di diverso nel colore del cielo, nel grido degli uccelli, nel modo in cui la luce scintillava sull'oceano Pacifico. Era dolorosamente bello quanto il mondo sembrasse nuovo ogni giorno, e lui avrebbe tanto desiderato rendersene conto prima.

Jung-ho era andato a Shanghai con altri tre uomini. Uno aveva sparato e ucciso un generale giapponese in una stazione ferroviaria ed era stato torturato a morte in prigione. Un altro era entrato in una stazione di polizia, aveva lanciato una bomba nascosta in un cestino per il pranzo, ed era stato ucciso sul posto quando l'ordigno non era esploso. A gennaio, il terzo compagno – il giovane tennista – si era travestito da cuoco a un banchetto militare, aveva aperto il fuoco nella sala da ballo e aveva gridato «Corea indipendente *manse!*» sul tetto prima che uno sciame di soldati gli si avventasse addosso, lasciando solo un corpo crivellato di proiettili. Jung-ho non aveva assistito alla scena, poiché ognuno di loro si atteneva strettamente al compito assegnato; ne era venuto a conoscenza tramite gli altri, che leggevano i giornali cinesi. Aveva cercato d'immaginare il suo compagno da morto, ma riusciva solo a vederlo mentre rideva a crepapelle dopo aver segnato il punto decisivo in una partita.

E adesso toccava a lui.

La sua missione era uccidere il vicegovernatore generale durante una tappa a Harbin, mille miglia a nord di Shanghai. Il governatore era in visita nel Manchukuo, uno Stato fantoccio governato nominalmente dall'ultimo imperatore cinese, ma di fatto una colonia giapponese. Inghiottire un territorio così vasto si stava dimostrando assai complesso: i cinesi Han e l'etnia dei manciù avevano formato un esercito di guerriglia a Harbin, e i coreani, dal canto loro, attaccavano la zona da anni.

Il servizio di sicurezza, dunque, appariva impenetrabile. Nelle settimane precedenti l'arrivo del governatore, c'erano soldati giapponesi a presidiare ogni luogo importante, non solo piazze, banche e uffici postali ma persino grandi negozi e ristoranti. Jung-ho doveva uccidere il governatore mentre teneva un discorso davanti a migliaia di spettatori e centinaia di ufficiali. La questione non era se Jung-ho sarebbe sopravvissuto; la questione era se sarebbe riuscito nell'impresa prima di essere ucciso a sua volta. Se avesse mancato il bersaglio, Jung-ho sarebbe stato supportato da un cecchino di riserva entrato da poco nel gruppo. Aveva ventisei anni e parlava lentamente per una grave balbuzie. Jung-ho non l'aveva mai visto colpire il bersaglio durante le esercitazioni.

La notte prima della missione, Jung-ho portò la sua riserva a fare una passeggiata.

« Fa fr-fr-freddo fuori », commentò il giovane, pacato.

« Ci schiarirà le idee, compagno Cho. Sempre meglio che sedere in quella stanzetta soffocante », disse Jung-ho, incoraggiando Cho con una pacca sulla schiena. Attraversarono il centro città e si diressero verso la piccola radura sul fiume Songhua, un luogo frequentato dalle coppiette che volevano sfuggire a sguardi indiscreti. In quel momento, tuttavia, non c'era nessuno. Cho batteva i denti e cercava di ritrarre il collo nel bavero del cappotto, come una tartaruga. Anche Jung-ho rabbrividiva, ma il freddo terribile di Harbin gli ricordava la sua infanzia nel Pyongan. Lo rinvigoriva, e placava l'irrequietezza che gli suscitava l'essere costretto in una stanza sovraffollata e surriscaldata. Persino dopo tutti quegli anni non amava restare per troppo tempo al chiuso.

« Ora respiro. Stavo diventando nervoso per domani », disse Jung-ho.

Il ragazzo non rispose, limitandosi a emettere sbuffi di vapore bianco nell'oscurità.

« Ricordati, se tutto va secondo il piano, tu non dovrai fare niente. E se io riesco, e mi catturano, non cercare di aiutarmi o altro. Mi hai capito bene? » Jung-ho lanciò uno sguardo penetrante a Cho, che annuì.

« Sei un tipo tranquillo », continuò Jung-ho, malinconico. Gli mancava la vicinanza chiassosa e vigorosa dei suoi sottoposti che lo chiamavano « capo ». Non aveva provato quella sensazione con nessuno a Shanghai o a Harbin, non come l'aveva provata coi suoi fratelli di sangue Young-gu e Loach. « Hai una famiglia che ti aspetta? » chiese.

« N-n-no. »

« E una fidanzata? Non hai una ragazza, a casa? »

Cho scosse la testa. Sembrava un po' troppo semplice o

troppo tranquillo perché a qualcuno importasse di lui, e Jung-ho sospirò.

Quando Jung-ho era bambino e suo padre era ancora vivo, c'era stato uno strano matrimonio nel loro villaggio. Era come un matrimonio normale, solo che era stato celebrato di notte alla luce delle torce. Come di consueto, tutti gli abitanti erano stati invitati, e lui si era unito agli altri bambini che seguivano il cavallo dello sposo fino alla casa della sposa... Ma in sella non c'era uno sposo in tunica blu e cappello di crine. Era morto scapolo cinque anni prima, di vaiolo. Per placare il suo spirito, i parenti dello scapolo si erano messi in contatto con la famiglia di una ragazza vergine morta da poco e avevano fatto una proposta di matrimonio. A casa della sposa, parenti e vicini mormoravano attorno al tavolo coperto di cibo e vino. Tutti si comportavano come se vedessero la sposa fantasma e lo sposo fantasma, lodando la bellezza di lei e scherzando sull'impazienza di lui. Udendo quei sussurri, a Jung-ho era quasi sembrato di vedere la ragazza arrossire di piacere e il giovanotto che cercava di non ridere alle punzecchiature dei suoi amici. Una volta conclusa la cerimonia, la coppia era stata accompagnata al letto nuziale; gli abitanti del villaggio giuravano che, non appena la porta della camera si era chiusa, tutte le torce nel cortile si erano spente. Secondo loro, quello voleva dire che i fantasmi si piacevano davvero e che finalmente avrebbero trovato pace, poiché un'anima che non era mai stata sposata non poteva spostarsi nell'altro mondo.

Nessuno avrebbe celebrato un matrimonio fantasma per l'anima da scapolo di Jung-ho. Cominciò a chiedersi come stesse Jade, poi mise bruscamente un freno a quel pensiero. Erano successe così tante cose in Cina che aveva avuto poche opportunità per rimuginare, e questo l'aveva aiutato a guarire. Si disse senza mezzi termini che la odiava e che non voleva mai più rivederla, in questa vita o nell'altra. Il vento gli ruggì nelle orecchie, come a concordare.

« Vieni, torniamo indietro », intimò Jung-ho, ma Cho scosse la testa, ostinato, e rimase immobile sul terreno ghiacciato.

« La mia famiglia è stata br-br-bruciata dopo la marcia del Primo marzo. È p-p-per questo che s-s-sono qui », rivelò il ragazzo, tutto d'un fiato; doveva aver ripetuto quel discorso nella sua testa per un po'.

Jung-ho lo guardò e si pentì di averlo giudicato un sempliciotto. O forse era *davvero* un sempliciotto, ma chiamarlo così non era del tutto onorevole e giusto. Anche Myung-bo sarebbe stato d'accordo. « Domani ti prenderai la tua vendetta. Poi tornerai a casa, sposerai una bella ragazza e avrai tanti bambini. Adesso andiamo a goderci la miglior cena della nostra vita. » Diede al giovane compagno una pacca sulla spalla. In lontananza, l'orologio della torre batté dieci rintocchi, e Jung-ho si aggrappò all'alone sfumato dell'eco di quel suono.

Il sole sorse senza troppa convinzione: era un ospite, lassù al Nord, e in quanto tale correva in fretta verso la sua vera casa, nel Sud. Sotto il cielo monocromatico, centinaia di bandiere bianche col sole rosso al centro erano appese tra gli edifici, da un lato all'altro della strada. Jung-ho era in piedi in mezzo a migliaia di spettatori allineati lungo tutta Central Street come alberi gelati in una foresta di betulle. Il silenzio era rotto solo da una banda militare che suonava una marcia sul palco, accanto al podio dal quale il governatore avrebbe parlato più tardi. A una trentina di iarde alla sua destra, Jung-ho vide il volto pallido di Cho, e gli rivolse un impercettibile cenno del capo.

La banda concluse il brano e l'attenzione della folla si spostò verso il lato destro del palco. Lui sentiva i capelli che gli si rizzavano sotto il cappello, e il cuore gli batteva così forte che era sicuro che facesse sbatacchiare la pistola nella tasca interna. Ma i suoi colleghi avevano già completato le loro missioni, e gli avevano mostrato cosa fare. Anche Jung-ho si sarebbe ucciso senza esitazione prima che lo prendessero. L'unica preoccupazione era che avrebbe potuto mancare il bersaglio, e la sua morte non avrebbe avuto nessun senso.

Mentre le immagini della sua fine imminente gli scorrevano in testa, un uccello simile a un airone attraversò il suo campo visivo volando al di sopra degli edifici. Era scuro ed effimero, come i presagi di morte che aveva visto e cui aveva resistito in passato; istintivamente, però, sapeva che in realtà era una forza di segno opposto. Gli ricordò suo padre, il tiratore infallibile che poteva abbattere una quaglia a cento iarde di distanza. Una volta, il padre di suo padre aveva ucciso una tigre solo con arco e frecce. Quello stesso dono scorreva sicuramente nelle sue vene così com'era vero che il suo nome era Nam Jung-ho. Il portasigarette, anch'esso nella tasca interna, gli poggiava proprio sul cuore.

Un uomo anziano e rugoso ricoperto di medaglie salì sul palco, circondato dal proprio entourage. A giudicare dalla voglia violacea sulla guancia sinistra, era senza ombra di dubbio il governatore. Jung-ho aveva studiato attentamente le sue fotografie, poiché a volte i giapponesi usavano sosia degli ufficiali più importanti per le apparizioni in pubblico. Un muro di militari circondava quasi completamente il governatore mentre si dirigeva verso il podio. L'unico modo per avere una buona mira era stargli esattamente di fronte, e per farlo Jung-ho si sarebbe dovuto fare strada tra la calca, attirando l'attenzione su di sé. Vedendo che le guardie scrutavano la folla, pronte a sparare, Jung-ho rimase dov'era.

Il governatore finì il discorso e si alzò un applauso. Jung-ho aveva sperato che si aprisse uno spiraglio mentre il governatore lasciava il palco, ma il muro di ufficiali mantenne la formazione attorno al leader e iniziò ad allontanarsi. Il tempo a sua disposizione stava per finire, sarebbero scesi dal palco indenni.

Jung-ho estrasse la pistola, prese la mira e sparò.

Un ufficiale crollò a terra con un grido, e nel muro si aprì una breccia. Altri sul palco si gettarono istintivamente a terra, e una delle guardie cercò di fare scudo al governatore col proprio corpo. Jung-ho mirò a quel soldato e fece fuoco; il proiettile lo colpì in fronte e lui cadde come un albero abbattuto. Attorno a Jung-ho la gente urlava, spingeva per mettersi al riparo, ma con tanti corpi ammassati nessuno sapeva di preciso da che parte venissero gli spari.

Si udì un altro colpo, e non veniva dall'arma di Jung-ho. Stavolta nessuno cadde sul palco. Lui guardò a destra e vide Cho che impugnava la pistola con entrambe le mani e tremava violentemente. Un'altra guardia trascinava il governatore per un braccio, portandolo giù dal palco. Jung-ho sparò di nuovo e il vecchio cadde a terra stringendosi il petto.

« Corri, Cho! Corri! » gridò Jung-ho verso destra. La gente si era buttata a terra, e lui era ormai visibile. Corse senza voltarsi a controllare se lo stessero inseguendo. Sentiva urla, strilli... Sopra il chiasso, qualcuno gridò « C-Corea *manse*! » seguito da un altro sparo. Jung-ho si fermò, voltò il capo verso il punto da cui era venuto il colpo. E poi eccola lì, la vocina che gli sussurrava nell'orecchio e lo esortava a fuggire. Lui obbedì, cambiando direzione e lanciandosi verso destra. Ben presto si trovò riparato da spettatori su tutti i lati.

Poco lontano dalla folla, c'era uno spazio aperto di una ventina di iarde di fronte all'ingresso di un grande magazzino. Mentre esitava, Jung-ho sentì una mano che gli toccava il gomito. In un lampo puntò la pistola verso l'uomo dietro di lui. Lo sconosciuto dagli occhi verdi disse qualcosa nella sua lingua dalla cadenza lamentosa, si tolse il cappello di pelliccia e lo premette sul petto di Jung-ho. Un russo. Jung-ho si abbassò tra la folla, si tolse il cappello e lo gettò a terra. Nascose la pistola nella tasca interna e indossò il cappello di pelo. Resistette all'impulso di correre e attraversò con calma la strada vuota. A una cinquantina di iarde di distanza, vide un manipolo di soldati che si gettava tra la folla urlando ordini. Quando lui spinse la porta girevole per entrare nel grande magazzino, seppe di avercela fatta. Uscì dalla porta sul retro che dava su una strada laterale e si accucciò sui gelidi gradini di pietra. « Mi dispiace, Cho, mi dispiace tanto », si ripeté più volte, soffocato da singhiozzi rauchi e asciutti, come se anche le sue lacrime si fossero congelate.

Era una mite serata d'inizio estate quando Jung-ho tornò a Seul. Era più magro di quanto non fosse mai stato, e la vecchia giacca gli pendeva sulle spalle. La Grande porta meridionale era ancora al suo posto, ma tutto il resto era cambiato. Le bandiere giapponesi sventolavano su ogni edificio e ogni palo, ma le strade erano stranamente deserte e non c'erano auto né camion in vista. Jung-ho sapeva che in tutta la città non c'era più petrolio. Il Giappone stava riversando tutte le risorse nella guerra contro gli Stati Uniti nel Pacifico, e si facevano bollire radici di pino e pigne per creare carburante, un liquido resinoso che in poche ore diventava appiccicaticcio come una caramella gommosa e bloccava il motore. Come strategia per risparmiare benzina, i piloti di aerei scagliavano i loro mezzi contro le navi americane invece di tornare alla base. Si diceva che nelle giungle oscure e nelle isole più insidiose le truppe giapponesi combattevano fino all'ultimo uomo armate solo di lance di bambù. Di notte, gli animali della foresta banchettavano sulle loro carni.

Dalla stazione alla villa di Myung-bo c'era un'ora e mezzo di cammino. Erano le otto e mezzo di sera passate e sull'orizzonte occidentale c'era ancora una velatura di tramonto che il sole si era lasciato dietro. Jung-ho non aveva mangiato niente in tutto il giorno e, nonostante la sua capacità di sopportare grandi stress fisici, sentiva che le ultime forze stavano abbandonando il suo corpo.

Decise di fare una pausa e si appoggiò al tronco di un albero di ginkgo. Era una serata calma e senza vento, eppure l'aria era fresca. La luna quasi piena si stava alzando nel cielo opalescente. Era particolarmente bella e luminosa sopra la città buia. In un gesto automatico, Jung-ho toccò il portasigarette d'argento nella tasca interna. Come sempre, ne ebbe conforto. In quel momento, però, udì una voce alle sue spalle.

« Mani in alto, lentamente, e allontanati dall'albero. »

Jung-ho estrasse la mano dalla giacca e si spostò di lato per uscire dall'ombra dell'albero.

« Niente movimenti improvvisi. Non provare a fare stupidaggini », intimò la voce dietro di lui, ora più vicina.

Jung-ho non aveva con sé una pistola. Se l'avesse avuta, sarebbe balzato di nuovo dietro l'albero e avrebbe sparato all'interlocutore, poi sarebbe fuggito attraverso la rete di stretti vicoli in cui non arrivava nemmeno la luce della luna. Ma tutto ciò che aveva era un coltello nascosto all'interno della cintura, e sarebbe stato inutile contro un uomo con un'arma da fuoco alle sue spalle. Sentiva due paia di piedi che si avvicinavano; alla fine qualcuno lo raggiunse e gli piegò rudemente le braccia dietro la schiena prima di ammanettarlo. Subito dopo, comparve un ufficiale dai baffi sottili.

« Che cosa ho fatto? » chiese Jung-ho, pentendosi immediatamente della propria debolezza. L'intenzione era quella di mantenere un silenzio impassibile.

« Scappare nel bel mezzo della notte... Stiamo evitando il reclutamento, eh? » disse il primo ufficiale in giapponese. Basandosi sui suoi tratti, però, Jung-ho dedusse che in realtà era coreano. L'altro, quello che l'aveva ammanettato, sembrava non avere più di sedici anni e pareva quasi spaventato dal prigioniero. Stavolta Jung-ho tenne la bocca chiusa.

I tre camminarono nella quasi totale oscurità fino alla stazione di polizia di Jongno. Arrivarono alle undici. A Jung-ho vennero tolte le manette e fu sbattuto in una cella piena di uomini che dormivano stesi sul fianco. Nessuno gli disse una parola, si levò solo qualche borbottio per la mancanza di spazio. Lui scivolò verso l'unico posto vuoto sul pavimento, accanto a un vaso da notte stracolmo. Aveva spazio sufficiente solo per stare seduto abbracciandosi le ginocchia piegate, e fu in quella posizione che trascorse la notte e gran parte del mattino seguente.

A mezzogiorno, alcuni suoi compagni di cella iniziarono a essere portati fuori, uno alla volta, finché Jung-ho non riuscì a stendere le gambe davanti a sé. Gli pulsava la testa e la gola gli bruciava come se avesse ingoiato una manciata di sabbia. Cercò di ricordare tutte le volte in cui era rimasto anche più a lungo senza mangiare né bere o senza sdraiarsi, ma allora era più giovane. In passato aveva anche la convinzione di dover vivere più a lungo, di dover portare a termine qualcosa. Adesso, invece, si sentiva come se avesse già fatto tutto, qualunque cosa fosse. La fine delle sue sofferenze non sembrava poi una cattiva scelta.

Proprio mentre il suo pensiero si dirigeva verso il coltello nella cintura, un ufficiale venne a prenderlo per interrogarlo. Anziché in una stanza da solo, come aveva immaginato,

Jung-ho fu portato in un vasto cortile in cui tre ufficiali erano seduti a un lungo tavolo. I prigionieri sfilavano in coda davanti a loro, poi venivano portati dall'altra parte del cortile. Quando Jung-ho arrivò al tavolo, il generale decorato al centro lo guardò con espressione quasi annoiata.

« Nome e data di nascita », disse il generale, indicando un pezzo di carta con una mano cui mancavano le ultime due dita. Jung-ho scrisse nome e data di nascita, stampò l'impronta del pollice con l'inchiostro rosso e andò a raggiungere gli altri in piedi nel cortile.

Il sole descrisse tutto l'arco nel cielo e le ombre nel cortile si spostarono di conseguenza. Gli uomini bruciavano sotto i suoi raggi impietosi senza osare seguire l'ombra. Jung-ho sentiva un sapore di cenere in gola, ma chiuse gli occhi e cercò di non pensare a niente, soprattutto non all'acqua. Quando la luce si fece rossastra, nel cortile c'erano ormai centinaia di uomini, in piedi in silenzio.

I tre ufficiali si alzarono e andarono verso i prigionieri. Il generale, col sorriso di chi fa qualcosa solo per formalità, avanzò di un passo e parlò in un giapponese aspro e cadenzato. « Tutti voi siete stati benedetti dall'opportunità di difendere il nostro impero dalla stretta dell'imperialismo occidentale. Alcuni di voi combatteranno nel Pacifico contro l'arrogante America, e altri combatteranno in Manciuria contro l'infame Russia. Qualunque cosa accada, morire per sua maestà l'imperatore è la gloria più alta che possa essere raggiunta dai suoi umili sudditi, un onore per il quale tutti voi dovete essere grati. »

Il generale indietreggiò e lasciò che gli subentrassero i suoi ausiliari, i quali latrarono l'ordine di spogliarsi e rimanere con solo la biancheria addosso. Attorno a Jung-ho, gli uomini si tolsero in tutta fretta gli abiti e li ripiegarono in un fagotto ai loro piedi. Gran parte di loro, che non capiva il giapponese, imitò semplicemente gli altri, con sguardo confuso e interrogativo. Non avevano compreso appieno che stavano per essere mandati nella giungla o nella steppa a combattere armati solo di lance di bambù, e i loro occhi riflettevano assurdamente paura e speranza in parti uguali. Solo Jung-ho era rimasto con addosso la giacca zuppa di sudore e i pantaloni. Si sentiva il cuore leggero all'idea che ben presto sarebbe finito tutto, e che magari sarebbe riuscito a uccidere qualche ufficiale di alto rango prima di tagliarsi la gola.

Uno degli ufficiali notò Jung-ho ancora vestito e urlò: « Ehi tu, figlio di puttana! Fai un passo avanti! »

Jung-ho rimase immobile, ma gli altri attorno a lui si allontanarono, creando uno spazio vuoto.

L'ufficiale estrasse la pistola e mirò alla sua testa. « Togliti subito tutti i vestiti o ti faccio esplodere la testa come un melone. »

Jung-ho decise di togliersi la giacca e attirare più vicino l'ufficiale. Mentre se la scrollava dalle spalle, qualcosa di piccolo e brillante ruzzolò fuori dalla tasca interna: il portasigarette d'argento. Di riflesso, Jung-ho si chinò per raccoglierlo e l'ufficiale marciò verso di lui a grandi falcate, la pistola ancora spianata e puntata contro la sua testa. « Stupido figlio di puttana! Lascialo dov'è! » urlò, furioso.

Jung-ho si allungò comunque verso il portasigarette, come se non capisse o non gli importasse. Nel momento in cui le sue dita si chiusero sull'astuccio, l'ufficiale gli mise il piede sul polso e schiacciò. « Razza di maiale schifoso! » gridò.

Sul dorso della mano di Jung-ho, stretta attorno alla scatolina, le vene sembravano sul punto di scoppiare; dopo qualche secondo, mollò la presa. Il militare gli tolse il piede dal polso e scalciò lontano il portasigarette, con un ghigno sprezzante. In quel momento di soddisfazione aveva abbassato l'arma. Anche la sua voce era roca per la sete, e grosse gocce di sudore gli scivolavano da sotto la visiera e cadevano a terra. Dopo essersi asciugato la fronte, assestò un calcio nello stomaco di Jung-ho, come fanno gli animali che giocano con la preda prima di divorarla. Jung-ho si accucciò e cercò il coltello dentro la cintura.

« Fermo! » ordinò una voce da lontano. « Lascialo stare. » Era il generale. Andava verso di loro con qualcosa che brillava sotto gli ultimi raggi del sole. Il portasigarette. « Dove l'hai trovato? » chiese al prigioniero, tenendo l'oggetto davanti al suo volto e standogli così vicino che Jung-ho avrebbe potuto ucciderlo con facilità.

«Me l'ha dato mio padre», si ritrovò a rispondere lui.

«Tuo padre?» ripeté il generale accigliato, apparentemente inseguendo un pensiero. «Da dove vieni? E come si chiama tuo padre?»

«Vengo dalla provincia del Pyongan. Mio padre si chiamava Nam Kyung-soo.»

Il generale si rigirò il portasigarette nella mano priva di due dita. Era completamente vulnerabile ma, quando Jung-ho sfiorò il coltello col pollice, il giapponese rialzò il capo e fissò lo sguardo su di lui. «L'ho dato io a tuo padre... Ci siamo incontrati per caso sulle montagne, quasi trent'anni fa. Mi ha salvato la vita. Allora gli ho detto che, se si fosse trovato nei guai, avrebbe dovuto mostrare questo a qualcuno. Non pensavo che quel qualcuno sarei stato io», disse. Qualche istante dopo aggiunse: «Pensavo che non l'avrei più rivisto».

Jung-ho non capiva niente, se non che in qualche modo quell'uomo aveva conosciuto suo padre e gli aveva persino donato quell'oggetto, il cimelio che lui stesso aveva custodito con cura per tutta la vita. L'idea di ucciderlo svanì.

«All'inizio pensavo che in qualche modo l'avessi rubato, ma stai dicendo la verità.»

«Come fa a credermi?» domandò Jung-ho, disorientato.

«Perché sei identico a tuo padre», rispose il generale, facendo scorrere un dito sull'incisione. «Guarda qui. Il mio nome... Yamada Genzo.»

Yamada si rivolse al suo sottoposto, divenuto mite all'improvviso. «Di questo qui mi occuperò io personalmente. Portate gli altri al campo. Cercate di non ammazzarli prima ancora che arrivino al fronte. Ci servono vivi.»

I sottoposti annuirono e iniziarono a radunare gli uomini.

Yamada fece un cenno a Jung-ho. «Seguimi.» Lo guidò fuori dal cortile e lungo un corridoio fino a un ufficetto con una finestra che dava sulla strada. Yamada indicò una sedia contro il muro, poi versò un bicchiere d'acqua da una brocca e lo porse a Jung-ho. «Bevi.» Prese posto dietro la scrivania.

Jung-ho si lasciò cadere sulla sedia mentre trangugiava l'acqua in una sola sorsata. Se ne versò un secondo bicchiere e bevve mentre Yamada scriveva qualcosa.

« Come ha conosciuto mio padre? » domandò, dopo il terzo bicchiere.

« Eravamo a caccia e ci siamo persi. Ho trovato tuo padre nei boschi. Era troppo debole per riuscire a ridiscendere da solo, ma gli ho dato il mio cibo e si è ripreso. In seguito, quando stavamo venendo giù dalla montagna... una tigre ha cercato di attaccarci, ma tuo padre, non so come, l'ha fatta allontanare. Non aveva niente, nessun'arma, solo le sue mani. Ancora oggi non so come abbia fatto. » Yamada alzò gli occhi dai documenti e scosse il capo. « Era un uomo minuto, come te. »

« Ci ha raccontato diverse volte la storia della tigre, ma non ha mai accennato all'incontro con dei soldati... » Jung-ho si chiese se suo padre avesse omesso quella parte perché si vergognava di aver aiutato i giapponesi, anche se solo per caso. « È per questo, quindi, che gli ha dato il portasigarette? »

« Si potrebbe dire così. » Yamada sospirò. « Ora ascolta molto attentamente: ho scritto una lettera in cui si dice che il detentore del documento è in missione speciale per conto del generale Yamada Genzo, comandante della Quinta armata. Prendila e vai in un posto sicuro. Se qualcuno dell'esercito ti fa domande o cerca di arrestarti, mostra la lettera e ti rilasceranno. È molto importante che tu non venga catturato di nuovo, capisci? Se ti mandano al fronte, non tornerai indietro. I tedeschi si sono arresi da tempo, siamo soli contro l'America a sud, e la Russia marcia verso di noi da nord. La guerra finirà presto, ma non prima che avremo perso ogni singolo uomo delle nostre truppe. È stato già deciso. » Yamada appose il proprio sigillo rosso in fondo alla lettera, la mise in una busta e la porse a Jung-ho assieme al portasigarette.

« Dovrebbe tenerlo », obiettò Jung-ho.

« No, è tuo », replicò Yamada, con l'ombra di un sorriso. Per un momento sembrò quasi più sano e integro, come qualcuno che ricorda un episodio divertente dell'infanzia, poi la luce sul suo volto si spense e lui riprese la consueta aria asciutta. « È meglio che tu vada, ora. Buona fortuna. » Yamada aprì la porta e si fece da parte.

Jung-ho si alzò e barcollò fuori dall'ufficio, senza neanche sapere dove fosse l'uscita dell'edificio ma avanzando goffamente come un animale verso il minimo refolo d'aria fresca e la libertà.

Jade sedeva stordita a guardare il giardino, chiedendosi come facessero gli alberi ad andare avanti, indifferenti a ogni cosa. Alla fine aveva venduto tutti i gioielli, gli abiti, i mobili e la biancheria, e in casa non c'era più nulla di valore, tranne la collana di diamanti. Era ancora sepolta sotto il ciliegio, l'albero che offriva il solo cibo sicuro su cui Jade potesse contare per un mese, all'inizio dell'estate. Quando si soffre la fame, arriva un momento in cui anche respirare diventa estenuante. Ovunque, persone prima sanissime stavano silenziosamente morendo, perché si vergognavano troppo per attirare l'attenzione sulla loro disgrazia. Anche Jade pensò di stendersi e non rialzarsi mai più, ma un'energia nascosta la strappò al torpore. Ascoltava una voce dentro la sua testa che diceva: *Voglio vivere*. Sentire cose non la turbava affatto, ormai non si sorprendeva più di niente. Le ricordava solo di quando Jung-ho, tempo addietro, le aveva parlato della possibilità di scegliere se aggrapparsi alla vita o lasciarsi andare. Le aveva detto di aver rifiutato la morte, sempre.

Jade tornò dentro, andò in camera sua e, con mani tremanti, indossò una camicetta logora e una gonna. Lo sforzo di vestirsi la fece barcollare più di una volta, e dovette appoggiarsi alla parete per non cadere. Ma si pettinò ugualmente i capelli, ormai ricresciuti, in uno chignon, si calcò un cappellino blu in testa e uscì.

Percorse il viale nel quartiere di Jongno, scrutando le vetrine in cerca di offerte di lavoro. Non c'erano volantini appesi, e le mancava il coraggio di entrare e chiedere se ci fosse un posto vacante. Dopo circa un'ora di ricerca infruttuosa, si ripromise di entrare nel negozio successivo, una raffinata sartoria da donna. Quando aprì la porta, il campanello tintinnò, e la graziosa proprietaria l'accolse con un sorriso gentile. « Buongiorno. Come posso aiutarla? »

Jade tentò di spiegare perché fosse entrata, ma andava oltre le sue forze. Era chiaro che la proprietaria non aveva bisogno di un'assistente in quel piccolo negozio; oltretutto, sembrava già irritata dal fatto che una squattrinata le stesse facendo perdere tempo.

« Sono a posto, la ringrazio », mormorò Jade, dirigendosi alla porta.

Mentre usciva quasi di corsa dal negozio, andò a sbattere contro un uomo. Chinò la testa per scusarsi, ma, invece di passare oltre, lui l'afferrò per il polso e le sorrise. « Non avrei mai pensato che ci saremmo rivisti », disse. Era Ito Atsuo. Eccezion fatta per qualche filo argenteo sulle tempie, non era cambiato molto nel corso degli anni, ed era ancora bello, agile e vigoroso nel suo completo di lino bianco. Jade non riuscì a trovare le parole per replicare, sentiva che, se solo ci avesse provato, sarebbe scoppiata in singhiozzi. Concentrò tutte le forze nel mantenere uno sguardo glaciale.

« Non pianga dalla felicità di vedermi », scherzò Ito, notando al contempo quanto la donna fosse diventata scarna e ossuta. Qualche ciocca di capelli era sfuggita allo chignon e le ricadeva sul collo. Era l'ombra di ciò che era stata. « Allora, che fa di bello? Era diretta da qualche parte? »

Jade scosse la testa.

« Ottimo. Venga con me, stavo giusto andando a cena. »

Era un'umida sera di mezza estate. Il tramonto nuvoloso avvolgeva il mondo in una leggera foschia grigia. Si diressero verso un ristorante giapponese poco lontano, le cui vetrine erano ricoperte dalla condensa. Jade sedeva in silenzio mentre Ito ordinava cibo più che sufficiente a sfamare quattro persone. Non capiva come facesse il ristorante ad avere ancora qualcosa da servire, anche se quelli come Ito probabilmente non avevano nessun problema a vivere come prima. Seduta di fronte a lui, Jade fece onore alle melanzane grigliate senza più finzioni né imbarazzo. Non importava quanto mangiasse, le sembrava di poter continuare all'infinito. Soltanto un principio di nausea la costrinse a rallentare: aveva il terrore di vomitare quel preziosissimo cibo.

« Lo sa, sono passati vent'anni dal nostro primo incontro.

Lei aveva diciassette anni», disse lui, sbocconcellando il pesce fritto. Teneva il gomito sollevato, il che faceva tirare un po' sulla spalla la giacca su misura, e aveva un'aria di regale indifferenza verso il cibo pur gustandolo con piacere.

«Ero una ragazzina, non sapevo niente della vita», rispose lei, posando le bacchette.

«Vero. Una ragazzina ostinata e arrogante. Che pensava di essere più sveglia di quanto non fosse in realtà. Come quasi tutte le ragazzine.» Ito sogghignò, e Jade arrossì. «Ma era una combattente. Per questo era diversa. Una volta mi ha morso, ricorda? Però la vita le ha insegnato molto da allora, suppongo.»

«Ho perso tutte le persone che amavo o cui tenevo.» La voce di Jade era sul punto di spezzarsi. «Non ho più nulla per cui combattere.»

«Ah. Non ha importanza. Si combatte fino alla morte, ecco di cosa si tratta.» Ito bevve un sorso dalla tazza di sakè. «La guerra sta andando molto male. In tutta onestà non l'avevo previsto, ma perderemo. Gli americani ci hanno annientati nel Pacifico. Ma l'esercito giapponese continuerà a combattere finché anche l'ultimo soldato rimasto non sarà morto.»

«E lei? Non ha paura?»

«Paura? No. Di cosa? Tutti dobbiamo morire prima o poi. Ho ucciso abbastanza gente da sapere che un giorno verrà il mio turno. Morire prematuramente, però, è da piccoli uomini. E io ho un piano.» Si sporse verso di lei e abbassò la voce. «Quando il Giappone perderà la guerra, la Corea otterrà l'indipendenza. E questo porterà cose orribili ai giapponesi che vivono qui. Io tornerò in Giappone prima che ciò accada.» Si versò un'altra tazza di sakè.

«Tornerà a Tokyo? E le sue miniere?»

«No, a Nagasaki, da dove proviene la mia famiglia. Abbiamo una splendida villa sul fianco di una collina, affacciata sul mare. È dalla morte di mio padre che manco, ed è tempo che ritorni. Il governo ha preso le mie miniere molto tempo fa per finanziare la guerra. Fortunatamente, allora avevo già investito gran parte dei miei soldi nell'arte e nelle porcellane Koryo. Ho acquistato oltre cento pezzi, ognuno dei quali vale almeno diecimila won, ma alcuni valgono molto, molto di più. A questo punto valgono molto più delle miniere, che comunque avevano già iniziato a esaurirsi. Ecco cosa porterò con me.» Si appoggiò allo schienale, guardando Jade con aria soddisfatta, ma in realtà non vedeva lei, bensì la sua collezione perfetta e il suo piano altrettanto perfetto. Poi, come ricordandosi all'improvviso di qualcosa, guardò l'orologio d'oro. «Sono le nove e un quarto. Devo andare in un posto», disse. Chiamò il cameriere e gli ordinò d'impacchettare i piatti ancora intatti sul tavolo. «Sono diretto allo zoo di Changgyeong. È vicino a casa sua, potrei darle un passaggio.»

«Allo zoo? Perché? A quest'ora, poi», chiese Jade, reggendo con cura il pacco di cibo tra le braccia.

«Glielo spiego in macchina», rispose Ito. L'autista, con guanti bianchi immacolati, attendeva al posto di guida. Ito aprì lo sportello a Jade, poi salì dal lato opposto.

«Dove la prende la benzina? Neanche l'esercito riesce a trovarne, ormai.»

Ito rise. «Per certi versi, è ancora una bambina», commentò, dandole un colpetto sul braccio. «So di non piacerle e che non si fida di me, ma siccome ci conosciamo da tanto tempo, solo per quello, mi ascolti. D'accordo?»

«D'accordo.»

«Non si fidi di nessuno, non soffra inutilmente, veda la verità dietro ciò che la gente dice, e trovi sempre un modo per sopravvivere. Ecco il mio consiglio.»

«Perché dovrei sopravvivere? Mi sento come se non avesse senso. Il mondo sta crollando, sta diventando un posto ogni giorno più cupo e cattivo, e io non ho nessuno.» Indicò il paesaggio afoso fuori dal finestrino, senza più luci, musica né chiaro di luna, immerso in un silenzio rotto solo dallo sgocciolio delle foglie umide.

«Lei dà troppa importanza agli altri», replicò Ito. Rimasero entrambi in silenzio per qualche istante, ognuno riluttante a dare ragione all'altra.

«Allora, cosa va a fare allo zoo?» chiese Jade infine. Negli ultimi anni, molti animali erano morti di fame. Quelli che valevano poco, come conigli, cani e cavalli di Jejudo, erano stati dati in pasto a leoni e tigri, e le loro gabbie erano state fuse e trasformate in pezzi d'artiglieria. Ogni tanto Jade portava una patata, una mela, o un mezzo cavolo per l'elefante solitario, o la coppia di orsi della luna, fratello e sorella. Poiché aveva paura ad avvicinarsi troppo, gettava il cibo nel recinto e li osservava divorare lo smorto vegetale. Le sembrava che la guardassero con occhi terribilmente umani. Consapevoli, imploranti, speranzosi.

«Oh, già. Non volevo parlarne al ristorante, nel caso qualcuno sentisse e si spaventasse. Da Tokyo è venuto l'ordine di prepararsi a un attacco aereo americano su Seul nel prossimo futuro. Perciò i guardiani dello zoo stanotte elimineranno tutti gli animali più grossi e pericolosi, per evitare che finiscano liberi», disse Ito, con voce pacata e decisa.

«Ma quei poverini non hanno fatto niente di male. Quindi lei va per guardarli mentre li uccidono?» Jade fu assalita dalla rabbia, che tornò con rinnovata forza ora che si sentiva sazia.

«Per guardarli, sì, ma più che altro per recuperare dopo ciò che ha valore. Sono particolarmente interessato a una pelle di tigre, due pelli d'orso e zanne d'avorio. Soprattutto alla tigre. Non abbiamo belve feroci di questo genere in Giappone, eppure siamo un Paese molto più grande. Come abbiano fatto bestie così enormi a prosperare in una nazione così piccola è incomprensibile. Mi sarebbe piaciuto molto cacciarne una in natura, ma ormai sono quasi certamente estinte.»

Jade ricordò le notti di tanto tempo prima nel suo villaggio. Nell'oscurità riecheggiavano le grida di animali affamati, e certe mattine, al risveglio, aveva visto orme nella neve che giravano tutto attorno alla loro casupola. Le bestie feroci, però, non le avevano mai fatto paura; erano gli esseri umani a spaventarla con la loro brutalità.

«Perché le piacciono tanto la morte e l'assassinio?» Jade strizzò gli occhi; se non fosse stata stordita dalla costante fatica fisica e spirituale, sarebbe scoppiata a piangere.

«Oh, no, non provo nessun piacere particolare nel vedere una bestia magnifica che viene avvelenata in una gabbia. Sembra... ingiusto. Inelegante. Ma, se deve morire, almeno posso recuperarne la pelle. Lo zoo ha detto che userà il denaro per nutrire gli animali rimasti. »

L'auto si fermò dolcemente davanti alla villa di Jade. Nonostante il suo antico odio per Ito e ciò che le aveva detto a proposito dello zoo, si sentì obbligata a ringraziarlo per il cibo.

Lui fece spallucce. « Non mi ringrazi, ricordi solo il mio consiglio. Partirò venerdì, quindi questa è l'ultima volta che ci vediamo... 'Fanculo la guerra e 'fanculo la solitudine. Rimanga viva. »

Jade si aspettava che le si premesse addosso, eppure lui rimase seduto, con un sorriso freddo. Si rese conto che non la voleva, così come non traeva piacere nell'avvelenare una tigre imprigionata. Non era una questione di principio, ma di gusto. Lei chinò il capo per nascondere il rossore causato dall'imbarazzo.

Il giorno dopo, Jade ricevette un pacchetto dall'autista di Ito. All'interno, c'erano una busta di banconote nuove - mille won - e un piccolo vaso celadon, poco più alto della sua mano, di una splendida sfumatura di giada su cui risaltava il disegno di aggraziate gru.

24

MIRTILLI ROSSI

1945

Il 6 agosto, il mondo intero sarebbe cambiato alla scoperta che l'uomo può accendere il fuoco del sole sulla superficie della terra. Ma Yamada Genzo questo non lo sapeva a luglio, quando tornò in Manciuria per prepararsi all'inevitabile. I soldati erano nelle condizioni peggiori, con indumenti e scarpe inadatti e malnutriti. Fu consegnata loro una fornitura di munizioni che sarebbe bastata soltanto per un giorno di battaglia. Eppure, sparpagliati sul campo erboso in un giorno d'estate, ancora scherzavano, barattavano sigarette, lavavano i vestiti, facevano il bagno nel lago gelato schizzandosi come bambini. Lì, nella placida foresta boreale, i soldati non erano attirati dalla depravazione di cui Yamada era stato testimone in campagne precedenti. Questi soldati non erano intrinsecamente più innocenti di altri, né i soldati che aveva comandato in passato erano intrinsecamente brutali. Anche i soldati di un tempo avrebbero inciso i nomi dei loro cari sui tronchi degli alberi, se fossero stati lì ora. E anche questi soldati, nelle circostanze del passato, avrebbero tagliato la gola a una donna mentre erano ancora dentro di lei. A Nanchino, Yamada aveva visto un luogotenente fare esattamente quello, mentre continuava a scoparsi il corpo ancora caldo della vittima. Quando aveva finito, si era voltato verso Yamada e aveva detto, quasi con timidezza: « È meglio ». Yamada aveva preso in considerazione l'idea di uccidere il luogotenente lì sul posto, ma sarebbe stato tradimento. Lo stupro e l'assassinio dei nemici dell'impero erano semplicemente parte naturale della guerra.

Guardando i suoi soldati così allegri, il generale Yamada si chiese se non sapessero che la fine si avvicinava, o se lo sapessero ma non se ne curavano.

Alle otto in punto del 6 agosto, Yamada fece colazione davanti alla sua tenda. Era chiaro dalle cinque fino quasi a mezzanotte, ma il sole era più dolce lì al Nord. La luce più morbida scintillava sulla distesa di erba verde, e in lontananza si profilavano le vette dei monti Da Hinggan, che sembravano blu. Nulla faceva pensare che un evento spaventoso avesse avuto luogo: la morte istantanea di un'intera città causata da una singola bomba. Fu solo nel tardo pomeriggio che ricevettero via radio la notizia di Hiroshima, e Yamada non riusciva a comprenderne il senso. Com'era possibile che esistessero quei fiori violetti cullati dal vento, le tartarughe che nuotavano pigramente nel lago, gli alberi che tendevano i loro rami e cercavano di crescere il più possibile in quell'estate senza caldo, e allo stesso tempo la luce bianca accecante, la carne ustionata che si scioglie, persone senza volto in una città di cenere? Il mondo era completamente senza senso e comportarsi come se invece lo avesse era il crimine più grande. Eppure, nella riunione dei comandanti venne deciso di continuare a prepararsi per l'imminente attacco russo come se niente fosse successo.

«Senso!» mormorò tra sé il generale Yamada, seduto tra i comandanti di reggimento e i capi di stato maggiore. Gli altri lo guardarono con preoccupazione, o forse sospetto, e lui abbassò gli occhi su un puntino nero sul tavolo. Era una formica, affaccendata nella sua eterna missione di procurarsi e conservare il cibo; tenne gli occhi fissi sull'insetto fino al termine della riunione.

Nei giorni seguenti, i reggimenti ammazzarono il tempo riparando l'equipaggiamento e scrivendo lettere, da spedire non appena fossero stati mobilitati nuovamente e avessero attraversato una città. Era stato preannunciato che i russi avrebbero aspettato l'autunno per far avanzare il loro esercito, per rifornire e reintegrare le truppe logorate dalla guerra in Europa. Il 9 agosto, però, il campo di Yamada ricevette un messaggio dal

Giappone - un'altra bomba aveva raso al suolo Nagasaki - e uno dal fronte occidentale: la Russia aveva dichiarato guerra al Giappone alle ore 23 dell'8 agosto. I carri armati si erano messi in movimento a mezzanotte, esattamente tre mesi dopo la resa della Germania.

L'esercito di Yamada ebbe ordine di marciare verso nord-ovest per riunirsi alla Quarta armata. Mentre la mattina si trasformava in un tiepido e gradevole pomeriggio, i soldati, che nell'accampamento erano stati ingenuamente allegri, assunsero un'aria solenne. Un silenzio irreale cadde su di loro. Era quel tipo di quiete che ricorda le estati dell'infanzia, il canto degli uccelli, le madri ancora belle e giovani, le foglie che dondolano e brillano nel vento. In quell'atmosfera sonnolenta, Yamada avvertì un flebile tremito del terreno scuro. I soldati si guardarono mentre il rumore aumentava, ma seguitarono a marciare.

Yamada ordinò l'alt. Alla loro destra c'erano le scure pendici dei monti Da Hinggan, che s'inerpicavano dolcemente verso l'alto per incontrare le nuvole. Alla loro sinistra, il tremore si fece più intenso e divenne un rombo. All'orizzonte, sull'erba soffice e verde, riuscivano ormai a scorgere i carri armati e l'artiglieria dell'esercito russo.

Erano intrappolati tra i russi e le colline. Non c'era altra scelta che combattere in un assalto frontale. Comandanti e ufficiali si affrettarono a disporre in formazione i loro uomini. Yamada guardò i soldati, coi loro fucili malandati, che cercavano di non far trapelare la paura. Molti di loro, ne era certo, stavano pensando alle lettere che custodivano sul cuore e che non sarebbero mai arrivate alle loro famiglie. Toccava a lui risvegliare il loro coraggio, in qualunque modo possibile.

« Coraggiosi figli dell'impero, ora è il momento di dimostrare di che pasta siete fatti. Per l'onore, per la patria, per l'imperatore! » Gridò ciò che gli pareva più appropriato, e i soldati risposero con un ruggito assordante, alzando i pugni sopra le loro teste. L'importante non era quali parole avesse scelto, ma che le avesse dette per incoraggiarli, e loro lo sapevano e apprezzavano l'intenzione.

I russi risposero col proprio grido di battaglia, che inizialmente giunse loro smorzato, ma poi li travolse come un'onda. Ben presto si trovarono a portata di tiro, ed entrambi gli schieramenti parvero rendersene conto nello stesso istante. All'improvviso, il terreno accanto a Yamada esplose per il primo colpo d'artiglieria. Anche i russi erano avvolti dal fumo, ma continuavano ad avanzare.

«Mantenete la posizione! In posizione!» urlò Yamada, e i comandanti di reggimento e gli ufficiali ripeterono l'ordine. Alcuni soldati e qualche ufficiale caddero a terra. Quelli che si trovavano più vicini a loro frenarono l'impulso di occuparsi dei feriti e mantennero stoicamente la posizione. Entrambi gli schieramenti si scambiarono colpi di fucile e granate. Altre esplosioni, altri uomini avvolti dalle fiamme.

Le sorti dello scontro cambiarono in modo così rapido che nemmeno un generale esperto come Yamada avrebbe potuto prevederlo. I russi avevano armi nettamente superiori; l'esercito di Yamada non aveva neanche un carrarmato o una mitragliatrice. Persino nel caos del campo di battaglia fu presto chiaro al generale che i suoi uomini sarebbero stati massacrati. L'erba che prima era stata così soffice e alta poco dopo era coperta di corpi e di fumo. Attorno a Yamada, i morti e i moribondi giacevano in pile di carne e sangue. Gli spari diventavano più lenti, più distanziati; non molto lontano vedeva alcuni dei suoi soldati e ufficiali in ginocchio, con le mani alzate. Era solo, riparato dal fumo, ma era questione di tempo prima che i russi lo catturassero o lo uccidessero. In una situazione simile, l'unica opzione per un generale dell'esercito imperiale giapponese era porre fine alla propria vita. Yamada, invece, sorprese se stesso voltandosi e correndo con tutte le sue forze verso le colline ammantate di boschi. Un attimo dopo, una folata di vento spazzò via il fumo che avvolgeva il campo di battaglia. Senza voltarsi, Yamada udì le urla in russo. Corse finché i polmoni non parvero bruciare e le grida non divennero spari.

Bang! Bang! Il rumore attraversò il campo, e a lui sembrò quasi di sentire i proiettili che gli perforavano la schiena. Sapeva che l'avevano mancato solo perché le sue gambe continuavano a correre. La macchia al limitare del bosco era appena a una cinquantina di iarde, poi quaranta, poi trenta...

BANG! BANG! BANG! Udì gli ultimi tre spari, più forti di prima, sicuro che almeno un proiettile l'avesse raggiunto. Pensò: *Allora è così che ci si sente a morire...*

Dal pesante biancore del cielo e dall'umidità del vento era chiaro che sarebbe arrivata la neve.

Yamada era accovacciato nel suo rifugio, una piccola grotta formata da una roccia piatta sotto due rocce addossate l'una all'altra. Era abbastanza alta da permettergli di sedersi con la schiena dritta, e abbastanza lunga da consentirgli di sdraiarsi completamente. Sedeva guardando gli alberi dai rami spogli e il terreno ricoperto da foglie gialle e rosso scuro. Ben presto quel tappeto sarebbe scomparso; nelle settimane precedenti c'era già stata qualche spruzzata di neve. Finora si era sciolta nell'arco di una giornata ma, se avesse cominciato ad attecchire, Yamada non sarebbe più stato in grado di uscire a cercare bacche e funghi.

Era già così magro che poteva prendersi il gomito tra pollice e medio. L'uniforme gli pendeva addosso come su un attaccapanni. Fino a quel momento gli aveva impedito di congelare, ma nei boschi faceva più freddo ogni giorno e ogni notte di più. Persino a quella quota modesta, così a nord, l'inverno sarebbe arrivato prima. In realtà, era già arrivato. Gli uccelli se n'erano andati da tempo, e anche lepri e roditori erano spariti.

Yamada strisciò fuori dal rifugio e, tremante, si mise in piedi sul terreno spugnoso. Sebbene preferisse rimanere all'interno e risparmiare le energie, la fame era ancora la spinta più forte. Non lontano dal ruscello c'era una radura piena di cespugli di mirtilli rossi selvatici, circondata da betulle bianche. Lui arrancò fino al ruscello, rabbrividendo senza posa per il freddo. Durante il tragitto, la neve cominciò a cadere leggera, come se qualcuno in cielo avesse rovesciato una gigantesca saliera. Era una neve fine, asciutta, simile a polvere.

Al ruscello, Yamada s'inginocchiò cauto su una roccia, immerse le mani a coppa e bevve. Sul terreno marrone scuro c'erano impronte di animali: anche loro andavano lì a dissetarsi. Confuso, Yamada ricordò i tempi in cui avrebbe colto al volo l'opportunità di cacciarli. Ora gli sembrava impossibile essere stato abbastanza forte da correre, inseguire, uccidere. Gli era piaciuto andare a caccia, non come facevano persone come Hayashi, o anche Ito, con piacere sensuale, ma perché era quello che doveva fare per diventare un grande uomo di mondo. Adesso era un nessuno in uno degli angoli più sperduti della terra, non visto e non udito da anima viva; davvero ironico, pensò. Nessuno avrebbe sentito la sua mancanza, di certo non Mineko, e forse neanche Ito Atsuo. Immaginò Ito che teneva banco in un gruppo di uomini ricchi, con un bicchiere di cognac in mano, e diceva: «Il mio più vecchio amico, il generale Yamada Genzo, è morto in guerra. Era un vero eroe degno di sua maestà. Alla sua memoria!» Per poi passare all'argomento che davvero gli stava a cuore, che fosse una donna, un'opera d'arte o una miniera d'oro. Quella sarebbe stata l'ultima volta che Ito avrebbe parlato di Yamada. Lui sapeva che tipo di persona fosse Ito nel suo intimo.

A Yamada parve chiaro che la sua vita fosse della minor rilevanza immaginabile.

La neve fine come il sale stava diventando più grossa e insistente. Yamada si alzò e si avviò verso la radura, malfermo sulle gambe. Il pensiero dei mirtilli rossi gli faceva venire l'acquolina in bocca e gli stringeva le viscere, ma non aveva la forza di muoversi più in fretta. Ogni giuntura del suo corpo malandato gli doleva, come se le parti che non s'incastravano alla perfezione fossero state pigiate assieme a forza. La neve prese a cadere più fitta e a entrargli negli occhi, costringendolo a fermarsi ogni dieci passi per spazzarla via.

Verso mezzogiorno, tuttavia, riuscì ad arrivare alla radura. Una volta lì, però, Yamada rimase deluso scoprendo che gran parte dei mirtilli e persino delle foglie era sparita. Anche cervi, alci e qualche altro animale dovevano aver visitato il posto in cerca di cibo. Yamada si spostò da un cespuglio all'altro, esaminando scrupolosamente ogni ramo. Una o due piante nascondevano qualche bacca avvizzita sotto uno strato di neve. Lui se le mise in bocca avidamente; il sapore agrodolce si diffuse dalla lingua e parve addirittura richiamargli un po' di calore nel corpo.

Mangiò due manciate di mirtilli in un'ora, poi riprese la via del rifugio. Aveva fatto solo pochi passi, però, quando si accorse che, sotto la spessa coltre di neve, tutto sembrava diverso. Ogni punto di riferimento che aveva usato per orientarsi nella foresta era sepolto. Fece venti passi avanti, poi tornò indietro di dieci, e continuò a girare in tondo mentre la neve continuava a cadere. Non smetteva di tremare. In vita sua non aveva mai avuto così tanto freddo e così tanto a lungo.

Si accucciò sul terreno, troppo stanco per continuare a camminare. In quella posizione, non seppe resistere alla tentazione di stendersi. Si allungò, col suolo della foresta a fargli da materasso e la neve che cadeva a fargli da coperta. Era strano come si sentisse finalmente caldo e comodo. Fu allora che Yamada ripensò a quell'immagine di tanti anni prima, quando aveva trovato un uomo steso così nella neve, sulle montagne a mille miglia da lì. L'uomo che sembrava un cadavere, incredibilmente magro e con gli indumenti laceri. Allora Yamada non poteva sapere che la sua vita sarebbe cambiata a causa di quel momento, ma l'ineluttabilità di tutto ciò che era avvenuto dopo lo travolse in ondate di cristallina consapevolezza. Gli eventi avevano avuto luogo in modo razionale e al contempo irrazionale, sfidando la logica e giungendo, nonostante tutto, alla giusta destinazione. Persino la domanda più difficile, il perché, sembrava dissolversi nel cielo.

« Tutto ha senso », sussurrò tra sé, o forse lo pensò soltanto. Non capiva più se le parole riuscissero a uscire dalla sua gola o semplicemente fluttuassero dentro la sua testa. Non c'era nessuno a sentire se effettivamente avesse emesso un suono. Non importava; Yamada era finalmente in pace.

25

REPUBBLICA

1945

Fu la luce colorata che filtrava dal soffitto di vetro istoriato a svegliare Jung-ho. Si nascondeva in un rifugio sicuro, una cappella abbandonata che solo la negligenza aveva salvato dalla demolizione. Poiché avrebbe dovuto essere vuota, Jung-ho era stato molto attento a non fare rumori o movimenti. Non usciva mai, sopravviveva solo grazie al cibo che il domestico di Myung-bo gli lasciava una volta alla settimana.

Jung-ho era in piedi accanto alla finestra dal vetro bianco, su cui si estendeva, come una ragnatela, una rete di crepe attorno al foro di un proiettile. Fuori, il cielo era di quel blu intenso e vivace di una calda giornata estiva. Lui infilò un dito nel foro di proiettile, i cui bordi aguzzi gli si conficcarono nella pelle facendo uscire qualche gocciolina di sangue. Inspirò a fondo; c'era qualcosa di diverso nell'aria, là fuori. Gli si chiuse la gola per il desiderio. Come se fosse ipnotizzato, Jung-ho s'infilò i vestiti e uscì dalla cappella.

Le strade, rese bianche dal sole a picco, erano stranamente spopolate. Jung-ho camminò da solo per qualche isolato prima d'incontrare un paio di operai che non stavano scavando e insaccando sabbia, ma erano accovacciati e chiacchieravano.

«Scusatemi, che giorno è oggi?» domandò. La voce tremava per lo sforzo di muovere la lingua, intorpidita dal lungo silenzio.

«È il 15 agosto», rispose uno degli uomini.

Jung-ho assentì. Essendo rimasto solo così a lungo, aveva perso il conto dei giorni all'inizio dell'estate.

«È successo qualcosa? Dove sono tutti?» chiese ancora, alzando una mano per ripararsi gli occhi dal sole.

« Giovanotto, ci stavamo chiedendo la stessa cosa. L'ufficiale responsabile stamattina non si è visto e gran parte della gente è andata a casa... » disse l'uomo, sbirciando il dito sanguinante di Jung-ho e ritraendosi con cautela. Jung-ho ringraziò i due con un cenno del capo e proseguì. Per la prima volta da che avesse memoria, per strada non c'erano ufficiali, gendarmi né poliziotti.

Un ragazzo corse fuori da un vicolo alla destra di Jung-ho, gridando a pieni polmoni e squarciando il pesante silenzio: « Il Giappone si è arreso! La Corea è indipendente! »

« L'imperatore giapponese si è arreso! » fece eco un'altra voce. Le parole dovettero sedimentare nella mente di Jung-ho per qualche momento prima che si rendesse conto che doveva essere tutto vero.

Come una diga che crolla dopo l'ennesima goccia di pioggia, la gente si riversò nelle strade a una velocità sorprendente. Jung-ho si trovò ben presto circondato da centinaia, poi da migliaia, e dopo ancora da decine di migliaia di persone che si abbracciavano, cantavano, piangevano e gridavano « *Manse* ». Gli estranei non erano più estranei, le anime si riconoscevano l'un l'altra nei volti. Jung-ho fu attraversato da un avvolgente senso d'amore così acuto da essere doloroso. A chi o a che cosa fosse indirizzata tale passione non era chiaro; forse era quella la natura dell'amore più grande. Incapace di reprimere quel sentimento, urlò. Allora, mentre piangeva estasiato, si rese conto di non aver mai conosciuto la vera felicità. Un gusto salato gli strozzava la gola, gli occhi erano offuscati dalle lacrime, e lui si abbandonò volentieri a quella gioia disperata, a quella libertà.

Il bianco sole incandescente divenne di un arancio fiammeggiante, poi le stelle si levarono come rugiada sul calore della terra. I festeggiamenti proseguirono per tutta la notte mentre, l'uno dopo l'altro, i detenuti politici, condannati e in attesa di processo, venivano scarcerati. Quando infine la folla si disperse, Jung-ho si diresse a casa di Myung-bo, dove il suo mentore lo abbracciò come un figlio. Fino all'alba ci fu un gran viavai di attivisti di ogni ceto sociale.

Al mattino, l'annuncio della resa dell'imperatore giapponese aveva ormai raggiunto anche le province più remote, e l'intero Paese sapeva senza ombra di dubbio di essere diventato indipendente. Grida e festeggiamenti nelle strade erano assordanti, tanto che era impossibile restare in casa e non prendervi parte. Per la prima volta in vent'anni, Jung-ho uscì dalla villa di Myung-bo senza aver paura. Non era un mendicante né un ricercato; era semplicemente un uomo come ogni altro. Tutti i membri della società, di qualunque estrazione e idea, quelli di destra e quelli di sinistra, benestanti e poveri, studenti, persino macellai e prostitute festeggiavano assieme come pari.

Nella folla vestita a festa che sventolava bandiere *taegukgi* col simbolo rosso e blu fatte in casa, individuò una donna e rimase senza parole. Appariva smunta, gonfia e più vecchia di quanto non fosse, addirittura molto più vecchia di Jung-ho, ma nel suo volto c'era ancora qualcosa che gli ricordava l'apprendista cortigiana di dieci anni che lui aveva conosciuto. Era Lotus.

«Jung-ho! Sei tornato!» strillò Jade, spalancando il portone e saltellando. «Oddio. Pensavo che non ti avrei più rivisto!» Fece per abbracciarlo, poi si rese conto di quanto freddamente lui la stesse guardando.

Il suo sorriso svanì e lasciò il posto allo sgomento. Per un momento aveva creduto che fosse venuto a perdonarla e a festeggiare l'indipendenza. Il motivo della loro rottura non esisteva più; lui non avrebbe più dovuto rischiare la vita, quindi lei non si sarebbe più sentita chiamata a esprimere la propria opinione in merito. Davanti al silenzio di Jung-ho, però, si rese conto che non sarebbero mai tornati amici. Avvampò, e prese consapevolezza del proprio aspetto dimesso. I suoi capelli erano opachi e in gran parte grigi, e sulle mani le vene nodose erano in rilievo. Forse, se fosse stata un po' meno appassita, avrebbe potuto riconquistarlo.

«Sono venuto solo per portarti da Lotus. Prendi la giacca», disse infine lui.

La condusse in un angolo squallido di Yongsan, dove infimi

bordelli erano spuntati come piaghe sui fianchi della collina. Là, in mezzo a donne seminude che s'insultavano a vicenda e lavavano la biancheria intima, Lotus sedeva con aria svogliata, i lunghi capelli scompigliati, canticchiando una canzone degli anni '20. Quando vide Jade, scoppiarono entrambe in lacrime e corsero ad abbracciarsi.

Jade cercò di portare subito Lotus a casa, ma la grassa tenutaria con le dita piene di anelli si parò davanti a loro. « Non se ne parla. Mi deve ancora cinque anni di vitto, alloggio e vestiti, e decisamente non ha ripagato molto. Guardatela: solo un morto di fame andrebbe con una troia così malmessa. » La donna lanciò un'occhiata sprezzante a Lotus, rannicchiata accanto all'amica.

« Se dici un'altra parola, ti ammazzo », intervenne Jung-ho, non in tono minaccioso, ma semplice e professionale, come ai vecchi tempi. « A meno che tu non voglia morire oggi, chiudi il becco e fatti da parte. »

Jade lo prese per un braccio. « No, no, Jung-ho. Non ce n'è bisogno. Allora, quanto le deve ancora? »

« Ah, vede, l'ho presa con me quando le cose sono andate a catafascio, e l'ho mantenuta per tutta la guerra », cominciò la tenutaria, in tono improvvisamente ossequioso. « E direi che ha mangiato bene! Sarebbe morta di fame senza di me... »

« Ho chiesto quanto le deve ancora », ripeté Jade, gelida.

« Cinquecento won », rispose la tenutaria, con l'aria speranzosa e avida di un venditore sul punto di truffare un imbecille. In campagna, avrebbe potuto comprare facilmente una fresca e vergine quindicenne per appena cento won. « Vede, può sembrare molto, ma il mantenimento era follemente costoso, e poi ha accumulato gli interessi. Magari può pagare duecentocinquanta won subito e il resto con gli interessi... »

« Ecco qua, sono cinquecento won. » Jade prese le banconote fruscianti dalla borsa, la metà del denaro che le aveva dato Ito. La tenutaria rimase a bocca aperta per la sorpresa, poi assunse un'aria rabbiosa per aver puntato decisamente al ribasso. Con quella gonna e quella camicetta logore, Jade non aveva l'aria di una donna ricca.

« Vieni, Lotus, andiamo. » Jade cinse le spalle dell'amica con un braccio, e Jung-ho le seguì protettivo, ma non senza lanciare un'ultima occhiataccia alla tenutaria.

Una volta che Jung-ho si fu congedato davanti a casa loro, Jade trovò difficile parlare con Lotus. Nemmeno lei sembrava pronta. Jade l'aiutò a fare un bagno, senza dire granché oltre a « Va bene l'acqua o la vuoi più calda? »

Dopo aver indossato abiti puliti, Lotus ruppe il silenzio. « Dov'è la zia Dani? »

Jade sospirò. Il fatto che qualcuno pensasse che Dani fosse ancora lì la faceva effettivamente sembrare ancora viva. Forse si muore davvero solo quando nessuno pensa che si sia ancora in vita. Forse non dire nulla a Lotus era un modo per trattenere un altro po' Dani in questo mondo.

« È stata gravemente malata a lungo. Se n'è andata... Ormai sono quasi quattro anni », disse infine Jade, mentre gli occhi le si riempivano di lacrime e il naso le pizzicava. Si alzò in silenzio e andò a prendere l'urna nel guardaroba.

Lotus iniziò a piangere, sulle prime in modo sommesso, poi come una bambina, tremando e singhiozzando. « Pensavo che fosse invincibile. Com'è possibile che sia morta? Come? » continuava a ripetere, accarezzando l'urna di legno con una mano e asciugandosi il volto arrossato con l'altra. Una volta che le lacrime avevano cominciato a scorrere, sembrava non essere in grado di fermarle, e Jade sapeva che non piangeva solo per Dani, ma anche per tutto quello che era successo. Piangeva con abbandono, con determinazione. Piangeva come una donna che aveva bisogno di dissolversi per poi rinascere.

Nonostante le nuove lacrime, però, il cuore di Jade era leggero come non era stato da anni. Quella notte, dormirono nella stessa stanza, come quand'erano ragazzine, e Lotus le confidò tutto ciò che aveva passato dall'ultima volta che si erano viste. L'unica cosa buona della guerra, disse, era che senza oppio sul mercato era stata costretta a disintossicarsi. Era quasi morta, ma ormai non fumava più.

Nei giorni seguenti, Jade notò che Lotus sembrava afflosciarsi nei vestiti e appariva stanca a qualsiasi ora del giorno. Eppure, pian piano, stava tornando se stessa. Cantava, non le canzoni della sua brillante seppur breve carriera, ma quelle che dovevano imparare a memoria per superare il primo anno della scuola per cortigiane.

« Mi piacciono gli inizi, Jade. Ricordi l'inizio della nostra vita assieme? » disse, e l'amica le diede un colpetto sulla spalla. « Era un periodo meraviglioso, eppure volevamo solo crescere il più in fretta possibile. »

Poco dopo il ritorno di Lotus, arrivarono altre buone notizie sotto forma di una lettera di Luna. Le comunicazioni tra Corea e America si erano interrotte durante la guerra, e Jade non aveva saputo niente di lei da quand'era partita.

Nei primi anni di matrimonio, Luna aveva vissuto a Washington e a New York, poi era rimasta incinta e poco dopo la famiglia si era trasferita a San Francisco. Suo figlio si chiamava John Junior e aveva già otto anni. Gli americani erano stupiti dal fatto che avesse preso esattamente metà da Curtice e metà da Luna: aveva la corporatura grossa e il naso prominente del padre, e la pelle lattea e i dolci occhi neri della madre. Hesook era infermiera, e aveva sposato un ufficiale di marina che era stato suo paziente all'ospedale militare.

Jade e Lotus ridacchiarono guardando la foto di famiglia allegata alla lettera e rimasero meravigliate dalla bellissima donna in cui si era trasformata la piccola Hesook. Era la copia esatta della madre alla sua età, solo meno triste e più determinata.

Dopo le notizie sulla sua famiglia, Luna scriveva:

Mia carissima Jade, in tutti questi anni di guerra ho passato molte notti insonni preoccupandomi per te, mia madre, Dani e Lotus. Sapere che la mia famiglia stava soffrendo mentre io ero al sicuro in America era il mio dolore più grande. Ne ho parlato con mio marito, ed è d'accordo con me. Fortunatamente, lui può portare qui qualcuno più facilmente di altri, e dice che per il momento possiamo far avere un visto americano a una di voi, in quanto membro della mia famiglia. So già che mia madre non vorrà venire. Lasciare la sua Pyongyang e vivere in un Paese straniero – proprio ora che ha riconquistato l'indipendenza, il sogno di tutta la sua vita – sarebbe impensabile. Ma Dani ha sempre desiderato vivere all'estero. E, sebbene in senso stretto sia mia zia, per me è stata anche e soprattutto una seconda madre.

Jade smise di leggere ad alta voce e scambiò un'occhiata cupa con Lotus. « Quanto è buffa la vita... La zia Dani sarebbe potuta andare in America se solo fosse vissuta ancora un po' », mormorò.

« Be', lei non è più qui. Ma io sì », replicò Lotus, entusiasta. « Potrei ricostruire la mia vita, laggiù. Sono così stufa di questo Paese desolato e sperduto! »

Jade era colpita da come spesso Lotus imputasse tutte le sue sfortune alle circostanze del Paese. Nelle settimane successive al suo ritorno, aveva mostrato un avido interesse per le disgrazie altrui, non perché fosse cattiva, ma perché si sentiva giustificata nella propria impotenza. Dopo aver saputo che la bella pittrice adultera del Café Seahorn, negli ultimi giorni della guerra, si era suicidata, Lotus era addirittura apparsa enormemente sollevata. Ora, la lettera di Luna le offriva una possibilità di fuggire dal Paese che aveva causato la sua caduta e di ricominciare dall'altra parte del mondo.

Jade si chiedeva come facesse Lotus a essere ancora così ottimista dopo tutto quello che aveva passato. Lei non avrebbe mai avuto il coraggio di lasciare tutto, o di credere che qualcosa di meglio potesse ancora arrivare. Quella era la forza di Lotus, non la sua. Jade era contenta di non cercare nulla di nuovo nella vita. Aveva avuto già abbastanza dolori.

Nove mesi dopo, Lotus lasciò Incheon su un piroscafo, con tutti i suoi averi stipati in un baule di legno che era troppo pesante perché potesse trasportarlo da sola. Il poderoso bagaglio era pieno di cose necessarie, cibo, vestiti nuovi donati da Jade, alcuni oggetti dal valore sentimentale e molte speranze, ma quasi certamente, una volta arrivata nella sua nuova casa, si sarebbe resa conto che, chissà come, le mancavano i principali e più ovvi articoli da toeletta o le lenzuola. La maggior parte dei cappotti, dei vestiti e dei cappelli nuovi, ordinati appositamente dopo molte riflessioni, sarebbe stata in un certo senso inadatta nel nuovo Paese: troppo pesanti, troppo leggeri o semplicemente non alla moda. Sarebbero rimasti lì a languire, mai indossati e, quando, anni dopo, sarebbero stati ripescati in soffitta, avrebbero suscitato una stretta al cuore. Ma in quel momento non potevano saperlo. Guardando la minuscola figura di Lotus che salutava gioiosamente dal ponte, Jade credeva che ora ci fossero solo cose buone ad attenderla: una vita pacifica, come il nome dell'oceano che stava per attraversare. Al di sopra del fragore delle onde che s'infrangevano e delle grida dei gabbiani, si udiva ancora una debole eco della risata di Lotus. Nonostante tutto ciò che era successo tra loro, Jade sentiva che avrebbe riconosciuto quella sagoma snella ovunque e la sua mente si sarebbe riempita della parola *amica*. Via via che il mare si allargava tra loro, invece di salutarsi solo con le mani presero ad agitare le braccia in alto sopra la testa. *Ti vedo, ti vedo ancora*. Jade si disse che, se ami davvero qualcuno, dici addio senza mai andartene davvero. Nessuna delle due smise di salutare finché l'altra non divenne un puntino, per poi scomparire oltre l'orizzonte.

« Allora, chi sa dirmi quali sono le quattro emozioni? » Jade guardò le ballerine di dieci anni della sua classe. Diverse mani schizzarono in aria.

« Mija. » Jade indicò la bambina in fondo.

« Sono gioia, rabbia, tristezza e piacere », elencò Mija, con gli occhi che le brillavano. Jade sorrise, andò alla lavagna e aggiunse un punto al gruppo di Mija. Nella classe si levò una risatina.

« Esatto, queste sono le quattro emozioni classiche che l'arte, compresa la danza tradizionale, esprime. »

« Ma, maestra! E l'amore? » chiese Mija.

« L'amore? » Jade rifletté per un momento. Per lei, l'amore era tutto nella danza. Ma era troppo doloroso spiegare a delle ragazzine di dieci anni come si sentiva realmente. Disse, invece: « Capita di essere arrabbiati o tristi a causa dell'amore? Capita di provare gioia o piacere a causa dell'amore? »

Le ragazzine eruppero in « Oooh! » e « Aaah! » emozionate. La loro ammirazione per la maestra era sconfinata. Era questa la cosa che lei preferiva del lavoro da insegnante alla Scuola femminile d'arte Koryo: le sue allieve. Erano la ragione per cui era rimasta a Seul quando metà della gente attorno a lei sembrava aver deciso di trasferirsi al Nord.

Quando il Giappone si era arreso, gli americani che risalivano verso nord dal Pacifico e i russi che scendevano verso sud dalla Manciuria si erano infine incontrati e in tutta fretta avevano tracciato una linea orizzontale all'altezza del 38° parallelo per dividere la piccola penisola. I coreani avrebbero voluto che il loro Paese rimanesse unito, come lo era stato per i milletrecento anni precedenti; il loro desiderio venne ignorato, e da quel momento la Corea fu divisa tra Nord e Sud.

Per tutta la sua vita, Jade non si era mai interessata troppo alla politica; preferiva lasciarla a persone come Dani e Jung-ho (erano entrambi per natura polemici e ossessionati dalla giustizia, e molto più simili di quanto immaginassero). Ma persino Jade riusciva a capire che quella divisione tra Nord e Sud avrebbe portato a un caos sconvolgente. Per molto tempo Seul aveva ospitato nazionalisti, comunisti, anarchici, cristiani di tutte le confessioni, buddisti e ceondoisti, molti dei quali mettevano da parte le differenze e collaboravano per un obiettivo comune, l'indipendenza. Una volta che questa era stata raggiunta, tuttavia, alcuni si erano resi conto di trovarsi dalla parte sbagliata della linea. Diversi artisti che Jade conosceva dai tempi del jazz erano partiti per il Nord. All'inizio, era facile attraversare il confine, come andare da Seul a Incheon. Poi, quello era stato chiuso, erano stati allestiti posti di guardia e la gente spariva senza dire nulla ad amici e vicini di casa, attraversando campi avvolti dalla nebbia, in una notte senza luna.

Jade non aveva più veri amici a Seul. Non aveva notizie di Jung-ho da quando l'aveva portata da Lotus. Mesi dopo, era venuta a sapere, grazie ad alcuni pettegolezzi, che aveva sposato una ragazza di diciassette anni, la figlia di un ristoratore di successo di nome Choi Young-gu, un amico d'infanzia di

Jung-ho. A Jade si era chiuso lo stomaco alla notizia, la detestava sotto ogni aspetto.

Quella ragazza ha venticinque anni meno di lui. Ma non sono fatti miei; sono felice che abbia trovato la persona giusta.

Senza Lotus, Luna, Jung-ho e Dani, la sola famiglia che le rimaneva era Silver, che viveva ancora a Pyongyang col suo fedele servitore. Secondo i calcoli di Jade, la madre adottiva aveva attorno ai sessant'anni, ma Stoney doveva averne almeno dieci di più. Di lì a poco sarebbe morto, e Jade sarebbe stata l'unica persona che si sarebbe potuta prendere cura di Silver. La casa in cui era cresciuta, però, era a Seul, così come tutti i suoi ricordi. Aveva il lavoro alla Scuola d'arte Koryo, fondata dal nuovo governo, e amava insegnare. C'erano posti di guardia e posti di blocco, ma nessun muro di filo spinato che si estendeva dal mar Orientale al mar Occidentale. Se Silver si fosse ammalata, sarebbe sempre potuta andare a trovarla a Pyongyang. Per il momento, Jade decise di rimanere a Seul.

Da ragazzo che leggeva i classici di Confucio e Mencio, a Han-chol era stato insegnato che la vita è una strada. Percorri la retta via, segui l'esempio del gentiluomo, un viaggio di mille miglia inizia con un passo, dicevano. Ora, però, sapeva che la vita in realtà è una ruota. Se sei intelligente, può portarti da qualche parte. Se, invece, sei uno stupido o semplicemente sfortunato, può schiacciarti. Tra questi due estremi, la maggior parte della gente fatica per spingere la ruota. Anche ciò che si ritiene tregua o piacere, come mangiare, dormire, scopare o avere figli, è mandare avanti la ruota senza esserne consapevoli. Ci si ferma davvero solo quando si muore.

Una volta Han-chol aveva fatto un sogno in cui c'era il suo vecchio risciò, e le ruote enormi giravano sempre più in fretta. Il cuore gli batteva forte perché doveva correre per continuare a farle girare. Quelle, però, gli erano appena dietro, quindi doveva correre più forte per evitare che lo schiacciassero. A un certo punto entrava in una caverna ai piedi di una montagna e le ruote sparivano. Accanto a lui compariva un uccello, e Han-chol sapeva che era una guida che l'avrebbe aiutato. Lo seguiva attraverso la galleria buia sotterranea e, quando usciva dall'altra parte, si ritrovava in una valle soffusa di luce dorata. Si era svegliato sentendosi come se fosse ancora circondato da quel bagliore d'oro, benedetto da un potere sconosciuto.

A volte, quando accade qualcosa di straordinario, la ruota s'inclina su un lato e gira per determinare il destino di ognuno. Alla fine della guerra, questa aveva rallentato e infine si era fermata, indicando chi avrebbe vinto e chi avrebbe perso.

Seduto nell'affollata aula di tribunale in attesa del suocero, Han-chol rifletteva sulle vittorie e sulle sconfitte della sua vita. Poco prima della guerra, era diventato il proprietario della più grande autofficina dell'intero Paese. Aveva prosperato anche dopo, per via dei camion militari che avevano bisogno di riparazioni. Solo un anno più tardi, però, da un giorno all'altro i giapponesi gli avevano confiscato l'officina e avevano fuso qualunque oggetto di metallo si trovasse al suo interno. Negli ultimi spasmi della guerra, Han-chol non aveva potuto far altro che vivere grazie alla ricchezza e ai privilegi apparentemente intoccabili del suocero. Questa dipendenza gli causava vergogna e mortificazione, ma Seo-hee l'aveva sempre rassicurato: nulla rendeva suo padre più felice che sapere i figli sani e salvi. E anche lui, Han-chol, era un figlio, non un genero.

Quando la guerra era finita e la Corea era stata liberata, Han-chol si era subito messo all'opera per ricostruire l'officina. Era determinato a non chiedere il sostegno del suocero, e con sua grande sorpresa l'aiuto era venuto da dove meno se l'aspettava. I suoi parenti di Andong si erano messi in contatto con lui per annunciare che il primo cugino di suo padre era morto senza eredi né fratelli minori. Han-chol era il più vicino parente maschio in vita per quella linea di sangue, assai prospera giacché era a capo di una tenuta da circa diecimila *suk* di riso all'anno. Per essere formalmente adottato dalla vedova del cugino, tutto ciò che Han-chol doveva fare era reclamare l'eredità. Così era diventato il figlio di una donna che non aveva mai conosciuto e aveva usato quel reddito per ricostruire la sua azienda. Aveva addirittura avuto ambizioni più grandi di prima. Non solo avrebbe riparato le automobili, ma avrebbe trovato un modo per produrle da zero. Dopo essere sopravvissuto alla guerra ed essersi fatto più forte, Han-chol era ancor più fermamente convinto delle proprie capacità. Nel complesso cercava di restare umile e meticoloso com'era sempre stato, ma gli scintillanti occhi neri, incorniciati da energiche sopracciglia arcuate, tradivano questa nuova fiducia.

Suo suocero, tuttavia, aveva trovato un diverso tipo di cambiamento alla fine della guerra, pensò Han-chol, vedendo entrare in aula Kim Sung-soo scortato da due poliziotti. Sung-soo indossava uno dei suoi abiti di lana pregiata invece della tunica bianca che altri imputati preferivano. Aveva un'aria distinta e orgogliosa, con la sua testa di capelli candidi. La gente sussurrava e schioccava la lingua in segno di disapprovazione, ma Sung-soo sembrava non curarsene minimamente.

« Tutti in piedi, entra l'onorevole giudice », annunciò qualcuno, invisibile dietro file di teste nere e grigie. Il giudice era un uomo anziano, di aspetto piuttosto anonimo, con indosso una tunica nera, dinanzi alla quale alcuni contadini ignoranti tra il pubblico rimasero sconvolti perché somigliava molto agli abiti da lutto. Alzandosi e poi risedendosi assieme agli altri, Han-chol si accorse di non essere affatto agitato per suo suocero, e si sentì un po' in colpa.

Il giudice diede la parola al procuratore, un uomo giovane in un abito gessato scuro. Le accuse contro Kim Sung-soo erano molte e gravi: l'imputato collaborava da sempre coi giapponesi, e suo zio era stato nominato conte dall'abominevole governatore generale Ito Hirobuni in persona. Il padre di Kim aveva evitato la confisca della sua proprietà in collusione coi giapponesi. Kim stesso non era migliore di lui, poiché era legato da stretti rapporti d'amicizia col capo della stazione di polizia di Jongno, con militari giapponesi e via dicendo, e poiché aveva sostenuto finanziariamente l'esercito giapponese fin quasi al giorno della resa. Questo era l'unico motivo per cui era riuscito a superare indenne la guerra. Il procuratore parlava con emozione sincera, agitando il pugno in direzione dell'imputato – la cui testa era orgogliosamente eretta – e gli spettatori rumoreggiavano ancor più forte per manifestare la loro disapprovazione.

« Quei bastardi devono essere tutti condannati a morte e

squartati », disse una voce profonda e grezza più o meno al centro dell'aula, abbastanza forte da essere udita da ogni presente. Si levò qualche mormorio di approvazione.

Era chiaro che l'aula fosse contro Kim Sung-soo. Tuttavia Han-chol non aveva paura per il suocero, il nonno dei suoi tre figli (Seo-hee era a casa, non mancava molto alla nascita del quarto), l'uomo che l'aveva sollevato dall'umiliante povertà.

Il giudice diede la parola all'avvocato difensore di Kim Sung-soo, un uomo grassoccio e pallido con spessi occhiali rotondi e un papillon viola. Prima di cominciare, si guardò attorno con aria sprezzante. « Vostro onore, sarebbe facile cedere ai peggiori istinti dell'umanità quando siamo appena stati liberati dalle catene, ma non sarebbe giusto. Abbiamo sentito parlare dei crimini dei parenti di Kim Sung-soo, e sì, suo zio era indubbiamente un traditore. Ma è morto anni fa. È giusto punire un uomo per i peccati dello zio? A parte il fatto che Kim Sung-soo aveva relazioni sociali con poliziotti e gendarmi, nulla è stato dimostrato della sua colpa o del suo tradimento. Kim doveva fingere di apprezzare quegli uomini allo scopo di tutelarsi; se punissimo chiunque sia andato d'accordo coi giapponesi, chi rimarrebbe in vita in questo Paese?

« Al contrario delle accuse, Kim Sung-soo era in realtà un patriota che ha lavorato instancabilmente per condurre la nostra nazione all'indipendenza. La sua apparente amicizia coi giapponesi serviva solo per eludere i sospetti », dichiarò l'avvocato, dondolandosi avanti e indietro sulle lucide scarpe di pelle.

Dal pubblico si levarono mormorii irati. « Che bastardo! » gridò un uomo dal fondo dell'aula; non era chiaro se si riferisse all'imputato o al suo avvocato.

« Obiezione, vostro onore! » intervenne il procuratore, ma il giudice alzò la mano destra e l'avvocato proseguì, sorridendo.

« Io ho le prove dell'attività patriottica dell'imputato », disse, dirigendosi verso il suo tavolo. Quando si voltò, teneva tra le mani un oggetto scuro e rettangolare. A una prima occhiata sembrava una scatoletta, come quelle in cui le donne ripongono i gioielli.

« Questo è un blocco di legno che Kim Sung-soo utilizzò per stampare diecimila bandiere coreane per la marcia del Primo marzo. Per trent'anni l'ha tenuto nascosto in una nicchia nel seminterrato della sua casa editrice. » L'avvocato alzò il blocco di legno sopra la testa e lo mostrò prima al giudice, poi alla giuria, e infine al pubblico. Le spirali al centro erano ancora colorate di rosso scuro e blu notte. Sull'aula scese il silenzio.

« Se fosse stato scoperto, Kim Sung-soo sarebbe stato arrestato o persino giustiziato. Chi tra voi avrebbe così coraggiosamente rischiato la vita per questo Paese? » L'avvocato proseguiva con veemenza, anche se sapeva già che avrebbe vinto. In effetti ne era così certo che aveva iniziato a pensare alla cena. La situazione si era rovesciata.

In meno di un'ora, Kim Sung-soo fu dichiarato innocente e quindi liberato, e Han-chol fu felice di poter tornare alla sua vita normale.

Myung-bo credeva nell'*inyeon* - il filo tra le persone - e che legami e incontri sono già scritti e inevitabili. Gli *inyeon* migliori e più importanti sono tra marito e moglie, e tra genitore e figlio. Quei legami non si spezzano nemmeno oltre la morte, lo sapeva da molto tempo. Ciò che invece stava solo cominciando a capire era che anche gli *inyeon* dell'odio e dell'astio possono durare molti anni. Da decenni provava disprezzo per gli esponenti della destra filoamericani, che mostravano servilismo verso quel Paese adottando nomi inglesi e parlando con nostalgia del tempo trascorso a Princeton o Georgetown, avvolti dal fumo del costoso e profumato tabacco. Prima della guerra, alcuni di loro si erano persino appellati agli Stati Uniti affinché governassero la Corea come un protettorato, e questo per Myung-bo era imperdonabile.

Non appena il suo sogno d'indipendenza si era realizzato, si era reso conto con un vago terrore che tutti i suoi rivali politici avevano ricevuto incarichi nel governo della neonata Repubblica. Myung-bo, però, credeva ancora di non aver nulla da temere. Nonostante la grande intelligenza, era al di là delle sue capacità comprendere le diverse specie di umanità il cui tratto distintivo è il desiderio di potere.

Anche quando una notte fu svegliato da un furioso bussare al portone di casa, e quei colpi erano così in contrasto con la setosa calma della luna bianca, non poteva credere che, dopo tutto ciò che aveva passato, sarebbe morto per mano dei suoi connazionali. Rassicurò la moglie in lacrime dicendole di non aver fatto nulla di male. Poiché era così gentile e fiducioso, i poliziotti esitarono a mettergli le manette, e attesero a testa china che lui si vestisse e si congedasse dalla famiglia.

« C'è stato sicuramente qualche errore, sarò di ritorno tra un giorno o al massimo due. Prenditi cura di tua madre mentre non ci sono. » Sorrise al figlio e uscì dal portone zoppicando lentamente. Proibì a familiari e domestici di accompagnarlo fuori, così rimasero nel cortile mentre la sua sagoma veniva inghiottita in fretta dall'oscurità. Quando fu certo di non essere visto, Myung-bo tese le braccia dietro la schiena e sentì il metallo freddo chiudersi attorno ai polsi. Inspirò l'aria notturna e fu sorpreso nell'avvertire una breve, acuta fitta di euforia, data dalla sensazione di essere sveglio a quell'ora, tra la notte fonda e il primissimo mattino. Si ricordò di quando aveva suppergiù sedici anni e rimaneva sveglio tutta la notte a leggere un libro, più sveglio e vivo che in pieno giorno. Allora era sicuro di avere la vita intera davanti, e il fresco e fumoso profumo delle quattro del mattino lo colmava ancora di una insensata felicità. Adesso era un uomo storpio coi capelli bianchi, e gli anni erano passati in un batter d'occhio. Il significato della vecchiaia era che tutta la felicità della vita andava trovata guardando indietro e non avanti. Ma Myung-bo aveva fatto la sua parte, aveva vissuto per qualcosa di più grande di lui.

Il sole sorse sulla nuova Repubblica proprio mentre Myung-bo veniva rinchiuso nella sua cella al terzo piano. La finestra non era troppo in alto, e lui poteva vedere i tetti di tegole e i rami spogli degli alberi brillare nella luce aranciata, e gli uccelli che solcavano il cielo cantando. Questo, l'eterna quiete del mattino, gli procurava gioia e dolore insopportabili. Le lacrime scorsero sulle sue guance segnate dal tempo. La morte era un prezzo così piccolo da pagare per la vita.

PARTE QUARTA

1964

26

CLESSIDRA

1964

A casa di Kim Han-chol ogni singolo giorno iniziava con una colazione di famiglia alle sei in punto. Lui sedeva a capotavola mentre la moglie disponeva le ciotole di riso, minestra, spinaci bolliti e conditi, germogli di felce, ravanello allo zenzero, sgombro cotto in salsa di soia, rollè alle uova, zuppa di *kimchi* e via dicendo. Le due figlie aiutavano la madre ad apparecchiare con cucchiai d'argento, bacchette e tazze di tè di orzo. I tre figli sedevano accanto a lui in rispettoso silenzio e aspettavano che le donne della famiglia prendessero posto. Nessuno toccava il cibo finché Han-chol non diceva, gentile e risoluto: «*Ja, mukja*», ecco, mangiamo.

Dopo la colazione, la governante sparecchiava la tavola, mentre sua moglie andava a prendergli soprabito e ventiquattrore. Lui la chiamava solo *yeobo*, tesoro. Con gli altri, si riferiva a lei come «mia moglie» o «la madre dei miei figli», e non usava quasi mai il suo nome, Seo-hee. Erano sposati da ventitré anni ed era impossibile pensare a lei come la sedicenne dai lucenti capelli che era stata quando si erano conosciuti. Sotto il grembiule immacolato, i seni si erano afflosciati, e la gonna tirava sulla pancia. Solo i polpacci lunghi e snelli e le caviglie sottili erano ancora quelli dell'adolescenza. Lei lo sapeva e indossava gonne al ginocchio anche nei giorni più freddi dell'inverno.

«*Yeobo*, torna presto», gli disse, aiutandolo a infilare le calzature con un calzascarpe. Era il suo saluto abituale, il marito non doveva davvero tornare a casa presto.

«Certo, *yeobo*», rispose lui, come sempre, stringendola in un abbraccio veloce prima di uscire.

Il vialetto di ghiaia che partiva dalla porta d'ingresso era ricoperto da un leggero strato di brina. Lo scricchiolio dei suoi passi sul ghiaccio ricordò qualcosa a Han-chol, ma non sapeva esattamente che cosa. Alle sei e mezzo era ancora piuttosto buio, e si diresse con cautela fino all'automobile. Anche il parabrezza era ghiacciato; Han-chol lo ripulì con le mani guantate e si mise al posto di guida.

Naturalmente, poteva benissimo permettersi un autista. Dopo la fine della guerra di Corea aveva vinto numerosi appalti per ricostruire interi quartieri di Seul, e questo aveva portato ad altri contratti anche in altre città: tutto il Paese doveva essere riportato in vita. Poi il suocero era morto, lasciandogli la sua immensa fortuna. In soli dieci anni dalla fine della guerra, Han-chol era diventato uno degli uomini più ricchi della Corea del Sud. Tuttavia, preferiva ancora guidare personalmente. Non voleva diventare uno di quegli uomini pigri che tanto detestava nei suoi giorni da conduttore di risciò.

La sua era l'unica macchina lungo la strada per Incheon, una lunga striscia grigio scuro tra campi d'orzo a maggese grigio chiaro. Quando arrivò alla fabbrica, la luna si stagliava ancora sul cielo a occidente. Il capo del personale lo accolse all'ingresso, col largo giubbotto imbottito e coi pantaloni di twill che gli davano il vago aspetto di uno spaventapasseri. Esaminarono l'agenda degli impegni del giorno di Han-chol; c'erano in programma un'intervista col reporter di una rivista alle quattordici e una cena di lavoro con un luogotenente generale, che era un uomo di fiducia del presidente Park.

«Ha fatto la prenotazione?» chiese Han-chol, togliendosi i guanti e infilandoli nelle tasche. All'interno della fabbrica, c'erano già dozzine di operai che si muovevano con efficienza lungo le catene di montaggio.

«Sì, per le ventuno da MyungWol», rispose il capo del personale, gentile ma non eccessivamente zelante. Han-chol apprezzava quel tratto del suo giovane assistente; gli piaceva che i suoi subordinati dimostrassero un po' di dignità e spina dorsale.

«Bene, bene.» Han-chol annuì. Dopo la guerra di Corea, MyungWol era stato ricostruito in stile occidentale. Invece di sedere sul pavimento riscaldato ricoperto di carta cerata, ora i clienti si accomodavano in sedie italiane finemente intagliate sotto lampadari a bracci di cristallo. Anche le cortigiane coi loro chignon intrecciati e con le voluminose gonne di seta erano sparite. Ora le donne, chiamate hostess, indossavano abiti attillati e scollati e portavano i capelli arrotolati e rialzati in modo improbabile sulla sommità del capo.

« Che ne è degli alberi a gomiti? Dovevano arrivare lunedì. » Han-chol stava attraversando la fabbrica, seguito dall'assistente.

« Abbiamo ricevuto la spedizione ieri sera », rispose il giovane, ed entrambi proseguirono in silenzio fino alla postazione di lavoro dove l'avrebbero aggiornato sull'ultimo prototipo.

Per esprimere il proprio disappunto, Han-chol si limitò ad aggrottare la fronte; i suoi fornitori erano fin troppo inclini a ritardare le consegne. In passato, avrebbe rimproverato l'assistente e avrebbe preso in considerazione l'idea di punire il subappaltatore con meno ordini. Ora, invece, di fronte a questi ritardi era assai meno portato all'impazienza. Aveva imparato che, se qualcosa deve accadere, prima o poi accade, nonostante tutto. Era vero anche il contrario, spaventosamente vero. Ciò lo spingeva ad agire con generosità nei confronti di quelle persone che non erano destinate ad *accadere* ai suoi livelli, per quanto ci provassero. Persone come i suoi fornitori, i suoi dipendenti, il suo assistente silenzioso e diligente. A dire il vero, la maggior parte della gente che conosceva rientrava in questa categoria, eccetto le sue conoscenze militari e politiche.

Al banco di lavoro, gli ingegneri gli mostrarono le ultime modifiche apportate al motore e, vedendo i lucenti pistoni e i cilindri di ferro, tutti così perfettamente forgiati e sincronizzati, fermi in assoluto silenzio e colmi di energia trattenuta, Han-chol ebbe la netta sensazione di stare guardando all'interno del proprio cuore.

In quella fredda notte di dicembre, Jade aveva dormito solo poche ore. Quando il cielo cominciò a schiarirsi, lei si avvolse in un maglione pesante e uscì sul portico, aspettando il levar del sole.

Il giorno prima, in sala professori, le sue colleghe stavano spettegolando sugli ultimissimi arresti. Di solito Jade si teneva fuori da quelle conversazioni. Le altre erano donne di buona famiglia che avevano studiato pianoforte e danza classica in Inghilterra, Francia e America. Jade sapeva che di tanto in tanto infilavano frasi straniere nella conversazione così che lei non capisse quello che dicevano.

« Cinque deputati, con l'accusa di comunismo e spionaggio. Uno è stato addirittura accusato di essere stato mandato da Kim Il-Sung ad assassinare il presidente... » L'insegnante di piano aveva inarcato le sopracciglia, piegando a metà il giornale. Da quando una spia nordcoreana aveva attraversato il confine ed era riuscita ad arrivare alla Casa Blu qualche anno prima, anche i politici di lungo corso venivano smascherati come impostori e agenti segreti.

« Io però dubito che sia vero. Quanta gente devono ancora arrestare prima che tutto questo finisca? » aveva concluso la donna, sottovoce.

« Non dovresti dire così », aveva sussurrato l'insegnante di danza, lanciandosi un'occhiata ansiosa dietro le spalle, verso Jade. « E comunque uno di loro era senza dubbio un membro del partito comunista nel periodo coloniale... quel Nam Jung-ho. »

« Che hai detto? » Jade, nel suo angolo, non era riuscita a trattenersi. L'insegnante di piano le aveva porto il giornale.

« Qualcuno che conosci? » aveva domandato l'insegnante di danza, incrociando le braccia sul petto con finta gentilezza.

« No, in realtà no », aveva risposto Jade. Aveva lanciato una rapida occhiata al giornale e l'aveva messo giù. Ma tutta la forza era stata risucchiata dal suo corpo, e nel resto della giornata aveva dovuto fare ricorso a tutta la propria volontà per apparire normale.

Non appena era arrivata a casa, si era spogliata e infilata sotto le coperte. Non sentiva Jung-ho da quando avevano riportato Lotus a casa assieme. L'aveva ringraziato calorosamente e l'aveva invitato a fermarsi a cena, ma lui aveva declinato con fredda gentilezza. Da quella volta, non si era più presentato a casa sua per vedere come stava. Era chiaro che non voleva più avere niente a che fare con lei. Eppure, era stato il suo più fedele amico per anni. Le aveva salvato la vita più di una volta, e in più modi.

Jade pensava ci fosse un solo modo per salvare Jung-ho, adesso. Avrebbe dovuto chiedere aiuto alla persona più potente che ancora conosceva; avrebbe dovuto parlare con *lui*. Mentre il sole scaldava il cortile ghiacciato, lei ricordava quando, tanto tempo prima, gli aveva detto che credeva nel suo successo prima di chiunque altro. Odiava se stessa per essere stata così ingenua e piena di buone intenzioni; odiava la vita per averle dimostrato che aveva ragione.

Verso mezzogiorno, Han-chol tornò in ufficio a Seul e mangiò qualcosa per pranzo. Chiese al capo del personale l'itinerario dei suoi imminenti viaggi di lavoro a Hong Kong, Bangkok e Londra. Poi venne il momento di esaminare i documenti della banca. Mentre stava facendo un controllo incrociato tra estratti conto e libri contabili, il capo del personale fece capolino per annunciare che il giornalista era arrivato.

Han-chol alzò la testa e rimase sorpreso nel vedere che il giornalista era una donna. Aveva i capelli corti e vaporosi e le labbra sottili erano dipinte di un beige delicato. Sotto un dolcevita marrone chiaro, indossava pantaloni rossi a gamba larga.

« Prego, si accomodi. » Han-chol le indicò il sofà, poi prese posto nella sua poltroncina dall'altra parte di un tavolino di cristallo.

La giornalista sedette, accavallò le gambe e si posò il bloc-notes in grembo. « Presidente Kim, è un onore conoscerla di persona », esordì, arrossendo leggermente sui lati del naso a punta. « Ho studiato le sue aziende al corso di Economia al college. »

« Mi fa sentire vecchio », sorrise Han-chol.

La giornalista sgranò gli occhi. « Oh, no, non è quello che intendevo. Non vedo l'ora di sentire direttamente da lei com'è riuscito a realizzare tutto questo in così breve tempo. Risollevarsi dalla distruzione della guerra di Corea e avere ancora più successo... E creare la primissima fabbrica di automobili in Corea. Ha sempre saputo di voler fare questo nella vita? »

« Sì, direi di sì. » Han-chol inclinò la testa, pensoso. « Quand'ero adolescente, facevo il conduttore di risciò per pagarmi gli studi. Poi, dopo i vent'anni, ho iniziato a lavorare in un negozio di riparazioni di biciclette. Già allora ero sicuro di saper capire come funzionano le automobili e come si costruiscono. A quel tempo non mi credeva nessuno. Ma la vita ha le sue strade, se solo hai fiducia in te stesso. »

« È incredibile », commentò la giornalista, entusiasta. « Quindi è questione di visione, di fiducia. »

Han-chol annuì, scostandosi i capelli dalla fronte. Aveva ancora una folta chioma, che però ormai era più bianca che nera.

« La prossima domanda è: come si fa ad avere fiducia? Sembra che alcune persone semplicemente nascano con un'autostima più forte, non è così? Lei è sempre stato così convinto delle sue capacità? »

« Oh, la fiducia non è qualcosa che si ha alla nascita. Se ce l'hai dall'inizio, significa che sei uno sciocco », disse Han-chol lentamente, ordinando i pensieri. « Ci sono solo due cose al mondo che possono dare autentica fiducia. Una è superare le difficoltà da soli, e l'altra è essere profondamente amati. Se si sperimentano entrambe, allora si sarà fiduciosi per il resto della vita. »

Han-chol non era affatto un sentimentale, eppure non poteva evitare di provare un po' di malinconia per il passato. Fuori dalla finestra, un forte vento secco e gelido soffiava impetuoso tra i nuovi edifici, quei cubi e cilindri in cemento armato e acciaio. I sottili alberi marroni danzavano, e uomini e donne si tenevano i cappelli e si stringevano addosso i cappotti, camminando ingobbiti contro il vento.

La giornalista continuò a fargli domande sui suoi inizi, su come aveva avviato la sua autofficina nel periodo coloniale, sul matrimonio e sulla famiglia, sul primo contratto con l'esercito americano dopo la seconda guerra mondiale, sull'incendio di tutte le sue fabbriche durante la guerra di Corea, su come le aveva ricostruite da zero e sui suoi piani attuali, ora che aveva realizzato tutti i sogni di gioventù.

« I miei piani? Non ne ho, tranne invitarla a cena domani. Al Silla Hotel alle sette. »

La giornalista avvampò, ma gli diede il proprio numero di telefono prima di lasciare l'ufficio, coi pantaloni a vita alta che le evidenziavano il sodo sedere a forma di cuore. Quando la porta si chiuse, Han-chol fu tentato di masturbarsi, e invece sospirò e iniziò a esaminare il contratto di prestito per la costruzione di una nuova fabbrica a Songdo.

Bussarono alla porta: era il capo del personale.

« Mi scusi, c'è una signora anziana che vuole vederla senza appuntamento. Ho cercato di mandarla via, ma dice che vi conoscete da molti anni. »

Han-chol alzò gli occhi dai documenti. Non aveva tempo per intrattenere lontani parenti e tirapiedi. Ma, nel caso si trattasse di qualche zia sconosciuta, l'avrebbe sbolognata con un po' di soldi.

« La faccia entrare », rispose con un sospiro.

Un attimo dopo, la porta si aprì di nuovo e, non appena riconobbe la sagoma familiare, il suo cuore prese a battere forte. I capelli tirati indietro e raccolti in uno chignon erano grigio ardesia, e la fronte piccola era solcata da rughe profonde. Le labbra, un tempo piene e voluttuose, adesso erano sottili e avvizzite. Ma i suoi occhi erano sempre gli stessi, con la loro peculiare brillantezza, e la sua silhouette, dalla postura insolitamente eretta, era aggraziata come la ricordava. Di colpo, Han-chol ebbe difficoltà a respirare.

« Jade », disse in un sospiro. Non sapendo che altro fare, la raggiunse e le prese le mani tra le sue. Anche lei lo stava studiando in silenzio. Le braccia, le spalle e il petto erano più magri, mentre il ventre si era fatto più tondo e morbido. Era leggermente più stempiato, e la pelle aveva la tonalità del bronzo opaco tipica degli uomini anziani. Ma quello che le era sempre piaciuto di più in lui, il sorriso, era rimasto uguale.

« Scusami se mi presento così, senza invito. » Le tremava la voce.

« Come diamine hai fatto a trovarmi? »

« L'elenco telefonico. » Liberò le mani dalle sue e abbassò il mento, come se si vergognasse.

« Ehi, tranquilla. Sono felice che tu sia venuta. Prego, siediti. » Han-chol chiese al capo del personale di portare del caffè. Chiacchierarono del tempo e del freddo di quell'inverno fino a quando l'assistente non tornò con due tazze di caffè e un vassoio di torta alla crema.

« Allora, come sei stata in tutto questo tempo? » le chiese Han-chol.

« Bene, a modo mio. Dall'indipendenza insegno alla Scuola femminile d'arte Koryo. È bello, anche se ogni anno le ragazze che scelgono di specializzarsi in danze tradizionali sono sempre meno. Ma sono grata per questo lavoro. »

« E che mi dici del matrimonio... Famiglia? »

Jade scosse il capo, imbarazzata. Quella era un'umiliazione che non aveva previsto. « Non m'importa di non essermi mai sposata. Ma vorrei aver avuto figli », rispose semplicemente e onestamente.

Han-chol si sentì dispiaciuto per lei e non sapeva che cosa dire per non apparire banale. « Capisco. »

« E tu? Ho letto moltissimo su di te in giornali e riviste. Una volta ti ho persino visto in TV! Sembra che le cose siano andate al meglio. »

« Ho avuto alti e bassi, come tutti, ma alla fine è andata bene. »

« E che mi dici dei figli? »

« Ho tre maschi e due femmine. Il più grande è al terzo anno di college, il più piccolo ha solo dodici anni. »

Jade sorrise. « Come si fa a non invidiare la tua vita? Ho sempre detto che saresti diventato l'uomo di maggior successo di Seul, e sei andato oltre tutte le mie previsioni. »

« Jade... » Han-chol bevve un sorso di caffè. « Lo sai, ti devo molto. »

Fu il turno di Jade di sorseggiare il caffè, un gesto che in realtà voleva nascondere gli occhi, improvvisamente colmi di lacrime. « Sì, lo so », gracchiò esitante dietro la tazza.

Han-chol si protese a toccarle il braccio con gentilezza. Lei posò la tazza sul piattino e si tamponò gli occhi con un dito, attenta a non sciupare il trucco.

«Mi dispiace tanto averti ferita a quel modo.»

«Quella notte, l'ultima volta che sei stato da me... la zia Dani è venuta a mancare. Io sono quasi morta per il senso di colpa, ma allora c'era la guerra, quindi forse stavo solo morendo di fame. Come io sia sopravvissuta a tutto quello che è capitato, sinceramente non lo so.»

Han-chol ritrasse la mano e rimase in silenzio, con lo sguardo fisso sul proprio grembo. «Mi dispiace, mi dispiace davvero. Vorrei poter fare qualcosa per farmi perdonare...» Anche senza guardarla, sapeva che a quel punto lei stava piangendo apertamente. Lo capiva dal suo respiro irregolare.

«C'è qualcosa che puoi fare per me», riuscì a dire lei, tra i singhiozzi.

«Qualsiasi cosa.»

«Ricordi Nam Jung-ho? Mi ha aiutata in molti modi quand'eravamo giovani. Se avevo bisogno di qualcosa, lui c'era sempre.»

Han-chol ricordava quell'uomo: basso, segaligno, un po' rozzo e violento. Una volta, durante la guerra, Jung-ho gli aveva offerto in malo modo cibo gratis davanti ai suoi compari, solo per dimostrare chi aveva il coltello dalla parte del manico. Han-chol, però, non lo odiava né lo disprezzava, poiché in realtà non aveva mai pensato molto a lui.

«Prima che la zia Dani morisse, Jung-ho veniva spesso a portarci sacchi di riso quando nessuno aveva di che mangiare, e mi ha aiutata a ritrovare Lotus dopo che era scomparsa. È stato arrestato.»

«Con quali accuse?» domandò Han-chol, anche se più o meno immaginava la risposta.

«Spionaggio. Attività comunista. Molto tempo fa era membro del partito comunista, ma dubito che sia una spia per il Nord. Sai anche tu che il punto non è veramente quel che pensa o fa... È solo una scusa per eliminare qualsiasi tipo di opposizione. So che Jung-ho è innocente. Non ho mai conosciuto nessuno con un cuore così buono. Tu hai conoscenze nel regime... non potresti mettere una buona parola?»

«Quello che mi chiedi è molto difficile. Se anche parlassi in suo favore, non è certo che serva a qualcosa. Il presidente Park fa le cose a modo suo. Lo capisci, questo, vero? »

« Lo so che sarà difficile. Ti chiedo solo di provarci », lo pregò Jade.

« Va bene, ti prometto che proverò. »

Jade si alzò per andarsene, e Han-chol la imitò. *Non andartene... rimani con me,* avrebbe voluto dire; le parole gli si strozzarono in gola. « Spero di rivederti », disse invece. « Una volta ti ho giurato che non avrei mai provato per nessuno quello che provavo per te... Ed è vero. »

« Ah, Han-chol, per me è lo stesso. » Jade tese una mano e strinse la sua un'ultima volta. Una lacrima cadde e s'infranse sul polso di lui. « Per me è lo stesso, mille volte di più. »

In prigione, Jung-ho faceva sogni particolarmente vividi. In uno, stava camminando in montagna quando una tigre gli si era avvicinata e si era inginocchiata davanti a lui. Era salito in groppa all'animale, che era partito a grandi balzi sulle colline avvolte dalle nubi, quasi volando. In un altro sogno, attraversava un bellissimo deserto privo di calore. La sabbia era fine come farina e di un rosa che ricordava il colore del tramonto, e il cielo era turchese chiaro. Stava cercando qualcosa, un pozzo. Poi, senza soluzione di continuità come spesso avviene nei sogni, l'oggetto della sua ricerca era diventato Jade. Senza nessun preavviso, la sabbia aveva cominciato a cadere dal cielo come pioggia. Non faceva male, non gli entrava negli occhi o nel naso, ma lui si era reso conto che, se non avesse accelerato il passo, sarebbe stato sepolto. Stava correndo senza peso nella tempesta di sabbia quando si svegliò zuppo di sudore.

La mattina dopo quel sogno, si alzò e mangiò una scodella di torbido porridge che gli avevano fatto scivolare sotto la porta. Tra i pochi oggetti che gli era consentito tenere in cella c'erano un taccuino e una matita, così iniziò a esercitarsi nella scrittura. Sebbene si fosse candidato e fosse stato eletto come rappresentante del suo distretto, Jung-ho aveva ancora qualche problema con la scrittura. Una volta Myung-bo gli aveva raccontato che aveva scritto a suo figlio dalla prigione; Jung-ho aveva due figli, e gli sarebbe piaciuto poter dire loro qualcosa. Fino a quel momento, era riuscito solo a riempire una pagina intera coi caratteri squadrati del proprio nome. Si udì il suono di passi pesanti lungo il corridoio, poi lo scorrere dello spioncino.

«Hai una visita», annunciò la guardia.

«*Yeobo?*» disse Jung-ho. Sua moglie non era ancora venuta a trovarlo, ma immaginava che fosse presa coi bambini.

«Voltati e porgi le mani.»

Jung-ho si girò e unì i polsi dietro la schiena; sentì le manette che si chiudevano. Venne condotto lungo il corridoio fino a una stanza vuota, dove gli furono tolti i ceppi. Al centro della stanza, un tavolo di legno e due sedie. Jung-ho sedette, piegò le braccia sul tavolo e vi poggiò la testa. Era sopraffatto dalla stanchezza, e non era più così giovane da tenere la testa dritta per orgoglio.

«Jung-ho», lo chiamò qualcuno.

Lui alzò lo sguardo, incredulo; dopo qualche istante, mise a fuoco la figura di Jade, al contempo estranea e familiare. «Jade. Sei davvero tu?» riuscì a domandare, ancora stordito.

Lei annuì, gli sedette di fronte e gli prese la mano. «Come stai? Come ti senti?»

«Mi sei mancata. È bello vederti», rispose Jung-ho, con voce malferma. Aveva così tanto da dirle, ma la sua mente alzò bandiera bianca e lui poté solo stringere la sua mano.

Jade lo guardò negli occhi. «Anch'io sono contenta di vederti. Mi sono sempre pentita di quello che ti ho detto prima che tu partissi per Shanghai. Ti prego, perdonami.»

Con uno slancio d'affetto, lui ricordò che era sempre stata così, schietta e gentile. «No, è stata colpa mia. Non avrei dovuto farti pressione.» Jung-ho volle essere diretto con lei perché comunque non restava molto tempo.

«Sai, sei stato il mio amico più fedele e la persona migliore che abbia mai conosciuto in vita mia.» Jade cercava di apparire confortante e non triste. «Ho chiesto a Han-chol di mettere una buona parola per te. Ha ottime conoscenze all'interno del regime e nelle forze armate. Farà del suo meglio, per me.»

«Grazie... Significa moltissimo che tu voglia aiutarmi. Solo che non so se sia possibile... » Jade iniziò a protestare, ma lui scosse il capo e proseguì: « La scorsa notte ho sognato che stavo attraversando un deserto. Era un posto bellissimo con sabbia rosa finissima e un cielo limpido e blu. A un certo punto, la sabbia ha cominciato a cadere dall'alto, come la pioggia. Mi è arrivata alle caviglie, poi alle ginocchia... »

Jade lo fissava coi suoi occhi scuri e ancora bellissimi.

« Quando mi sono svegliato, stavo cercando di scappare da lì. Poi stamattina ho capito: ero in una clessidra. » Jung-ho sorrise, e sulle guance dalla pelle ormai rilassata, velate da una barba brizzolata, comparvero numerose rughe.

« Jung-ho... » iniziò lei, ma lui scosse la testa.

« Tutto considerato, sarei dovuto morire molto tempo fa. Non ho paura di niente di ciò che può accadere... Vorrei solo aver fatto in modo diverso alcune cose. Solo ora che mi avvicino alla fine vedo tutto chiaramente. » Chiuse entrambe le mani attorno a quelle più piccole di Jade.

« Che vuoi dire? »

« Non ti ho mai raccontato la storia di mio padre e della tigre, vero? »

Lei fece segno di no.

« È una storia straordinaria che mio padre mi ha raccontato prima di morire. Da bambino non ne capivo il senso, ma molti anni dopo ho incontrato qualcuno che mi ha confermato che il racconto di mio padre era vero. È successo circa cinquant'anni fa, nella provincia del Pyongan. Era pieno inverno e non avevamo niente da mangiare, così mio padre andò a caccia in montagna con arco e frecce. Sperava di prendere qualche lepre o un capriolo, poi trovò quelle che sembravano le impronte di un leopardo.

« Seguì le orme addentrandosi sempre di più nelle montagne e arrivò a uno sperone roccioso. Lì si trovò faccia a faccia con l'animale, ma scoprì che era una giovane tigre e non un leopardo. Se l'avesse uccisa, avremmo avuto da mangiare almeno per un anno. Mio padre invece si voltò e cominciò a scendere dalla montagna. Iniziò a nevicare, e lui era sul punto di morire di fame. Alla fine cadde, pensando che non si sarebbe più rialzato.

« Stava per morire congelato ma un ufficiale giapponese lo trovò e lo rianimò; è stato questo ufficiale, quando l'ho incontrato per puro caso decenni dopo, a confermare la seconda parte della storia. Ha descritto perfettamente mio padre e ha detto che sono identico a lui.

« Mentre mio padre e l'ufficiale scendevano verso valle, si resero conto che una tigre li seguiva. Una tigre enorme, a giudicare dalle impronte. Di colpo, questa balzò fuori dal nulla, pronta ad attaccare. Ma mio padre la mandò via semplicemente gridando; lei lo guardò, si girò e tornò nel fitto della foresta. Una tigre come quella avrebbe potuto ucciderlo in un solo balzo. »

« Perché non volle fare del male a tuo padre? »

« Lui ha sempre pensato che fosse mia madre, reincarnata. » Jung-ho guardò Jade negli occhi, l'unico suo tratto che era ancora uguale a quand'erano giovani. Desiderava tanto scoprire che all'interno della clessidra c'era qualcosa che il tempo non aveva intaccato. « Non so se sia vero; è quello che lui credeva, e cioè che lei lo amasse così tanto che anche in un'altra vita voleva proteggerlo. Perché vedi, Jade, tutto è *inyeon* in questo mondo. È vero quanto dicono: anche solo sfiorarsi per strada è *inyeon*. Ma l'*inyeon* più importante è quello tra marito e moglie. È questo il mio rimpianto... non essere riuscito a stare con te. » Jung-ho fece un sorriso triste. Con tutto ciò che sapevano, e tutto ciò che avevano passato, assieme e separati, non aveva più paura di spaventarla con tale affermazione, la più vera della sua vita.

« Mi dispiace... Lo rimpiango anch'io », replicò Jade, strofinandosi il naso che pizzicava.

« Se dovessi tornare indietro in un'altra vita, ti troverei e ti sposerei. E se non dovessi tornare, e finissi intrappolato da qualche parte nell'eterno crepuscolo... inferno o paradiso, fluttuerei cercandoti. » Jung-ho rise piano.

« Se me lo chiederai di nuovo, dirò di sì, promesso. » Le lacrime avevano iniziato a scorrere lungo le guance di Jade.

« Aspetta. » Lui le lasciò le mani e iniziò a trafficare con le tasche dei pantaloni. « Voglio darti una cosa. » Tirò fuori un piccolo oggetto. Era un anello d'argento liscio e doppio, del tipo *garakji*.

«Come hai fatto a tenerlo con te, qui dentro?» sussurrò lei.

«Nascosto nella cintura dei pantaloni.»

«È identico a un anello che aveva la mia madre adottiva, a Pyongyang. Da allora non ne ho mai visto uno uguale. Dove l'hai preso?»

«Me l'ha dato mio padre prima di morire. Doveva essere di mia madre... Lui l'amava moltissimo. Dai, dammi la mano.» Jung-ho le fece scivolare l'anello sul dito un tempo snello, ora nodoso.

«È bellissimo. Grazie. Sai, è il primo anello che io abbia mai ricevuto. Ne ho sempre desiderato uno proprio come questo», disse Jade tra i singhiozzi.

«Vorrei solo avertelo dato molto prima. Se potessi tornare indietro, ti darei tutti i gioielli del mondo...» Jung-ho fissò lo sguardo su un punto lontano per non piangere, così da non caricarla del peso delle sue lacrime.

27

LA PARATA

1964

Il giorno dopo Jung-ho venne svegliato dalla guardia, che lo ammanettò e lo condusse a una porta presidiata da due soldati, uno su ogni lato. Era una stanza buia dalle pareti in calcestruzzo; di fronte alla porta c'era una pedana rialzata con un uomo in uniforme che stava scrivendo qualcosa su un taccuino. Era uno di quegli uomini insignificanti, dal volto piatto, il cui aspetto viene sostanzialmente migliorato da un copricapo, che nel suo caso era un berretto mimetico. Alla sua destra, c'era un segretario davanti a una macchina per scrivere; alla sua sinistra, una sedia di legno vuota. Al centro della stanza c'era uno sgabello, che proiettava molteplici deboli ombre per via delle lampadine nude che pendevano dal soffitto. Jung-ho sedette e fissò imperturbabile il suo interlocutore.

«Nam Jung-ho, lei è qui con l'accusa di tradimento, spionaggio, collusione col nemico e idee antipatriottiche. Come si dichiara?» chiese l'uomo in mimetica.

«Non colpevole», rispose Jung-ho con voce roca.

«Ascolti, Nam Jung-ho. Ho letto nel rapporto che lei è nato nella provincia del Pyongan. Come me... non so se lo sente dal mio accento», continuò l'altro, picchiettando ripetutamente il taccuino con la punta della penna, come a sottolineare le sue parole. «Ho letto pure che ha due figli, di quattordici e dieci anni. Età meravigliosa. Anch'io ho figli. Quindi faccia molta attenzione alle sue risposte... Non mi fa piacere distruggere una giovane famiglia, ma devo compiere il mio dovere verso il Paese, e il caso contro di lei è molto solido.

«Se si dichiara colpevole, sarà condannato a venticinque anni. Ma, se in prigione si comporterà bene, rinuncerà alle sue idee antipatriottiche e dimostrerà la sua rieducazione, otterrà la libertà vigilata. Potrà essere del tutto libero dopo... diciamo dieci anni. Se il presidente Park lo vorrà, magari anche dopo cinque. A quel punto, il suo figlio minore avrebbe quindici anni. Lei potrebbe crescere i suoi figli, occuparsi della sua famiglia.» L'uomo in mimetica parlava come se stesse spiegando pazientemente le cose a un bambino. Jung-ho lanciò uno sguardo torvo al suo viso.

«Se lei nega queste accuse, non posso assicurare la stessa clemenza. Potrebbe anche non rivedere mai più la sua famiglia. Perché essere così sciocchi?»

«Non ho mai avuto contatti con nessuno in Corea del Nord.»

«Nam Jung-ho, lei ha una lunga e riconosciuta storia di attività comunista e antipatriottica. Era un seguace di Lee Myung-bo, un tempo capo del partito comunista di Koryo. Vuole fare la sua stessa fine?»

«Ho rinunciato a qualsiasi legame con lui già nel 1948, quand'è stato processato. Sono stato assolto da tutte le accuse.» Jung-ho chiuse gli occhi udendo il nome di Myung-bo. Il volto gentile del suo mentore gli balenò nella mente per un istante, per poi scomparire e lasciarlo solo nell'oscurità della vergogna.

«Non è così semplice, Nam Jung-ho. Lei non era solo un seguace; sembra che fosse quasi un figlio adottivo per lui. Lee Myung-bo stesso le ha insegnato a leggere e scrivere. Lei ha vissuto nella sua dépendance per anni.»

Jung-ho abbassò lo sguardo sulle ginocchia; non capiva come facesse l'uomo in mimetica a sapere così tanto della sua storia di tanti anni prima. Nemmeno sua moglie sapeva quanto stretto fosse stato il suo legame con Myung-bo.

«Fate entrare il testimone», ordinò l'uomo al segretario, che smise di scrivere a macchina e aprì una porta laterale. Una luce cruda si riversò nella stanza, disperdendo l'intricato gioco di ombre delle due lampadine. Jung-ho vide comparire sul muro dietro il suo interlocutore una nuova ombra che aveva la forma di un essere umano, poi la porta si chiuse e quella si dissolse nel buio.

Un uomo anziano e magro era entrato a passo furtivo e aveva preso posto sulla sedia vuota. Jung-ho poteva distinguerne solo la schiena magra e gli occhi stretti. Poi con distaccato orrore, come fosse in un sogno, si rese conto che era il suo vecchio amico Loach.

« Hwang In-soo, noto anche come Loach, quando ha incontrato per la prima volta l'imputato? » chiese l'uomo in mimetica.

« Avevo dodici anni... quindi era il 1918 », rispose Loach, senza guardare Jung-ho.

« L'imputato viveva per la strada, mendicando e rubando finché non è diventato abbastanza grande da costituire una propria banda ed estorcere denaro ai negozianti del quartiere; è esatto? »

« Sì, esatto. »

« Poi che cos'è accaduto? »

Loach si schiarì la voce. « Ha incontrato Lee Myung-bo ed è diventato uno dei suoi compari rossi. »

« *Tu* mi hai portato da lui », s'intromise Jung-ho, incredulo, ma Loach continuava a evitare ostinatamente il suo sguardo.

L'uomo in mimetica si accigliò, contrariato. « È vero? Ha omesso questa parte nella sua deposizione precedente. »

« No, è stato Jung-ho a portarmici. Io l'ho seguito, è vero... ma perché avrei dovuto portarlo da qualche parte? Era lui il capo, era quello il suo titolo », rispose Loach, calmo.

« Quindi poi cos'è accaduto? »

« Jung-ho è diventato ben presto il favorito di Myung-bo, il suo braccio destro. Andavano a un sacco di riunioni assieme... Io non ero molto convinto, quindi ho lasciato. Jung-ho, però, era coinvolto in pieno nel partito comunista. Faceva tutto quello che Myung-bo gli chiedeva di fare, è anche andato a Shanghai per qualche anno. In quel periodo abbiamo perso i contatti. »

« Quando è andato a Shanghai? »

« È partito verso il 1941... Non so quand'è tornato, non me l'ha detto. »

« È possibile, quindi, che abbia preso contatto col partito comunista cinese durante quel soggiorno? I cinesi che invasero la

Corea del Sud con Kim Il-Sung meno di dieci anni dopo?» L'uomo in mimetica alzò la voce con l'eccitazione di un concorrente di un gioco televisivo.

«Sì», affermò il testimone.

«Perché lo fai, Loach?» gridò Jung-ho.

Udendo il soprannome, finalmente Loach lanciò un'occhiata furtiva al suo vecchio amico. «Faccio quello che devo fare.» Sussurrò le parole così in fretta che Jung-ho le capì a malapena.

L'uomo in mimetica andò avanti come se non avesse sentito. «Nam Jung-ho, abbiamo perquisito casa sua e abbiamo le prove della sua attività antipatriottica dopo il suo ritorno da Shanghai nel 1945.» Aprì una cartelletta e tirò fuori un foglio ingiallito. Lo dispiegò con cura e iniziò a leggere in giapponese: «'Il detentore del documento è in missione speciale per conto del generale Yamada Genzo, comandante della Quinta armata. Non ostacolate la sua missione e garantitegli un passaggio sicuro. *Tenno heika banzai.*' Firmato, Yamada Genzo, giugno 1945». L'uomo in mimetica aveva una bella pronuncia che suggeriva un addestramento presso un'accademia militare giapponese; la cadenza accentuata delle frasi rivelava quanto gli piacesse leggere in quella lingua. «E questo: un ricordo di Yamada, a quanto sembra.» Mostrò qualcosa di piccolo e rettangolare.

Col tempo era diventato di un grigio cupo, ma era senza ombra di dubbio il portasigarette d'argento.

Jade stava tornando a casa alla fine dell'ultimo giorno di scuola. Aveva davanti un mese e mezzo di vacanze invernali ed era pervasa da un senso di sollievo e possibilità. Si concesse di ripensare all'incontro con Han-chol così come uno scrittore intinge la penna nell'inchiostro: con abituale piacere.

Allora non aveva avuto modo di soffermarsi sulle proprie emozioni. Come sempre avviene con gli eventi significativi, i sentimenti si svilupparono appieno e assunsero nuovi colori e profumi mentre riviveva la scena nella sua mente. Ora si rendeva conto di non aver provato rabbia nei confronti di Hanchol, neanche per la morte di Dani. Fu più sorpresa di scoprire che voleva rivederlo, parlargli delle strade diverse che avevano imboccato. Era difficile credere che un tempo avessero percorso lo stesso cammino, abbastanza a lungo da farle immaginare che un giorno si sarebbero sposati.

Svoltò su un viale di Jongno. Voleva fermarsi al Seahorn per prendere un caffè, come faceva a volte, tutta sola. Ora la caffetteria era un posto tranquillo che trasmetteva solo musica di prima della guerra di Corea. I séparé di pelle rossa erano screpolati e rovinati, il portaombrelli era pieno di bastoni e gli habitué ormai anziani discutevano a bassa voce ma in toni accesi di forme d'arte fuori moda da almeno vent'anni. Avevano l'abitudine di litigare su storie ricordate male o vecchi sgarbi, ma dimenticavano presto, o fingevano di dimenticare. Dopo due guerre e innumerevoli lotte, ne erano rimasti così pochi che non era facile porre fine ai rapporti, neanche coi nemici.

Il poeta-proprietario era sempre lì e, sebbene i suoi capelli fossero ormai grigi, lì dentro era quello che era cambiato di meno da quando Jade era giovane. Portava ancora occhiali tondi e camicie bianche inamidate, e non notava mai l'invecchiamento o il declino della sua clientela. Non si era mai sposato e non aveva avuto figli, e la gente non si preoccupava più di spargere pettegolezzi sul perché. Anche la sua conoscenza con Jade non si era mai approfondita fino a diventare amicizia, e a lei andava benissimo così. Ogni volta che entrava, lui ci scambiava due chiacchiere per qualche minuto, poi la lasciava in pace.

Jade fu strappata alle sue riflessioni dalla folla che si assiepava sui due lati del viale. La cosa la irritò: avrebbe voluto camminare in silenzio e in pace verso il caffè. Mentre cercava di farsi largo verso una via laterale, la folla cominciò a rumoreggiare e lanciare grida di scherno. « Bastardi! Figli di puttana! » urlava.

Jade si voltò e vide una fila di una dozzina di uomini coi polsi ammanettati e legati assieme da una fune, come una stringa di pesci essiccati. Ciascuno di loro aveva un grosso cartello appeso al collo. SONO UN LADRO E MERITO DI ESSERE PUNITO, diceva uno. HO DORMITO CON LA MOGLIE DI MIO PADRE, diceva un altro. Non paghi di fischiare e dileggiare, alcuni degli astanti iniziarono a raccogliere pietre e a scagliarle contro gli uomini.

Quando a circa metà della fila vide Jung-ho, Jade trattenne a stento un urlo. Il suo cartello, scritto con grafia incerta, quasi infantile, diceva: SONO UN CRIMINALE E UN COMUNISTA E MERITO DI MORIRE.

« No! No! » gridò Jade, facendosi largo a spintoni tra la folla festante. La gente la insultò e fischiò sonoramente, ma lei riuscì ad aprirsi un varco e seguì la fila di uomini. « Jung-ho! »

In qualche modo, al di sopra del chiasso della folla, Jung-ho la sentì e la guardò negli occhi. Su un lato, il suo volto era già viola e gonfio, e le pietre continuavano a cadere. Una lo colpì alla schiena, e alcuni giovanotti vicino a Jade eruppero in grida di giubilo.

Lei diede uno spintone a quello che gioiva più rumorosamente. « Fermatevi, bastardi! »

« Ma che cazzo vuoi? Vecchia baldracca », borbottò il ragazzo, a voce non troppo alta, dopo di che sparì tra la folla coi suoi amici.

Jade incontrò di nuovo gli occhi di Jung-ho. Lui le rivolse un impercettibile cenno del capo: *Non fare niente*. Poi le sorrise, per dirle che stava bene.

Stava ripensando alla sfilata delle cortigiane, tanti anni addietro. Era quasi in quello stesso punto che lui si era innamorato della bellissima ragazzina che gli aveva lanciato un fiore in faccia: la prima volta che aveva visto Jade. Quasi vaneggiando, ebbe la sensazione di aver camminato lungo quella strada per tutto il tempo, e che per tutto il tempo lei fosse stata lì ad aspettarlo. Avrebbe voluto guardare ancora Jade, ma pensò che così l'avrebbe incitata a fare qualcosa di pericoloso ed eroico. Doveva distogliere lo sguardo, anche se gli faceva male non poterle dire « ti amo ». La corda venne strattonata, un'altra pietra lo colpì a un orecchio e le urla della folla si affievolirono. Jung-ho riprese a camminare, un passo dopo l'altro, verso la fine della strada, qualunque essa fosse.

EPILOGO

LA DONNA DEL MARE

1965

Dopo l'esecuzione, non potevo sopportare di rimanere a Seul. Ho dato le dimissioni dalla scuola, sono tornata a casa e ho fatto i bagagli. Ho regalato quasi tutto ai miei vicini e ad alcune delle mie allieve. Poi sono andata in giardino e ho dissotterrato la collana di diamanti e il vaso celadon. Avvolti in pezze di seta e nascosti in due casette per gli uccelli, erano uguali a quando li avevo visti l'ultima volta. Ero solo io a essere cambiata.

Ho preso il treno per Busan, guardando il paesaggio che cambiava fuori dal finestrino. Quando sono scesa dal treno, il sole stava tramontando sul porto e uno stormo di gabbiani è atterrato rumorosamente vicino ai miei piedi. Poi ho udito le navi suonare le sirene, proprio come mi aveva raccontato il poeta. Mi sono sentita come se potessi respirare di nuovo. Ma non ero ancora abbastanza lontana da Seul, e il mattino dopo sono salita su un traghetto per Jejudo.

A Jejudo tutto è diverso rispetto alla terraferma, a cominciare dal mare. Vicino alla spiaggia sabbiosa è di un turchese chiaro, poi, via via che si allontana dalla riva, diventa verde smeraldo e blu zaffiro. In alcuni punti, dove la roccia vulcanica nera forma una scogliera, le onde sembrano riflettere il cielo notturno anche quando è giorno e c'è il sole. A metà dell'inverno, gli alberi di camelia, con le loro foglie verdi e lucide, sono ancora in fiore, e quando c'è vento i fiori rossi cadono sulle scogliere nere o rotolano in mare. L'aria profuma di sale e mandarini maturi.

Hesoon diceva sempre che Jejudo è il posto più bello del

mondo. Non ho visto abbastanza del mondo per saperlo davvero, ma potrebbe aver avuto ragione.

Ho trovato una capanna vuota vicino al mare. Molte case sono state abbandonate a Jejudo dopo i disordini e il colera degli anni '40 e '50. Nessuno degli abitanti del villaggio era felice di vedermi, ma nessuno mi ha detto di andarmene. Gli isolani sono diffidenti nei confronti di chi viene dal continente. Nessuno di loro parlava il coreano standard, e io, quando bisbigliavano e mi ridacchiavano in faccia, non li capivo.

La prima cosa che ho fatto è stata disperdere le ceneri. Se avessi saputo come rintracciare la famiglia di Hesoon, ci avrei provato, ma ero solo una bambina quando ci siamo conosciute e non sapevo nemmeno quale fosse il suo cognome. Ho portato le ceneri in cima a una scogliera vicina alla mia capanna, e il vento le ha trasportate verso il mare.

«Vi piace qui? Non è bellissimo, zia Dani? Sei felice di essere di nuovo a casa, Hesoon?» Nessuno ha risposto, solo l'ululato del vento.

Guardando in giù dalla scogliera, vedevo un'insenatura dove le donne del mare, le pescatrici subacquee, si cambiavano e si riposavano tra un'immersione e l'altra. Dopo aver esitato per diversi giorni, alla fine sono scesa fin là. Già solo la discesa mi ha fatto girare la testa e tremare le gambe.

«Mi piacerebbe imparare a immergermi», ho detto alle donne, non sapendo se qualcuna di loro avrebbe capito. Hanno parlottato tra loro nel dialetto dell'isola, hanno ridacchiato un po' e sono tornate ad asciugarsi vicino al fuoco. Una stava allattando un bambino, e un'altra divideva i mandarini con le compagne. Sembravano pensare che alla fine me ne sarei andata. Mi sono voltata, sgomenta all'idea dell'arrampicata per risalire fino in cima.

«Che ci fa qui una continentale come te?»

Udendo la voce alle mie spalle, mi sono girata. La donna indossava un paio di pantaloni di tela neri da immersione, ma sotto la casacca bianca era palesemente incinta. Parlava nel pesante e ritmato dialetto di Jeolla.

«Speravo di poter diventare una donna del mare», ho risposto.

Lei ha riso di cuore. «Non ho mai sentito niente del genere. Non è una cosa che si può imparare alla tua età. La gente annega in queste acque. Vai a casa e prenditi cura di te, Zietta.»

Dopo aver venduto la casa di Seul avevo denaro più che a sufficienza. Non avevo niente da fare tranne che passeggiare tutto il giorno. Una mattina mi sono avviata verso il monte Halla dalla cima innevata, visibile dalla mia parte dell'isola. Pensavo fosse più vicino, ma dopo diverse ore di cammino ero ancora molto lontana. Alla fine ho dovuto ammettere di essermi persa, e che ero stata una sciocca ad avventurarmi lì senza indicazioni. In qualche modo sono riuscita a tornare sul sentiero verso il villaggio, che ho riconosciuto da qualche cespuglio e da qualche albero familiari. È stato in quel momento che ho sentito i gemiti e le urla che provenivano da una capanna recintata lì vicino.

Sono corsa dentro e ho trovato una donna in travaglio. Era la pescatrice che mi aveva detto di tornare a casa. Nelle vicinanze non c'era nessuno: tutti gli uomini erano in mare con le loro barche e tutte le donne erano a fare immersioni.

Ho cercato di ricordare quello che aveva fatto la levatrice con Luna. Sono certa che, se fosse stato un parto difficile, non sarei stata di nessun aiuto. Ma la donna era giovane e sana, e anche il suo bambino. Ho dovuto solo tagliare il cordone, legarne l'estremità, lavare il bambino e metterlo tra le braccia di sua madre.

Guardare il mare fa pensare. Ho trascorso intere giornate sulla spiaggia, con le ginocchia raccolte davanti al petto, a ricordare. All'inizio, qualche volta ho anche pianto pensando a Jung-ho, all'ultimo sorriso che mi ha rivolto mentre era costretto a sfilare e gli tiravano le pietre. Ma, più fissavo le infinite onde blu, più la mia mente era tirata verso i ricordi felici. Se devo dire la verità, per me è difficile ricordare nei dettagli tutte le cose terribili che sono successe, eccetto qualche immagine.

Mi sono ricordata che, quando Han-chol e io abbiamo rotto, non ho pianto a letto prima di addormentarmi. Ma ho pianto così amaramente in sogno che mi sono svegliata, e mi sono accorta che i miei occhi erano bagnati. Nonostante questo, non ricordo cosa ci siamo detti quell'ultima sera, o come di preciso lui mi abbia spezzato il cuore. Ciò che vedo ancora con chiarezza sono solo i momenti belli. Quando ho ballato il valzer con la zia Dani, Luna e Lotus. La prima volta che sono andata in scena al Joseon Theatre. Il bacio con Han-chol al chiaro di luna. Il modo in cui mi guardava. Le sue carezze. Devo ammettere - ed è imbarazzante, anche a questa età - che è Han-chol ad avermi dato più cose da ricordare.

Per questo mi sento triste e in colpa verso Jung-ho.

«Perché stai lì tutto il giorno a guardare il mare, Zietta? Non hai nessuno di cui prenderti cura?»

Era Jindo *daek* nei suoi abiti da pesca. Poiché veniva da Jindo sulla terraferma, tutti la chiamavano Jindo *daek*, oppure Mamma di Chol-soo, dal nome del suo bambino.

«Dov'è Chol-soo, Jindo *daek*?» le ho chiesto.

«L'ho lasciato su una roccia, nella baia.» Ha indicato un punto dietro di lei.

«Che cosa? Lasci un bambino di un mese su una roccia vicino al mare?» Sono balzata in piedi.

La donna ha alzato gli occhi al cielo. «Zietta, è così che facciamo, noi pescatrici. Se non lo tengo vicino, come faccio ad allattarlo quando ha fame?»

«Io sono sempre sulla spiaggia. Perché non lasci che me ne occupi io?»

«È per questo che sono venuta qui, no?» Ha sorriso, avviandosi verso la baia. Chol-soo miagolava come un gattino all'interno di una roccia nera a forma di scodella, a circa una iarda da terra. Sua madre si è aperta rapidamente la casacca e l'ha allattato. Ho notato che aveva un grosso livido sulla spalla e le ho chiesto cosa fosse successo.

«Oh, non è niente. Le onde erano molto forti», ha detto.

Le giornate si sono allungate, e la pelle di Chol-soo è passata dal rosso vivo al beige chiaro. Era un bambino così buono. Sedevo da sola nella baia con lui, lo riparavo dagli schizzi delle onde, dal vento e dal sole. Di tanto in tanto le altre donne tornavano a svuotare le loro borse piene di abaloni e a mangiare un boccone prima di rientrare in acqua. Erano divise per rango e potevano immergersi solo nelle zone loro assegnate. La mamma di Chol-soo s'immergeva nell'acqua bassa vicino alla riva e, quando tornava, la sua borsa era solitamente molto più leggera di quelle delle altre.

Una notte faticavo a addormentarmi. Era il suono delle onde che s'infrangevano sugli scogli. Non appena il cielo ha iniziato a diventare più chiaro, sono uscita per una passeggiata. Il sole era appena sopra il mare e il mondo era inondato d'arancio e rosa.

I piedi mi hanno portato alla scogliera e lì, in mezzo all'erba nuova che ondeggiava, c'erano due cavalli selvaggi dal mantello castano. Mi hanno fissata a lungo coi loro occhi placidi.

«Forza, se davvero vuoi imparare a immergerti, te lo insegno», mi ha detto Jindo *daek*, lanciandomi un paio di pantaloni da pesca e una casacca bianca di tela.

«E Chol-soo?»

«Starà bene. Gli ho appena dato da mangiare, e non staremo via a lungo.»

Mi sono cambiata velocemente, indossando la tenuta da pesca, e mi sono messa la maschera di forma circolare. Jindo *daek* non mi ha dato borsa, coltello e galleggiante, perché non avrei provato a immergermi o a prendere un abalone almeno per qualche mese.

Il mare era più caldo di quanto pensassi. Quel giorno ho imparato solo a stare a galla senza affondare. Ho galleggiato per ore nell'acqua bassa e turchese, con le onde che mi spingevano avanti e indietro, cullandomi come cullo Chol-soo per farlo addormentare.

Finalmente, quando ho comprato un televisore in bianco e nero dal sindaco della città vicina, mi sono guadagnata un po' di rispetto nel villaggio. Nessuno ne aveva mai posseduto uno, lì, e quasi ogni sera la gente veniva a casa mia per vedere il notiziario, e non importava che quasi non capissero quello che veniva detto. Di tanto in tanto lo schermo diventava grigio per le interferenze e io dovevo alzarmi e dare un colpo sul lato del televisore per far tornare le immagini. Erano divertiti persino da quello. Le donne hanno cominciato a chiamarmi Seul *halmang*, la nonna di Seul.

Dopo mesi passati a galleggiare e a nuotare a cagnolino, finalmente ho ottenuto il permesso di trattenere il fiato e toccare il fondale. L'acqua era alta solo poco più di me, ma mi è preso il panico e sono tornata in superficie, tossendo e ansimando. Jindo *daek* mi ha dato il braccio così che potessi aggrapparmi e riprendere fiato. Non ho potuto fare a meno di notare che il braccio era ricoperto di lividi. I suoi lividi diventavano ogni giorno più grandi.

« Non è niente », ha detto lei, prima che potessi fare domande.

« Puoi lasciarlo e venire a vivere da me », ho proposto.

« Zietta, ti butterebbe giù la casa e mi trascinerebbe via per i capelli. »

Dopo un po' di esercizio, ho iniziato a raccogliere ricci di mare e ostriche vicino alla riva. Invece di andare alla baia a rilassarmi con le altre donne, rimanevo in mare a galleggiare. In acqua, il peso della persona che ero stata cadeva sul fondale. Non mi sentivo più la donna che aveva patito tutti quei dolori e quei rimpianti.

Una sera, l'impassibile conduttore del notiziario ha annunciato che l'ultima tigre catturata in natura era morta nello zoo del palazzo di Changgyeong. Era stata trovata da cucciola, orfana, poco dopo la fine della guerra di Corea. La maggior parte degli scienziati ritiene che la tigre siberiana sia ormai ufficialmente estinta nella penisola coreana. Uno scienziato che hanno intervistato, però, ha detto che potrebbero esisterne ancora nella Zona Demilitarizzata o nelle montagne più remote sul confine nordorientale della Corea del Nord.

Sono stata svegliata da un piagnucolio fuori dalla porta, e ho trovato Chol-soo in una cesta. La sua mamma era scomparsa, non era nel villaggio, né nella baia né in acqua. A mezzogiorno, ormai si era sparsa la notizia che aveva lasciato il bambino da me ed era fuggita, tornando sulla terraferma. Suo marito, il rubizzo capitano di una barca da pesca, è piombato a casa mia, puzzolente di alcol. « Dov'è quella troia?! Stavolta la spacco in due. E dov'è mio figlio? »

« Jindo *daek* non è qui, e non so dove sia. Ma, a quanto sembra, voleva che io mi prendessi cura di Chol-soo », ho risposto, mantenendo il più possibile la calma.

« Stupida donna, ridammi mio figlio! » Ha digrignato i denti il capitano.

« Sono abbastanza vecchia da essere tua madre, bada a come parli », ho ribattuto, secca. « Sai come si cresce un bambino? Perfetto, prendilo pure, se vuoi vedere la carne della tua carne morire di fame. A causa della tua stupidità e della tua ostinazione, ucciderai questo bambino innocente. Proprio come picchi sua madre. » Sono entrata in camera e ho preso Chol-soo, avvolto nelle sue fasce. « Ecco qua; se hai una minima idea di come nutrirlo e vestirlo, prendilo. »

Non appena l'uomo si è avvicinato, il bambino ha iniziato a

piangere. Il padre ha sussultato, e io ho capito che aveva picchiato sua moglie ogni volta che lei non riusciva a calmare il bambino abbastanza in fretta.

« Non sopporto quel pianto... » Ha fatto una smorfia.

« Vai via. Se vuoi fare la cosa giusta per tuo figlio, vai via e non tornare. »

È indietreggiato ed è uscito da casa mia.

Chol-soo era un bravo bambino. Nel villaggio c'erano quattro donne che allattavano, e facevano i turni per allattarlo una volta al giorno. Le pagavo generosamente per il loro latte. Per gli altri pasti, invece, davo a Chol-soo una pappa fatta con riso macinato. Sorrideva sempre quando andavo a prenderlo; la sua testolina profumava di latte e pane. Quando di notte udivo il suo respiro leggero, non mi sentivo più sola. Non ho più avuto bisogno di fare una passeggiata prima dell'alba.

Era inizio estate, le colline e le scogliere erano ricoperte di rododendro rosa. Un'altra cosa che ho scoperto è che a Jejudo le cosmee fioriscono anche in primavera e in estate. La vista dei fiori selvatici e del mare mi faceva male al cuore. Per questo cercavo l'acqua.

Ho portato il bambino con me alla baia e l'ho sistemato nella roccia a forma di scodella. Le altre donne erano già a centinaia di iarde dalla riva. Sono entrata da sola nell'acqua bassa coi miei arnesi.

Il mare era così limpido che potevo vedere i pesciolini colorati da sopra la superficie. Un pesce arancione con strisce bianche, grande quanto il mio mignolo, mi ha mordicchiato le dita dei piedi, poi è sgusciato via velocemente.

Ho messo la maschera, ho preso un bel respiro e mi sono immersa. Le rocce sembravano promettenti coi loro coralli, con gli anemoni di mare e con le stelle marine, ma io non ero in grado di trattenere il fiato a lungo. Mi sono immersa diverse volte prima di riuscire a prendere un riccio di mare. Era passata forse un'ora, ma ero già senza fiato, ed ero preoccupata per il bambino.

Prima di tornare alla baia, mi sono immersa un'ultima volta. È stato allora che ho visto un abalone attaccato a una roccia, a poche iarde da me. Ho resistito all'impulso di tornare su per respirare e, scalciando col piede, sono scesa verso il fondale. Ho infilato il coltello sotto l'abalone e l'ho staccato dalla roccia.

Sono risalita in superficie, annaspando per il bisogno d'aria, abbagliata dal sole che picchiava impietoso sopra la scogliera. Quando sono tornata alla baia, le altre donne se n'erano già andate col loro bottino mattutino. Le pescatrici migliori raccoglievano circa venti abaloni al giorno, e io avevo appena preso il primo. Chol-soo piagnucolava nella roccia a scodella, così l'ho preso e l'ho cullato, dondolandolo da una parte all'altra.

Dopo avergli dato la pappa, mi sono seduta su un masso e ho preso in mano l'abalone. La conchiglia era ricoperta da un sottile strato di alghe verdi, e non sembrava molto allettante, ma avevo visto molte volte le pescatrici fare spuntini a base di abaloni crudi. L'ho girato sottosopra. Quando ho sollevato il mollusco dalla conchiglia, il mio coltello ha incontrato qualcosa di duro nella polpa viscida. Qualcosa di rotondo, lucente. Era una perla, che brillava sul mio palmo con sfumature rosa e grigie, come una luna mattutina.

L'ho fissata a lungo, e ho avuto la certezza che Jung-ho vegliasse ancora su di me. Anche dall'altra parte, dove si trovava ora. E io andrò avanti, continuando a resistere e a lasciar andare fin quando di me non resterà altro che mare.

La vita si può sopportare solo perché il tempo ti fa dimenticare. Ma vale la pena di essere vissuta perché l'amore, invece, ti fa ricordare.

Ho riposto la perla nella mia borsa di tela e sono andata verso l'acqua. Galleggiavo senza peso nelle fresche onde azzurre, guardando in su verso il cielo blu senza nubi. Per la prima volta da che esistevo non provavo desiderio né mancanza. Finalmente ero tutt'uno col mare.

RINGRAZIAMENTI

Questo libro non esisterebbe senza Jody Kahn di Brandt & Hochman, la cui integrità, intelligenza e gestione letteraria mi hanno guidato fin dall'inizio. Straordinario agente e persona meravigliosa, Jody è uno dei grandi *inyeon* della mia vita.

Dopo aver incontrato il miglior agente del mondo, posso dire di aver avuto un altro colpo di fortuna nel trovare Sara Birmingham come mia editor. Il suo editing è stato un'arte in sé e per sé, e il suo coraggio nell'assumersi questo compito mi ha fatto venire voglia d'incontrare la sua genialità almeno a metà strada. I miei più sentiti ringraziamenti vanno a Sara, all'eccezionale assistente editoriale TJ Calhoun, e al dream team di Ecco (soprattutto Allison Saltzman per la mitica copertina, Shelly Perron per la maestosa revisione del testo e Caitlin Mulrooney-Lyski per l'instancabile promozione). Hanno reso questo il miglior libro che potesse essere.

Sono grata ai redattori di giornali e riviste letterarie che hanno mostrato fiducia in me nel corso degli anni, in particolare Luke Neima di *Granta*, che ha pubblicato il mio primo racconto, *Body language* e, successivamente, la mia prima traduzione. Sono stata orgogliosa di pubblicare un estratto di questo libro in *Shenandoah*, grazie al caloroso supporto dell'incredibile Beth Staples. Grazie a tutti coloro della Bread Loaf Environmental Writers' Conference, della Regional Arts & Culture Commission e del Virginia C. Piper Writing Center dell'Arizona State University, in particolare ad Ashley Wilkins per la sua pazienza e cordialità. Olivia Chen, Hilary Leathem e James Gruett hanno letto le bozze e fornito approfondimenti che hanno trasformato il libro da un semplice cucciolo a un animale adulto. Quanto a voi, mie autrici di Princeton – in particolare Keija Parssinen, Alexis Schaitkin, Clare Beams, Eva Hagberg, Kate

McQuade e Amanda Dennis -, ho ricevuto tanta saggezza, gioia e cameratismo dalle nostre chiacchierate.

Altri *inyeon* che hanno toccato la mia vita e giocato un ruolo nel trasformare *Come tigri nella neve* in una realtà: grazie, Edgard Beckand, per avermi dato durevole fiducia in me stessa. Grazie, Max Staedtler, per avermi dato la determinazione, non sarei diventata una scrittrice senza di te. Grazie, Arron Lloyd, per avermi dato ottimismo. Non lo sapevo allora, ma quel giorno in cui siamo andati a correre a Fort Tryon Park in mezzo a una tempesta di neve è stato un punto di svolta per il resto della mia vita. Mareza Larizadeh, la tua amicizia e la tua guida significano tutto per me. Grazie, Elise Anderson, per la lealtà, le giuste osservazioni e i ricordi: il fatto che tu ricordi ciò che ricordo io è uno dei miracoli della vita. Renee Serell, la mia più vecchia amica: come per gli amici in questo libro, era destino che le nostre vite s'incontrassero e condividessero il cammino.

La mia più affettuosa gratitudine e il mio affetto vanno a Mary Hood Luttrell e al resto della mia famiglia di Peaceful Dumpling. Mary ha letto alcuni dei primi capitoli del libro e bastava un messaggio perché rispondesse a qualsiasi dilemma letterario. Il supporto e la benevolenza di Crystal Chin, Lindsay Frederick, Iga Kazmierczak, Lauren Sacerdote, Imola Toth, Nea Pantry, Kat Kennedy, Lana Stafford, Ema Melanaphy e degli altri redattori e lettori di Peaceful Dumpling mi hanno sostenuto mentre scrivevo.

Sono grata alla Wildlife Conservation Society Russia e al Phoenix Fund, che da decenni si dedicano instancabilmente alla protezione delle tigri siberiane e dei leopardi dell'Amur in via di estinzione nell'Estremo Oriente russo. Grazie per avermi permesso di contribuire con una parte dei proventi di questo libro ai vostri sforzi di conservazione. Vorrei anche ringraziare scrittori e artisti del primo Novecento di diversi Paesi e ideologie; la ricerca tramite le loro opere è stata essenziale per portare questo tempo e questo luogo nel presente.

Questo libro non ha lo scopo di dichiarare il trionfo di un'ideologia o di un Paese su un altro, ma di riflettere e sostenere la nostra comune umanità. La sofferenza non conosce confini e tutte le persone meritano e bramano la pace. Un giorno, mentre scrivevo *Come tigri nella neve,* sono passata da Columbus Circle e ho visto attivisti giapponesi manifestare con cartelli contro le armi nucleari. Sembravano appartenere alla generazione venuta subito dopo i bombardamenti, eppure sorridevano con dolcezza e gentilezza. Grazie per la gru di carta, il simbolo della pace.

Mia madre, Inja Kim, mi ha fornito il suo libro preferito sulla teoria della letteratura (a cura di Kim Hyun), discussioni sulla linguistica e sulla letteratura coreane e lezioni di storia, sia del Paese sia della nostra famiglia. I suoi racconti su suo padre, Kim Tae-hee, sui suoi occhi castano dorato e sui suoi misteriosi viaggi a Shanghai durante il periodo coloniale sono diventati l'ispirazione per questo romanzo. Mio padre, Hackmoo Kim, mi spediva libri da Portland a New York e raccoglieva sempre tutto ciò che pensava potessi trovare anche solo vagamente stimolante o interessante. Ma i miei genitori mi hanno aiutato a scrivere questo libro già molto prima che sapessi che sarei diventata una scrittrice, trasmettendomi il loro amore per le arti e la natura e insegnandomi a vivere come artista e come essere umano. Hanno creduto in me prima che ci credessi io stessa. Devo loro tutto.

E, infine, a David Shaw, il grande *inyeon* della mia vita. Ci siamo incontrati prima ancora d'incontrarci, ed è il motivo per cui so che tutto ciò che ho scritto in questo romanzo è vero.

Questo libro è stampato col sole

Azienda carbon-free

Fotocomposizione Editype S.r.l.
Agrate Brianza (MB)

Finito di stampare
nel mese di settembre 2022
per conto della Casa Editrice Nord s.u.r.l.
da Grafica Veneta S.p.A. di Trebaseleghe (PD)
Printed in Italy